임진조국전쟁

임진조국전쟁

박 태 원

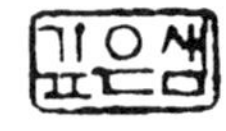

차 례

9 난리가 났다

16 싸우는 부산성

24 수군 절도사가 달아났다

30 싸우는 동래성

46 병마 절도사도 달아났다

49 싸우고 또 싸우고

52 상주에서

56 충주 탄금대 싸움

61 서울서 평양까지

76 수군은 싸운다

95 이긴 장수를 죽였다

98 임진강에서

106 평양서 다시 의주까지

121 인민들은 일어섰다

123 홍의 장군 곽재우
135 호남 의병들
147 조헌과 칠백 의사
164 한산 해전
173 흔들리는 적의 진영
183 의기 계월향
191 평양 해방전
198 행주 싸움
202 적들은 '강화'를 하잔다
206 진주성이 함몰하였다
225 이 참상!
227 한산도 통제영
232 운주당
240 적의 반간계

244 한산섬 달 밝은 밤에
249 사또는 어디로 가십니까
261 옥중에서
267 백의종군
270 수군이 전몰했다
277 다시 통제사로
284 명량 해전
290 수군 재건
295 궁지에 빠진 왜적
299 왜적은 길을 빌리란다
303 노량 해전

311 ■ 해설 방민호

난리가 났다

봄내 가물고 사월도 그믐이 다 되었건만 하늘은 며칠째 잔뜩 찌푸리고만 있을 뿐 종시 비를 내리지 않는다. 그러나 요즘 누구 하나 금년 연사를 걱정하는 사람도 없었다. 다른 더 큰 근심이 그들의 마음을 사로잡고 있기 때문이다.

남산 봉화 둑에는 벌써 십여 일을 두고 연달아 봉화가 오르고 있다. 인심은 불안에 싸이고 서로 만나면 주고받느니 난리 이야기뿐이다.

"왜놈들이 지금 어디쯤이나 와 있을까."

"글쎄 말이야. 상주尙州가 놈들 손에 떨어진 게 지난 스무닷샛날이라지 않나. 그 뒤로 벌써 나흘이나 되었으니 지금쯤은 충청도 일판을 휩쓸며 서울을 향해서 올라오고 있을지도 모르지."

"만약 그렇다면 이거 큰일 아닌가."

"아 큰일이다마다… 그렇게 되면 서울도 단번에 결단나고 마네."

"서울도?… 이 사람아 서울이야 어떻게든 지켜 내야지 서울마저 놈들에게 내주어서야 나라가 대체 어떻게 되느냐 말일세."

"말은 옳은 말이지만 그래도 조정에선 여차하면 서울을 내버리고 도망할 꿍꿍이만 하고 있는 모양인데 누가 남아서 서울을 지켜 낸단 말인가."

"아니 조정에서 도망할 꿍꿍이만 하고 있다니?… 바로 엊그제 우의정 대감으로 수성 대장守成大將을 내고 도원수 부원수가 나서 한강을 나가 지킬 뿐 외라 대신들이 모두 상감을 들어가 뵙고 '어떤 일이 있든 서울은 고수해야 합니다.' 하고 아뢰었더니 위에서도 '종묘 사직이 예 있는데 내 어딜 갈고.' 하고 말씀이 계셨다지 않나, 그런데 자네는 그게 또 웬 소린가."

"들은 소문이 있어 그러네. 대궐 안에서 짐을 꾸리기 시작했단 말이 있어. 그뿐인가, 영강문永康門 안에는 상감이 타고 가실 말이 벌써부터 대령을 하고 있다데. 왜놈들이 아직 수백 리 밖에 있거니— 생각을 하니까 바로 팔을 뽐내며 그런 소리들도 하는 게지. 이제 두고 보게, 한강 너머에 왜놈 그림자가 얼씬만하는 날에는 모조리 삼십육계들을 부르고 말테니…"

"저런 육시를 할 놈들이 있나? 그래 그놈들을 가만 내버려 두어?— 영감님, 안 그렇습니까?"

"아, 그야 여부 있소? 허지만 내 생각 같아서는 아마도 서울은 무사할 상 싶어. 모르면 모르되 왜놈들이 경기 땅은 말도 말고 충청도 지경에 발을 들여 놓는 것도 졸연치 않을 게요."

"그건 웬 까닭일까요?"

"경상도서 충청도로 들어오려면 세상 없어도 문경 새재를 넘어야 하는데 그 고개가 험준하기라니 아마 천하에 짝이 없을 게요. 가위 '일부당관一夫當關에 만부막개萬夫莫開'로, 한 사람만 나서서 지켜도 만 사람이 감히 범접을 못한다는 요해처라, 요 앞서 내려간 도순변사 신립 신 대장都巡邊使申砬申大將이 십상팔구는 이곳을 지킬 것이니 제놈들이 무슨 수로 거기를 지나겠소."

"그렇기나 했으면 좀 좋겠습니까?"

"하지만 말입니다. 이일 이 대장李鎰 李大將도 그렇게 믿었더니 그만 상주서 허무하게 패하고 말았는데 신립 신 대장이라고 꼭 믿을 수가 있을까요?"

"신 대장은 이 대장하고도 또 다르지. 그분이야말로 당대 첫손 꼽을 명장이야. 아, 계미년癸未年에 오랑캐들이 불시에 쳐들어 와서 종성鐘城을 에워쌌을 때 당시 신 대장이 온성 부사穩城 府使로 계셨는데 수하에 단지 십여 기를 거느리고 달려가서 동에 번쩍 서를 치고, 남에 번쩍 북을 쳐서 오랑캐들을 모조리 물리쳐 버렸다오. 이분 앞에서야, 어딜 감히 왜놈들도 꿈쩍 못하지."

"그렇기나 했으면 오죽 좋겠습니까."

"이제 두고 보오. 금명간에라도 좋은 소식이 있을 게니…"

"제발 그래 주었으면 작히나 좋을까요."

이들뿐이 아니다. 순변사 이일이 상주서 왜적에게 패하였다는 소식이 전해진 뒤로 사람들은 일루의 희망을 도순변사 신립에게 걸어 놓고 어제도 오늘도 좋은 소식이 있기만 고대하고 있었는데 이 날—사월 스무 아흐렛날도 거의 다 저물녘에 군사 복색한 사람 셋이 말굽 소리도 요란하게 동대문으로 말을 달려 들어왔다. 말과 사람이 함께 삐쳐서 허덕허덕 하는데 군복 자락들은 찢어지고 벙거지에는 흙먼지가 뽀얗게 앉고 세 사람 가운데 둘이 하나는 팔에 하나는 다리에 상처까지 입고 있었다.

사람들은 우 하고 그 앞으로 몰려들었다.

"어디서들 오시유?"

"충주忠州서 오우."

충주서 온다는 말에 모두들 귀가 번쩍 띄여,

"어디 소식 좀 들읍시다."

"어디서 접전이 있었소?"

"대체 왜놈들은 어디까지 들어왔소?"

저마다 나서서 중구난방으로 묻는 말에 군사 하나가 대답을 하는데

"우리는 도순변사 사또 군관을 모시고 갔던 사람들이요. 어제 충주서 왜병하고 접전이 있었는데 순변사 사또도 전사하시고 군사들도 다 죽었소. 그 불 속에서 우리만 어떻게 빠져 나왔는지 그걸 우리도 모르오. 그래 식구들이나 어디로 피난을 시켜 보자고 이렇게 돌아온 길이요."

말을 마치자 군사들은 배오개梨峴쪽을 향해서 황황히 다시 말을 달렸다. 그러나 첫다리初橋목까지도 채 못 가서 또 다른 사람들에게 붙들렸다. 똑같은 질문과 똑같은 대답이 그곳에서도 다시 되풀이되었다.

이 너무나 뜻밖의 소식, 너무나 놀랍고 또 한심한 소문은 삽시간에 입에서 입으로, 이 사람에게서 저 사람에게로 전해져서 땅거미 질 무렵에는 만호 장안이 다 알게 되고 마침내는 구중 심처 궁궐 안에까지 들어가서 왕과 재상들을 격동하게 하여 놓았다.

좌의정 유성룡은 이 날 저녁, 영의정 이산해李山海와 함께 빈청에 앉아 있다가 이 소문을 들었다.

그는 순간에 머리가 아찔하여져서 눈을 감고 두 손으로 무릎을 짚었다. 다음에 그는 저도 모를 결에 긴 한숨을 토하고 속으로 혼자 중얼거렸다.

"이렇게 될 줄을 왜 몰랐던고? 도시 내 잘못이다, 내 잘못이야…"

이제 와서는 하여 본대야 아무 소용이 없는 후회와 자책이 또 그의 마음을 괴롭게 하였다. 이것은 왜적이 우리 나라를 침노하여 들어왔다는 첫 경보를 받은 뒤, 그간 십여 일을 두고 하루에도 몇 번씩 있어 온 일이지만 이때처럼 뼈아프게 느껴 본 적도 없었다.

"어째서 그때 율곡栗谷의 말씀을 귀담아 들으려고 안 했던고?…"

팔 년 전 일이다. 당시 병조 판서였던 율곡 이이李珥는 우리 나라의 국방을 강화해야 할 것을 역설하고 '십만 양병설'을 주장해 나섰었다. 즉 군사 십만 명을 양성해서 서울에 이만 명을 두고 팔도에 각각 만 명씩을 배치하여 외적의 침입에 대비하여야 한다는 것이다. 그러나 당시 재상들 중에서 누구 한 사람 이 주장에, 옳소— 하고 찬동해 나서는 이가 없었다. 유성룡 자기까지도

"이 태평 성대에 우선 배워야 할 것은 성현聖賢의 학문이요, 병비兵備 같은 것은 급무가 아니외다."하고 반대 의사를 표시하였었다.

"다른 사람들은 마치 몰라도 공까지 반대해 나설 줄은 참으로 뜻밖이었소. 이제 십 년이 못 가서 내 말이 생각날 때가 있으리다."

그 날 궐내에서 물러나오는 길에 율곡이 자기를 보고 하던 말이 다시 머리에 떠올랐다.

"왜 진작 나라 방비를 튼튼히 해놓지 못하였던고? 팔 년 전도 그만두고 작년에만 서둘러서 해놓았어도 오늘 이 지경에는 이르지 않았을 것이 아닌가?…"

일본의 관백關白 풍신수길豊臣秀吉에게 장차 우리 나라와 명나라를 침략하려는 야망이 있다는 것을 우리가 진작 눈치 못 채었던 것은 아니다. 그것은 앞서 그가 우리 조정에 보내 온 국서에서도 엿볼 수 있었고, 또 사신으로 온 대마도주 종의지對馬島主 宗義智의 언사에서도 능

히 짐작할 만한 것이 있었다.

그래 우리도 일본의 실정을 살피기 위하여 황윤길黃允吉로 정사正使를 삼고 김성일金誠一로 부사副使를 삼아서 일본으로 보냈던 것인데 신묘년一五九一년 봄 우리 사신들이 돌아오는 편에 부쳐 온 풍신수길의 국서에는 저희가 장차 명나라를 치러 가려 하니 그때 조선은 저희에게 길을 빌리라는 뜻이 뚜렷하게 적혀 있었다.

과연 풍신수길에게 명나라를 침략할 야망이 있는 것일까? 모처럼 일본에까지 갔다 온 정사와 부사에게 왕이 소견을 물어 보니

"수길이는 과연 영특한 인물이외다. 멀지 않아서 일본은 반드시 우리 나라를 침노할 줄로 아뢰오."

하고 정사 황윤길은 아뢰고

"그렇지 않사외다. 소신이 보오매 수길이는 눈이 쥐눈이라 도저히 그러한 큰 일을 경륜할 위인이 못될 줄로 아뢰오."

하고 부사 김성일은 주장한다.

어째서 두 사람의 보는 바가 이렇듯 서로 달랐던가? 실상은 부사 자신도 풍신수길이가 멀지 않아 우리 나라와 명나라를 침노하리라고 보면서도 정사가 서인西人인 까닭에 동인東人인 자기는 굳이 그를 반대해서 그처럼 말한 것이다. 한낱 당파 싸움으로 해서 군국 대사를 의논하는 자리에서까지 그는 이렇듯 마음에 없는 말을 하고 말았다.

이것을 기회로 동인과 서인이 마주 나서서 각기 정사의 말이 옳다거니, 아니다 부사가 잘 보고 하는 말이라거니 하고 조정 안의 공론이 한동안 또 시끄러웠다.

그러나 어느 편 주장이 옳든 간에 방비는 좀 해 두는 것이 좋으리라 하여 삼남지방의 성들을 더러 수축하고 병기들을 좀 정비해 놓고 하였는데 모든 일이 고식적임을 면치 못해서 실적은 별반 거둔 것이 없

이 공연히 인심만 소란하게 하였을 뿐이다.

이처럼 모든 일을 눈가림으로 하여 놓고, 말이 그렇지 설마 제가 정말 오랴?—하고 '설마'를 믿었던 것이, 마침내 하루 아침 왜적은 대거하여 우리 나라로 들어오자 불과 십여 일에 경상도 일판을 자리 말듯하여 버리고 그대로 충청도로 밀고 올라와서 이제는 그 험하고 급한 형세가 바로 서울을 찌르려 하고 있다.

"이것이 모두 누구 죄냐? 구태여 남을 탓할 것이 무어 있나? 도시 내 죄다, 내 죄다…"

후회와 자책으로 하여 유성룡의 가슴이 미어질듯할 때 내시가 나와서 대신들에게 곧 입시하라는 왕의 분부를 전하였다.

그는 자리에서 일어나자 이산해의 뒤를 따라 승지와 사관들을 거느리고 빈청을 나서며

"위에서도 소문을 들으신 게지. 민약에 피난하실 일을 물으신다면 무엇이라 말씀을 올려야 할고?…"

하고 혼자 속으로 생각하여 보았다.

싸우는 부산성

왜선 수백 척이 바다를 까맣게 덮고 부산포釜山浦로 쳐들어 온 것은 임진년1592년 사월 십삼일, 지금 시간으로 오후 서너시경의 일이다. 이로부터 시작하여 적은 연일 꼬리를 물고 전후 이십여만의 대병이 아홉 대로 나뉘어서 우리 나라로 쳐들어 왔거니와 이 날 선참으로 바다를 건너온 것은 곧 적의 선봉 부대로서 이를 거느리는 대장은 소서대장少西大將이요 부장은 종의지宗義智와 평조신平調信이니 사백 척 함선에 나누어 탄 왜병의 수가 거의 삼만 명에 가까웠다.

이 날 부산 첨사 정발僉使 鄭撥은 수하 군관과 관속들을 데리고 절영도絕影島로 건너가서 사냥을 하고 있었는데, 처음에 대마도 쪽으로부터 왜선들이 떼를 지어 떠들어오는 것을 먼 빛으로 보았을 때는 거저 세견선歲遣船이려니 하고 심상하게 생각하였었다.

그러나 보고 있는 사이에 왜선의 수효는 자꾸 불어가서 처음에는 이삼십 척이던 것이 다음에는 사오십 척으로, 또 다음에는 칠팔십 척으로 이제는 그만인가 한 것이 어느덧 백 척을 훨씬 넘어섰는데 그래도 웬 놈의 배들이 또 뒤를 이어 꾸역꾸역 나오고 있는 것이다.

생각해 보니 지금이 세견선이 올 때도 아니거니와 오더라도 저렇게 많이 올 법이 없어서

"대체 저것들이 무슨 밴데 저렇듯 많이 떠들어온단 말이냐?"

하고 반은 혼잣말로 중얼거리니까 마침 누가 있다가

"에구, 저기들 타고 있는 것이 만끔 왜병인가 보이다."

하고 헌청난 소리를 버럭 지른다.

그제야 자세히 살펴보매 배마다 바람에 펄펄 날리는 것이 홍기, 백기가 분명하고 햇빛을 받아서 번쩍번쩍 빛나는 것이 창검에 틀림이 없으니 그 위에 빽빽하게 타고 있는 시꺼먼 복색들은 정녕 왜병일밖에 달리는 생각해 볼 여지가 없었다.

"왜병, 왜병… 음, 너희놈들이 그예 쳐들어 오는구나…"

정 첨사는 저도 모를결에 왼손으로 허리에 찬 환도 자루를 으스러져라 움켜쥐고서 몸을 한 번 부르르 떨며

"자, 어서들 성으로 돌아 가자."

하고 군관과 관속들을 재촉해서 배에 올랐다.

성으로 돌아 오자 그는 곧 서둘러서 왜적을 맞아 싸울 준비를 하였다. 한편으로 나발을 불어 군사들을 물러 모으게 하며 성내에 말을 돌려 남정들은 모조리 나와서 군령을 들게 하고, 한편으로 본영慶尙左水營과 좌병영慶尙 左兵營에 각각 공문을 띄워 사세가 자못 급한 것을 보하였다.

이러는 사이에 왜선들은 꾸역꾸역 포구 안으로 몰려들어오기 시작

* 세견선: 해마다 대마도에서 우리 나라로 쌀을 가지러 오는 배.

하여 해가 질 무렵에는 포구 안이 꽉 차고도 남아서 바깥 바다까지 까맣게 덮어 버렸다.

해가 지며 바로 열사흘 달이 바다 위에 둥실 떠올랐는데 이때부터 왜선에서는 저녁밥들을 짓기 시작하여 한동안은 포구 안이 안개라도 자욱하게 낀 것처럼 뽀얀 연기로 폭 덮였었다.

성에서도 서둘러 저녁밥들을 먹어 치웠다. 이때 부산성 내에 군사라고는 도무지 삼천 명 가량이 있었을 뿐이요 백성들 가운데 하다못해 작대기 하나라도 손에 들고 나설 만한 사람까지 모두 셈에 넣어 보아도 통틀어 오륙천 명이 될까말까한 형편이다. 그래도 그들은 죽기로써 이 외로운 성을 지켜 내려고 모두 떨쳐 일어났다.

정 첨사는 척후를 내보내서 적정을 탐지해 오게 한 뒤, 군사들을 지휘하여 손에들 병장기를 잡고 성에 올라 성첩들을 지키게 하되 남문, 북문을 중심으로 성문 좌우편에는 특히 활잡이들을 더 많이 배치하고, 각색 기들을 있는 대로 내다가 성 위에 두루 꽂아 위세를 돕게 하며, 자기는 갑옷 투구에 활 메고 환도 차고 남문루 위에 올라 멀리 포구 쪽을 바라보고 있었다.

이슥고 달이 부산포 뒷산 가마뫼釜山 위에 왔을 무렵, 적들은 갑자기 행동을 개시하였는지 포구 안의 배들이 이리저리 자리를 움직이고 포구 밖의 배들이 연방 안으로 들어오고 하는 양이 달빛에 보였다.

“놈들이 뭍으로 기어오르기 시작했나 보다. 기어오르며 바로 성을 치러 올지도 모를 일이다.”

이렇게 생각한 정 첨사는 성내에 영을 돌려서 백성들 집에 집집이 끓는 물을 준비하고 짤막짤막한 홰들을 많이 만들어 놓으라고 일렀다. 적이 저희들의 수효 많은 것을 믿고 단번에 성을 타고 넘으러 들기라도 하면 놈들의 머리 위에 불꾸러미를 던지고 끓는 물을 끼얹어 주자는 것이다.

그러자 적정을 살피러 갔던 척후병이 돌아왔다. 적들은 대략 반수가 배에 남아 있고 나머지 일만 삼사천 명이 뭍으로 올라와서 오리 밖 조각바위片岩 아래 세 패로 나뉘어 진을 치고 있는데 당장 밤으로 성을 치러 올 것 같지는 않으나 만일을 알 수 없는 일이요 이로 말미암아 서평포西平浦와 다대포多大浦로 나가는 길은 끊어지고 말았다 한다. 정 첨사는 군사를 다시 내보내 계속 적의 동정을 살피게 하였는데 언제 놈들이 엄습을 해올는지 알 수 없는 일이라 이 날 성에서는 한껏 긴장된 가운데 그 밤을 꼬박이 밝히고 말았다.

그 밤이 다하니 밝는 날은 곧 사월 십사일인데 먼동이 틀 무렵, 홀지에 서남편으로부터 나발 소리 북 소리가 요란히 일어나며 왜적은 마침내 부산성을 향해서 쳐들어 왔다.

콩 볶는 소리와 함께 적의 공격이 시작되었다. 적의 전군이 백 보 안에까지 바짝 다가들어와 방패로 몸을 가리고 땅에가 엎드려서 조총을 쏘는 것이다. 총알은 우박처럼 성 위로 날아들었다. 잠깐 동안에 적탄에 맞아서 죽고 상한 사람이 십여 명이다.

성 위에서도 싸움을 재촉하는 북 소리가 요란하게 일어나고 우리 활잡이수들은 적을 겨누어 맹렬하게 활을 쏘았다. 화살은 왜병들의 머리 위에 빗발치듯 쏟아지고 적에게도 사상자가 속출하였다.

그러나 아무래도 활이 총에 밀려서 우리 편의 기세가 오르지 못하는데 문득 적진에서 북 소리 나발 소리가 요란스럽게 일어나더니 적의 후군이 두 패로 나뉘어 전군 좌우 편으로 나와서 또 일제히 총질을 시작하였다.

형세가 심히 급하고 험하다. 정 첨사는 곧 북문 쪽에다 배치해 놓은 활잡이들을 약간만 남겨 두고는 모조리 앞으로 불러다가 싸움을 돕게 하라고 영을 내렸다.

그러나 이때 적의 총질이 더욱 맹렬해지며 적군 가운데서 저마다 흰 수건으로 머리를 질끈 동이고 허리에다 길다란 일본도日本刀를 한 자루씩 지른 왜병들이 일시에 아우성치며 와락 앞으로 내달아 쏜살같이 성 밑에 와 붙었다. 성 밑에 와 붙으며 놈들은 바로 성벽을 기어오르기 시작하였다. 적들의 총질은 한층 더 맹렬해졌다. 맹렬한 엄호사격 아래 놈들은 단번에 성을 타고 넘어오려는 것이다.

성내가 벌컥 뒤집히다시피 되었다. 집 속에들 꾹 틀어박혀 있던 아녀자와 늙은이들까지 모두 밖으로 들끓어나와서 뻔질나게 성 위로 끓는 물을 나르고 불꾸러미를 나르고 돌을 나르고 매운재를 나르고 나중에는 똥 오줌까지 퍼 날랐다.

개미떼처럼 까맣게 달라붙어서 성벽을 기어오르던 왜병들은 끝끝내 성 위에까지는 올라와 보지 못한 채 불에 데고 물에 데고 똥 오줌까지 홈빡 뒤쓰고 성 아래로 굴러떨어져서 죽고 상한 자가 무수하였다. 적은 마침내 성을 타고 넘는 것을 단념한 듯, 총질하던 것까지 멈추고 성 아래서 물러나갔다. 그러나 멀리 가지는 않고 성에서 활 서너 바탕 거리쯤 가서 풀밭에가 혹은 벌렁 들어눕고 혹은 퍼더버리고들 앉아서 쉬는 꼴이었다.

당장 위기는 면하였으나 앞으로 계속 적을 막아서 끝끝내 성을 지켜 낼 수가 있을까?

정 첨사는 잠깐 눈을 감고 생각에 잠겼다가 다시 눈을 번쩍 뜨자 곁에 섰는 통인을 돌아보고 종이와 붓을 가져 오래서 그 자리에 앉아 본영에다 대고 구원을 청하는 글을 썼다.

척후병의 말에 의하면 밤새 조각바위 아래 세 패로 나뉘어 진을 치고 있던 왜병의 수효는 도합 일만 삼사천 명이 실했다고 한다. 그러나 지금 여기 온 것은 불과 사오천 명이니 나머지는 그럼 어디를 갔단 말인가? 십상팔구는 다른 데를 치러 갔거나 또는 무엇 때문에든 어디서 지체가 되는 것일 텐데 언제 오든 종내는 이곳으로 와서 합세할 것이다. 지금 우리 형세가 겨우 앞문 하나를 지켜 싸우기도 힘에 겨운데 이제 적의 병력이 부쩍 삼 배로 불어 가지고 저희가 성을 통으로 에워싸고 앞뒷문을 일시에 들이친다면 대체 무슨 수로 막아낸단 말이냐? 본영에는 간밤에도 또 한번 급한 공문을 띄웠는데 이제도록 아무런 소식이 없다. 멀기나 한가? 엎드러지면 바로 코 닿을 곳인데, 그래 당장 눈앞에 거진巨鎭 하나가 적의 손에 함몰하는 것을 그냥 보고만 앉아 있자는 배짱이냐? 그렇다면 이것이 아마 부산 첨사 정발이가 경상 좌도 수군 절도사께 올리는 마지막 공문이 될까 보다. 나라를 위해 이 한 몸이 죽는 것은 조금도 아까울 배 없지마는 성이 한번 무너지는 날 성안의 수만 명 무고한 백성들이 장차 어찌될 것이냐?…

비분강개한 생각을 스스로 억제하지 못하며 정 첨사는 공문을 다 쓰고 나자 이번에는 군사를 시키지 않고 나이 지긋한 군관 하나를 불러서

"자네가 한번 수고를 해주어야만 할까 보이. 가거든 직접 사또를 만나 뵈어야 하네. 만나 뵙고 무슨 처분이고 간에 분명한 말씀을 듣고 오도록 하게."

이처럼 분부를 내리는데 이때 통인이 별안간 손을 들어 서남편을 가리키며

"저기 군사 한 떼가 들어오고 있소이다. 저게 혹시 다대포나 서평포에서 오는 구원병이나 아닐까요?"

하고 말한다.

일시에 모두 그편을 바라보았다. 과연 서평포 다대포로 통하는 길

쪽에서 티끌이 자욱하게 일어나며 한 떼 군사가 이편을 향해서 들어오고 있었다.

감히 바랄 수는 없는 일이었으나 그래도 행여나 하는 마음은 누구에게나 있었다. 그래 모두들 성 위에 나서서 눈이 뚫어지라고 그편들만 지켜보는데, 이때 우리나 한가지로 목을 길게 늘여 그쪽을 주시하고 있던 적진에서 문득

와— 와—

하고 환성이 일시에 올랐다.

본래 이날 새벽에 왜적은 세 패로 나뉘어, 한 패는 대장 소서행장이가 거느리고 부산성을 치러 오고, 나머지 두 패는 부장 종의지와 평조신이 각각 한 패씩을 거느리고 다대포와 서평포를 치러 갔던 것인데 지금 그 패들이 서로 전후하여 승전고들을 울리며 저희 대장을 도와서 함께 부산성을 치러 이처럼 돌아온 것이다.

"음…"

하고 정 첨사는 고개를 돌리다가 본영에 갈 군관이 그저 공문을 손에 쥔 채 그곳에 서 있는 것을 보았다.

"무얼 하고 있나? 곧 떠나게. 끝내 구원병을 못 내시겠다거든 화살이라도 보내 줍시사고 하게."

"네, 네."

군관은 문루에서 내려가자 곧 말에 뛰어올라 성내를 일자로 꿰뚫고 북문을 나서 좌수영을 바라고 달렸다.

그러나 그가 떠난 뒤 얼마 지나지 않아 성은 겹겹으로 포위되고 이어 서북편 성벽이 허물어지며 왜병들은 아우성치고 앞을 다투어 성안으로 와 몰려들어 왔다.

성내 곳곳에서 적과 우리 사이에 처절한 단병 접전이 한동안 벌어

졌다. 그러나 원체 형세가 엄청나게 기운 데다가 본영에서 구원병은 끝끝내 오지 않았다.

싸우다 싸우다 첨사 정발도 죽고 수하 군관과 군사들도 다 죽고 그 악귀 같은 왜병들 손에 성내에 들어 있던 수만 명 백성들이 거의 다 도륙을 당하고 말았다.

성내에는 도처에 적의 홍기 백기가 세상이나 만난 것처럼 바람에 펄럭이고, 이 거리 저 거리,… 이 골목 저 골목으로 왜병들은 개 싸대듯하며 노략질 분탕질을 마음대로 하였다. 경겁해 우는 어린것들의 울음 소리와 깁을 찢는 듯한 여인들의 비명이 한동안 예서 제서 들렸다…….

수군 절도사가 달아났다

이때 경상 좌수사 박홍朴泓은 본영 뒤 조그만 언덕 위에 올라서서 서남방 십 리 밖에 부산성을 바라보다가 이제는 총소리도 안 들리고 함성도 안 오르고 성 안에 붉은 기들만 가득 차 있는 것을 보자

"부산이 그예 함몰되었구나. 그럼 왜병들이 이제 이리로 몰려 오겠지. 이 노릇을 대체 어떻게 하면 좋단 말이…"
하고 허둥지둥 본영으로 돌아왔다.

이 자는 어제 왜적이 불시에 우리 나라를 침노해 들어왔다는 경보를 받았을 때부터 '이 노릇을 대체 어찌하면 좋단 말이…'만 줄곧 뇌면서 안절부절 못하였다. 무능하고 또 비겁하기 짝없는 이 자는 바다에 나가서 적을 맞아 싸울 생각은 애당초에 해보지도 못하고 도리어 전선들을 적에게 빼앗겼다가는 큰일이라고 부랴부랴 군사들을 재촉해서 멀쩡한 전선을 백여 척이나 깨뜨려서 그 위에 실었던 허다한 군기 화포와 함께 말끔 바다 속에다 처박아 버리고 말았다.

"부산성에서 급한 공문이 왔습니다."

"서평포 다대포에도 왜병이 쳐들어왔답니다."

"구원병을 빨리 내셔야 안 하겠습니까?"

"군사를 못 보내주시겠으면 군기, 군량이라도 대주셔야죠."

수하 비장裨將들이 번갈아 들며 각가지로 다 말을 해보았으나 그는

"구원병이란 함부로 내줄 것이 아니야. 왜 그런고 하니 형세가 조금만 불리해도 남의 구원만 믿고 힘껏 싸우려 들지를 않게 되니까 말이지. 더구나 본영에도 군사가 넉넉지 않은데 여기저기 다 떼 주고 보면 정작 이곳 방비는 어떻게 하라고—"

하고 종시 듣지 않았다.

그렇다고 본영의 방비를 든든히 하여 왜적을 맞아서 싸울 별반 조치를 취한 것도 없었다. 이 자가 그 사이 한 일이란 앞서 말한 전선 백여 척과 허다한 군기 화포들을 제 손으로 바다에 처박은 것 외에는 관하진장管下鎭將들이나 봉수감고烽燧監考에게서 새로운 정보를 받을 때마다

"이 노릇을 대체 어떻게 하면 좋단 말이…"

하고 안절부절 못하면서도 부지런히 왕에게다 장계를 올리고 본도 병사慶尙 左兵使와 우도 수사慶尙 右水使에게 공문을 띄운 일이다.

어제 저녁에 그가 전선을 모조리 바다 속에 처박는 것을 보고 그에게 왜적과 싸울 뜻이 전혀 없는 것을 안 본영 안의 백성들은 그를 믿고 그대로 남아 있을 묘리가 없어서 모두 남부여대하고 이곳을 떠나 버려 지금은 성내 민가들이 텅 비다시피 되었고 군사들도 태반이나 흩어지고 말았다.

그렇건만 이 자는 '이 노릇을 대체 어떻게 하면 좋단 말이…'만 뇌면서 경상 우수사에게 보내는 공문 끝에는 으레

"…이리하여 본영에서는 군사를 정비하여 비상 사태에 대처하고

있거니와 귀영에서도 부디 군사와 전선을 정비해 놓고 비상 사태에 대처하고 있다가 때를 잃지 말고 적을 소탕하도록 할 것이다…"
하고 박아 놓는 것이었다.

이러한 위인인지라 바로 지척에 있는 부산성이 마침내 왜적의 손에 떨어진 것을 안 이제, 그가 취할 길이라고는 단지 하나밖에 없었다. 왜적이 당장은 좇아오지 못할 어디 좀 떨어진 곳으로 급히 몸을 피하는 길이다.

그는 허둥지둥 본영으로 돌아오자 즉시로 영을 내려 군기고와 군량고에 불을 지르게 하였다.

이 광경을 보고 중군中軍이 나서서

"이곳을 안 지키시겠으면 군사들을 거느리고 동래성으로나 가 보시지요. 왜적이 부산을 쳐 무찔렀으니 다음은 동래성인데 이곳이 한 번 무너지는 날에는 영남 일경이 통으로 흔들리고 말 것이매 반드시 굳게 지켜 적에게 넘겨 주지를 말아야 할 것이외다. 그리고 지금이라도 빨리만 서두르면 군기고 군량이고 다 그리로 옮겨 갈 수가 있을 텐데 왜 그 아까운 것을 태워 없애려고 하십니까?"
하고 만류하였으나 박홍은 더럭 증을 내며

"같잖은 참견 하지 말게. 내가 어련히 알아서 하겠나? 생각해 보게. 지금 이 군사 가지고 무슨 수로 빈 성을 지켜 낸단 말인가? 군기와 군량은 그대로 두어 두고 가면 적의 수중에 들어가고 말 것이매 진작 태워 버리는 게야. 나는 이 길로 김해부金海府로 가서 연해 각 관포沿海各官浦와 열읍의 군사들을 모아 가지고 적과 한번 크게 싸워 보려는 걸세. 자네들도 어서 차비를 차리고 나서게."
하고 곳간들에다가는 기어이 불을 질러 버리고 말았다.

그의 말을 듣고 수하 장수들은 분분히 이곳을 떠날 치장들을 차렸다. 그러나 그들은 수사를 따라가려는 것이 아니다. 본영과 군사들은 다 버려 두고 김해로 가서 한번 싸워 보겠다는 뚱딴지 같은 그의 수작을 곧이듣는 사람은 하나도 없었던 것이다.

박홍이 본영에서 도망해 나가기 전에 한 일이 또 한 가지 있다. 그것은 왕에게다 장계를 올린 것이다.

장계에는

"…황령산荒嶺山의 봉수군 배돌이烽燧軍 裵乭伊가 고하옵는데, 간밤에 부산포에 상륙한 왜적들이 오늘 날이 밝을 무렵에 성을 에워 싸고 불질을 시작하였는바 화포 놓는 소리가 천지를 진동한다고 하였습니다. 그곳으로 말씀하오면 서평포나 다대포도 이미 길이 막혀서 구원병도 쫓아갈 수 없으니 심히 민망합니다. 신이 곧 높은 데 올라가 바라보았더니 부산성중에는 붉은기가 그득 차 있었습니다. 이것으로 성이 함몰한 것을 알겠습니다…"

하고 부산성이 적의 손에 떨어진 것을 보한 다음에

"…이에 신은 전래하는 전법에 따라서 성을 더욱 굳게 지키며 죽기로써 적을 막아 내도록 각별한 조치를 취하고 있습니다…"

라는 구절이 덧붙여 있었다.

박홍이 수하 장수들 가운데서 가장 자기 심복이라고 믿는 자 두어 명과 종인 서넛만 거느리고 초초한 행색으로 영문을 떠나는데 군사 십여 명이 우르르 앞으로 달려들어서 길을 막고

"사또, 어디로 가시려고 이러십니까?"

"못 가십니다, 못 가."

"눈앞에 적병을 놓아 두고 어디로 가시려는 게요?"

하고 소리들을 질렀다.

박홍이 와락 얼굴이 붉어 가지고

"네깐 놈들이 무얼 안다고…"

"비켜라, 비켜. 그래 못 비키겠느냐?"

연달아 불호령을 내놓을 때 늙은 군사 하나가 말머리 앞으로 바짝 다가서서 똑바로 그를 쳐다보며

"사또, 소인들이 목숨을 사또께 다 바칠 테니 왜놈들하고 한번 싸워나 보십시다."

거의 애원하다시피 한마디 하고 손을 내밀어 말고삐를 잡았다.

"놓아라."

"못 놓겠소. 죽어도 못 놓겠소."

붉어졌던 얼굴이 이번에는 파래지는 듯

"이놈—"

벽력 같은 호통 소리와 함께 박홍은 눈결에 허리에 찬 칼을 뽑아서 말고삐를 움켜 쥔 늙은 군사의 손목을 번개같이 끊어 놓고 다시 한번 휘둘러 앞을 막아 선 젊은 군사의 어깨를 찍어 거꾸러뜨렸다. 함께 길을 막아 섰던 군사들이 엉겁결에 뒤로 물러났다.

박홍은 이 사이에 말을 몰아 도망쳤다. 비장들과 종인들도 황황히 그 뒤를 따랐다.

길을 막고 나섰던 군사들은 말할 것도 없고 저만치 물러서서 이제까지 동정을 보고 있던 군사들까지 모두 격분하여

"저놈들 잡아라—"

외치며 장달음을 쳐서 뒤를 쫓았다. 뒤를 쫓으며 일변 길에서 돌들을 주워 이 비겁한 자들의 등을 겨누고 팔매를 쳤으나 몇 개 맞혀 보지 못하고 다 놓쳐 버렸다.

영문 안에서는 아직도 군기고와 군량고들이 활활 불에 타고 있었다. 그것을 바라보며 주먹으로 땅을 치고 통곡하는 군사들도 있었다.

그러나 이제는 아무리 울어도 소용이 없는 일이다.

"너무나 일이 원통하지 않은가? 우리끼리만이라도 어떻게 왜놈들하고 싸워 볼 도리를 차려 보세."

하고 공론을 낸 사람도 있었다. 그러나 공론이 미처 정해지기 전에 누군지 왜병 한 떼가 지금 이리로 몰려들어오고 있다고 급한 소식을 전한 사람이 있었다. 군사들은 마침내 뿔뿔이 흩어지고 말았다.

이리하여 우리 나라 남쪽 관문을 맡은 경상 좌도 수군은 단 한번 왜적과 싸워 보지도 못한 채 이처럼 허무하게 제풀에 무너져 버리고 말았다.

싸우는 동래성

부산성이 마침내 왜적의 손에 함몰하고 말았다는 소식이 동래성에 전해진 것은 이날(사월 십사일), 지금 시간으로 오후 한시경의 일이다.

이때 부사 송상현宋象賢은 정원루靖遠樓 위에다 간단하게 술자리를 벌려 놓고, 좌병사 이각慶尙 左兵使 李珏, 조방장 홍윤관助防將 洪允寬, 울산 군수 이언함蔚山 郡守 李彦諴, 양산 군수 조영규梁山 郡守 趙英珪… 이러한 사람들을 대접하고 있었다. 그들은 왜적이 부산포에 들어왔다는 말을 듣고 송 부사를 도와서 동래성을 굳게 지키려 각기 수하 군사들을 거느리고 오늘 아침에 전후해서 이곳으로 온 것인데 그 중에도 좌병사 이각은 밤으로 병영 군사를 모조리 일으켜 울산 군수도 함께 데리고 밤길 구십 리를 달려온 터였다.

그래 송 부사는 모처럼 멀리서 와 준 그들의 수고도 사례할 겸, 장차 적을 맞아서 싸울 방책을 정하자고 이 자리를 베푼 것인데, 정작 주장되는 이 병사가 해야 할 의논은 하려 안 하고 객담만 자꾸 늘어놓아서 송상현은 몇 번이나

"그만 군사 일을 의논하도록 하십시다."
하고 말을 내어 보았으나 그때마다
"그게 무에 급해서 본관은 그러시오? 우리 술이나 좀더 먹고 차차 합시다그려."
하고, 계속 한다는 수작이
"왜병들이 조총을 가지고 있다지만 쏜다고 다야 맞겠소?"
"수천 리 밖에서 바다를 건너 오느라고 지칠 대로 지친 놈들이오. 무에 겁난단 말이요?"
"아까 본관은 우리 나라가 그간 이백 여 년을 전쟁이라고는 모르고 지내 온 까닭에 이 처음 당하는 국난에 우리 군사들이 혹시 겁부터 집어 먹지 않을까 염려를 하십디다마는 그건 거느리는 장수에게 달렸습네다. 예부터 이르기를 '용맹한 장수 밑에는 약한 군사가 없다'지 않소? 두고들 보우. 이제 내 군사들이 얼마나 잘 싸우나… 허지만 내가 나갈 것도 없을 게야. 부산 첨사가 원채 담략膽略이 있어서 그까짓 왜병쯤 혼자서 물리치겠지…"
모두가 희떠운 소리뿐이였는데, 바로 이러는 판에 부산이 마침내 적의 손에 떨어지고 말았다는 소식이 들어온 것이다. 모두들 안색이 변해 가지고 상좌에 앉은 이 병사 쪽을 일시에 바라보았다.
이 병사도 처음에는 소스라쳐 놀라는 모양이었는데, 다음에는 연해 눈을 깜박거리며 마치 앞으로 왜적과 싸울 방책이라도 생각하는 상싶더니, 마침내 좋은 방책이 떠오르기나 한 것처럼
"옳지."
하며 무심코 무릎을 치다가 제풀에 놀라서 좌중을 둘러보고는 싱겁게 히죽 웃으려다 말고 즉시 정색하고 두어 번 큰 기침을 한 다음에
"부산이 함몰했으니 이제 곧 왜적들은 이리로 몰려올게요. 이곳마

저 적에게 넘겨 주었다가는 영남 일경이 그만 통으로 흔들리고 말 것이라 무슨 일이 있든 꼭 지켜 내야 하겠는데 성은 견고하고 군량은 넉넉하니 여러분이 군사와 백성들을 잘 지휘해서 싸우기만 한다면 적을 물리치기가 힘들 게 없으리다. 그럼 성을 잘들 지키시오. 나는 그만 가오."

말을 마치며 그는 곧 자리에서 일어나는 것이다.

모두 어이가 없어서 물끄러미 그의 얼굴만 쳐다보는데 양산 군수 조영규가 있다가

"그만 가신다니 어디로 가신단 말씀입니까? 백리 밖에서 모처럼 밤도와 오신 터에 부산 소식을 들으시자 갑자기 가시겠다고 하니 어떻게 하시는 말씀인지를 모르겠습니다."

하고 따지듯 한 마디 하나 이각은 얼굴이 와락 붉어지며

"아니 내가 왜적이 무서워서 피하기라도 하는 줄 아오? 피하는게 아니라 밤에 나가 싸우려고 그러는 게요. 우리가 다 함께 성 안에만 들어앉았으면 도리어 형세가 외로우니까 나는 밖에 나가서 진을 치고 있다가 적병이 와서 성을 에우면 그때 성내 군사와 호응해서 적의 배후를 찌르자는 것이요. 병법에 말하는 의각지세倚角之勢라는 게 바로 이것이요그려."

바로 일러주듯 한마디 하고 곧 나가려는 것을 이번에는 조방장 홍윤관이

"영감, 가시겠으면 가 보시지요. 그 대신 군사나 두고 가시오."

하니 그는 얼굴이 더 붉어 가지고 펄쩍 뛰며

"군사는 왜 두고 가라오? 내가 정말 도망이나 하는 줄 아나뵈. 나도 나가서 싸워야 할 텐데 군사는 왜 두고 가라노?"

하고 푸푸 하는 판에 다시 정보가 들어왔다. 부산성을 손에 넣은 뒤

에 왜적들은 그곳에서 북으로 오 리쯤 되는 당천唐川에 진을 치고 있는데 형세가 금방이라도 동래성을 치러 올 것 같다는 것이다.

이 소식을 듣자 이각이 그만 얼굴이 파랗게 질려 어찌할 바를 몰라하는데 이제까지 말이 없던 송상현이 이 꼴을 보고 문득 입을 열어

"사세가 급한 모양이니 영감 어서 가실 데로 가시지요."
하고 말하였다.

이각은 어색하게

"그럼 본관, 나는 나가 있겠소."

한마디 하고 총총히 누에서 내려 갔다.

"왜 붙들지 않으십니까? 병영 군사를 다 보내 놓시고 무슨 수로 수만 명 대적을 막아 내시렵니까?"
하고 양산군수가 물었다.

이때 성내에 있는 군사라는 것이 동래 군사 삼천 백, 양산 군사 일천 삼백, 울산 군사 일천 이백, 조방장 수하 군사 이백 칠팔십, 도합 오천 팔백 여 명임에 비하여 이각이 데리고 왔다가 도로 데리고 가는 병영 군사는 실로 칠천여 명인 것이다.

그러나 군사가 탐이 난다고 그 비겁한 자를 붙들어 둘 것은 없는 것이, (붙든다고 주저앉지도 않겠지만) 그런 자를 대장이랍시고 위에 모시고서 무슨 수로 왜적과 싸워서 이기기를 바라랴? — 이렇게 생각한 까닭에 송 부사는 자기 편에서 권하다시피 하여 그를 배송낸 것인데 양산군수가 묻는 말에는 구태여 긴 이야기 안 하고

"굳이 가려는 사람을 붙들어 두어 유익할 게 뭐 있겠소? 또 지고 이기는 것이 반드시 군사의 많고 적은 데 달린 것은 아니요."
하고 간단히 대답해 버렸다.

이때 좌병사 이각은 서둘러 수하 군사들을 수습해 가지고 북문으로

해서 동래성을 빠져 나갔다. 인제는 살았다 싶은 생각에 누구 보는 사람만 없었다면 춤이라도 한번 추었을 것이다.

"그런데 가만 있자, 이제 어떻게 한다?"

욕심만 같았으면 자기 첩이 기다리고 있는 병영으로 곧장 갈 것이지만 그럴 수도 없었다. 수하 군사들 가운데도, 어째 일껀 싸우러 왔다가 그대로 돌아가느냐고 따지는 자들이 있어서, 그런 것이 아니라 밖에 나가 있다가 왜적이 오면 안팎에서 일시에 끼고 칠 계책이라고 속이고서 데리고 나온 터이라, 말막음으로라도 과히 멀지 않은 곳에 잠시 머물러 있으면서 동래성의 정세를 두고 보는 것이 앞으로 거취를 정하는 데도 좋거니와 자기가 성에서 나온 것이 결코 도망하기 위한 게 아니었다고 후일에라도 변명할 거리가 되겠으니 두루두루 좋겠다.

이리하여 이각은 동래성에서 북으로 사오 리 되는 소산역말蘇山驛에다 군사를 둔쳐 놓고 척후병을 보내서 동래성의 정세를 살피게 하였다.

한편 동래 부사 송상현은 이각이 성에서 나가 버리자 관등官等에 따라서 자기가 주장이 되어 곧 성내에 군사를 배치하는데 자기는 대장 송봉수大將 宋鳳壽와 함께 남문을 지키기로 하고, 조방장 홍윤관으로는 북문을 지키게 하고, 양산군수 조영규에게는 동문, 울산군수 이언함에게는 서문을 각각 맡기되, 울산군수와 양산군수는 각기 데리고 온 군사가 천여 명씩 되므로 그들을 거느려 지키게 하고, 조방장은 수하 군사가 삼백 명에도 차지 못하므로 동래 군사 중에서 팔백 명을 떼어 주어 함께 거느리게 하였다.

난리 났다는 소문이 한번 돌자 고을 안의 백성들이 남부 여대하고 간밤부터 성내로 들어오는 자가 적지 않아서, 송 부사는 이방에게 분부하여 그들에게 임시 거접할 처소들을 마련해 주게 하며, 또 사대문에 방도 붙이고 관속들을 풀어 좋은 말로 타이르게도 해서 성내 민심을 안정시키기에 힘썼다.

제반 분별을 마치자 그는 한동안 눈을 감고 생각에 잠겼다가 이윽고 다시 눈을 뜨자 책상 머리에 놓인 접선摺扇을 펴 들고 그 위에다

고성월훈 孤城月暈
열진고침 列鎭高枕
부자은경 父子恩輕
군신의중 君臣義重

의 열 여섯 자를 단정한 글씨로 쓰고 나서

"여로를 불러라."

하고 통인에게 분부하였다.

그가 부채에 쓴 글 뜻을 우리 말로 옮겨 보면 대강 다음과 같다.

외로운 성에 달무리 하건마는
각 진에서는 잠들만 깊었구나

부자간의 은혜는 가벼웁고
군신간의 의리는 중하여라

고단한 형세로 장차 대적을 맞아서 싸우려는 터에 어찌 살기를 기약하랴? 몸을 바쳐서 나라에 보답하려는 동래 부사 송상현이 서울에 있는 그의 부친에게 마지막 고하는 하직이었다.

조금 자나서 군사 복색을 한 젊은이 하나가 동헌 섬돌 아래 들어와

서 두 손길을 마주 잡고

"불러 계십니까?"

하고 공손히 허리를 굽혔다. 키는 중키에 생김생김이 얼른 보아서는 양순하기만한 듯해도 샛별 같은 두 눈에 그의 총명한 기질이 드러나고 일자로 꽉 다문 입술에 굳센 의지가 보였다. 그건 곧 신여로申汝櫓라고 송 부사가 이곳에 도임해 올 때 서울서부터 하인처럼 따라 내려온 사람이다.

송상현은 군사 복색을 한 그를 잠깐 물끄러미 내려다보다가

"그 옷이 웬 일이냐?"

한 마디 묻고 대답도 듣기 전에 다시 말을 이어

"네 곧 나가서 옷 갈아 입고 바로 서울로 올라가거라. 여기 보퉁이하고 접선이 있으니 접선은 댁에다 전하고 보퉁이는 너희 모친에게 갖다 드려라."

하고 통인을 시켜서 미리 준비해 두었던 보퉁이와 접선과 노자를 그에게 내다 주게 하였다.

신여로는 통인이 퇴 끝에 갖다 놓는 물건들을 잠깐 바라보다가 고개를 숙인 채 한마디 하였다.

"여쭙기는 황송하오나 다른 사람을 부리실 수는 없사올지…"

"그건 왜?"

"황송하오나 소인은… 소인은 여기 남아 영감마님 모시고 끝까지 성을 지키고 있기가 소원이올시다."

"네 뜻은 알겠다마는 그것은 내가 네게 바라는 바가 아니다. 너는 형제도 없는 몸… 돌아가서 노모를 봉양하는 것이 남의 자손된 도리니라."

"………"

흘낏 쳐다보고 도로 고개를 숙이는 신여로의 눈에 이슬이 맺혀 있었다. 물끄러미 내려다보다가 송 부사는

"곧 떠나면 요새 해에 오늘 양산까지는, 아니 네 걸음에 황산역말黃山驛까지도 갈 수 있을 게다. 이 길로 바로 떠나거라."

말을 마치며 즉시 통인에게

"남문루로 가자."

하고 그는 방에서 대청으로 나왔다.

신여로는 무슨 말을 더 할듯할듯 하다가 못하고 송상현이 섬돌 아래로 내려 서자 마침내 뜻을 결한 듯

"그럼 소인은 떠나겠습니다. 영감마님, 옥체 보중하십시오."

하고 하직을 고하였다.

송상현은 그 길로 남문루에 나가서 중군과 함께 그곳 방비를 대강 돌아본 다음에 말에 올라 좌우 병방左右 兵房을 거느리고 성내를 순시하러 나섰다. 다른 데는 모두 준비가 잘 되어 있었는데 서문에서는 성첩에 군사 배치도 아직 안 되어 있을뿐더러 군심이 자못 해이한 것이 느껴져서 그는 울산군수에게 군사 단속을 엄히 하고 곧 배치를 끝내도록 하라고 단단히 말을 일렀다.

그가 남문루로 다시 돌아오자 왜병의 선진이 오 리 밖에 들어오고 있다는 급한 기별이 있어 즉시 순령수를 각 문에 보내서 곧 적을 막아 싸울 준비를 하라고 영을 전하였다.

그로서 얼마 지나지 않아 적의 선진이 나타나고 뒤를 이어 중군 후군이 다 들어와서 남문 밖 취병장 넓은 마당을 까맣게 덮어 버렸다. 병력은 이만 명이 훨씬 넘었고 그 중에 수천 명은 마군이였다.

진을 치고 나자 허우대 큰 왜병 하나가 길다란 널판자 하나를 어깨에 메고 성큼성큼 남문을 향해서 걸어 들어온다. 무엇을 하려나 보려

니까 남문 아래까지 와서 걸음을 멈추더니 메고 온 널판자를 땅에다 비스듬히 세워 놓고 고개를 제껴 성 위를 쳐다보며 손으로 판자 위를 가리킨다.

판자 위에는 먹 글씨로 커다랗게 다음과 같은 아홉 자가 씌어 있었다.

> 전즉전 부전즉가아도
> 戰則戰 不戰則假我道

싸우겠으면 싸우고 싸우지 않겠으면 저희에게 길을 빌려 달라는 말이다. 송 부사는 곧 널판자를 가져 오래서 붓을 손에 잡았다. 그러나 먹을 찍으려다 말고 그는 잠깐 눈을 크게 떴다. 큰 벼루에다 부지런히 먹을 갈고 있는 한 젊은 군사가 실상은 군사가 아니라 군사 복색을 한 신여로—지금쯤은 소산역말까지나 가 있어야 할 신여로이었기 때문이다.

그럼 그는 중내 떠나지 않고 성에 남아 있었던 것인가? — 아니다. 부사의 엄한 분부를 거역하기 어려워서 그는 일단 성을 떠나기는 떠났었다. 그러나 십 리 길을 못 다 가서 그는 왜적들이 동래성을 향해서 쳐들어오고 있다는 소문을 들었다. 그 순간 평소에 어버이처럼 우러러 오던 송 부사의 얼굴이며 친하게 지내 오던 관속들과 성 안 성 밖의 자기가 아는 모든 사람의 얼굴이 일시에 눈 앞에 떠올랐다. 서울서 자기를 기다리고 있을 칠십 당년의 늙은 홀어머니 생각을 안 한 것은 아니다. 그러나 그는 참을 수 없었다. 이리하여 신여로는 동래성의 모든 사람들과 생사를 같이하여 왜적과 싸우기 위해서 곧 장달음쳐 성으로 돌아오고 만 것이다.

열심히 먹을 갈며 무심코 고개를 들다가 자기를 바라보고 있는 송 부사와 눈이 마주치자

"분부를 거역해서 황공합니다."

하고 그는 눈으로 사죄하였다.

"좋다."

송상현도 눈으로 대답하며 붓에 먹을 듬뿍 찍어서 널판자 위에 대자로 다섯 자를 썼다.

사이 가도난
死易 假道難

죽기는 쉽고 길을 빌리기는 어렵다는 뜻이다. 문루 위로부터 성 아래로 널판자는 던져졌다. 왜병은 그것을 어깨에 메고 저의 진으로 돌아갔다.

송 부사는 즉시 각 문에 다시 영을 전해서 성의 방비를 더욱 든든히 하게 하였는데 그로서 얼마 지나지 않아 왜적들은 대를 나누어 좌우로 성벽을 끼고 돌아 마침내 성을 철통같이 에워 싸자 일시에 총질을 시작하였다.

이에 응하여 성에서도 각 문마다 싸움을 재촉하는 북 소리가 요란하게 일어났다. 연달아 쾅쾅 터지는 화포 소리에 천지는 진동하고 줄이어 윙윙 울리는 시위 소리와 함께 화살은 적의 머리 위에 빗발치듯 하였다.

이처럼 싸우는 중에 어느덧 해는 서산에가 걸리게 되었는데 이때 문득 적진에서 북 소리 나발 소리가 요란하게 일어나더니 왜장 사오 명이 저마다 일본도를 휘두르며 이백여 명 군사에게 대나무로 만든

길다란 사다리 이십여 개를 들려 가지고 일제히 아우성치며 동남편 성벽 아래로 몰려들었다.

성 위에서는 놈들을 겨누어 일시에 화살을 퍼부었으나 겨우 십여 명을 쏘아 맞혔을 뿐이다. 남은 놈들은 모두 성 밑까지 들어와서 그 길로 대나무 사다리들을 성벽에다 죽 벌려 걸어놓자 앞을 다투어 성 위를 바라고 올라오기 사작하였다.

형세는 급하였으나 성에서도 준비가 있었다. 사다리를 타고 올라오는 왜병들의 머리 위로 돌맹이들, 기왓장 깨진 것들, 도깨그릇 깨진 것들이 무더기로 쏟아지고 덩이돌들이 연방 굴러 떨어졌다.

저기서는 내리 굴리는 덩이들에 사다리가 정통으로 맞아서 부서지는 바람에 그 위에 있던 놈들이 모조리 나가 떨어져 죽고 상했다.

여기서는 위에 올라가던 놈들이 머리가 터지고 면상이 깨져서 굴러 떨어지는 바람에 아래서 따라 올라가던 놈들까지 장기튀김을 당해서 다 나가 자빠졌다.

여기저기서 에쿠지쿠 하며 연달아 떨어져들 죽는 통에 별반 상처를 입지 않은 놈들까지도 지레 겁이 나서 거의 다 아래로 뛰어내리고 말았다.

왜장들은 칼을 뻗쳐 들고 소리를 고래고래 질렀다. 그러나 군사들은 주저주저하며 선뜻 나서려 안 했다. 약이 바짝 오른 왜장 하나가 번개같이 칼을 휘둘러 가까이 섰는 왜병의 어깨를 찍어 거꾸러뜨렸다. 이것을 보자 군사들은 질겁을 해서 앞으로 내달아 다시 사다리에 들 달라붙었다.

이 왜장은 다른 왜장들처럼 갑옷에다 제대로 투구를 쓰지 않고 투구 대신에 흉악하게 생긴 탈바가지를 쓰고 있었는데 다른 왜장들을 돌아다보고 무어라 한마디 소리치고는 남문 쪽으로 가까운 데 걸린 빈 사다리 앞으로 달려와서 잣나비처럼 잽싸게 성 위를 바라고 올라왔다. 이것을 바라보고 다른 왜장들도 여기저기 나뉘어 군사들과 함께 사다리를 타고 일제히 올라온다.

성 위에서는 또 덩이돌들을 내리 굴리고 도깨그릇 깨진 것, 기왓장 깨진 것, 손에 닥치는 대로 집어서는 올라오는 놈들의 머리 위에 내리쳤다.

예서제서 또 수십 명이 얻어들 맞고 나가떨어졌으나 이번에는 먼저와 달라서 맞지 않은 놈은 말할 것 없고 설맞은 놈들까지도 좀처럼 물러나지 않고 바득바득 기를 쓰며 올라왔다.

성에서는 대장 송봉수가 친히 지휘해서 돌 내려치는 군사들 사이사이에 칼잡이 창잡이들을 더 배치해 놓고 왜병이 성첩 위로 머리만 얼씬하거든 단번에 베어 버리도록 말을 일렀다.

이때 벌써 탈바가지 쓴 왜장은 사다리를 다 올라와서 성첩과 거의 키가 같아지자 한 손에 든 일본도로 우리 군사의 칼을 막으며 또 한 손으로 성첩 위를 잡고 번개같이 몸을 솟구쳐 안으로 뛰어넘어 왔다.

군사 서넛이 좌우에서 일시에 달려들었으나 왜장은 비호같이 몸을 놀려 삽시간에 한 명을 베었는데 바로 이때

"이놈 —"

벽력같이 호통치며 저편에서 대장 송봉수가 달려오다가 마침 왜장의 뒤를 이어 왜병 하나가 성첩을 넘으려는 것을 보자 번개같이 면상에 한 칼을 먹여 아래로 떨어뜨린 다음에 바로 왜장 앞으로 달려 들며

"이놈은 내게 맡기고 어서 성첩이나 굳게 지켜라."

하고 왜장과 싸우던 군사들에게 분부하였다.

왜장의 칼 쓰는 수단이 그리 만만치는 않았으나 송봉수의 적수는 아니었다. 두어 번 칼을 어우르다 송봉수는 왜장의 정수리에다 한 칼

을 먹였다. 왜장은 뒤로 벌떡 나가 자빠졌다.

해는 이미 서산을 넘었으나 아직 땅거미 지기 전이었다. 송봉수는 곧 군사들을 시켜서 죽은 왜장을 끌어다가 성첩 위에 걸쳐 놓게 하고 왜적들이 빤히 바라다보는 앞에서 탈바가지 쓴 머리를 쌍둥 자르게 한 다음 모가지 없는 시체는 성 아래다 팽개치게 하였다.

이 광경을 보고 왜적들은 그만 여기*가 질렸던지 다시는 성을 넘어오려 안 하고 얼마 있다 총질하던 것까지 뚝 멈추더니 달이 뜰 무렵 남문을 치던 군사들부터 물러가기 시작하여 동, 서, 북 세 곳 왜병들이 차례로 다 물러가 버렸다.

송 부사는 곧 척후병을 내보내서 적의 동정을 자세히 알아오게 하였는데 거의 자정이나 되어서 돌아와 보하는 말에 의하면 왜병들은 모조리 부산포로 다시 돌아가서 그곳에 진을 치고 술 먹고 소리하고 춤추며 바로 질탕하게들 놀더라고 한다.

십상팔구 왜적들이 밤으로 다시 올 것 같지는 않았다. 우리도 반나절 격전에 모두 지쳤다. 내일의 싸움을 위해서도 휴식이 필요하다. 송 부사는 각 문에 영을 돌려서 대체로 군사들을 충분히 쉬게 해 주되 성첩에다 파수병들은 넉넉히 남겨 두어 성 밖에 강아지 한 마리 얼씬을 못하게 하라고 일렀다. 이리하여 동, 남, 북 세 문에서는 파수병들이 밤을 새며 성첩을 지킬 뿐 아니라 장수들도 번갈아 순을 돌고 있었는데 오직 울산 군수 이언함이 지키고 있는 서문에서만은 장수도 순을 돌지 않을뿐더러 파수병들이랍시고 성첩에가 기대들 앉아서 꼬박꼬박 졸고만 있었다.

어느덧 닭이 서너 홰나 쳤을 무렵, 열나흘 밝은 달이 서쪽으로 많이

---

* 여기: 기승스러운 기세.

기울었으니 훤히 밝으려면 아직 좀 동안이 있을 때.—

서문쪽 성벽 너머에 난데없는 괴물이 나타났다. 키는 구척에 주홍 같은 아가리는 귀 밑까지 쭉 찢어지고 초록 저고리에 다홍 바지를 입은 놈이 제 키의 삼 곱절은 되어 보이는 붉은 기를 등에 지고서 성 위로 불끈 솟아 넘실넘실 성 안을 굽어보고 있는 것이다. 그것도 한둘이 아니라 십여 놈이었다.

이것을 맨 먼저 본 것은 울산군수 이언함이다. 그는 남달리 겁이 많은 사람이었다. 애당초에 싸움터 같은 데는 나설 위인이 못 된다. 좌병사가 굳이 같이 가자고 끄는 바람에 그는 마지 못해 동래성까지 따라온 것인데 막상 왜병이 쳐들어온다는 기별이 있자 좌병사는 혼자 빵소니를 치고 말았다. 그런 인사가 없는 게지만 이제 와서 그를 원망해 본댔자 소용이 없는 일이요, 얼른 그를 따라서 이 불구덩이를 빠져 나가지 못한 자기가 결국은 어리석었다. 나중에 알고 보니 다른 데 비한다면 이 서문쪽 공격이 썩 약했던 모양이나 그래도 자기는 십 년 감수는 한 상싶다. 남문 같은 데는 왜병들이 성에다 사다리까지 걸어 놓고 탈바가지 쓴 왜장 놈이 시퍼런 칼을 들고 성첩으로 훌쩍 뛰어넘어 들어왔었다니 말만 들어도 소름이 끼친다. 이놈들이 일단 물러가기는 하였지만 종내는 다시 오고야 말 터인데 장차 이 노릇을 어찌할 것인가?…

밤새 잠을 못 자고 고시랑거리다가 생각을 해보아야 가슴만 답답하고 심사만 산란해서 그는 바람이나 좀 쏘일까 하고 무심히 장막 밖으로 나왔는데 맞은편 성첩 위를 바라보자 엉덩방아를 쿵 찧고

"귀신 봐라…"

소리를 버럭 질렀다.

성 위에서 졸고 있던 파수병들이 그 소리에 놀라 깨어 둘러보다가

겁쟁이 몇이 "으악—" 소리를 치고 성 아래로 굴러 떨어졌다.

이때 성 밖에서 홀지에 아우성 소리가 일어나며 왜병들이 서문 좌우편 성벽으로 일시에 넘어들어 왔다.

이언함은 오금이 붙어서 그 자리에 그대로 주저앉은 채 겁에 질려 모가지를 잔뜩 움츠리고 턱만 달달 까불었다. 한창 곤하게들 자다가 놀라 깨어 허둥지둥 병장기들을 손에 잡고 예서제서 군사들이 뛰어나왔을 때는 이미 활짝 열린 서문으로 왜병들이 새까맣게 몰려서 아우성치며 앞으로 들어오고 있었다.

이렇게 되면 대세는 이미 결정되어 버린 것이나 다를 게 없다. 군사들은 왜병과 변변히 싸워 보지도 못하였다. 우선 그럴 틈이 없었다. 그들은 삽시간에 적에게 몇 겹으로 포위를 당해서 거의 다 무참하게 죽고 말았다. 다만 울산군수 이언함과 그 수하 군관들이 대부분 원수놈들에게 무릎을 꿇어 구차한 목숨을 보전했을 뿐이다.

이것은 실로 잠깐 동안에 있은 일이다. 서문 안의 거리거리, 골목골목에 왜병들은 꽉 들어차고 그리고도 서문으로는 계속 시꺼먼 복색을 한 것들이 꾸역꾸역 몰려들어 왔다.

동, 남, 북 세 문에서 이것을 알았을 때 그곳에도 적들은 거의 일시에 쳐들어 왔었다. 성 밖 넓은 벌판에 함성은 끊임없이 일어나고 조총 소리는 연이어 울렸다.

성내는 마침내 수습 못할 혼란에 빠지고 말았다. 끝까지 굴하지 않고 싸웠으나 양산군수 조영규도 죽고 조방장 홍윤관도 죽고 대장 송봉수도 마침내 죽었다.

적들은 마지막으로 남문루를 에워싸자 왜장 하나가 울산 군수를 앞세우고서 수십 명 군사를 데리고 문루 위로 올라왔다.

이때 송상현은 교의에 엄연히 앉아 있었고 그의 좌우에는 몸에 서너 곳이나 상처를 입은 신여로와 군사 두 명이 서 있었을 뿐이다. 그러나 그들은 왜적들이 몰려들어오는 것을 보고도 동하는 빛이 없었다.

저마다 손에 칼이며 창을 든 왜병들이 우르르 달려들어 그들을 둘러싸자 왜장 곁에 선 이언함이 한마디 하였다.

"영감, 일이 이미 이렇게 되었으니 항복을 하시지요."

송상현은 눈을 부릅뜨고 그를 노려보며 호통쳤다.

"이놈, 이 역적 놈아. 네 더러운 목숨 하나 살아 보려고 나라를 판단 말이냐. 왜놈들보다도 네가 정말 더 가증한 놈이다."

이언함이 마음에 부끄럽고 송구스러워 왜장 뒤로 서자 송상현은 소리를 가다듬어 이번에는 왜장을 꾸짖었다.

"너희 놈들이 매양 이웃간에 화목하게 지내기를 원한다고 말해 오더니 이게 그래 화목하게 지내는 도리냐? 우리가 너희 놈들에게 섭섭히 한 게 없는데 이럴 법이 어디 있느냐? 내 오늘 나라를 위해서 한번 죽음이 있을 뿐이다. 어찌 개 같은 너희 놈들에게 항복할 법이 있겠느냐?"

발끈 성이 난 왜장은 수하 군사들에게 무어라 한마디 소리쳤다. 왜병들은 곧 칼을 둘러 함부로 찍었다. 숨이 지는 순간까지 동래 부사 송상현의 입에서 왜적을 꾸짖는 소리가 그치지 않았다. 신여로와 두 명 군사도 송 부사와 운명을 같이하였다.

이리하여 사월 십오일 아침에 동래성도 적의 손에 떨어지고 말았다.

병마 절도사도 달아났다

이때 좌병사 이각은 소산역말에 임시 진을 치고 하룻밤을 지내며 연방 동래성의 동정을 알아보고 있었는데 이날 아침에 다시 내보낸 척후병이 이윽고 돌아와서 동래성도 마침내 무너지고 말았다는 소식을 전하였다.

이각은 또 얼굴이 해쓱해졌다.

'동래성을 수중에 넣었으니 놈들이 다음에는 양산을 치러 오겠지. 여기 그냥 있다가는 큰코 다치겠다. 한시 바삐 병영으로 돌아가자….'

이처럼 생각하고 그가 막 군관들을 불러서 곧 회군할 차비를 차리라고 영을 내리려 하는 판에 뜻밖에도 밀양 부사 박진朴晋이 군사를 거느리고 들이닥쳤다.

이각이 곧 그를 장막 안으로 맞아들여서

"그래 어떻게 오시는 길이요?"

하고 물으니까 박진은

"부산포에 왜적들이 들어왔다는 말을 듣고 나섰는데 부산성은 벌써 함몰하고 말았답니다그려, 그래서 동래성을 지키러 가는 길이외다."
하고 대답한다.

"대체 군사를 얼마나 데리고 오시오?"

"모두 오백 명이외다."

"모두 오백 명…"

이각은 어이가 없었다. ―하루 강아지 범 무서운 줄 모른다더니 대체 오백 명 군사쯤 가지고서 무엇을 해보겠다고 일백 수십 리 밖에서 저러고 온단 말인가? 아무래도 정신이 성한 사람은 아니거니―생각하며

"동래성도 오늘 아침 적의 수중에 떨어지고 말았답디다."
하고 방금 들은 소식을 전해 주었더니 그는 깜짝 놀라 발을 구르며

"아차 늦었구나 늦었어, 이럴 줄 알았더면 좀더 서둘러 일찍 오는 걸 그랬지…"
하고 못내 괴탄하다가

"동래성이 무너졌다면 이제는 이곳에서 적을 막아 싸울밖에 없습니다그려. 다행히 영감께서 대병을 거느리고 이처럼 앞서 와 계시니 하관도 여기 머물러서 싸우겠습니다."

남의 속도 모르고 그런 말을 한다.

"좋은 말씀이요마는―"
하고 이각은 미간을 찌푸리고 잠시 생각하다가

"그러나 아무래도 이곳이 적을 맞아 싸울 만한 자리가 아니야. 역시 좀더 뒤로 물러나서―"
하는데 말을 다 듣지도 않고 박진은 펄쩍 뛰며

"아니, 싸우지도 않고 그렇게 뒤로 물러날 법이 어디 있습니까? 그리고 또 어째서 여기가 싸울 자리가 못 된다고 하십니까? 다른 생각

마시고 여기를 함께 지키시지요. 하관이 전군이 될 테니 영감은 후군이 되셔서 뒤를 받쳐 주셨으면 좋겠습니다."

이각이 생각에 그 말은 과히 해롭지 않아서

"아무려나 그래 보십시다."

하고 자기가 진을 쳤던 자리는 박진에게 대주고 자기는 그곳에서 오리쯤 더 뒤로 물러나서 진을 쳤다.

그러나 막상 그 이튿날 아침에 동래성에서 적들이 나와 박진이 단지 오백 명 군사로 죽기로 싸울 때, 이각은 군사 한 명 내지 않고 뒤에서 형세만 관망하고 있다가 다시 적의 대군이 들을 까맣게 덮고 짓쳐들어 온다는 말을 듣자 그만 당황망조해서 수하 칠천 명 군사들을 모조리 거두어 가지고 허둥지둥 그곳을 떠나 버리고 말았던 것이다.

칠십 리나 넘는 길을 중로에서 변변히 쉬게도 안 하고 이각은 군사들을 내쳐 걸려 지금 시간으로 밤 열시경이나 되어 병영으로 돌아 왔다. 돌아오자 그는 곧 서둘러서 첩은 가마에다 태우고 비단 수백 편은 말에다 실어 사람 안동해서 그 밤으로 서울로 떠나 보냈다. 그리고 자기도 날이 채 밝기 전에 몰래 영문에서 빠져나가 어디론지 종적을 감추어 버렸다.

싸우고 또 싸우고

한편 밀양 부사 박진은 오백 명 군사를 가지고 칠팔 배나 되는 대적을 상대해서 지금 시간으로 오후 한시경부터 세시 가까이까지 싸웠다.

왜적들은 우리 군사가 많지 않은 것을 넘보고 두 차례나 우리 진지를 향해서 돌격해 들어왔었다. 그러나 그때마다 우리는 화포를 꽝꽝 터뜨리고 더욱 맹렬하게 화살을 퍼부어 적을 격파하였다.

적의 손실은 컸었다. 그러나 우리 편에도 죽고 상한 자가 나서 오백 명 군사가 어느덧 삼백 명이 못 남았는데 이때 문득 멀리 동래성 편에서 티끌이 자욱하게 일어났다. 적의 중원 부대가 오는 것이다.

박진은 곧 순령수를 후군으로 보내서 응원을 청하였다. 그러나 말을 급히 몰아 좌병사 진에 갔던 순령수가 다시 숨이 턱에 차서 돌아와 보하는 말이 병영 군사들은 이미 다 어디로 가버리고 없다는 것이다.

박진은 마지막으로 또 한 차례 적에게 맹렬한 사격을 가하고 나자 그 즉시 퇴군령을 내려 군사를 거두었다.

삼백 명이 미처 못 되는 군사를 데리고서 박진은 그 길로 작원관鵲院關으로 물러갔다. 한 사람만 나서서 지켜도 만 사람이 감히 범접을 못 한다는 요해처다. 박진은 이 요해처를 굳게 지켜 다시 한번 왜적들을 막아 보자는 것이다.

이튿날 왜병들은 판을 치러 왔다. 그러나 이 좁고 험한 목쟁이에서 놈들은 옴치고 뛸 수가 없었다. 판 위로부터 빗발치듯하는 화살에 사상자만 자꾸 날 뿐이다.

그래도 이 완악하고 거센 놈들은 좀처럼 단념하지 않고 물러갔다가는 다시 나오고 물러갔다가는 다시 나오고 하였다. 그러기를 반나절이나 한 끝에 왜적들은 다시 물러가고 말았다.

해가 설핏할 때까지 기다려 보아도 왜병들이 다시 오지를 않아서 박진이 척후병을 내보내 적의 동정을 살피려고 하는 판에 바른편 산 위에서 조총 소리가 요란하게 나며 총알이 우박처럼 쏟아졌다.

깜짝 놀라 쳐다보니 산 위에 왜병들이 와 있는 것이다. 놈들이 나뭇길을 찾아내어 불시에 그곳에 나타날 줄은 과연 뜻밖이었다. 이제는 관문을 지키고 있어도 소용없는 일이다.

박진은 다시 군사들을 거두어 가지고 그곳을 떠났다.

그는 그 길로 밀양으로 돌아갔다.

그러나 성으로는 들어가지 않고 성남문 밖 응천凝川 여울목을 지키기로 하였다. 수하 군사가 이제는 이백 명에도 차지 못하였으나 의기는 오히려 당당하였다.

그날 밤 강 건너편에 적의 대부대가 들어왔는데 이편에 우리 군사가 진을 치고 있는 것을 보자 저희도 그곳에다 영채를 세웠다. 군사들의 들레는 소리, 말 우는 소리가 밤 늦게까지 들렸다.

적과 우리가 달빛 아래, 강 하나를 격해서 빤히 마주 바라보며 화살 한 개, 총 한 방을 쏘지 않고 그 밤을 지냈는데 새벽녘에 안개가 자욱하게 끼어서 문자 그대로 지척을 분별하지 못하게 되었다.

그러자 강 건너편에서 왜병들의 동하는 기색이 느껴졌다.

'저 놈들이 혹시 이 안개를 타서 몰래 강을 건너려는 것이나 아닌가?…'

하고도 생각되었으나 한 발자국 앞이 보이지 않으니 당장 어찌할 도리가 없었다.

'그렇기로 말하면 제놈들도 사정은 같겠지. 이 안개 속에 어딘 줄 알고 제가 감히 강을 건너려 들랴?…'

박진은 이쯤 생각하였었는데, 해가 높다랗게 오른 뒤에 비로소 안개가 걷혀서 그제야 살펴보니 뜻밖에도 왜병들 수백 명이 그곳에서 한 마장쯤 되는 상류편으로 이미 넘어와 있었고, 그 뒤를 이어 연송 넘어오고 있는 판이었다.

이제는 어찌할 도리가 없었다. 박진은 급히 군사들을 거두어 가지고 성으로 들어갔다.

성내 백성들은 이미 거의 다 피난을 갔고 남아 있는 사람이란 얼마 없었는데 그는 영을 돌려 그들마저 성에서 나가게 하고 곧 군기고와 군량고에다 불을 지르게 하였다.

이때 남문 밖에서 조총 소리가 요란히 났다. 남문 좌우편 성벽으로 십여 명 왜병들이 벌써 넘어오고 있었다.

박진은 남은 군사들을 데리고 텅 빈 성을 뒤에 남겨 두고 북문으로 빠져 나가 산으로 들어갔다.

상주에서

왜적들은 사람 없는 밀양성중으로 들어가서 노략질을 할 만큼 한 다음에 성내에 불을 질러 놓고 그곳을 떠나 다음은 청도清道, 다음은 대구… 계속 북으로 북으로 밀고 올라왔다.

도처에서 놈들은 닥치는 대로 백성들을 죽이고 함부로 집에다는 불을 지르고 보는 대로 부녀들을 겁탈하고 그리고 서로 다투어 재물들을 노략하였다.

이리하여 놈들이 한번 지나는 곳, 도시와 마을은 잿더미로 화하고 산과 들에는 무참하게 죽은 시체들이 널린다. 바로 의기양양해서 행군을 하는 놈들의 보따리 속에는 도적질한 은붙이, 금붙이들이 들어 있었고 그것들은 또 나날이 늘어갔다. 부녀들 머리에서 빼낸 비녀며 뒤꽂이, 손가락에서 뽑아낸 금반지, 은가락지, 옥지환, 옷고름에서 잡아 뺀 가지각색의 패물들… 심지어 코 흘리는 어린아이에게서 뺏은 괴불주머니 따위를 허리에다 차고서 바로 뽐내는 놈들까지 있었다…

당시 경상 감사監司는 김수金睟였는데 사람이 무능하고 겁이 많았다.

그는 진주에 있다가 왜적이 부산포에 침노하였다는 급보를 받자 곧 말을 달려 동래성으로 향하였던 것인데 중로에서 부산성이 이미 함몰하였다는 소식을 듣자 그만 경겁해서 다시 우도右道로 돌아와 버렸다.

겁 많고 무능한 그는 어찌할 바를 모르고 쩔쩔매다가 덮어놓고 각 고을에 격문을 띄워 한시바삐 백성들을 피난시키라고 뒤설래를 쳐서 민심만 소란하게 하여 놓고 다음에는 다시 공문을 돌려 고을마다 군사를 내어 대구에 가 모여 있다가 서울서 순변사가 내려오거든 그의 지휘를 받도록 하라고 알렸다.

이리하여 문경聞慶 이하로 여러 고을의 원들이 각기 수하 군사를 거느리고 대구로 나와 금호강琴湖江가에서 한둔을 하며 서울서 순변사가 내려오기만 고대하였다. 그러나 수일이 지나도록 순별사는 내려오는 기색이 없고 왜병의 소식만 급해서

적은 벌써 양산을 지냈단다.

밀양도 적의 손에 떨어지고 말았단다.

적의 선진은 이미 청도에 들어와 있다더라.

연달아 들려오는 소문에 군심이 한껏 소요한 판에 엎친 데 덮치기로 이날 밤에 큰 비가 퍼부어 옷들이 흠뻑 젖었다. 게다가 양식까지 떨어졌고… 군사들은 그만 뿔뿔이 흩어지고 말았다.

이리하여 왜병들은 거침없이 대구로 들어오고 다시 그곳을 떠나서 무인지경을 가듯 인동을 지나 선산善山으로… 자꾸 올라만 온다.

이러한 때 왜적을 경상도 지경 안에서 굳게 막아 내지內地로는 한 걸음도 더 들어오지 못하게 할 중책을 지고, 순변사 이일은 수하에 다만 군관 사오 명과 군사 이십여 명을 거느리고 새재를 넘어서 문경

으로 들어섰다.

그러나 고을 안은 텅 비어 강아지 한 마리 구경을 못 하겠다. 원래 현감縣監은 감사 김수의 지시에 의하여 군사를 거느리고 대구로 가서 순변사 사또가 내려오기만 기다리다가 군사들이 다 흩어져 버리자 나중에 죄책을 받을 것이 두려워서 저도 어디로 뺑소니를 쳐버렸고 백성들도 다 피난을 가 버리고 만 것이다.

이일은 손수 곳간을 열고 곡식을 내어 데리고 내려온 군사들을 먹인 다음에 그 길로 바로 떠나 육십 리 함창咸昌을 캄캄 어두워서 들어갔는데 그곳에도 사람은 없었다.

주인 없는 동헌에서 하룻밤을 지내고 이튿날 새벽같이 떠나서 사십 리 상주 읍에를 늦은 아침 때 들어갔는데 목사는 없고 판관이 혼자 남아서 고을을 지키고 있었다. 목사는 어디 갔느냐니까 순변사 사또를 맞으러 간다고 엊그제 나간 채 아직 돌아오지 않았다고 한다. 이것은 뒤에 안 일이지만 목사는 그러한 핑계로 성을 빠져나가 산 속에 들어가서 숨어 있었던 것이다.

고을 안에 군사들이 한 명도 없는 것을 보고 이일은 천둥같이 노해서 그에게 죄를 주려 하였다.

판관은 간신히 빌어서 하루의 여유를 얻어 가지고 물러 나와 밤새도록 이 마을 저 마을로 돌아다니며 장정들을 불러모았는데 도합 팔구백 명 중에 정작 군사라고는 백여 명에 불과하였고 나머지는 모두 농군들이었다.

이일이 보니 한심하기 짝이 없으나 당장은 그들을 데리고라도 싸울 도리를 차릴밖에 없다. 그는 군기고를 열어서 병장기들을 나누어 준 다음에 그들을 거느리고 북천北川으로 나가서 칼 쓰는 법, 창 쓰는 법, 활 쏘는 법들을 대강대강 일러주고 그곳에 진을 쳤다.

왜적이 상주로 들어온 것은 그 이튿날 아침의 일이다. 놈들은 우리 군사가 북천에 진을 치고 있는 것을 알자 곧 그리로 쫓아나왔다. 놈들은 우리 군사가 천 명에도 차지 못할뿐더러 군복들도 갖추지 못하고 대오도 바르지 못한 것을 보고 아주 우습게 알아 일제히 총을 탕탕 쏘며 앞으로 부적부적 나왔다.

그러나 우리 편에는 활잡이들도 많지 못한 데다 그 중의 태반이 활이라고는 난생 처음 만져 보는 농군들이라 일껀 쏜다는 것이 빗나가는 게 많아서 겨우 칠팔 명의 적을 맞혔을 뿐이다.

왜적들은 아주 우리를 넘보고 일시에 아우성치며 우리 진지로 덮쳐 들었다. 선두에는 마군 삼사십 기가 시퍼런 일본도를 휘두르며 말을 몰아 들어오는 것이다.

서울서 순변사를 따라 내려온 군관 두엇이 그만 경겁해서 말 머리를 돌려 달아났다. 이것을 보고 군사들이 동요하기 시작하였다. 이렇게 되면 대장의 호령 몇 마디로 수습해 볼 길이 없다. 마침내는 이일도 말머리를 돌려서 달아났다. 그의 뒤를 따르는 사람은 군관 두 명에 군사 사오 명뿐이었다.

그는 내처 말을 달려 문경으로 돌아가자 곧 종이와 붓을 구하여 상주에서 왜적에게 패한 사연을 대강 적어서 왕에게 장계하였다. 그리고 그는 군사를 다시 수습해 가지고 요해처를 지켜 보려고 새재로 갔는데 이때 새재를 지키고 있던 조방장 변기邊璣가 도순변사 신립의 부름을 받고 군사를 거두어 충주로 갔다는 말을 듣고 자기도 즉시 충주로 향하였다.

충주 탄금대 싸움

처음에 난리가 나자 조정에서 변기와 유극량劉克良으로 조방장을 삼아서 각각 새재와 대재竹嶺를 나가서 지키게 하고 다시 장수 셋을 남도로 내려보내는데 길을 나누어 좌방어사 성응길左防禦使 成應吉은 동쪽 길로 우방어사 조경右防禦使 趙敬은 서쪽 길로 그리고 순변사 이일은 가운데 길로 내려가게 하였었다.

그러나 그들을 보내놓고 나서도 왕은 종시 마음이 놓이지 않아 당시 명장으로 이름이 높은 신립을 도순변사로 삼아 이일의 뒤를 좇아 남도로 내려가게 하는데 그가 떠나려 할 때 왕은 친히 그를 불러서 보고

"이일 이하로 명령에 복종하지 않는 자가 있거든 이 검을 쓰라."
하며 보검 한 자루까지 내렸다.

이리하여 신립은 삼가 왕명을 받들어 그에게서 받은 보검을 허리에 차고 김여물로 종사관을 삼아 군관들을 거느리고 충청도로 내려 왔던 것이다.

충청도에는 도내 군사 팔천여 명이 충주에 모여서 도순변사가 내려오기를 기다리고 있었다. 신립은 처음에 그들을 데리고 새재로 가서 그곳 관문을 굳게 지켜볼까 하고도 생각하였던 것이나 실지로 가서 지세를 살펴본 다음에는 생각을 고쳐서 도로 충주로 돌아와 버렸다.

종사관 김여물이 이것을 보고

"새재가 험하기 짝이 없어 우리가 지키기는 수월하고 적이 와서 치기는 어려운 곳인데 어찌하여 그런 요해처를 버려 두시고 평지로 물러나와 적을 맞으려고 하십니까?"

하고 자기 소견을 말하였으나 신립은

"그것은 모르는 말이요. 우리에게는 지금 마군이 많은데 그 좁고 험한 산등성이에서 어떻게 싸워 본단 말이요. 그저 넓은 데로 끌어내다가 말굽 아래 단번에 짓밟아 버려야지."

하고 듣지 않았다.

그는 상주에서 이일이 패하였다는 소식을 듣자 곧 사람을 새재로 보내서 그곳을 지키고 있던 조방장 변기의 부대까지 불러다가 군사를 한 대 합쳐 가지고 고을에서 서편으로 십 리 밖, 탄금대 아래로 나가서 진을 치는데, 이때 이일이 말을 달려 찾아왔다. 신립은 보군 육천여 명을 두 대로 나누어 일대는 이일을 주어서 좌익이 되게 하고 일대는 변기에게 맡겨서 우익이 되게 하며 자기는 스스로 마군 이천여 기를 거느리고서 중앙에 있기로 하였다.

이곳에다 진을 치는 데 대해서는 종사관 김여물뿐이 아니라 조방장 변기에게도 의견이 있어서

"어찌하여 강을 등지고 진을 치십니까?"

하고 물었었는데 신립은

"이것이 바로 배수진이라는 게 아니요? 군사란 뒤로 물러갈래야 물

러갈 데가 없는 줄을 알았을 때 비로소 죽기로써 앞으로 나가 적과 싸워서 이기는 것이라오."
하고 모르는 것을 일러 주기라도 하듯이 말한다.

"말씀은 그러하나 죽을 땅에다 몸을 두고 싸우는 것도 다 때가 있지 않겠습니까? … 그리고 여기가 좌우에 논이 많고 사면에 풀이 우거진 데다가 또 군데군데 수렁이 있어서 만약에 왜적들이 좌우로 일시에 쳐들어 와서 끼고 치기라도 한다면 마군은 말할 것도 없고 보군들도 옴치고 뛸 수가 없을 것 같소이다."
하고 변기는 다시 한마디 하였으나 모처럼 이렇게 일깨워 주는 말에도 신립은

"우리가 옴치고 뛸 수 없을 때 제 놈들은 옴치고 뛸까? 내 다 알아서 하는 일이니 여러 말을 말라고."
하고 도리어 불쾌해 하는 기색이어서 변기는 물론이요 다른 사람들도 더 말을 하려 하지 않았다.

사월 스무 여드렛날 아침.

왜적들은 마침내 단월역말丹月驛 쪽으로부터 산을 돌아서 서쪽으로 나타나자 우리 진의 우익을 향해서 들어왔다.

신립이 갑옷 투구에 장검을 비껴들고 말에 올라 대장기 아래 나서서 바라보니 적의 병력은 불과 삼사천 명인데 그것도 모두가 보군이었다.

북 소리가 요란하게 일어나며 우리 우군에서 먼저 적을 향하여 화포를 일시에 터뜨리며 활잡이들이 앞으로 나서서 활을 쏘았다. 적이 일제히 조총을 쏘아서 이에 응한다. 싸움은 마침내 시작되었다. 총소리, 시위 소리… 연달아 일어나는 포성이 천지를 진동한다.

우리에게도 사상자가 났으나 적의 손실은 비할 바 없이 컸다. 신립

은 적의 기세가 꺾인 것을 보자 곧 좌군에 영을 내려서 싸움을 돕게 하고 자기도 마군을 휘몰아 단번에 적을 무찔러 버리려 하였다.

그러나 바로 이때 동북방으로부터 홀지에 함성이 천지를 진동하고 티끌이 하늘을 덮으며 새로 적의 대부대가 우리 좌군편에 나타났다. 바라보니 마군이 앞을 서고 보군이 뒤를 이어 강을 끼고 질풍같이 몰려들어오는데 병력은 만여 명이 넘어 보였다.

신립이 영을 고쳐서 좌군으로 새로 들어오는 적을 맞아서 싸우게 이르고, 우편의 적은 우군에 맡겨 둔 채 자기도 마군을 휘몰아서 새로 들어오는 적을 막으려 하는 판에 문득 서남방에서 또 함성이 크게 들려 왔다. 그곳에도 중원 부대가 나타난 것이다. 병력은 육칠천 명이나 될까?

신립은 저으기 마음에 당황하였다. 좌편 우편에 각각 만여 명의 대적인데 뒤에는 또 강이 가로놓여 물러갈 길도 없었다.

신립은 적들이 덮쳐 들기 전에 우리 편에서 먼저 들이치리라 생각하고 좌군 우군에 동시에 돌격령을 내리고 마군도 두 대로 나누어 한 대는 자기가 몸소 거느리고 우편의 적을 향해서 짓쳐 나갔다.

그러나 사면에 풀은 우거지고 곳곳에 수렁이다. 마군 보군이 다 같이 길을 찾아 갈팡질팡하는데 왜적들은 좌우편에서 일시에 조여 들며 우리에게 대고 어지러이 총탄을 퍼부었다. 맹렬한 사격이다. 우박처럼 쏟아지는 적의 총탄에 죽고 상하는 자가 수가 없다.

우리 군사는 수습할 길 없는 혼란에 빠지고 말았다. 팔천 명 군사가 절반이 죽고 절반에서 또 절반이 쓰러졌다. 적들이 총을 쏘며 일본도들을 휘두르며 좌우에서 일제히 고함치고 달려들어 남은 군사들은 강가까지 몰려갔으나 이제는 더 갈 곳이 없었다.

싸우다 싸우다 조방장 변기도 죽고 종사관 김여물도 죽고 마침내는 도순변사 신립마저 죽었다. 남은 군사들도 거의 다 죽었다. 오직 순변사 이일만이 형세가 그른 것을 보자 재빨리 몸을 빼쳐 동쪽 산골짜기로 도망해 나가서 목숨을 보전하였다.

이리하여 적의 선봉 소서행장의 부대는 부산포에 상륙한 지 불과 열엿새 만에 부산, 동래, 양산, 밀양, 청도, 대구, 인동, 선산, 상주를 차례로 함락하고 충청도 지경까지 들어왔는데 그 뒤를 이어 사월 십팔일에 우리 나라를 침범한 가등청정加藤清正의 제 이 대는 부산, 동래, 양산을 지나자 동쪽 길을 취해서 언양, 울산, 경주, 영천, 신녕, 의흥, 군위, 비안, 문경을 차례로 지나서 탄금대 싸움이 있은 이튿날에는 역시 충주까지 들어왔고, 뒤미쳐 사월 십구일에 안골포安骨浦에 상륙한 흑전장정黑田長政의 제 삼 대는 김해, 성주, 지례, 금산, 영동을 거쳐 청주로 들어왔으며, 다시 그 뒤를 이어 제 사 대로부터 제 구 대까지 차례로 우리 나라 지경을 범해 들어오니 이것들의 총부리는 모조리 서울을 향해 있는 것이다.

서울서 평양까지

이야기는 앞으로 돌아간다.

유성룡이 영의정 이산해와 함께 내시를 따라 승후문承候門을 들어서서 동온돌東溫突로 갔을 때 왕은 등촉을 밝혀 놓고 혼자 방안에 앉아 있고 장지 밖에는 재상들이 모여 있었는데 모두가 극도로 불안한 얼굴들이었다.

두 사람이 장지 밖에 엎드리자 왕은 성급하게 물었다.

"경들도 들었소? 신립이가 죽고 충주의 방비가 무너져 버렸다니 장차 이 노릇을 어찌하면 좋소?"

잠깐 무거운 침묵이 있은 뒤에 영의정이 입을 열었다.

"사세가 이미 이에 이른 바에는 달리 도리가 없사올듯. 잠시 평양으로 나가셔서 명나라에 구원을 청해 보시는 것이 어떠하올지…"

유성룡도 영의정과 소견이 같았다. 비록 지금 도원수 김명원金命元이 한강을 나가서 지키고 있고 우의정 이양원李陽元이 수성대장이 되어 도성을 고수할 책임을 받아가지고 있다 하나 그것을 믿고 왕더러 그냥 서울에 눌러 앉았으라고 권할 수는 없었다.

"신도 수상首相의 말씀이 옳을 줄로 아뢰오. 지금 사세가 그렇게 아니 하실 수 없으니 왕자들을 강원도와 함경도로 보내셔서 근왕병을 불러 모으게 하시는 한편, 내일 아침에라도 거가車駕는 서도로 향하시는 것이 어떠하올지…"

유성룡의 말에 왕이 곧 좋다고 해서 대신들은 서로 의논하고, 임해군臨海君은 영부사 김귀영이 모시고 함경도로 가게 하고 순화군은 장계군 황정욱이 모시고 강원도로 나가게 하며 세자는 왕을 따라서 함께 서도로 가게 하였다.

이때 밤은 어느덧 깊었는데 그 동안 내내 가물어 온 날씨가 갑자기 변덕을 부려서 비가 죽죽 내리기 시작하여 사람들의 마음을 더욱 처량하게 하여 준다.

깜박이는 촛불 아래 모여 앉아 영의정, 좌의정 이하로 왕의 행차를 모시고 갈 사람들의 명단을 꾸미고 있는 판에 정원政院 사령이 장계를 가지고 와서 바친다. 뜯어 보니 충주 싸움에서 목숨을 도망해 나온 순변사 이일이 부친 것으로서 싸움에 패한 전후 사연이 소상하게 적혀 있는 외에

'…왜적은 금명간에 서울로 들어갈 듯하외다…'

라는 구절이 있었다.

일시에 낯빛들이 변해서 우— 자리에서들 일어났다. 명단이고 무어고 당장 궁중에 들어와 있는 사람들만 왕을 따라나설밖에 없었다.

이때 궁궐을 호위하는 내삼청內三廳 군사들도 거의 다 도망을 해 버렸고 액례掖隸들도 남아 있는 자가 많지 않았다. 진작부터 궁중에다 말이며 가마들을 준비해 놓았던 것이나 이렇게 되고 보니 가마채를 메고 나설 자가 몇 명이 안 되고 경마 잡을 사람도 부족한 형편이다.

왕의 일행이 비를 맞으며 경복궁 대궐을 나선 것은 사월 삼십일 새벽, 아직 캄캄 어두울 때다. 왕은 철릭에 주립을 쓴 융복 차림으로 말께 올랐는데 급해서 우장도 찾아 입지 못하였고 왕비와 세자는 가마들을 타고 궁녀들은 말을 탔는데 남는 말이 몇 필 되지 않아서 정승들만 타고 나머지 사람들은 모두 걸어서 왕의 뒤를 따랐다.

육조六曹 앞을 지나 야주개夜珠峴로 나가는데 길가에서 곡성이 일어났다. 왕과 신하들이 서울을 버리고 떠나가는 것을 보고 백성들이 기가 막혀서 우는 울음이었다.

돈의문을 나설 무렵에 비가 좀 뜸해지고 모래재沙峴에 이르렀을 때 날이 훤히 밝아왔는데 모래재를 넘어 석다리石橋에 왔을 때 다시 비가 오기 시작하더니 벽제역말碧蹄驛에 당도했을 때는 퍼붓듯이 쏟아져서 옷들이 흠빡 젖었다. 따라오던 신하들 가운데 슬몃슬몃 빠져서 도로 서울로 돌아가는 자가 이때부터 생기기 시작하였다.

벽제역말서 잠깐 쉬고 다시 떠나 좍좍 퍼붓는 비를 그대로 맞으며 혜음령惠陰嶺을 넘는데 말을 타고 뒤에 오는 궁녀들의 통곡하는 소리가 그치지 않았다. 왕의 뺨에도 눈물인지 빗물인지 연달아 흘러내렸다.

임진강에 이르니 어느덧 날이 어두웠다. 하룻밤 하루낮 온 비에 강물이 불어서 물결이 제법 흉흉하다. 어두운데 배를 내기가 난감하던 차에 누군지 의사를 내서 강가에 있는 정자에다 불을 질렀다. 이것은 좋은 생각이었다. 당장 불빛에 강 위를 훤히 살필 수도 있거니와 뒤에 왜적이 오더라도 그 재목으로 떼를 엮어 강을 건너게 안 했으니 다행한 일이다. 정자가 활활 타오르자 강 위와 강 건너까지 화광이 비쳐서 능히 길을 찾을 수가 있었다.

왕은 비로소 대신들과 함께 배에 올랐다. 그러나 그는 몹시 시장하였다. 그도 그럴밖에, 하루에 조석 두 끼니밖에 못 찾아 먹던 사람들도 온종일 굶었으니 허기가 졌으려든, 하물며 새벽에 눈을 뜨면 초조반으로부터 자기 전의 밤참까지 하루에 여덟 차례씩 정해 놓고 먹어오던 왕이랴?

왕은 물을 분부하였다. 목도 말랐거니와 빈 창자를 물로라도 달래 보고 싶었던 것이다. 그러나 물도 여기서는 임진강의 흙탕물밖에 없었다. 그래도 마침 내시 하나가 궁벽스럽게도 사탕 한 덩이를 상투 밑에다 감추어 두었던 것이 있어서 그것을 황토빛 강물에 타서 갖다 바쳤다. 유성룡이 왕을 위로해서 말하였다.

"파주 목사와 장단 부사가 동파역東坡驛에 나와 있다니까 그곳까지 가시면 무슨 마련이 있사오리다."

"동파역이라는 데가 예서 얼마나 되노?"

왕이 묻는 말에 아는 자가 있다가 대답하였다.

"불과 오 리 남짓한 줄로 아뢰오."

"오 리 남짓…"

하고 왕은 입안 말로 뇌여 보았다.

왕의 일행이 동파역말에 당도한 것은 지금 시간으로 밤 여덟시경의 일이다. 이때 장단 부사와 파주 목사는 과연 그곳에다 임시로 수라간을 차리고 왕에게 올릴 음식을 준비해 놓고 있었다.

그러나 이 음식들은 마침내 왕과 그 신하들에게는 차례 가지 못하였다. 꼭두새벽부터 길을 떠나 하루 종일 판판이 굶으면서 억수같이 쏟아지는 비를 그대로 맞고 일백 이십 리 진창길에 왕과 그 신하들을 호위하고 오느라, 또는 가마채를 메고 경마를 잡고 복마들을 몰고 오느라 눈들이 하가마가 될 액례들과 군사들이 음식을 보자 그만 앞뒤 생각없이 우르르 수라간 안으로 몰려들어 간 것이다.

잠깐 동안에 그들은 솥 밑에 붙은 누룽지까지 말끔하게 다 치워 버렸다. 그러나 배들이 차고 제 정신이 돌아오자 그들은 더럭 겁이 났다. 죽을 죄를 지은 것이다. 그들은 다 달아나 버렸다.

창졸간에 이 일을 당하고 장단 부사와 파주 목사는 그만 아연하였다. 그대로 있다가는 자기들의 목이 대신 달아날지도 모른다. 마침내 그들도 슬그머니 자취를 감추고 말았다.

너무나 황공해서 몸 둘 바를 알지 못하며 내시가 이 기막힌 사실을 왕에게 알렸을 때 왕은

"그래 조금도 안 남았다더냐?"

하고 무심결에 한 마디 묻고는 즉시 슬픈 표정을 하였다. 자기 먹을 것이 다 없어졌대서가 아니다. 무심중에라도 그런 말이 자기 입에서 나왔다는 사실이 그의 마음을 슬프게 한 것이다.

왕은 굶주린다는 것이 얼마나 무서운 일인가를 평생 처음으로 깨달았다. 그러나 자기 백성들이 매양 이처럼 굶주리고 있다는 사실에까지는 채 생각이 미치지 못하였다.

일행 상하가 그대로 굶은 채 하룻밤을 지내고 이튿날 일어나 보니 밤 사이 날이 들어서 길 가기는 좋을 것 같았다.

더 앉아 있어 보아야 밥 얻어 먹을 가망은 없으니 한시 바삐 떠나야만 하겠는데 간밤에 다들 도망을 가 버려서 행차를 모실 자가 없는 것이 걱정이다. 호위 군사야 없으면 없는 대로 그냥 떠나는 게지만, 사람탄 교군과 말에도 마부와 교군꾼이 있어야 하겠고 짐 실은 복마들도 끌고 갈 말꾼들이 있어야 하겠다. 다른 짐은 그만 두고 신주만 해도 수십 바리였다.

촌에라도 나가서 사람들을 모아 올밖에 없지 않을까 하고 잠깐 공론들을 하는 판에 마침 서홍瑞興 부사가 군사 수백 명과 말 오륙십 필

을 거느리고 그곳에 당도하였다.

곧 떠나서 오정 때쯤 초현참招賢站에 다달으니 황해 감사가 길가에 장막을 쳐 놓고 기다리다가 나와서 맞는다. 여기서 왕과 백관은 비로소 밥 구경을 하였다.

다시 떠나 개성 부중을 해동갑해서 들어갔다. 이곳은 고려 왕조 오백 년의 옛 도읍이라 문물이 번화하고 인가가 즐비해서 가히 '작은 서울'이라 할 만하다.

왕은 남문 밖에 행재소를 두고 백관들도 다 그 근처 민가에 하처를 정했는데 집 제도나 음식 솜씨가 서울과 다를 것이 없어서 그들은 마치 자기 집에나 돌아온 듯 저으기 마음들이 놓였다.

그러나 옳게 차린 밥상을 받고 앉아 송도 소주로 반주를 해서 밥 한 그릇을 다 먹고 나니 그간 이틀 동안 일백 팔십 리 길을 걸어오며 죽을 곡경을 치른 것이 분하기 짝이 없다.

불현듯이 집 생각들이 나고 처자의 얼굴들이 눈 앞에 어른거리자

"왜 서울을 떠나야만 했나? 이게 도대체 누구 죄냐?…"

대간臺諫들은 들고일어나서 그 밤으로 왕에게 뵙기를 청하고

"… 이것이 모두 영상 이산해가 김공량金公諒의 무리와 결탁해서 나라 정사를 그르친 탓이오니 그 죄를 다스리심이 마땅하올 줄로 아뢰오."

하고 영상을 논죄하였다.

죄가 어찌 영상에게만 있겠느냐 하여 왕은 듣지 않았는데 이튿날 아침에 대간들이 또 들고일어나자 왕은 하는 수 없이 이산해를 파직하였다. 이 통에 유성룡이 좌의정에서 영의정으로 벼슬이 오르고 최흥원과 윤두수가 새로이 좌의정, 우의정이 되었다.

서울을 떠날 때에는 아주 평양으로 내려가 앉을 작정이었지만 여기

까지 와 보니 더 갈 생각이 안 났다. 며칠 유하면서 서울 소식을 좀 알아 본 다음에 떠나더라도 떠나는 것이 좋지 않을까? 그렇다면 앞으로 며칠을 있게 될지 이곳 백성들을 어루만져 두는 것이 해롭지 않으리라 생각이 되어 대신들은 왕을 권해서 남문루 위에 나가 백성들을 만나 보게 하였다.

이리하여 왕은 문루 위로 성내의 늙은이 십여 명을 불러 올려다가 좋은 말로 위로한 다음에 저녁 때 행재소로 돌아왔다.

이때 서울 소식을 전해 온 사람이 있었다. 아직도 왜적들은 서울에 들어오지 않았다는 것이다.

"그런 것을 그만 곤두박질을 해서 이곳까지 피해 오고 말았구나. 너무나 경솔하였다. 그런데 도대체 누가 먼저 서울을 떠나자고 했더라? …"

먼저 말한 사람은 이산해인데 그는 이미 벼슬이 떨어졌고 다음에 말한 사람은 유성룡인데 그처럼 나라 일을 그르쳐 놓고도 도리어 벼슬이 올라서 영의정이라니 그게 될 말이냐?

저희들도 다 같이 찬동해서 작정했던 일이건만 이제 와서는 그것을 잊은 듯이 대간들이 또 들고일어나서 유성룡은 영의정을 하루 해보고 파직당해 버렸다. 이리하여 전례에 의해서 최흥원과 윤두수의 벼슬이 각각 한 자리씩 오르고 유홍俞泓이 새로 우의정이 되었다.

그리고 서울 소식은 한번 자세히 알아 보는 것이 좋으리라 하여 승지 신집申鏶을 보내서 형세를 살피고 오게 하는데 걸음 잘하는 말을 주어서 그 밤으로 떠나 보냈다.

이보다 앞서 충주 탄금대 싸움에서 우리 군사를 깨뜨린 적의 선봉 소서행장의 부대는 그 이튿날인 사월 이십구일에도 눌러 충주에 머물러 있었는데 이때 동쪽 길로 올라오던 가등청정의 제 이 대가 용궁하龍宮河를 건너자 길을 돌려 문경으로 나와서 바로 이날 제 일 대의 뒤를 쫓아 충주로 들어왔다.

두 부대는 여기서 일시 군사를 합쳤으나 그 다음날인 사월 삼십일 아침—서울서는 왕과 그의 신하들이 도성을 나와 모래재를 넘어설 무렵에 제 일 대와 이 대가 동시에 충주를 떠나 길을 나뉘어 서울을 바라고 올라왔다.

이리하여 소서행장의 부대는 충주서 길을 돌아 경기도 여주로 들어와서 한강 상류인 여강麗江을 건너고 양근楊根을 지나 다시 용나루龍津를 건너서 오월 초이튿날 저녁때 마침내 서울 동대문 밖에 이르렀고, 한편 가등청정의 부대는 곧장 죽산, 용인, 널다리板橋를 차례로 거쳐서 역시 같은 날 아침에는 한강 건너편에 나타나게 되었던 것이다.

이때 한강 방어의 중책을 맡은 도원수 김명원은 제천정濟川亭 아래다 진을 치고 있었는데 왜병들이 강 건너편에 나타나서 강 너머로 조총을 탕탕 쏘아 총알들이 더러 제천정 지붕 위에 떨어지는 것을 보자 그만 겁이 더럭 났다. 그는 감히 적과 싸워 볼 엄두가 나지 않아서 부원수와 조사관과는 한마디 의논도 없이 군사들을 시켜서 병장기과 화포들을 모조리 강 속에다 쳐박게 한 다음에 황황히 옷을 갈아 입고 혼자서 도망하러 들었다.

부원수 신각은 노량 북쪽 언덕에다 진을 치고 있었는데 먼 빛으로 이 불을 바라보고 소스라쳐 놀라 곧 말들을 달려 제천정으로 왔다. 이때 김명원은 이미 말께 올라 서울 쪽을 향해서 나가려는 판이었다.

"어디로 가려고 이러십니까?"

하고 부원수 신각은 그의 앞으로 돌아 길을 막아서며 급히 물었다.

김명원은 채찍을 들어 강 건너를 가리키며

"저길 보오. 왜병들이 산 위까지 까맣게 덮고 있구려. 게다가 조총들을 가졌으니 무슨 수로 당해 내겠소?"

"놈들이 아무리 많아도 배가 없으니까 이 넓은 강을 졸연히 건너지는 못합니다. 고작해야 강 너머로 총이나 쏘겠지요."

"그 총이 무섭거든. 이것 봐, 자꾸 날아오는데…"

"그럼 왜놈의 총이 무서워서 한번 싸워 보지도 않고 그대로 나라를 내어주자는 말입니까?"

"누가 그 말인가? 여기서는 형세가 이로웁지 못하니까 뒤로 물러나서 다시 좋을 도리를 차려 보자는 게지. 위에서 서도로 나가셨다니까 영감도 나하고 같이 가서 상감을 호위해 드립시다."

"당치 않은 말씀이요. 위에서 대감더러 한강을 나가서 지키라고 하셨지 언제 당신 호위해 달라셨소?"

신각의 말이 격하게 나오자 김명원은 얼굴이 왈칵 붉어 가지고

"무엇이?"

하고 잠깐 그를 노려보다가

"그렇게 싸우고 싶거든 어디 혼자서 싸워 보라고…"

씹어 뱉듯이 한마디 던지고 앞을 막아선 신각의 말 머리를 비켜서 그 자리를 떠나려 하는데 신각이 또다시 그 앞을 막아서며

"그래 기어코 가시겠소?"

김명원은 얼굴이 새파랗게 질려 가지고

"이놈 —"

벽력같이 호통치며 문 곁에 채찍을 번쩍 들자 신각이 타고 있는 말의 면상을 번개같이 후려갈겼다. 그리고 신각의 말이 놀라서 뒤로 물러나는 틈을 타서 그는 재빨리 말을 몰아 그곳을 빠져나갔다.

신각이 불끈 노해서 그 뒤를 쫓으려 할 때 문득 뒤에서

"도원수 뛴다 —"

여럿이 외치는 소리가 들리더니

"와 —"

군사들의 아우성 소리와 요란한 발 소리가 일시에 일어났다. 급히 돌아다보니 도원수가 뛰는 것을 보고 군사들도 흩어지기 시작한 것이다. 그 혼란한 형세는 여간 몇 명쯤을 뒤쫓아가서 베어 본다고 수습될 수 있는 것이 아니었다.

신각은 기가 탁 막혔으나 어찌할 도리가 없었다. 그는 즉시 말을 달려 자기 진으로 돌아갔다. 수하 장수들이 단속을 엄하게 해서 이곳에는 아직 탈주한 자가 한 명도 없는 것이 불행중 다행이었다. 도원수 수하 군사 가운데서 남아 있는 자들까지 모두 합해서 칠백이 명… 신각은 그들을 거느리고 성내로 들어 왔다. 그는 수성대장 이양원과 함께 이제는 도성이나 지켜 보리라고 생각한 것이다.

그러나 왕과 백관이 서울을 버리고 나간 지도 이미 사흘이 된다. 피난 가는 백성들은 매일 늘어만 갔고 장안의 민심은 극도로 흉흉하였다. 수성대장 수하의 군사들도 처음에 칠천 명이던 것이 이제는 이천여 명밖에는 아니 남아 있었다.

"주위 사십 리나 되는 성곽에, 성첩의 수효만 해도 삼만이 넘는구려. 영감이 데리고 들어온 군사까지 모두 합쳐야 삼천 명이 못 되는데 무슨 수로 이 넓은 성안을 지켜 내겠소?

내 생각에는 차라리 양주楊洲쯤 나가서 군사를 둔쳐 놓고 차차 적의 동정을 보아서 방책을 정해 가지고 싸우는 것이 좋을 것 같소."

하고 이양원이 말하는데 신각의 생각에도 지금 형세가 그렇게라도 할밖에 도리가 없을 것 같아서 그는 마침내 이양원과 군사를 합쳐 가지고 함께 서울에서 나가 양주로 내려갔다.

이리하여 아무 방비가 없이 된 서울 안으로 소서행장의 부대는 그 이튿날 곧 오월 초사흗날 아침에 동대문으로 해서 들어오고, 같은 날 저녁에는 가등청정의 부대가 남대문으로 해서 들어왔다. 우리는 화살 한 개 쏘아 보지 않고 왜적들에게 도성을 내어주고 만 것이다.

한편 서울 소식을 알아 보려고 초이튿날 밤에 개성을 떠난 승지 신집은 어두운 밤에 길을 재촉해 초사흗날 새벽에는 파주 읍내로 들어갔는데, 파주 목사의 말이 어제 낮에 서울서 떠나왔다는 피난민들이 하는 소리를 들어보면, 어제 아침 왜병들이 한강 너머에 들어와서 강을 지키던 도원수는 도망해 버렸고 그 소문을 듣자 서울에 남아 있던 수성대장마저 군사들을 데리고 동소문 밖으로 나가 버려서 서울 성내는 텅 비었다고 하는데

"그들 말이, 왜병들은 한강 너머에만 와 있는 것이 아니라 한 패는 동쪽으로 길을 취해서 여주, 양근을 지나 들어오는데 그때 벌써 광나루廣津를 건너섰다는 소문까지 자자했다니까, 지금쯤은 아마 만호 장안이 왜병 천지가 되었을 것이오."

하여, 그러면 더 가 볼 것도 없겠다고 신집은 밤사이 온 길을 다시 말을 급히 몰아서 개성으로 되돌아 갔다.

급보를 받고 왕과 백관은 또 낯빛들이 변하였다. 왜적들이 이미 서울에 들어와 있다면 언제 이곳으로 쫓아 내려올지 모를 일이었다.

이때 해가 서쪽으로 많이 기울었는데 소식을 들은 바에는 한 시각도 지체할 수 없다고 왕의 일행은 부랴부랴 치장을 차려 그 길로 개성을 떴다.

이날은 개성서 사십여 리 금교역말 와서 숙소하고 이튿날은 흥의興義, 금암金巖을 차례로 지나 평산읍에서 이십 리 보산역말寶山驛에 들

어가 쉬었는데, 이때 일이 한 가지 생겼다. 원체 급히 서둘러서 개성을 떠나 오느라 모두들 경황이 없어서 종묘 신주를 목청전穆淸殿에다 모셔둔 채 그냥들 와 버린 것이다.

언제 적들이 개성으로 내려올 지 모르는 일이니 한시도 지체할 수 없었다. 왕은 분부를 내려, 밤 도와 개성으로 다시 돌아가서 신주를 모셔 오게 하였다.

다음날은 길을 좀 많이 가 보자고 보산역말서 새벽같이 떠나 안성역말安城驛, 용천역말龍泉驛을 차례로 지나서 검수역말劍水驛에 다달으니 온 길이 백 리요 날은 캄캄 어두웠는데 예정한 대로 봉산읍에 숙소참을 대어 보자고 내처 밤길을 해서 자정이나 거의 되어서야 봉산읍내로 들어갔다.

이튿날에는 어제 일백 삼십 리를 하루에 오느라 마사람이 다 지치기도 하였거니와 평양을 내일 들어가기는 일반이라 아침 느직하게 떠나서 오십 리 황주黃州를 해가 아직도 많이 남았을 때 들어가고, 다음날은 일찍 떠나 해질 무렵에 평양성을 들어서는데 평안 감사 송언신宋言愼이 군사들을 거느리고 나와서 기구 있게 왕의 일행을 맞아들였다.

평양 성내도 민심이 흉흉하였다. 성안 백성들의 태반이 이미 촌으로들 나가 버렸고 남아 있는 사람들도 언제 떠나게 될지 모르겠다는 심정이었다.

이날 밤 유성룡은 종인에게 초롱을 들려 앞세우고 연광정으로 나왔다. 정자에 올라 혼자 뒷짐지고 한동안 그 안을 배회하다가 이윽고 그는 난간 앞으로 가서 섰다. 달이 없는 때라 산도 들도 강도 다 어둠에 싸여 있어 빛이 없었다. 그러나 유성룡은 이 유서 깊은 옛 도읍의 절승 경개를 구경하러 나온 것이 아니다. 하도 심사가 울적해서 잠시나마 혼자 있어 보자고 사람 없는 이곳을 찾은 것이었다.

달도 별도 없는 어두운 밤. 추악한 원수놈들은 이 밤에도 바로 이 시각에도 도처에서 무고한 백성들을 죽이고 부녀들을 겁탈하고 분탕질 노략질을 마음대로 하고 있을 것이다. 생각하면 치가 떨렸다. 그러나 이 가증한 놈들을 당장 조국 강토에서 몰아낼 계책도 수단도 지금 자기에게는 없었다.

그럼 대체 누구에게 이것을 바랄 것이랴? 경상 좌도의 수군, 육군은 이미 다 전몰하고 말았다. 그처럼 믿었던 이일은 상주서 패하여 달아났고 도순변사 신립은 팔천 군사와 함께 충주 탄금대 아래서 죽었다.

이리하여 적은 마치 무인지경을 가듯 북으로 북으로 천릿길을 밀고 올라와서 우리 나라 지경에 발을 들여놓은 지 불과 이십 일에 마침내 서울을 수중에 거두고 말았다. 아하, 나라가 장차 어찌 될 것이냐?…

어째서 당초에 이 더러운 놈들을 바다에서 못 막아 냈는가? — 경상 좌수사 박홍은 군사 하나를 내려 안 하였고 우수사 원균慶尙 右水使 元均은 그 많은 전선을 가지고도 한번 나서서 싸웠다는 말을 못 듣겠다.

왜적들이 비록 많다고 하나 하루 아침에 다 들어온 것은 아니다. 왜 한번 우리 수군의 위엄을 뽐내서 적을 나가 치지 못하였던가? 단 한 번이라도 적을 쳐 이겼다면 아무러한 왜적들도 그제는 자연 뒤를 사리게 되어 이처럼 기탄없이 깊이 들어오지는 못했을 것이다.

그렇다, 지금이라도 오히려 늦지는 않다. 만일에 경상도 수군이 무능해서 나가지 못한대도 전라도 수군이 또 있지 않으냐?

'오오, 전라 좌수사 이순신李舜臣. 그는 대체 무얼하고 있나?…'

조국의 흥망이 실로 조석에 달려 있는 이때에 그는 바다 길이 멀다고 전라도 한 구석에 앉아서 미친 도적들이 조국 강토 안에서 함부로 날뛰는 꼴을 가만히 보고만 있으려는가?

일개 정읍 현감이던 이순신을 왕에게 천거하여 전라 좌수사가 되게 한 것은 다른 사람 아닌 유성룡 자기였다. 남들은 모두 일개 현감을? … 하고 눈을 크게 떴었으나 자기만은 그가 능히 조국 방위의 중책을 감당해 낼 만한 인물임을 굳게 믿어 의심하지 않았던 것이다.

그가 전라 좌수영으로 내려간 것은 작년 봄의 일이거니와, 앞으로 반드시 왜적은 우리 나라를 침노해 들어오리라고 굳게 믿는 그가 도임하면서부터 일변 군사를 뽑아 훈련한다, 일변 전선과 무기를 수리도 하고 새로 장만도 한다, 또 성도 수축하고 해자*도 판다…하여 전비를 충실히 하는 데 심혈을 기울여 온 것을 자기는 잘 알고 있다. 그는 또 거북선까지 만들어 놓았다지 않나?

그뿐이 아니다. 일찍이 신립이 수군 전폐론을 주장하여 수군은 적을 막는 데 아무 소용이 없으니 아주 없애버리자고 하였을 때 이순신은 분연히 왕에게 글을 올려

'…바다로 오는 적을 바다에서 막지 않고 어찌하겠습니까? 외적을 막는 데는 수전이나 육전이나 어느 한 편을 폐할 수는 없는 것입니다…'

하고 말하지 않았는가. 그런데 어찌하여 오늘 바다로 들어온 왜적을 그는 바다에서 막지 않고 두어 두는가? …

전부터 그처럼이나 믿어온 이순신이었기 때문에 도리어 유성룡은 그에 대해서 울분한 정이 가슴 속에 끓어오르는 것을 스스로 억제 할 수가 없었던 것이다.

그러나 그가 어찌 알았으랴? 바로 이날 낮에, 곧 오월 초이레날 낮

---

* 해자: 성 주위에 파 놓은 물길.

에 이곳에서 남으로 일천 육백 리 밖 거제도 옥포巨濟島 玉浦앞 바다에서 바로 이순신이 거느리는 전라 좌도 수군이 적의 함대를 크게 깨뜨려 빛나는 첫 승리를 거두었을 줄이야.

수군은 싸운다

"마침내 올 것이 오고야 말았구나 …"

하고 이순신은 경상 우수사 원균에게서 온 공문을 보고 나자 저도 무르게 한 마디 입안 말로 중얼거렸다. 바로 사월 십오일 밤의 일이다. 공문은 그저께 저녁 때 왜선들이 부산포 앞바다를 까맣게 덮고 우리나라를 침노해 들어왔다는 경보를 전해 온 것이었다.

이런 일이 멀지 않아 반드시 있으리라 해서 자기는 전라 좌수사로 이곳에 도임한 이래 오늘까지 일 년 남짓한 동안, 전비를 충실하게 하여 보느라 온갖 노력을 다 해왔다. 그러나 아직도 모든 준비가 충분하다고는 못 하겠는데 마침내 이처럼 적을 맞게 된 것이다.

그는 경상 좌우도의 수군들이 부디 잘 싸워 주기를 마음에 축원하며 곧 좌수영 관하의 다섯 고을과 다섯 진에 공문을 돌려서 각기 군사와 전선을 정비하여 비상 사태에 대처할 것을 명하였다. 그리고 본영으로서는 비번 군사들까지 긴급 소집을 하는 한편, 멀리 경상도 지경 가까이 척후선을 내보내서 정세를 살피게 하였다.

그날로 위시하여 경보는 연달아 좌수영으로 날아들었다.

십육일 새벽에는 경상 감사 김수에게서.

그날 밤에는 다시 경상 우수사 원균에게서.

십칠일 낮에는 경상 우병사 김성일에게서.

십팔일 낮에는 또다시 경상 우수사 원균에게서.

다시 이십일에는 경상 감사 김수에게서 …

'부산성이 적의 손에 떨어지고 말았다…'

'동래성이 또한 함몰하여 부사 송상현이 전사하였다…'

'부산, 동래, 양산을 차례로 무찌르고 왜적의 형세는 바로 불일듯 하여 승승장구 내지로 들어가고 있다…'

모두가 놀랍고 한심한 소식을 전하여 줄 뿐인데 경상 감사의 공문을 받은 뒤 이틀이 못 되어 경상 우수영에 매여 있는 소비포 권관 이영남所非浦 權管 李英男이 원균의 글을 가지고 달려들었다. 경상 우도 수군이 패망하였으니 곧 와서 구원하여 달라는 것이다.

이순신은 즉시 관하 다섯 고을과 다섯 진에 영을 전해서 정한 날에 모두 본영으로 모이게 하였다.

그로서 수일이 지나서다.

달은 없었으나 하늘에 별이 총총한 밤이다. 좌수영 동헌 대청에는 자리들이 깔려 있고 등촉이 휘황한데 이언량李彦良, 변존서卞存緖 등 이순신의 신임이 두터운 군관들 사오 명이 모여 앉아 가만가만 이야기를 하고 있었다.

그러자 밖으로서 큰 기침 소리과 발자취가 들리며 녹도 만호 정운鄭運이 들어왔다.

"언제든지 선참이시군."

하고 변존서가 입가에 미소를 띄우며 말하였다.

정운은 그냥 빙그레 웃고 자리에 앉자

"대체 오늘 모임은 무엇이요?"

한마디 묻는데 마침 광양 현감 어영담魚泳潭이 들어왔다.

"경상 우수사에게서 구원을 청해 왔으니 우리 좌도 수군이 영남 바다까지 나가야 할 것인가 혹은 그만두어야 할 것인가, 아마 그 가부를 물으시기 위함인 듯하외다."

정운이 미처 입을 열기 전에 어영담이 선뜻

"구태여 가부를 물으실 것이 무엇인고? 사또 분부시라면 우리는 물불을 가리지 않으려든…"

정운은 만족한 듯 고개를 한 번 크게 끄덕이고 허리에 찬 환도를 잠깐 들어 보이며

"왜적의 피로 이 칼에 고사를 드릴 때가 마침내 왔나 보오."

하고 허허 웃었다.

"참 그 검명이 무엇이든지요?"

군관 하나이 체가 유난하게 긴 정운의 환도를 유심히 보며 한마디 묻고

"'정충보국貞忠報國' 넉 자라오."

하는 정운의 대답에

"정충보국 — '충성을 다해서 국가에 보답한다'…"

반은 입안 말로 뇌어 볼 때 정운이 다시

"사또 차신 환도의 검명이야말로 좋지. 삼척제천 산하동색三薺勢天山河動色 — '칼 들어 맹세하니 강산이 떨도다'… 좋아, 좋아."

변존서가 있다가

"사또께 환도가 또 한 자루 있는데 그것은 무엇인지 아시오?"

"그것은 모르겠소."

"일휘소탕 혈염산하一揮掃蕩 血染山河…"

정운이 받아서

"'한 번 돌려 소탕하니 피는 강산을 물들인다'… 역시 좋아."

연해 감탄할 때 방답防踏 첨사 이순신李純信이 들어오고 뒤미처 여도呂島권판, 보성 군수, 사도蛇渡첨사가 들어오고, 다시 다음에 흥양興陽현감, 발포 가장鉢浦假將, 순천 부사, 낙안 군수가 차례로 들어와서 모일 사람은 대개 다 모였다.

때가 때라 자연 판국에 대한 이야기들이 벌어졌는데 누가 있다가

"경상 우도 수군이 왜적과 싸워서 전몰했다는 것은, 알고 보니 새빨간 거짓말입니다그려."

하고 말을 내어 여럿이

"나도 들었소. 왜적하고 싸워서 패한 게 아니라 자기 손으로 군기, 화포, 전선 할 것 없이 모조리 바다에다 처박아 버린 거랍디다."

"무어, 본영에 앉아 있다가 멀리서 들어오는 우리 나라 어선을 보자 그만 왜선인 줄만 알고 지레 겁이 나서 그랬다더군."

"그래 놓고 우리한테 구원을 청해 오니 염치는 좋소."

하고 한창 이야기들을 하고 있을 때

"사또 납시오—"

하는 통인의 소리가 들렸다. 여러 사람들이 분분히 일어나서 맞는 중에 이순신이 우후 이몽귀虞候 李夢龜, 군관 송희립宋希立을 데리고 나와서 자리에 앉았다.

여러 사람들이 다 제 자리에 앉기를 기다려서 이순신은 한번 좌중을 둘러본 다음에 드디어 그 무거운 입을 열었다.

"오늘 이 자리에 여러 장수들을 모이게 한 것은 다름이 아니라 지

난 스무이튿날 새벽에 경상 우수사로부터 우리 좌수영에 구원을 청하는 공문을 보내 왔기 때문이요. 다 아는 바와 같이 지난 열사흗날 왜적이 우리 나라를 범한 뒤로 그 형세가 자못 급해서 영남 일경을 자리 말 듯하고 있는데, 한편 바다에서는 적의 전선 칠백여 척이 부산포에 둥지를 틀고 연해로 출몰하면서 도처에 상륙하여 노략질 분탕질을 마음대로 하고 있는 형편이건만 경상 좌우도의 수군은 전몰을 하고 각 관포官浦가 다 무너져 버렸으니 대체 백성들은 다 어찌 되었겠소? 남부여대하여 산곡간으로 방황하며 자식들은 부모를 찾고 부모들은 자식을 불러 그 참혹한 정상은 차마 눈으로 못 볼 지경이라. 지금 형세가 이처럼 험하고 급한데 이때를 당해서 우리 좌도 수군은 어떻게 해야 옳을 것인가? — 영남 바다까지 한번 나가서 싸워 보느냐? 그렇지 않으면 이대로 눌러앉아서 우리 지경만 지킬 것이냐? 양단간에 아주 결정을 지어야만 하겠으니 각자 소견들을 말씀해 보오."

좌중은 물을 끼얹은 듯 한동안 말들이 없었다. 이순신은 잠깐 기다려 보다가 순천 부사 권준權俊을 돌아보고 말하였다.

"영감 먼저 말씀하시오."

권준은 잠깐 생각하다가

"글쎄올시다. 영남 형편이 지금 한시가 급하기는 합니다…마는, 우리 형세도 지금 외로운 터에 이제 또 멀리 영남 지경까지 간다는 것이 과연 어떠할지…"

하고 좌중을 한번 돌아보며

"다른 분들 말씀해 보오."

하고 입을 다물었다.

다시 잠깐 침묵이 흐르는데 문득 한 사람이 나서며

"하관이 한 말씀 하겠습니다."

한다. 모두들 바라보니 낙안 군수 신호申浩다. 그는 버릇으로 헛기침을 두어 번 하고 나서 말하였다.

"그게 그렇습니다. 영남 수군을 구원하러 가는 것도 좋지만 지금 우리 힘으로 저 강성한 왜적과 싸워서 반드시 이길 수 있을까? — 그것은 아무도 장담할 수는 없는 일일 줄 압니다. 그러니 허턱대고 영남으로 나가는 것이 결코 좋은 계책이 못 될뿐더러 더구나 삼도 수군에게는 본래 각각 분계가 있어서 자기 바다는 자기가 지키기로 되어 있습니다. 우리는 지금 형세가 외로운 터에 어떻게 남의 바다까지 지켜주러 가겠습니까? 본도 수군은 이대로 눌러앉아 본도만 지키면 족할 줄 압니다."

그의 말이 끝나자

"옳은 말씀이외다."

"낙안 말씀이 옳소이다."

하는 소리들이 들렸는데 이때 문득 말석에서

"그 말씀 옳지 않소. 그 말씀이 어째 옳소?"

하고 격한 어조로 말하는 사람이 있었다. 모두들 놀라서 그편을 바라보니 그는 군관 송희립이다.

송희립은 그 큰 눈으로 좌중을 한번 둘러본 다음에 말하였다.

"왜적이 우리 나라를 침노해서 그 형세가 급하기 짝 없는 이때에 우리가 이대로 눌러앉아서 내 지경만 지켜 보자 해도 도저히 온전할 수는 없는 일이외다. 나가서 싸웁시다. 싸워서 이기고 보면 적의 기세를 꺾을 수 있고 불행히 죽는대도 나라를 위해서 목숨을 바치는 것이니 다시 무슨 한이 있겠소?"

그의 말이 미처 끝나기 전에

"옳소 —"

하고 소리를 지르며 나서는 사람이 있었다. 광양 현감 어영담이다.

"왜적이 침노해 들어왔으면 우리 장수된 자의 도리는 오직 나가서 죽기로 싸워 적을 무찌르는 것뿐이요. 제 나라를 지키는 데 분계란 무엇이요? 어서 나가 싸웁시다."

그의 말을 받아서

"그렇소, 어서 나가 싸웁시다."

하고 또 나서는 사람이 있다. 녹도 만호 정운이었다.

"이때를 당해서 우리가 어찌 한번 죽기를 사양하겠소? 삼도 수군이 각각 분계가 있다지만 영남 수군이 전몰했으면 우리가 나가는 게 당연한 일이요. 나가느니 안 나가느니 공연한 논란을 캐다가 한번 대사를 그르치는 날에는 후회막급할 것이니 어서 나가 싸웁시다."

그의 말이 떨어지며 곧

"그렇소."

"싸웁시다."

"어서 나가 싸웁시다."

외치는 소리들이 장내를 흔들었다.

이순신은 감격한 빛을 스스로 감추지 못하였다. 그는 잠시 눈을 감고 장내가 조용해지기를 기다려서 다시 눈을 뜨자 엄숙하게 영을 내렸다.

"적의 형세가 성할 대로 성해서 국가의 존망이 실로 조석에 달려 있는 이때에, 우리는 전라도를 지키는 장수니까 경상도 일은 모른다고 해서 과연 옳을까? 오늘 일로 말하면 오직 나가서 적을 치는 것뿐이니 감히 나가지 못하겠다는 자가 있다면 이 자리에 참하리라. 다들 알았는가?"

모든 장수들이 일제히

"네—"
하고 대답한다.

이순신은 곧

"서전誓箭과 군령판軍令板을 들이라."
하고 분부하였다.

화살과 군령판이 들어오자, 이순신은 조국과 인민을 위하여 목숨을 바쳐 원수들과 싸울 것을 맹세해서 자기부터 화살 한 개를 집어서 꺾고 군령판 첫머리에다 이름을 적은 다음에 이것을 차례로 모든 장수들에게 돌렸다. 모두들 한결같이 강개한 마음으로 화살들을 꺾고 또 엄숙하게 자기 이름들을 군령판에다 적었다…

오월 초하루, 날은 흐렸으나 비는 오지 않았다. 전라 좌수영에 매인 순천 이하 다섯 고을과 방답 이하 다섯 진의 장수들이 각기 군사와 전선들을 거느리고 차례로 본영 앞바다로 모여들었다.

낙안 군수 같은 사람이 아직도 뒤를 사리는 눈치가 있을 뿐이지 다른 장수들은 모두 출전을 앞두고 의기들이 장하였다. 그 중에도 녹도 만호 정운, 광양 현감 어영담, 흥양 현감 배흥립裵興立, 방답 첨사 이순신李純信 같은 사람들은 왜적 이야기만 나오면 그만 걷잡을 사이 없이 원수들에 대한 적개심이 끓어올라서 어쩔 줄을 모르며 비분 강개하는 형편이다.

곧 떠나고도 싶었으나 우선 경상도 정세도 알아보아야 하겠고 또 이곳에 모여서 함께 적을 치러 나가기로 약속한 전라 우도 수군이 아직 들어오지 않아서 조촘조촘 기다리는 중에 하루 지나 이틀 지나 어느덧 초사흗날이 되었는데 이날 석양녘에 이순신이 대장선大將船 선실 안에 홀로 앉아 조용히 병서를 보고 있느라니까 문득 녹도 만호 정운이 와서 보입자고 청한다.

즉시 선실로 들어오라 하여

"무슨 일로 오셨소?"

하고 물으니 정운의 말이

"왜적들이 영남 일경을 그대로 휩쓸면서 자꾸 북으로 올라가고만 있으니 이런 통분할 데가 있겠습니까? 더구나 오늘 들으매 지난달 스무닷새날 이놈들은 상주까지 들어가서 그곳에 진을 치고 있던 순변사의 군사를 쳐 깨뜨렸다고 하는데 그 뒤로 벌써 며칠입니까? 우도 수군이 오기만 고대하며 이대로 시일을 천연하다가는 마침내 대사를 그르치고 말 것이니 곧 떠나시는 것이 좋지 않을까요?"

한다.

듣고 나자 이순신은

"첫 출진에 우리 좌도 수군만으로는 형세가 약할 듯싶어 우도 수군과 함께 떠나려 한 것인데 듣고 보니 과연 그렇소. 우리 내일 새벽에 떠나기로 합시다."

하고 그 즉시 중위장中衛將인 방답 첨사 이순신을 불러서 내일 첫새벽에 떠나도록 영을 내렸다. 그리고 전라 우수사 이억기李億棋에게 거듭 공문을 보내서 곧 뒤쫓아 경상도로 와 달라 당부하였다.

이때 전라 좌도 수군은 함선의 수가 도합 팔십오 척이였으나 그 중에 마흔 다섯 척이 전복 따는 작은 배 포작선鮑作船이요, 스물다섯 척이 중 배 협선狹船, 정작 전선이라고 할 판옥선板屋船은 스물네 척에 불과하였었다.

오월 초나흗날이다. 먼동이 틀 무렵에 이순신은 모든 장수들과 함께 함대를 거느리고 좌수영을 떠났다.

돌산도突山島를 돌아 나갈 때 날이 활짝 밝았다. 오월의 남쪽 하늘은 구름 한 점 없이 맑게 개었는데 경상 우도 지경으로 들어서서 남해현南海縣의 평산포平山浦, 곡포曲浦, 상주포尙州浦를 차례로 지나며 배 위에서 바라보니 사람의 그림자를 찾을 수 없고 개 짖는 소리, 닭 우는 소리를 못 듣겠다. 이 섬의 원이며 첨사, 만호, 권판의 무리가 한번 난리 났다는 소문을 듣자 그만 다들 도망해 버려서 백성들도 마침내 섬을 버리고 육지로들 올라가 버린 것이다.

미조항彌助項 앞바다에 이르러 이순신은 일단 함대를 그곳에 멈추고 장수들을 대장선 위로 불러다가 다시 한번 군령을 선포하였다.

"함부로 동치 말며 고요하고 무겁기를 산과 같이 하라."

"행여 살아서 돌아가기를 기약하지 말고 오직 원수들을 쳐 무찌를 것만을 생각하라."

"결코 적의 수급을 탐내지 말 것이니 머리 하나 베는 사이에 적을 여러 명 쏠 수 있다. 누가 잘 싸우고 못 싸우나 하는 것은 내가 친히 보는 바니 구태여 수급을 얻으려 애쓰지 말고 오직 죽이기만 많이 하라."

"나아가고 물러나는 것을 모두 지휘 따라서 할 것이니 장령을 어기는 자는 마땅히 군률로써 다스리리라."

다시 대형을 바로잡아 앞으로 나가는데 이날 일기는 청명하나 남풍이 불어서 물결이 높았다.

고성 땅 소비포 앞바다에 이르렀을 때 어느덧 날이 저물어서 그곳에 닻을 내리고 물을 길어다 밥을 지어 먹은 다음 진을 치고 밤을 지냈다.

이튿날 새벽에 전선들은 다시 일시에 닻을 들고 당포唐布를 향해서 그곳을 떠났다.

높고 낮은 산들이 연달아 첩첩이 둘러 있는 해안을 따라 한창 배들을 저어 나가는데 문득 누가 있다가 손을 들어 가리키며

"저기 사람이 있다—"

하고 소리쳐서 모두들 그 편을 바라보니 과연 한 산골짜기 깎아질린 석벽 위에 사람 두엇이 나와 있었다.

군사들은 곧 소리를 합쳐서 불러 보았다.

"여보—"

그러나 웬 일인지 그 사람들이 도망이라도 치듯 비탈 아래로 사라져 버려 모두들 마음에 서운해서 연해 그편을 돌아보며 앞으로 나가는 중에 이윽고 그 산골짜기에서 사람들이 꾸역꾸역 몰려 나오기 시작하였다.

한번 보아 벌써 피난민임을 알겠다. 사내, 여편네 저마다 봇짐들을 이고지고 늙은이를 부축하며 어린것들 손을 잡고 수십 명이 떼를 지어 엎어질번 자빠질번 바닷가로 몰려나와 일제히 배를 향해서 손짓들을 하며 소리쳐 부르는 것이다.

대장선으로부터 신호가 있어서 배들은 모두 언덕 쪽으로 가까이 다가 들어 갔다.

"어디서들 오슈?"

물가까지 바툭이 나서서 서로 다투어 묻는 말에

"전라도서 오우, 우리는 전라 좌도 수군이요."

하고 배 위에서 군사들이 대답을 해 주니까 저희끼리

"그래 내 뭐라던가? 우리 배라면 더 물어 볼 것 없이 전라 좌수영서 온 걸 게라고 안했나?"

하고 다시

"간밤에는 소비포에 들어 와 쉬었지요?"

"그랬소. 어떻게 아슈?"

"그런 것을 우리는 왜놈들이 또 쳐들어 왔나 하고 그냥 산속에들 죽치고 엎드려서 숨들도 크게 못 쉬었다오. 그래 어떻게 오셨소?"

"어떻게 오다니 왜놈들하고 싸우러 왔지요."

그 말을 듣자 이제까지 잠자코 한옆에 서 있던 눈썹까지 하얗게 샌 노인이 별안간

"왜놈들하고 싸우러?—"

하고 다지듯 한마디 묻더니

"이 다 늙은 게 그래도 왜놈 손에는 죽고 싶지 않아서 그 고생을 하며 피해 다녔더니 오늘에야 반가운 말을 듣는구나. 고마운 말을 듣는구나…"

반은 혼잣말처럼 중얼거리는 그의 눈에서 눈물이 두 줄 여윈 뺨 위를 흘러 내렸다.

그의 말에 모두 눈물을 꿈벅거리며

"우리 성네 원수를 이제야 갚게 되나 보다."

"우리 어머니 원한도 좀 풀어 주시유."

"저기 저 아주머니는 왜놈 손에 삼대 독자를 죽이고 상성한 이유."

또 어떤 사람들은

"왜놈을 치려거든 천성天成, 가덕加德으로 가 보슈. 어제 저녁 때 그리로 왜선들이 들어왔다는 말이 있습디다."

"하지만 그곳이 포구가 좁고 물이 또 얕아서 작은 배는 몰라도 저런 큰 배들은 들어가서 싸우기가 어려울 걸이요."

이런 말을 일러주기도 하는데 대강 듣다가

"염려 마슈. 이제 우도 수군하고 합세해서 바다에 있는 왜놈들은 다 잡아 없앨 테니…"

하고 말하니

"제발 좀 그래 주슈. 말씀만 들어도 속이 다 시원하구려. 그런데 우도 수군이라니 전라 우도 수군이 또 오기로 되었소?"

"전라 우도서도 뒤미쳐 오겠지만 당장은 경상 우도 수군하고 합세해 싸울 작정이요."

"본도에 무슨 수군이 있다고 그러우? 고작 한두 척이나 남았을까? 다 깨뜨려 버렸는데…"

"왜적과 싸웠다더니 그렇게 참혹하게 패했단 말이요?"

"왜적과 싸웠다는 말은 어디서 들었소? 당치도 않은 말이요. 수사또가 왜선은 그림자도 못 보고서 지레 겁이 나서 당신 손으로 모조리 깨뜨려 버렸다우. 그리고는 곤양昆陽으로 해서 육지로 도망쳐 버리려는 것을 영등포永登浦만호라나 옥포玉浦만호가 소매를 잡고 '이렇게 도망을 했다가 나중에 조정에서 죄를 내리면 어쩌실테요? 전라 좌수영에다 구원이라도 청해 봅시다.' 하고 만류해서 그냥 눌러 있게 된 것이랍디다. 그런데 무슨 우도 수군이요."

그 뒤를 이어 우수사 원균에 대한 비난과 욕설이 이 사람 저 사람의 입에서 연달아 나오는데 지금 갈 길이 바쁜 터에 언제까지 그들의 하소연만 듣고 있을 수도 없었다.

이순신은 군사들을 시켜서 자기 말을 그들에게 전하고 곧 다시 배를 재촉해서 앞으로 나가기로 하였다.

"우리 사또 분부내에, 적과 싸우고 돌아가는 길에 다들 배에 싣고 갈 것이매 그 동안은 왜놈 눈에 띄지 않게 깊이깊이 숨어들 있으라시오. 우리 곧 다시 만납시다. 잘들 있으우."

그 말에 모두들 환성을 울리며

"그럼 부디 잘들 싸우고 오슈."

"사또 말씀만 믿고 우리는 기다리고 있겠소."

배가 가는 대로 따라 가면서 작별을 아끼는데 이때 저편 산골짜기에서 피난민 한 떼가 또 몰려오고 있었다.

"저기 오는 사람들에게도, 그리도 또 다른 사람들에게도 부디 사또 분부를 전해 주시유. 자아 그럼 우리는 가우."

말을 남기고 바로 노질을 재촉해서 당포 앞바다로 나가니 때는 지금 시간으로 아침 열시경—원체 소비포서 일찍 떠난 까닭에 중로에서 그처럼 지체가 되었건만 원균과 약속한 시각에 약속한 장소로 대여올 수가 있었던 것이다. 그러나 경상 우도 수군은 그곳에 와 있지 않았다. 이순신은 한식경이나 기다려 보다가 종시 아무도 나타나지 않으므로 군판에게 쾌선 한 척을 주어서 사면 다니며 경상 우수사를 찾아보게 하였다.

명을 받고 나간 군판은 거의 해질 무렵에나 가서야 걸망포傑望浦 어귀에서 원균을 찾아내었다. 그는 어부 모양을 하고서 조그만 배 위에 오도머니 앉아 있었던 것이다.

처음에 군판은 그를 보통 어부로만 알고서 우수사 사또의 종적을 그에게 물었던 것인데 천만 뜻밖에도 자기가 바로 그라고 하며 나서는 바람에 그만 어안이 벙벙하였었다. 그는 어부가 보따리 속에 꽁꽁 뭉쳐 가지고 있던 경상 우도 수군 절도사 인印과 병부를 보고서야 비로소 그가 바로 원균임을 알고 전라 좌수사의 공문을 그에게 전하였다.

원균은 이튿날 아침에야 당포 앞바다로 이순신을 만나러 왔다. 이순신은 그래도 동관의 정의로 그를 정중하게 맞아들여, 왜선이 얼마나 되며 지금 어디 머물러 있는가를 묻고 앞으로 적과 싸울 일을 서로 의논하였다.

이날 경상 우수영에 매인 장수들인 남해 현령, 미조항 첨사, 영등포 만호, 지세포知世浦 만호, 옥포 만호, 소비포 권관 등이 서로 전후해서 도착하였는데 그들이 거느린 배라는 것이 판옥선이 세 척에 협선이 두 척 도합 다섯 척뿐이요, 정작 우수사 원균에게는 그나마 배도 없었다.

이순신이 보기에 딱해서 전선 한 척을 그에게 빌려 주고

"부디 이번 싸움에 비상한 공을 세우셔서 경상 우도 수군의 위세를 회복해 보시지요."

하고 위로의 말을 하였더니 원균은 그의 바른손을 덥석 두 손으로 잡으며

"싸움에 패한 장수가 무슨 말씀을 하리까마는 나를 다시 살려 주신 것은 바로 영감이시니 이 은혜는 참으로 백골난망이외다."

하고 눈물까지 머금었다.

이날 양도 수군은 함께 그곳을 떠나서 해가 질 무렵에 거제도 송미포巨濟島 松未浦 앞바다에 이르러 진을 치고 밤을 지냈다.

밝는 날은 곧 오월 초이레—동이 훤히 트자 양도 수군은 이순신의 지휘 아래 즉시 배들을 내어 적선이 머물고 있다는 천성, 가덕을 바라고 나아갔다.

날씨는 맑아 하늘과 바다가 다 함께 푸른데 남서풍이 불어 물결은 높았다. 격랑을 헤치며 노질을 빨리 해서 옥포 앞바다에 이르니 때는 오정이 가까운데 이때 앞서 나간 척후선으로부터 비상 신호가 있었다.

뜻밖에도 적선이 가까운 곳에 있는 것을 알고 이순신은 곧 양도 수군의 모든 장병들에게 영을 내렸다.

"한배를 탔으면 사생을 같이하고 적을 보거든 앞을 다투라."

다시 대열을 바로 한 다음에 전선들은 일제히 노질을 재촉해서 곧장 옥포를 향하여 들어갔다.

멀리서부터 포구 뒷산에 연기가 자욱하게 일어나는 것이 보였는데 차차 가까이 들어가며 살펴보니 왜적들은 산 밑 동네로 돌아다니며 한창 불을 지르고 있는 중이요, 선창에는 오십여 척이나 되어 보이는 왜선들이 줄느런히 대어 있는데 그 중에 큰 배들에는 사면으로 장막을 둘러치고 홍기, 백기를 무수히 꽂아 놓아 그것들이 바람에 어지러이 휘날리는 양이 보는 사람의 눈을 현란하게 한다.

우리는 일시에 북 치고 기를 두르며 포구를 향해서 들어갔다.

이때 육지로 올라가서 온 동네 안을 개 싸대듯하며 함부로 민가에 불을 지르고 노략질을 마음대로 하던 왜적들이 우리 배가 들어오는 것을 보고는 그만 소스라쳐 놀라 저마다 돼지 멱따는 소리들을 지르며 엎어지고 자빠지고 서로 앞을 다투어 배 위로들 뛰어오르더니 노를 바삐 저어 나오는데 감히 한복판으로는 나오지 못하고 언덕편으로 붙어서 우리 함대가 미처 들어오기 전에 어떻게 해서든 포구 밖으로 빠져나가 보려 바득바득 애들을 쓰는 꼴이 한편으로 우스우면서도 실로 가증하기 짝이 없었다.

우리 장병들은 노기 충천해서 적의 앞을 막고 들어가며 일시에 화포를 놓고 화살을 쏘았다.

도망할 길을 잃은 쥐가 도리어 고양이를 물려고 덤벼들듯, 왜적들도 조총을 놓고 활을 쏘아 응전한다. 죽기 한하고 덤벼드는 왜적의 형세가 만만치 않았다.

이것을 보자 원균 이하 경상 우도 장수들은 은근히 겁이 났던지 슬금슬금 배들을 뒤로 물려 저만치 떨어져서 형세를 관망하는데, 이때 전라 좌도 수군은 더욱 용기 백배해서 이편저편으로 해선들을 들이받으며 끌어당기며 풍우같이 몰아쳤다. 이 통에 왜병들이 죽고 상한 자가 수가 없이 많았다.

적들은 배에 싣고 있던 물건들을 어지러이 바다 속에 처박으며 그래도 빠져나가 보려고 앙탈을 하다가 할 수 없으니까 그제는 서로 다투어 물로들 뛰어들어 헤엄쳐서 육지로 기어올라가자 숲속 깊이 종적을 감추어 버렸다.

전라 좌도 수군이 모두 나서서 포구 안에 널려 있는 왜선들을 잡으려 드는데, 정작 싸울 적에는 뒤로만 돌던 원균의 수하 장수들이 이때는 한몫 보겠다고 군사들을 재촉해서 배를 몰고 포구 안으로 달려들어 왔다. 그리고 빈 왜선으로 뛰어들어 죽어 자빠진 왜병들의 머리를 베느라고 눈들이 벌겠다.

좌도 수군에서 잡은 배들을 한곳에다 늘어 세우고 바야흐로 불을 질러서 모조리 살라 버리려는 판에 이순신은 문득 장수들에게 영을 내려 혹시 그 안에 적에게 사로잡힌 우리 나라 백성들이 들어 있을지도 모르니 한번 배 안을 샅샅이 뒤져 본 뒤에 하라고 말을 일렀다.

과연 두 배에서 계집 아이 하나씩을 구해내었는데 한 아이는 이제 겨우 너덧 살짜리라 제 이름도 변변히 대지 못하고 징징거리며 울기만 하였으나 또 한 아이는 나이도 열네 살이나 먹었고 아이가 똑똑해서 묻는 말에 일일이 대답을 분명하게 하였다.

그는 동래 동면 매바위鷹岩 사는 윤백련이란 아이로서 부산성이 적의 손에 떨어진 이튿날 저의 아비와 오래비를 따라 친척들과 함께 기장機張 고을 운봉산雲峰山 속으로 들어가서 팔구 일 동안이나 숨어 있다가 어느 날 왜적들이 무수하게 쳐들어 와서 아비와 오래비는 죽고 저는 잡혀서 부산으로 끌려가자 바로 배 밑창에가 꼭 갇혀서 오늘 까지 바깥 구경을 못하며 지내왔다고 한다.

백련이가 옷은 잡혔을 당시의 것을 그대로 입고 있었으나 머리는 왜적들이 잘라 놓아서 왜년 꼴을 하고 있었다. 장수나 군사들이나 그의 이야기를 듣고 또 그 머리 꼴을 보고는 모두 통분해 마지 않았다.

이때 육지로 기어올라간 왜놈들은 다 산속으로 들어가 숨어 버렸는데, 이순신은 각 배의 활잡이들로서 특히 용맹한 자들을 뽑아 산으로 쫓아들어가서 그놈들을 깡그리 잡아 없앨 생각을 하고 원균에게 의논을 하였다. 그러나 그의 말이, 이 거제도라는 섬이 원체 산이 험하고 나무들이 우거져서 발을 들여 놓을 데가 없으니 쫓아들어가서 놈들을 잡아 없애기가 졸연치 않으리라고 한다.

더구나 왜적들이 뒤돌아 덤벼들 우려도 없지 않아서 배 안에 활잡이들을 두어두지 않고는 조심이 되었고 또 어느덧 해도 한낮이 기울었기 때문에 이순신은 마침내 그것을 단념하지 않을 수 없었다.

왜선 스물여섯 척을 모조리 깨뜨려 불살라 버린 다음에 전 함대는 그곳을 떠나서 영등포 앞바다로 나와 일변 물을 긷고 나무를 해다가 밥 지을 준비를 하였다. 이때 급한 정보가 들어왔다. 왜선 다섯 척이 가까운 바다 위를 지나가고 있다는 것이다.

우리 수군은 곧 그 뒤를 쫓아나갔는데 웅천熊川 땅 합포合浦 앞바다에 이르자 왜적들이 모두 배를 버리고 앞을 다투어 육지로 올라가 버려서 배만 다섯 척을 모조리 깨뜨려 불살라 버리고 즉시 노를 재촉해서 창원 땅 남포 앞바다로 와서 진을 치고 그 밤을 지냈다.

그 이튿날 새벽에 또 정보가 들어왔다. 진해 땅 고리량古里梁에 왜선들이 와 있다는 것이다. 우리 수군은 다시 적을 찾아나섰다.

안팎의 크고 작은 섬들을 샅샅이 뒤지며 저도猪島를 지나 고성 땅 적진포赤珍浦에 이르니 대선, 중선 합해서 왜선 열세 척이 바다 어귀에 죽 벌려 있었다.

여기서도 왜적들은 육지로 올라가서 동네에다 불을 지르고 노략질을 마음껏 하고 있다가 우리 수군이 들어오는 것을 보자 그만 혼비백산해서 일제히 산으로들 기어올라가 다시는 내려오려고 아니한다.

배 열세 척만 모조리 깨뜨려서 불살라 버린 다음에 눌러 그곳에서 아침밥을 지어 먹고 잠시 쉬는 중에 문득 본영에서 쾌선 한 척이 함대를 찾아 그곳에 이르렀다. 전라도 도사都事로부터 좌수영에 보내온 공문을 가지고 나온 것이다.

공문을 펴 보자 이순신은 그만 기가 탁 막혔다. 왕이 마침내 서울을 버리고 평안도로 피난하였다는 너무나 놀랍고 또 슬픈 기별이였다. 그는 그 자리에 엎드려져 목을 놓고 통곡하였다. 소문이 돌자 수하 장병들도 모두 따라 울었다. 곡성이 한동안 바다 위에 끊이지 않았다….

이긴 장수를 죽였다

이때 육지에서도, 큰 싸움은 아니였지만 우리 관군의 첫승리가 있었다. 곧 부원수 신각이 양주에서 왜적과 싸워서 이기고 적의 머리 육십여 개를 벤 것이다. 그런데 평양에 내려가 있는 조정에서는 선전관을 보내서 그의 목을 베어 버렸다.

처음에 신각은 도원수 김명원과 함께 한강을 나가서 지키다가 김명원이 군사를 버리고 도망할 때 그를 쫓아가지 않고 서울로 들어와서 수성 대장 이양원을 따라 양주로 내려갔었다. 이것은 우리가 이미 알고 있는 사실이다.

그때 마침 함경남도 병사 이훈이 군사를 거느리고 그곳에 당도해서, 신각은 그와 군사를 합쳐 가지고 있다가 왜적의 한 패가 서울에서 나와 민가를 노략하며 양주까지 온 것을 개념이고개서 맞아 싸워 이를 무찌른 것이다.

비록 작은 싸움이기는 하였지만 왜적의 침노를 받은 뒤로 이것이 우리가 거둔 첫 승리라 소문이 한 번 돌자 사람들은 모두들 뛰며 좋아하였다. 그러나 한편 한강을 버리고 도망한 도원수 김명원은 임진강까지 가서 이번에는 그곳을 지켜 보겠다고 하면서 왕에게 올린 장계 끝에

"… 부원수 신각이 신의 호령에 복종하지 않고 제 마음대로 다른 데로 가 버렸으니 이런 해괴한 일이 어디 있겠습니까?…"

하고 대장의 명령을 듣지 않은 그에게 조정으로서 특별한 처치가 있기를 청하였다. 그는 자기가 한강 제천정에서 도망칠 때 신각이 앞을 막고 서서 눈을 부라리며 못 간다고 을러대던 일이 종시 마음에 괘씸해서 기어이 앙갚음을 하려 한 것이다.

장계가 올라가자 우의정 유홍兪泓은 어찌된 내막도 모르면서 덧바람에

"그런 놈은 당장에 목을 잘라야지."

하고 나서서 곧 신각의 목을 벨 것을 왕에게 청하였다.

왕은 마침내 선전관을 양주로 내려보내서 시각을 지체 말고 그의 목을 베어 앞으로 대장의 명령에 복종하지 않는 자들을 경계하게 하였다.

그러나 선전관이 떠난 지 반나절이 못 되어서 뜻밖에도 적과 싸워 이겼다는 신각의 첩보가 들어왔다. 왕은 소스라쳐 놀라 급히 사람을 뒤쫓아 보내서 선전관을 도로 불러오게 하였으나 때는 이미 늦었다. 이리하여 신각은 나라에 공을 세우고도 억울한 죽음을 하고 만 것이다.

신각은 본래 청렴한 무장으로서 매사에 신중한 사람이었다. 그는 일찍이 연안延安 부사를 지냈었는데 백성들을 잘 다스리는 한편으로 성을 수축하고 해자를 깊이 파고 병장기를 정비해 놓았었다. 뒤에 이정암이 왜적을 굳게 막아 연안성을 온전히 지켜 낼 수 있었던 것이 절반은 신각의 공로라고 세상에서 말하는 까닭도 여기 있는 것이다.

거기다 그에게는 또 구십 당년의 늙은 어머님이 계셨다. 그래서 그가 아무 죄도 없이 비명에 죽고 말았다는 소식을 들었을 때 사람들은 더욱 통탄해 하기를 마지 않았다.

임진강에서

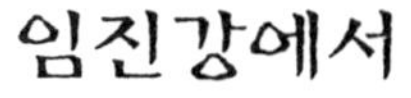

이때 우리 나라로 쳐들어 온 왜장들은 전부 한번 서울에 모였다가 분분한 공론 끝에 총대장 부전수가浮田秀家만 그대로 서울에 눌러 앉았기로 하고 다른 왜장들은 다시 뿔뿔이 흩어져서 팔도로 내려가는데, 그 중에 소서행장, 가등청정, 흑전장정의 세 장수는 앞으로 황해도, 평안도, 함경도를 각각 뜯어 맡기로 하고 서로 전후해서 서울을 떠나 서도를 바라고 내려왔다.

그러나 임진 나루까지 와 보니 강물은 도도하게 흐르는데 북쪽 언덕에는 이미 지키는 군사들이 있고 남쪽 언덕에는 타고 건널 배가 한 척도 없다.

하는 수 없이 왜적들은 강가에다 초막을 짓고 장막을 세워 진을 친 다음에 때때로 생각난 듯 강 너머 조선 진지에다 대고 그저 총질 활질을 해볼 뿐 감히 강을 건너 볼 생각은 하지도 못하고 있었다.

그러나 평양에 앉아 있는 왕과 그의 신하들은 종시 마음이 불안하였다. 임진 나루에는 도원수 김명원과 앞서 북병사北兵使를 지낸 신갈이 나가 있기는 하다. 그러나 도무지 미덥지가 않다. 신갈은 용맹은 하지만 꾀가 없는 데다 사람이 경망하였고 도원수 김명원에 이르러서는 한강의 전례가 있는 것이다.

아무래도 좀 미더운 사람을 보내서 임진강의 방비를 든든하게 해야 하겠다고 이리저리 생각한 끝에 드디어 지사 한응인韓應寅에게다 점을 찍었다. 그는 최근에 사신으로 명나라에를 다녀온 사람이라 어디다 내놓든 위신이 서리라고 왕은 생각한 것인데 좌의정 윤두수도

"그 사람이 상相에 복이 있어 보이니 그에게 맡기시면 일이 잘될 듯합니다."

하고 말이 있어서 그렇게 정해 버린 것이다.

왕은 그에게 평안도 강변 군사 삼천 명을 주어 거느리고 가게 하는데, 신각의 전례도 있고 해서 가거든 도원수의 절제를 받지 말라고 일렀다. 한응인은 바로 호기가 당당해서 평양을 떠났다.

한편 도원수 김명원은 신갈과 함께 임진 나루 북쪽 언덕에다 진을 쳐놓고 군사를 나누어서 각처 여울목을 지키게 하며 강 하나를 격해서 왜적과 열흘 동안을 서로 버티고 있었다.

그러자 열하루째 되는 날이다. 새벽같이 군사가 들어와서 보한다.

"왜놈들이 도망을 가려고 그러는지 온통 초막들을 헐며 짐들을 실어내고 있소이다."

김명원이 곧 말을 타고 강변으로 나가서 건너편을 바라보니 과연 자욱하게 일어나는 흙먼지 속에서 한 패는 언덕 위에 지어 놓았던 초막들을 헐어 버리느라, 또 한 패는 언덕 아래 세워 놓았던 장막들을 걷어 치우느라, 또 다른 패는 병장기들을 묶어서 말에다 실리느라 남쪽 강변 일대가 와글와글 끓고 있다.

“놈들이 정말 도망을 가는구나. 이제 한시름 놓았다…”

김명원은 속으로 이렇게 생각하며 영채로 돌아왔는데 그로서 얼마 지나지 않아 하류편의 여울목을 지키고 있던 신갈이 젊은 군관들을 거느리고 말을 달려 왔다.

“대감, 왜놈들이 그예 도망을 해갑니다그려. 저놈들이 도망해 간다면 우리도 준비가 있어야 안 합니까?”

신갈의 서두는 품을 보자 김명원은 은근히 마음에 경계를 하며

“준비라니 무슨 준비요?”

“강을 건너서 도망해 가는 적들의 뒤를 몰아칠 준비 말입니다.”

김명원은 물끄러미 신갈의 얼굴을 바라보다가

“저놈들이 정말로 도망하는 줄 아오?”

“정말 도망하는 것이 아니면 뭣입니까”

“십상팔구는 왜적들이 우리를 유인하려는 계책일 것이요.”

“계책은 무슨 계책이겠습니까? 더 있어 본댔자 강을 건널 수는 없을 게니까 제풀에 물러가는 게지요.”

“아니요. 원체 간사한 놈들이라 뒤로 무슨 흉계를 꾸미고 있는지 누가 알겠소?”

그래도 신갈은 자꾸 적의 뒤를 쫓자고 주장을 해서 김명원은 마침내 대장의 명령으로 그를 눌러 버렸다.

왜병들이 남쪽 언덕에서 완전히 다 물러간 것은 늦은 아침해쯤이였다.

그러나 이때 신갈이 또 와서 기어이 적의 뒤를 쫓아가서 치자고 주장해서 그가 다시 골머리를 앓는 판에 마침 한응인이 달려들었다. 그는 평양서 개성 삼백구십 리를 나흘에 달려오고 이날 새벽 전군 일천오백 명을 몸소 거느리고서 먼저 떠나 한달음에 육십 리 길을 낮 전

에 들이댄 것이다.

김명원은 속으로 한응인이 마침 잘 왔다고 은근히 좋아하였다. 한응인은 응당 자기와 생각이 같을 것이요, 또 대장의 명령은 우습게 아는 신갈이도 이 명나라까지 갔다 온 사람의 말에는 제가 자연 복종하지 않을 수 없으리라고 믿었기 때문이다.

그러나 한응인은 그의 말을 끝까지 들어보려고도 아니하고

"도망하는 적은 쫓아가서 쳐야지. 그래 놈들이 떠난 지가 얼마나 되오?"

하고 서둘렀다.

이것을 보고 신갈이 좋아라고

"곧 뒤를 쫓으면 이십 리 안짝에서 적을 잡을 수가 있겠지요. 하관은 먼저 갈테니 대감은 곧 뒤따라 강을 건너십시오."

하고 정작 대장의 말은 들어보려고도 아니하고 그는 밖으로 뛰어나갔다.

자기 진으로 돌아가자 신갈은 곧 수하 장수들에게 분부해서 강 건널 준비를 하게 하였다.

이때 별장 유극량別將 劉克良이 나서서 간하였다.

"적이 물러간 것은, 모르면 모르되 우리를 꾀이려는 계책이 분명한데 왜 자진해서 적의 계책에 떨어진단 말입니까?"

"그놈들이 백년 가야 강을 건널 수가 없으니까 그래 달아나는 건데 계책은 무슨 계책이야?"

"그러면 또 그런 대로 적들에게는 추병追兵을 막을 준비가 반드시 있을 것이외다. 이러나저러나 지금 뒤를 쫓아서는 아니 되오리다."

신갈은 발끈 성이 나서 홱 칼을 뽑아 들며 호령하였다.

"왜적이 무서워서 네가 그러지? 어서 배에 올라라. 못 오르겠으면

이 칼을 받아라."

신갈을 마주 노려보는 유극량의 눈은 금방 찢어질 듯, 코는 벌룽거리고 반 넘어 센 구레나룻은 떨렸다.

"내가 철이 들며부터 종군해서 이날까지 수십 년을 싸움터에서 살아왔소. 나는 죽음을 두려워하는 사람이 아니요. 내가 중언부언 말하는 것은 오직 경솔히 나갔다가 나라 일을 그르칠까 걱정이 되어서 그럴 뿐이요."

"그래도 뇌까리느냐? 당장 배에 오르지 않으면 목을 칠테다."

"좋소. 가리다."

유극량은 분연히 한마디 한 다음에 수하 군사들을 데리고 첫 배에 올랐다. 다른 장수들도 다 묵묵히 군사들과 함께 배들을 나누어 탔다.

수하 장병들을 다 태운 뒤에 맨 끝 배에 오른 신갈은 칼은 짚고 배머리에가 우뚝 서서 멀리 남쪽을 바라보며 바로 의기가 당당하였다.

이때 한응인도 강변으로 나왔다. 그는 신갈의 군사들이 이미 강을 건넌 것을 보자 자기도 군관들에게 빨리 배를 준비해서 군사들을 건너게 하라고 영을 내렸다.

이것을 보고 평양서부터 그를 따라온 강변 군사들—, 오랫동안 이 나라의 북쪽 변방을 지켜 오느라고 전쟁에는 미립이 난 사람들인데 그 중에도 나이 지긋한 군사 오륙 명이 일시에 나서서,

"황송한 말씀이나 싸움이라는 게 그렇습니다. 우선 적을 치려면 적의 형세부터 잘 알아야 하는데 지금 우리는 그것을 모르지 않습니까?"

"또 후군도 미처 당도하기 전에 전군만 나가는 것이 불리하지 않습니까? 지금 저희들에게는 화살 가진 것도 많지가 못합니다. 화포와 기계들이 다 후군에 있으니까 오기를 기다려야 합죠…"

"그리고 저희가 연일 행군에 모두 지쳤으니 오늘 하루는 푹 쉬고

그 동안에 적의 형세를 자세히 알아보는 것이 좋을까 보이다."

한마디씩 하는데, 한응인은 그들 말에 귓바퀴까지 새빨개져 가지고

"되지 못한 노병놈들이 뉘게다 대고 주제넘은 수작이냐?"

한마디 되까리자 번개같이 칼을 뽑아서 앞에 나선 군사의 허리를 쳐 쓰러뜨렸다.

수하 군관과 군사가 다 말이 없었다. 조금 뒤에 배들은, 이 연일 행군에 지치고 밥도 못 얻어 먹은 군사들을 싣고 강을 건넜다.

앞서 강을 건넌 유극량이 수하 군사들을 재촉해서 적의 뒤를 쫓아 파주까지 거의 왔을 때다. 적 후군의 짐 실은 말들이 저편 고개를 넘어가고 있는 것이 보여서 그가 곧 말을 채쳐 산모퉁이를 돌아나가는데 어지러이 울리는 북 소리와 함께 사면에서 복병이 일시에 아우성치며 일어났다.

총알은 우박처럼 쏟아지고 화살은 빗발치듯 한다. 삽시간에 쓰러지는 군사가 수십 명이다.

유극량은 영을 내렸다.

"활잡이들은 남아서 좌우와 뒤의 적을 쏘고, 칼잡이 창갑이는 나와 함께 앞의 적을 들이치라.—"

벽력같이 호통치며 유극량이 말을 달려 적병 속으로 뛰어들자 수하 군사들도 산이 떠나가게 아우성치며 그 뒤로 쫓아들어 갔다.

닥치는 대로 칼로 치고 창으로 찌른다. 치열한 단병접전이 벌어졌다. 함성은 산을 흔들고 티끌은 일어나 해를 가린다.

유극량은 말을 이리 몰고 저리 몰아 번개같이 칼을 휘둘러서 왜병들을 찍어 넘기며 말굽 아래 짓밟아 죽이며 군사들을 격려하였다.

우리 편의 기세가 하도 험하고 급한 통에 앞의 적들은 마침내 버티

어내지를 못하고 도망치는데 뒤와 좌우편의 적들이 우리 활잡이를 태반이나 거꾸러뜨리고 몰려나왔다.

유극량이 곧 남은 군사들을 수습해서 다시 이놈들을 맞아 싸우려 할 때 날아드는 화살이 그의 왼편 넓적다리에 와서 꽂히며 뒤미처 그의 탄 말이 적탄에 맞아 쓰러졌다.

말에서 떨어지자 이 늙은 장수는 그 자리에 앉아

"예가 나 죽을 곳이다."

한소리 크게 외치며 어깨에서 활을 벗어 들고 연달아 쏘았다. 그의 쏘는 화살에 빗나가는 것이 없어서 적이 대여섯 놈이나 연하여 쓰러졌는데 이때 적탄이 그의 가슴을 뚫었다. 한소리 외치고 노 장군 유극량은 눈을 부릅뜬 채 그 자리에 쓰러졌다.

이 싸움에 적의 뒤를 좇던 우리 군사들이 거의 다 죽고 신갈도 난군 속에서 목숨을 잃고 말았다.

간신히 적의 포위 속을 뚫고 나온 군사들도 강 가까이 와서는 더 갈 데가 없었다. 이편 언덕에 배는 없었고 뒤에는 무수한 왜병들이 일본도들을 휘두르며 일시에 달려들고 있는 것이다. 그들은 분분히 강으로 떨어졌다.

이때 북쪽 언덕에서는 김명원, 한응인, 박충간 등이 수하 장병들과 함께 이 기막힌 광경을 바라보며 어찌할 바를 몰라하는 중에 문득 남쪽 언덕을 까맣게 덮고 적의 대부대가 나타나서 이편을 향하여 일시에 조총을 쏘며 고함을 질렀다.

이 바람에 도원수 김명원과 말을 나란이 하고 서서 보던 상산군 박충간이 더럭 겁이 나서 말머리를 홱 돌리자 그대로 들고 뛰었다.

강변에 있던 군사들이 박충간을 김명원으로 보고

"도원수 뛴다—"

소리들을 지르자 진중은 벌컥 뒤집혀 버렸다.

이것을 보고 정말 도원수도 들고뛰었다. 한응인과 경기 감사도 다 빵소니를 쳤다.

이리하여 임진강의 방비도 마침내 무너지고 말았다.

왜적들은 그 이튿날 근처의 민가를 털어서 떼를 모아 아무도 지키는 사람이 없는 강물에다 띄우고 먼저 십여 명이 북쪽 언덕으로 건너왔다. 그리고 그곳에 매여 있는 배들들 모조리 끌고 돌아가서 차례로 다 강을 건넜다.

그날로 놈들은 장단을 거쳐 개성으로 들어오고 다시 금교 역말, 평산읍, 보산역말을 차례로 지나서 안성역말에 이르렀다. 소서행장, 가등청정, 흑전장정이가 여기까지는 같이 왔으나 이제부터는 황해도, 평안도, 함경도 세 도 중에 한 도씩을 각기 뜯어 맡아 가지고 뿔뿔이 헤어져야 할 판이다.

그러나 누가 어느 도를 맡느냐 하는 문제는 쉽사리 결정을 보지 못하였다. 세 놈이 다같이 이 나라 왕이 내려가 있는 평안도를 제가 기어이 맡고 싶어서 몸살들이 났기 때문이다.

그때 한동안 옥신각신 다툰 끝에 제비를 뽑아서 정하기로 되었는데, 그 결과 평안도는 소서행장에게 떨어지고, 가등청정에게는 함경도, 흑전장정에게는 황해도가 차례졌다.

이리하여 세 놈은 길을 나누어, 한 놈은 황해도 일판을 휩쓸고 한 놈은 노리현老里峴을 넘어 철령鐵嶺 북쪽으로 나가고 또 한 놈은 그 길로 곧장 평양을 바라고 내려오게 되었다.

평양서 다시 의주까지

왜적들이 마침내 임진강을 건너 섰다는 소식에 평양에서는 임금과 신하들이 다 함께 근심하는 중에, 뜻밖에도 순변사 이일이 선통도 없이 그곳에 나타났다. 그는 충주 싸움에서 패하자 그 길로 강을 건너 강원도로 들어가서 얼마 동안 숨어 있다가 이리저리 길을 돌아 마침내 왕이 있는 곳을 찾아온 것이다.

이때 왕을 모시고 있는 자들이 모두가 문관이요 무장은 한 명도 없어서 자못 불안하던 판에, 비록 패군한 장수이기는 하지만 그래도 아무개라고 이름이 알려진 이일이가 와 주어서 왕과 그의 신하들은 한결 마음에 든든하였다.

그러나 막상 대하여 보니 한심하였다. 거느리고 온 군사가 단지 십여 명밖에 안 되는 것은 그만두고라도, 그 사이 갖은 고생 다 겪느라 두 눈이 들어가고 양볼이 쪽 빠져서 몰골은 사나웠고 무명옷에 패랭이 쓰고 짚신 신은 그 행색은 초라하기가 짝 없었다.

유성룡이 보기에 딱해서,

"여러 사람들이 영감에게 바라는 바가 큰데, 원 이래 가지고야 어쩌겠소?"

하고 자기 행장 속에서 남색 사천릭紗天翼 한 벌을 내어 주었다. 이것을 보고 다른 재상들도 혹은 총립*을 주고 혹은 은정자銀頂子*와 채영彩瓔*을 주고 해서 이일은 몸차림이 일신해졌는데 다만 신발은 벗어주는 사람이 없어서 그대고 짚신을 신고 있지 않으면 안 되었다.

"비단 옷에 짚신이 맞지 않는구먼."

하고 유성룡이 웃음의 소리를 해서 모두들 같이 웃었으나 그러한 것을 가지고 웃고만 앉았을 때가 아니었다. 왜적의 정세를 살피러 나갔던 벽동碧潼 군사 임욱경任旭景이 돌아와서 보하는데 왜병들은 이미 봉산에 들어와 있다는 것이다.

유성룡은 곧 윤두수를 보고 말하였다.

"왜병이 봉산에 들었다면 척후는 벌써 강 너머에 와 있을 것이요. 이곳 영귀루詠歸樓 아래가 물이 얕아서 만일에 왜적이 알고 그리로 건너온다면 성이 위태할테니 곧 이일을 보내서 여울목을 지키게 합시다."

윤두수는 그 말을 옳게 듣고 즉시 이일에게 군사를 주어 거느리고 나가서 여울목을 지키게 하였다.

본래 왕이 내려 오기 전에 평양 성내 백성들은 태반이 촌으로 피해 나가 있었던 것인데, 왕과 그의 신하들이 와서 아주 판을 차리고 앉았는 것을 보고는 저으기 마음들이 놓여 차차 성내로 다시 들어오기 시작해서 그간 한 달 동안에 거의 다 제 집에들 돌아와 있었다.

---

* 총립: 말총으로 만든 전립
* 은정자: 은으로 만든 잣의 장식물
* 채영: 색실로 꼰 갓끈

그러던 것이 그만 왜병이 가까이 이르렀다는 소문과 함께, 결국은 왕이 다시 평양을 버리고 다른 데로 가 버릴 것이라는 말이 떠돌아서 요 며칠 사이에 백성들은 남부여대하고 다시 촌으로들 나가 버려 이때 성내는 거의 텅 비다시피 되었다.

"이것은 좋지 않은 일이다. 우리는 혹시 형세에 따라 다시 상감을 모시고 어디로 또 갈는지 모르지만, 저희들이야 응당 남아서 성을 지켜야 할 것이 아닌가?…"

이렇게 생각을 한 대신들은 곧 왕에게 권해서, 세자로 하여금 대동관大同館 문 밖에다 성내 늙은이들을 모아 놓고, 어떠한 일이 있든 평양만은 꼭 지키기로 하였으니 너희 백성들도 다 그리 알라는 뜻으로 잘 타이르게 하였다.

그러나 세자의 말을 듣고 난 늙은이들은 잠깐 저희끼리 무엇이라 수군수군하더니 그 중에 한 사람이 앞으로 나와서

"황송한 말씀이오나 동궁마마 분부만 가지고야 백성들이 어떻게 믿습니까? 한번 상감께서 친히 나오셔서 한 말씀 해주셨으면 좋겠습니다."

하고 말하는 것이다.

어쩔 수 없는 일이었다. 그 이튿날 왕은 마침내 대동관 문 앞에 나가서 수십 명 늙은이들을 만나 보고 승지를 시켜서 어제와 같은 말을 다시 한번 하게 하였다.

늙은이들은 머리들을 땅에 대고 엎드려

"그처럼 말씀이 계신 바에야 어찌 저희들이 죽기로써 이 성을 지키지 않소오리까?"

하고 통곡들을 하며 물러나와, 동네 꾼을 풀어서 촌이며 산골짜기에 들어가 숨어 있는 사람들을 모조리 불러 오게 하였다.

백성들은 선량하고 단순하다. 왕이 자기들과 함께 성을 지킬 것을 굳게 맹세하였다는 말을 듣자 모두 감격해서 부랴부랴 성내로 다시 들어오는데, 먼 마을 사람들까지 더러 따라 들어와서 마침내 성 안이 꽉 찼다.

이 백성들이 모두 군사와 힘을 합해서 잘 싸워 줄 것이었다. 거기다 성은 견고하고 앞에는 큰 강이 가로막혀 있고 성내에는 또 십여만 석의 군량미가 있다….

"이러한 곳을 지키지 않는다면 어디로 가서 지켜 내랴?"
하고 왕과 그의 신하들은 생각하였었다.

그러나 하루가 못 가서 그들의 마음은 다시 동요하기 시작하였다. 왜병들이 마침내 강 너머 동대원 일대에 나타났기 때문이다.

왕과 그의 신하들 사이에 또 의논이 분분하였다. 이대로 눌러 앉아 성을 지켜 보느냐, 그렇지 않으면 다시 다른 데로 피해 가느냐 하고, 다른 데로 피해 가자는 사람이 절대 다수요, 앉아서 지켜 보자는 사람은 유성룡과 윤두수 외에 몇 명이 안 되었다.

그도 그럴밖에, 적의 그림자도 못 보고 허둥지둥 서울을 버리고 도망해 온 그들이다. 이제 바로 눈앞에 시꺼먼 복색들을 한 왜병을 보고 또 그들이 쏘는 조총 소리를 듣고 했으니 혼들이 허공에 뜰밖에 없었다. 왕도 피해 가자는 편으로 마음이 많이 기울었다.

유성룡이 모처럼

"오늘날 사세가 서울에 있을 때와는 크게 달라서 이곳은 강이 성을 둘러 막았고 백성들의 마음이 심히 굳을뿐더러 또 중국 지방과도 가깝습니다. 명나라에는 이미 구원을 청해 놓았으매 이제 얼마 동안만 성을 굳게 지키고 있으면 반드시 구원병이 와서 적을 물리칠 수가 있사오리다.”

하고 말하였건만 왕은 그 말을 듣는지 마는지,

“예서 의주義州가 몇 리나 되는고?…”

하고 딴소리를 하군 하였다.

의논을 정하지 못한 채 하루가 지나고 이틀이 지났다. 이러는 사이에 강 너머에는 왜적의 수효가 자꾸 불어갔다. 놈들은 동대원 일대에다가 일자 장사진을 쳐놓고 말탄 군사들이 혹은 오륙 기씩 혹은 십여 기씩 떼를 지어 강변을 이리저리 돌아다니며 금방 강을 건너기라도 할 것 같은 형세를 보이고 있었다.

적이 나타난 지 사흘째 되는 날 아침에 왕은 마침내 평양을 떠나기로 결심하였다. 좌의정 윤두수와 도원수 김명원과 평안도 순찰사 이원익은 남아서 성을 지키고, 유성룡도 명나라 장수가 오면 접대를 해야겠으니 그대로 있으라 이르고 왕은 영의정 이하로 여러 대신에게 곧 길 떠날 차비를 하라고 분부하였다.

한낮이 지나서 재상들 칠팔 명이 먼저 종묘 신주를 모시고 궁녀들을 보호하여 행궁을 나서는데 이것을 보고 백성들이 수십 명, 길가에서 와 하고 몰려들었다.

“못 가우.”

“어딜 가려고 그래?”

“못 간다, 못 가.”

길을 막고 서서 모두가 고함치는 것을

“어딜 무엄하게 이래?”

“냉큼 비키지 못할까?”

호위하는 군사들이 눈을 부라리며 을러대는 중에 여기저기서 또 사람들이 떼를 지어 몰려들었다. 군사들은 싹이 그른 것을 보고 들고 뛰었다.

삽시간에 소문은 성내에 쫙 퍼지고 격분한 백성들은 남녀 노소가 없이 모두 거리로 들끓어 나왔다.

"못 간다, 못 가. 어딜 가려고?…"

저마다 외치며 행궁 앞으로 몰려오는데, 여남은 살 먹은 아이들까지도 막대기 하나씩은 다 손에 들었고 그 중에는 날이 시퍼런 칼을 뽑아든 이 지방의 군사들도 여러 명이었다.

이들에게 몇 겹으로 둘러싸여 오도가도 못 하게 되자 재상들은 다 얼굴이 파랗게 질려 사시나무 떨듯 떨기들만 하였다.

"이렇게 성을 버리고 갈 바엔 무엇하러 우리는 꾀여서 성내로 들어오게 했어? 너희는 그래 다 살고 우리는 왜놈 손에 다 죽으란 말이지?"

격분한 백성들은 소리를 지르며 앞으로 와짝 몰려들었다. 한 장정의 휘두르는 몽둥이에 행렬의 맨 앞을 섰던 한성 판윤 홍여순漢城 判尹 洪汝醇이 허리를 얻어 맞고 말에서 나가떨어졌다.

머리가 허옇게 센 늙은 농군 하나가 식지를 뻗쳐 들고 그를 가리키며 꾸짖었다.

"이 금관자 옥관자한 도적놈아. 평시에는 아무 하는 일 없이 나라 녹만 훔쳐 먹고 왜놈들이 쳐들어 와도 막지는 못하면서 오늘은 또 임금을 가르쳐서 우리를 속이고 도망을 하게 해?"

"원 천하에…"

"모두 때려죽일 놈들이다."

미처 나오지 않고 행궁 안에 있던 왕과 대신들도 다 황황해서 어찌할 바를 몰랐다. 백성들의 형세가 언제 궁 안으로 뛰어들지 모르게 험한 것이다.

마침내 승지 하나가 궁문 밖 돌층계 위에 나와서 왕의 말을 전하였다. 왕과 조정 신하들이 다 가지 않고 이곳에 남아서 성을 지키기로 하였으니 그리 알고 어서들 돌아가라는 것이다.

그러나 군중은 좀처럼 흩어지지 않았다. 그의 말이 잘 들리지도 않았거니와 또 들은 사람들도 쉽사리 믿으려 안 했기 때문이다. 한 말을 두번 세번 되풀이하느라 승지는 목소리까지 갈라졌다. 나중에는 헌 문짝에다, 가는 것은 중지했다는 뜻으로 커다랗게 '정행停行' 두 자를 써서 궁문 지붕 위로 들고 올라가, 먼데 사람들까지도 다 보게 하였다. 그제야 백성들은 차차 흩어지기 시작하여 땅거미 질 무렵에는 다들 집으로 돌아갔다.

왕과 그의 신하들은 이제야 살았다 싶어 저마다 가슴들을 쓰다듬어 내렸다. 그러나 놀란 가슴이 좀 가라앉고 보니 '상놈'들에게 그처럼 곤욕을 본 것이 새삼스럽게 분하였다. 그들은 평안 감사를 불러들여서, 어째 '난민亂民'들을 진작 단속하지 못했더냐고 눈이 빠지게 꾸짖었다. 송구해 하기를 마지않으며 감영으로 돌아온 평안 감사는 그 길로 장교와 군노 사령들을 풀어서 이번 일에 주동이 되었다고 인정되는 사람 세 명을 잡아다가 대동문 안에서 목을 베였다.

밤은 깊어갔다. 성안 성밖이 다 잠이 들고 강 건너 적의 진영도 괴괴하니 소리가 없는데 오직 행궁 안에서만은 왕 이하 모두 깨어 있었다.

첫 닭이 운 뒤 조금 지나서다. '정행' 두 자를 쓴 문짝이 그대로 지붕 위에 얹혀 있는 궁문이 소리 없이 열리고 안으로서 사람들의 그림자가 연이어 꾸역꾸역 나타났다. 왕과 그의 신하들이다.

그들은 백성들에게 한 굳은 언약을 끝내 저버리고 왜적들의 눈을 피해서 아니 백성들의 눈을 피해서 마치 도망꾼이처럼 몰래 성을 빠져 나갔던 것이다.

왕이 성에서 나간 뒤에 좌의정 윤두수는 도원수 김명원과 순찰사 이원익으로 더불어 연광정에다 본영을 차려 놓고 군사들을 배치하는데, 감사 송옹신으로는 대동문을 지키게 하고 병사 이윤덕으로는 부벽루 아래서부터 강변을 따라 올라가며 여울들을 지키게 하고 자산군수 윤유휴로는 장경문을 지키게 하였다.

이때 성내에 남아 있는 군사와 장정들이 도합 삼사천 명밖에 안 되었는데 윤두수는 그들에게 병장기들을 주어 성첩에다 벌려 세우고 또 을밀대 근처 소나무 사이에다가는 멀리서 적들이 보고 우리 군산줄 알라고 옷들을 죽 걸어 놓게 하였다.

유성룡이 연광정 난간 앞에 나서서 바라보니 강 너머에 와 있는 왜병들도 수효는 그다지 많지 않는데 동대원 언덕에다 일자로 장사진을 치고서 흡사 우리 나라의 만장*처럼 생긴 홍기 백기들을 그 앞에 죽 벌려 세웠고 강가 모래톱에는 여기저기 왜병들이 혹은 서너 놈씩, 혹은 대여섯 놈씩 나와서 돌아다니는데 대개는 큰 칼을 등에다 메고 있어서 몸을 움직일 때마다 그것들이 햇빛에 번쩍이었다.

그러자 또 왜병 수십 명이 적진에서 조총들을 들고 강기슭으로 몰려 나오더니 성을 바라고 일제히 불질을 하였다. 총알이 성 안으로 쉬쉬 날아들어 어떤 것은 대동관 지붕 위에도 떨어지고 어떤 것은 대동문 기둥에도 들어박히는데 이때 왜병들 가운데서 시뻘건 옷을 입은 놈 하나가 연광정 위에 여러 사람들이 모여 앉아 있는 것을 보고 필시 대장들이라고 짐작이 갔던지 물가로 바짝 나와 정자 위를 향해서 연달아 총을 쏘았다. 이 통에 군사 두 명이 경상을 입었다.

유성룡은 군관 하나를 시켜서 방패로 몸을 가리고 적을 겨누어 활

---

* 만장: 장례식에 끌고 나가는 기.

을 쏘게 하였다. 화살이 아슬아슬하게 귓전을 스치고 모래 위에 가 떨어지자 그놈은 마음에 그만 섬뜩했던지 멀찌감치 뒤로 물러나가 버렸다.

우리 편에서는 다시 활 잘 쏘는 군사와 포수들을 뽑아서 배를 타고 나가 적을 쏘게 하였다. 배가 동쪽 언덕으로 가까이 다가들어 가자 놈들은 우리를 행해서 어지러이 조총을 쏘았으나 우리 편에서 맞대고 쏘는 현자총玄子銃에 두어 놈이 상하자 놀라서 뒤로 물러나기 시작하였고 다시 서까래 같은 화전火箭이 놈들의 머리 위로 날아들자 그만 기급을 해서 모두 도망쳐 버렸다.

이때 오랫동안 가물어서 강물이 나날이 줄어들었다. 재상들이 나서서 단군묘, 기자묘, 동명왕묘에다 기우제를 지내 보았으나 아무 영험도 없었다.

유성룡은 윤두수를 보고 말하였다.

"이곳이 물이 깊어서 왜적들이 당장은 건너지를 못하지만 가까이 여울들이 많으니까 조만간 저놈들이 그리로 해서 건너오고 말 것이요, 건너만 오는 날에는 성이 위태로울 텐데 어째서 여울들을 굳게 지키려고 안 하오?"

그러나 윤두수는 그가 자꾸 군사 일에 참석하려 드는 것을 마음에 같잖게 생각했든지 외면을 하며 말이 없고 도원수 김명원이 있다가

"왜 안 지키기는요. 이 병사가 나가서 지키고 있는데요."

하고 대답한다.

"이 병사 같은 사람을 어떻게 믿는단 말이요?"

하고 유성룡은 이번에는 순찰사 이원익을 향하여

"대감들이 이처럼 한자리에 모여 있댔자 일에 조금도 유익할 것이 없는데 어째서 여울을 나가서 지키려고 안 하오?"

하니 이원익은

"가라고 하시면이야 가다뿐이겠습니까?"

하고 윤두수의 기색을 살핀다.

"대감이 그럼 가 보시오."

하고 마침내 윤두수가 한마디 하여 이원익은 자리에서 일어나 나갔다.

유성룡은 혼자 속으로 생각하였다.

'뒤에 남아서 성을 지키라고 위에서 말씀이 계셨으니까 좌의정이나 도원수나 순찰사나 저러고 앉아들 있지만 조금 지켜 보다가 일이 여의치 않은 때에는 다들 성을 버리고 달아날 사람들이다. 나는 남아 있다가 명나라 장수가 오거든 응접하라고 분부가 계셔서 이러고 있는데 내가 군사 일에 참석하는 것을 모두 반갑게 여기지들 않으니 이대로 있을 맛도 없다. 차라리 이곳을 떠나서 하루라도 빨리 명나라 장수를 중로에서 영접하는 것이 낫지 않겠는가?…'

이리하여 이날 저물녘에 유성룡은 종사관들을 데리고 윤두수에게는 간단 말도 안한 채 성에서 나가 버렸다.

왜적들이 강 너머에 온 지도 벌써 육칠 일이 되었다. 놈들은 언덕 위에 연달아 십여 곳에다 둔영屯營을 세우고 풀을 엮어서 막을 지어 놓고는 처음 며칠 동안은 때때로 성에다 대고 총질도 하여 보군 했으나 사오 일이 지나자 그것에도 지쳤는지 이놈들이 어제는 두어 곳에 씨름판을 벌여 놓고 웃고 떠들고 하더니 오늘은 그럴 흥조차 없어졌는지 그늘에들 자빠져서 더러는 낮잠을 자고, 잠을 안 자는 놈들은 앉아서 이들을 잡고 있다.

연광정 위에서 이 꼴을 바라보고 윤두수와 김명원은 적의 군심이 이미 해이해졌으니 밤을 타서 한 번 기습을 하면 적을 깨치기가 어렵지 않으리라고 생각하였다.

수천 군사 가운데서 뽑아 낸 정병이 사백여 명이다. 고언백高彦伯이 그들을 거느리고 이날 밤 삼경에 부벽루 아래서 배들을 나누어 타고 가만히 강을 건너 불시에 적진을 엄습하기로 되었었다.

그러나 정한 시각에 사람들이 다 모이지 않아 조촘조촘 기다리는 중에 때를 놓쳐서 그들이 강을 건넜을 때는 이미 동이 틀 무렵이었다. 그러나 적의 진영에서는 아직도 밤중이었다.

그대로 적의 첫째 영채를 들이쳤다. 닥치는 대로 칼로 치고 창으로 찌른다. 적의 외마디 소리는 연달아 일어나고 시체는 즐비하게 땅에 가 깔렸다.

그러나 둘째 영채를 들이쳤을 때 다른 영채들에서 급한 나발 소리가 연이어 일어나며 자다 놀라 깬 왜병들이 저마다 병장기를 손에 쥐고 밖으로 뛰어나왔다.

고언백은 곧 퇴군령을 내렸다. 우리 군사들은 일변 칼질을 해서 뒤쫓는 왜병들을 막으며 일변 나루터를 바라고 물러났다. 뒤에서 수천 명의 적들이 연방 총질을 하며 쫓아온다. 함성은 천지를 진동하고 형세는 험하고 급하였다.

배에 남아 있던 사람들은 달려오는 우리 군사들을 더 기다려 줄 수가 없었다. 바로 그 뒤로 왜병들이 덮쳐 들어오고 있는 것을 보자 그들은 일시에 삿대질을 해서 배들을 띄고 말았다. 이 통에 물에 빠져 죽은 군사들이 많았다. 남은 군사들은 그대로 강변을 따라서 상류를 바라고 뛴다.

바로 이때

"이러다간 다 죽는다. 담력 있는 자는 나하고 남아서 싸우자—"

큰소리로 외치며, 군사들 속에서 벗어나 뒤에서 쫓아 들어오는 왜적들을 향해서 나가는 장사가 있었다. 벽동 군사 임욱경이다.

“옳다. 우리는 예서 죽자—”

하고 호응해 나서는 수십 명의 용사들. 그들은 일시에 칼을 춤추며, 노도처럼 몰려 들어오는 적을 향해서 마주 나갔다.

이미 죽기로 결단한 용사들의 칼 끝은 날카로웠다. 하나가 열을 당하고 열이 백을 당한다. 눈결에 수십 명의 적이 쓰러지고 또 수십 명의 적이 거꾸러졌다. 우리 용사들도 몸에 몇 군데씩 상처를 안 입은 사람이 없었으나 도무지 굴할 줄을 모른다.

그들이 이처럼 적을 막아 죽기로써 싸우는 사이에 다른 군사들은 왕성탄王城灘으로 해서 물을 건너 무사히 살아 돌아갔다. 그러나 이들이 살아 간 대가는 너무나 컸다. 가증한 왜적들에게 배가 없이도 강을 건너는 방법이 있음을 가르쳐 주었기 때문이다.

이날 저녁 때 적들은 대거해서 여울을 건너왔다. 지키고 있던 장수들이 먼저 피해 버려서 방비는 무너지고 말았다. 그러나 왜적들도 강은 건넜으나 성내에 준비가 있을 것이 두려워서 더 나오지는 못하였다.

이날 밤에 윤두수와 김명원의 무리는 먼저 성문을 열어 성내 백성들을 다 내보내고 군기와 화포 등을 풍월루風月樓 아래 못 속에다 처박은 다음에 보통문으로 해서 성을 나와 순안順安으로 향하였다. 그들은 도망하기에 급해서 군량미 십여 만석은 미처 처치 못하고 그냥 나와 버렸던 것이다.

이튿날 왜적들은 모란봉 위로 올라가서 한동안이나 성 안을 굽어보고 사람이 없는 것을 확인한 뒤에야 비로소 성내로 들어왔다. 이리하여 유월 십육일에 평양도 적의 수중에 들어가고 말았다.

한편 유월 열하룻날 새벽에 평양성에서 빠져 나온 왕과 그의 신하들은 처음에 함경도로 가 보려고 영변까지 갔었으나 함경도에도 이미 왜적들이 들어와 있다는 소문을 듣자 박천博川으로 나와 가산, 정주, 곽산, 선천, 차련관, 용천을 차례로 거쳐서 마침내 의주까지 오고 말았다.

앞에 가로놓인 것은 유구한 날을 도도하게 흐르는 압록강—, 이제는 올 데까지 다 오고 말았다. 이 강을 한 발자국 건너서면 다시는 내 땅이 아닌 것이다.

그러나 그들이 하늘처럼 믿는 명나라 군사는 좀처럼 와 주지 않고 왜적들은 언제 또 평양에서 나와 이곳으로 몰려올지 모르는 일이다.

마음이 흡사 바늘 방석에 앉은 것만 같은데 평양으로부터 왜장 소서행장의 글발이 또 날아왔다.

그 사연은 대개 다음과 같이 오만 무례하기 짝이 없는 것이었다.

"…우리 나라 수군 십만이 또 서해로부터 오게 되었으니 장차 대왕의 행차는 다시 어디로 가려는고?… 멀지 않아 우리는 압록강에서 말에게 물을 먹이리라…"

왕은 신하들을 보고 물었다.

"과연 그렇다면 이 일을 장차 어찌할꼬?…"

이 물음에 대해서

"사세가 이미 이에 이른 바에는 명나라로 들어가서 몸을 붙일밖에 달리 도리가 없사올 듯…"

하고 즉시 강을 건너자 주장하는 사람도 있고

"그는 천만 부당한 말씀이외다. 나라를 어떻게 버리리까? 끝까지 앉아서 지켜야지요."

하고 강 건너는 것을 반대해 나서는 사람도 있었다.

신하들이 또 두 패로 갈려서 내 말이 옳으니 네 말이 그르니 하고 서로 다투었다. 강을 건너자는 것은 곧 나라는 망하더라도 제 한 목숨이나 보전해 보자는 것이니 더 논할 여지가 없거니와, 끝까지 싸우자는 축도 실상은 적을 물리칠 아무런 계책도 흉중에 없으니 한갓 공담에 지나지 않는 것이다. 나라가 이 꼴이 되어 마침내 이 땅의 북쪽 끝까지 쫓겨 와서도 오히려 편을 갈라 싸움만 일삼는 신하들이었다.

왕은 신하들이 미웠다. 둘러보아야 하나 미더운 놈이 없는 것이다. 대체 어느 누가 나를 위해서 적과 싸워 줄 것이냐?

왕은 외로웠다. 조석으로 신하와 근시들에게 둘러싸여 있는 몸이건만 마음은 마치 임자 없는 빈 산 속에 홀로 앉아 있는 것만 같았다.

왕은 땅이 꺼지게 한숨을 쉬고 마침내 한시 한 수를 지어서 읊었다.

국사창황일　　國事蒼黃日
수능리곽충　　誰能李郭忠
거빈존대계　　去邠存大計
회복장제공　　恢復仗諸公
통곡관산월　　痛哭關山月
상심압수풍　　傷心鴨水風
조신금일후　　朝臣今日後
영부갱서동　　寧復更西東

시의 뜻을 대강 우리 말로 옮기면 다음과 같다.

나라 일이 급한 이때
충신이 그 누구뇨
큰 뜻 두고 서울 떠나
회복은 그대 믿네

변방 달에 통곡하고
압록강 바람에 마음 아파라
신하들아 이 뒤에도
서西니 동東이니 다시 할가

인민들은 일어섰다

왕의 주위에는 없었다, 나라를 위해 나설 사람들이.

후한 녹을 받아 먹고 왕의 은총을 입어 온 무리들에서는 찾기 힘들었다, 적과 싸워서 이를 물리칠 사람들이.

지키라면 달아나고 싸우라면 도망친다. 순변사가 그랬고 도원수가 그랬고 각 도, 각 고을의 감사, 병사, 목사, 부사, 군수, 현감 따위가 거의 다 그랬다.

이리하여 왜적이 한 발자국 내디디면 우리는 두 발자국씩 물러나, 서울을 버리고 개성을 버리고 평양마저 버리고서 의주 압록강까지 물러나오는 사이에 더러운 왜적의 발굽은 이 나라의 거의 전 지역을 짓밟게 된 것이다.

왕과 그의 신하들이 나라를 통째로 왜적에게 내맡기고 강을 건너 명나라로 들어가 버리려고까지 생각하고 있을 때, 원수놈들에게서 내 고장을 도로 찾고 멸망 속에서 내 나라를 구해 내려 떨쳐 일어난 것은 이 나라 인민들이다.

망건 뒤에 금관자 옥관자를 붙인 자들이, 허리에 대장패와 병부를 찬 무리들이 적을 멀리 피해 다니느라 골몰일 때, 바로 적의 발 밑에서 들고 일어나 그 목에다 칼을 겨눈 것은 이 땅의 백성들이다.

이 나라 '양반님네' 눈에는 버러지만도 못해 보이던 이 땅의 '상놈', '중놈', 그리고 무세한 촌선비들이 모두 나서서 목숨을 바쳐 원수들과 싸웠다.

왕은 그들을 부르지 않았다. 관가에서는 그들에게 분부하지 않았다. 저, 사람 값에도 가지 않는 것들이 무슨 수로 강포한 왜적을 물리치고 나라를 멸망에서 구해 낼 수 있으랴?—싶어서

그러나 왕이 부르지 않았어도 그들은 일어났고 관가의 분부가 없어도 그들은 나가서 싸웠다. 어머니 조국에 대한 뜨거운 사랑이 그들을 불러일으킨 것이다. 원수에게 대한 끓어오르는 적개심이 그들을 싸움터로 내몬 것이다.

지봉 이수광芝峰 李睟光은 이렇게 말하고 있다.

"…임진년에 국왕이 서도로 피난한 뒤에 국내는 비고 적병은 가득 차서 조정의 명령이 지방에 전달되지 못하고 거의 무정부 상태에 빠져 있기를 한 달 이상이나 하였다. 이때에 경상도의 곽재우郭再祐, 김면金沔과 전라도의 김천일金千鎰, 고경명高敬命과 충청도의 조헌趙憲 등이 앞서 나서서 의병을 일으키고 각지에 격문을 돌리니 이로부터 인민은 비로소 애국심에 불타 오르게 되었으며 각 도 각 군의 인사들은 도처에서 의병을 초모하여 의병장으로 이름을 드러낸 자가 무려 수백 명이였다. 왜적을 모조리 쳐물리치고 국가를 회복한 것은 곧 이들 의병의 힘이다…."

홍의 장군 곽재우

자기의 향토를 지키기 위하여 의병의 첫 봉화를 들고일어난 것은 경상도 의령 백성들로서 이를 거느리는 장수는 망우당 곽재우忘憂堂郭再祐다.

난리가 나기 전까지 그는 촌구석에 파묻혀서 개인 날에는 들에 나가 밭 갈고 궂은 날에는 집에 들어앉아 글 읽기를 일삼아 왔었다. 그래 마을 사람들은 그를 벼슬에 뜻이 없는 한 촌선비로만 알았지, 실상은 무예가 남에 뛰어나고 지모가 비상한 장수 재목임을 아무도 몰랐던 것이다.

왜적이 우리 나라를 침노한 뒤로 보름이 못 되어 부산, 동래, 양산, 인양, 경주, 영천永川, 군위, 의성, 안동, 예천, 문경, 밀양, 대구, 선산, 상주, 김해, 창원, 영산, 창녕, 현풍, 성주, 김산, 지례 등이 다 적의 수중에 떨어졌다. 아직 적의 발자취가 미치지 않은 곳도 원과 관속들이 거의 다 도망을 해버려서 민심은 흉흉하였다.

이대로 있다가는 나라가 장차 어찌 될지를 모르겠다. 곽재우는 마침내 강개한 마음을 이기지 못하여 스스로 의병의 기치를 높이 들고 내 고장을 지켜 나서리라 굳게 결심하고 고을 백성을 모았다.

“왜적은 지금 서울을 향해서 올라가는 한편, 경상도 일판을 휩쓸고 있다. 장차는 우리 고을에도 들어올 것이다 왜적이 들어온다면 우리 부모 형제 처자들은 어찌 될 것인가? 형세가 이러하건만 소위 백성들의 부모라는 현감은 이미 고을을 버리고 달아났으며 군사들도 다 도망해 버리고 없다. 이제 우리가 나서서 싸우지 않는다면 어느 누가 또 있어 적과 싸우랴? 우리 고을에는 다행히 나이 젊고 싸울 만한 사람이 수백 명 있다. 이들이 모두 한마음 한뜻으로 나서기만 한다면 능히 우리 고장을 지킬 수 있을 뿐 아니라 나아가서는 나라를 구할 수도 있을 것이다….”

그의 호소에 응해서 인민들은 일어났다. 의령 백성들은 물론이요 인근 읍에서도 소문을 듣고 모여드니 그 수가 실로 천여 명이다.

곽재우는 먼저 초계草溪로 가서 관군이 버리고 간 군기를 거두어 의병들을 무장시키고 다음에 기강岐江으로 나가서 배에 실어 놓은 채 버려 두고 있는 세미稅米를 모조리 날라다가 군량에 충당하였다. 그리고 의병들의 대오를 짜고 연일 그들을 훈련하였다.

이때 합천陜川 군수 전견룡田見龍이라는 자는 왜적을 피해서 산 속에 들어가 있었는데, 이 소문을 듣자 심사가 매우 좋지 못했다.

‘나는 한 고을의 원이연만 오히려 적을 피해 숨어 있는데 대체 제까짓 촌놈이 무얼 해보겠다고 중뿔나게 나서서 그러는 것인고? 곽가 놈 때문에 내 처지만 더 난처하게 되지 않나?… 가만 있자… 옳지, 그놈이 함부로 도당을 모으고 나라의 세미와 군기를 훔쳤으니 그 소행이 화적패나 다를 것이 없다고 할 수 있지….’

그는 마침내 곽재우를 모함 잡을 것을 생각하고 곧 순찰사 김수에게 공문을 띄워, 곽재우가 '반란'을 일으키려 하고 있다고 보하였다. 김수도 곽재우가 의병 기치를 들고 나선 것을 반갑지 않게 생각하던 터이라 같은 뜻으로 왕에게 장계하였다.

소문이 돌자 수하 의병들 가운데 은근히 이것을 염려하는 사람이 있었다. 곽재우는 그들을 보고

"대체 나라의 세미와 군기들을 그냥 내버려 둔 채 수습을 안 하고 있는 관원들이 옳은가, 그것을 거두어다가 적을 치는 데 유용하게 쓰려는 우리가 그른가?— 이 판단은 삼척 동자라도 곧 내릴 수가 있을 걸세. 이런 것을 가지고 썩어 빠진 관원들이 우리를 죄주려거든 죄주라지 단 하나밖에 없는 목숨까지 내놓고 적과 싸우려 나선 우리가 아닌가? 그런 것쯤 두려워해서 어쩌겠나? 또 천하가 다 보고 있는데 제 놈들이 함부로 우리를 어쩌지도 못하느니…."

하고 사리를 따져서 안심을 시킨 다음에 곧 김수에게 편지를 보내서

"…우리가 의병이냐, 도적이냐? 이 구별은 하늘과 땅이 알 것이며, 내 처사가 옳으냐, 그르냐? 이에 대한 판단은 천하의 공론이 내려줄 것이다…."

하고 대답하였다.

그는 매일같이 의병들에게 활 쏘는 법, 칼 쓰는 법, 창 쓰는 법을 가르쳐 주는 한편, 사방으로 척후를 내보내서 끊임없이 적정을 알아들이게 하였다. 이리하여 그는 의령 구석에 앉아 있으면서 백 리 밖의 적의 동정을 손금 보듯이 알고 있었다.

이때 왜장들이 서울을 수중에 거두고 나자 다시 길을 나누어 팔도로 흩어져 내려오는데 경상도를 맡은 놈은 모리휘원毛利輝元이란 자요 전라도를 맡은 놈은 소조천륭경小早川隆景이라는 것이다.

전라도는 이 나라의 곡창이라 왜적들이 진작부터 침을 흘려오는 곳이다. 그러나 이순신이 거느리는 우리 수군이 앞을 막고 있어서 감히 바다로는 범접을 못하겠다. 이리하여 왜적들은 부득이 육로를 취해서 의령, 진주를 거쳐 전라도 지경으로 들어가려 하였다.

유월 어느 날이다. 우리 편 척후가 돌아와서 보하는데 왜적들이 창원 쪽으로부터 함안을 향해서 들어오고 있다 한다. 병력은 대략 천오륙백 명쯤 되리라는 것이다.

곽재우는 곧 기치 창검을 갖추고 의병들을 숨겨 두어 우리 편에는 아무 방비가 없는 듯이 하여 놓은 다음에 다시 척후들을 솥나루鼎津로 내보냈다.

솥나루는 의령 고을에서 동남으로 십 리 밖에 있으니 곧 진주 남강의 하류라, 물 가운데 솥처럼 생긴 큰 바위가 있어서 이 이름이 있는 것이다. 솥나루서 바라보면 경내의 가막산可莫山은 동북으로 삼십 리 밖에 솟아 있고 함안의 방아산碓山은 동남으로 십여 리인데 그 사이는 훨쩍 틔여 일망무제 넓은 벌이다.

왜적들이 의령으로 들어오려면 반드시 이 솥나루를 건너야 한다. 이곳에는 두어 군데나 얕은 여울이 있어서 그리로 오면 배가 없이도 능히 강을 건널 수가 있는 것이지만 나루 앞 강변 일대에는 깊은 수렁들이 곳곳에 있어서 길을 한번 잘못 들면 의외에 큰 고생을 해야만 하였다.

이날 해가 많이 기울어서 왜병 칠팔 명이 솥나루로 들어왔다. 한 걸음 앞서 부대의 나갈 길을 살피러 온 적의 척후들이다. 놈들은 한동안 주변의 지형을 자세히 살핀 다음에 수렁들을 피해서 마른 땅에다 말둑들을 박아 놓고 돌아갔다.

왜병들이 돌아 가자 곽재우는 곧 그 말뚝들을 모조리 뽑아서 진 수렁에다 꽂아 놓게 하고 의병들을 좌우 숲속에 매복하여 놓았다.

마침내 이튿날 새벽, 적의 본부대가 당도하였다. 하룻밤 사이에 말뚝들이 자리를 옮겼을 줄은 꿈에도 모르고 놈들은 오직 푯말만 눈여겨보며 들어오다가 진 수렁에 빠지고 말았다.

군중에는 대혼란이 일어났다. 서로 앞을 다투어서 길을 찾아 갈팡질팡 헤매는데 문득 요란하게 북 소리가 울리더니 좌우로서 복병이 일시에 내달았다.

함성이 천지를 진동하는 가운데 앞을 서서 칼을 춤추며 질풍같이 말을 몰아 나오는 장수는 단정한 용모에 삼각수가 길게 드려서 풍신이 좋은데 머리에는 주립을 쓰고 몸에는 홍철릭을 입었으니 홍의장군紅衣將軍이라 부를까? 타고 있는 말은 백마로서 완연히 천상에서 신장神將이라도 하강한 듯싶다. 그는 동에 번쩍 서를 치고 남에 번쩍 북을 쳤다.

거느리는 장수가 이처럼 날래니 수하 순사들이 어찌 나약하랴. 전후 좌우로 적을 끼고 치는데 그 형세 급하기가 번개 같고 바람 같았다.

한 마당 싸움에 왜적은 천여 명이 죽고 간신히 살아 도망한 자는 몇 백 명이 못 되었다.

첫 싸움에 적을 크게 무찌르고 나자 곽재우는 적들이 반드시 대병으로써 다시 쳐들어 올 것을 알고 이를 맞아서 싸울 계책을 생각하였다.

그러자 수일이 못 되어 보도가 들어왔다. 전번 싸움에 패해서 달아난 왜장 안국사 혜경安國寺 惠瓊이가 다시 삼천여 명의 군사를 거느리고 오는데 선진은 내일 새벽쯤에 솥나루로 들어오리라는 것이다.

곽재우는 곧 적을 맞아서 싸울 준비를 하였다.

먼저 솥나루 서쪽 언덕에다 영채들을 세우게 하되 지키는 군사는 단지 오륙십 명으로서 밖에는 기치 창검을 두루 꽂아 놓으며 안에는 근처 백성들을 데려다 두고 때때로 북 치고 고함 질러 허장성세하게 하고

다음에 군사들을 여러 패로 나누어 한 패는 자기가 몸소 거느리고, 나머지는 각각 솥나루 동쪽 언덕 좌우편 숲 속과, 기강 언덕과, 함안의 가마산 골짜기와 또 솥나루서 시오 리 밖 장현長峴 고개 좌우편에 매복해 놓고, 다시 의병들 가운데서 체구가 자기와 비슷하며 또 칼 잘 쓰고 말 잘 달리는 용사 오륙 명을 뽑아 내어 그들에게 일매지게 주립과 홍철릭을 입히고 다 백마들을 타게 해서 가짜 '홍의 장군'을 꾸미고 일일이 계교를 일러 두었다.

이튿날 아침에 과연 왜장 안국사혜경이가 삼천 명 군사를 거느리고 솥나루로 들어왔다. 그는 의병들이 강 건너에 진을 치고 있는 것을 보자 저도 그곳에다 영채를 세웠다.

그러나 그가 막 군사를 지휘하여 강 너머 의병 진지에다 총질 활질을 시작하였을 때 난데없는 함성이 등 뒤에서 들려 왔다. 놀라 돌아다보니 북쪽 숲 속에서 '홍의 장군'이 백마를 급히 몰아 칼을 춤추며 앞서 나오고 그 뒤로 군사들이 고함을 지르면서 짓쳐 나오는데 수효는 백 명에도 차지 못하였다.

안국사는 대노해서

"저놈이다. 저 붉은 옷 입고 흰 말 탄 놈을 잡아라—"

소리치고 한 왜장에게 군사 삼백 명을 나누어 주며

"한 놈 놓치지 말고 모짝 다 잡아 없애라."

하고 분부하였다.

왜병 삼백 명이 일시에 아우성치며 내닫는 것을 보자 홍의 장군은 지레 겁이 났는지 급히 군사를 돌려서 강변을 따라 하류쪽으로 도망

친다. 왜병들은 그 뒤를 쫓아서 물굽이를 돌아 사라져 버렸다.

"우리 군사가 삼 배나 되니까 곧 다 잡아 없애겠지…"

하고 안국사가 혼자 중얼거릴 때 홀지에 또 아우성 소리가 이번에는 남쪽에서 들려왔다.

급히 돌아다보니 사람이 기절을 할 노릇이다. 방금 북쪽으로 물굽이를 돌아 없어진 홍의 장군이 다시 군사를 휘몰아 그쪽 송림 사이에서 나오고 있는 것이다.

안국사가 어리둥절해서

"저게 웬 일이냐? 빨리 나가 저놈을 잡아라—"

하고 또 장수 한 명에게 삼백 군사를 주어 급히 좇아나가게 하였다.

왜병들이 일제히 고함치며 내닫는 것을 보자 홍의 장군은 자못 황겁한 모양으로 길을 물려 동북편을 바라고 달아났다. 왜병들은 기승스럽게 그 뒤를 좇아서 이윽고 조그만 산 모퉁이를 돌아 사라져 버렸다.

그런데 이때 남쪽 송림 속에서 또다시 함성이 일어나며 세 번째 홍의 장군이 군사를 거느리고 나타났다.

안국사는 또 잠깐 어리둥절해서

"저건 또 웬 놈이냐?…"

하고 헌청난 소리를 지르다가 곧

"이놈들이 나를 놀리는구나."

하고 분이 상투 끝까지 올라서

"저놈 빨리 나가 잡아라—"

하고 호령하였다.

왜장 하나가 나는 듯이 말께 뛰어오르며 칼을 뽑아 손에 들고

"내 뒤를 따라라—"

하고 수하 군사에게 호통치자 곧 말을 달려 나갔다. 그의 수하 군사 오백 명이 일제히 함성을 올리며 급히 뒤를 따랐다.

형세가 험한 것을 보고 홍의 장군이 자못 당황한 듯 말을 돌려 남쪽을 바라고 달아나고 군사들도 다 앞을 다투어 도망친다. 왜병들은 놓치지 않으려고 그 뒤를 부지런히 좇아서 마침내 방아산 기슭에 이르렀다.

이제까지 내처 도망만 해 온 의병들이 이곳에 이르자 일단 걸음들을 멈추고 뒤에 오는 왜병을 향하여 어지러이 활을 쏘기 시작해서 왜병들도 마주 총질을 하였는데, 문득 왜장이 벽력같이 호통치며 말을 앞으로 내몰자 의병들은 다시 일시에 몸을 돌이켜 맞은편 산골짜기로 뛰어들어 갔다.

"인제야 너희들이 어디를 가랴?"
하고 왜병들은 일제히 아우성치며 앞을 다투어 골짜기 안으로 몰려들어 갔다.

양녘 깎아 질린 석벽들이 하늘을 떠받고 서서 골짜기는 좁고 깊었다. 거기다 바닥에는 온통 돌들이 깔려서 걷기가 망한데 오백여 명 왜병들이 공을 다투어 한데 몰려서 일시에 좁은 골짜기를 빠져 나가는 중에 양녘 석벽 위에서 홀지에 북소리가 요란하게 일어나며 왜병들의 머리 위로 화살과 돌들이 비 퍼붓듯 쏟아졌다.

불시에 뜻하지 않은 방향으로부터 된벼락을 맞고 죽고 상한 자가 수십백 명이다. 골짜기 안이 일순간에 수라장으로 화해서 왜병들은 서로 다투어 앞뒤로 빠져 나가려 악마구리 끓듯 하였다.

그러나 때는 이미 늦어서, 앞으로 빠져 나가자니 홍의 장군과 그 수하 의병이 곧 어귀를 꽉 막아 어지러이 활질을 하고 있고, 들어오던 데로 도로 나가자니 복병들이 철통같이 막고 쳐서 문자 그대로 독안에 든 쥐다. 이리하여 골짜기 안에 들어 왔던 왜병들이 한 놈 살지 못하고 모조리 다 죽었다.

이때 왜장 안국사혜경이는 도합 삼천 명 군사에서 천여 명을 보내 놓고 오직 좋은 소식이 있기만 기다리는데 해가 한낮이 기울도록 종시 한 패도 돌아오는 기척이 없어서

"대체 이것들이 가서 무엇을 하고 있기에 여태 못 온단 말이냐?"
하고 화가 천둥같이 났을 때 하류쪽에서 강변을 끼고 왜병 하나가 급히 말을 채쳐 들어왔다.

"어찌 되었느냐? 다 잡아 죽였느냐?"

미처 숨을 돌릴 겨를도 주지 않고 안국사가 조급하게 묻는 말에 군사는 머리부터 내저으며

"잡는게 다 뭡니까? 우리가 도리여 되잡혀서 다 죽는 판입니다."
하고 우는 소리를 한다. 이야기를 들어보니 홍의 장군의 뒤를 쫓아 기강까지 내려갔는데 불시에 강변에서 복병이 일어나고 또 홍의 장군이 군사를 돌려서 함께 앞뒤로 싸고 치는 통에 태반이 죽고, 남은 군사들도 지금쯤은 어찌 되었는지 모르겠다는 것이다.

안국사는 얼굴이 붉으락푸르락 해가지고 수하 장수에게 군사를 주어 급히 가서 구원하게 하였다.

구원병이 부랴부랴 기강을 바라고 떠난 뒤 얼마 지나지 않아 동북편에서 또 왜병 두 명이 서로 붙들고 다리들을 절며 들어왔다. 둘째번 홍의 장군을 쫓아갔던 군사들이다.

"너희 놈들도 지고 오느냐?"
하고 물으니까 두 놈이 다 얼빠진 얼굴을 해가지고 일시에 고개를 끄덕끄덕하면서 하는 말이, 홍의 장군의 뒤만 정신 없이 쫓다가 시오리 밖 장현 고개까지 나갔는데 고개를 넘어서자 좌우에서 복병이 일

시에 내달아 뒤를 끊고 홍의 장군이 또 군사를 돌이켜 앞을 막고 쳐서 형세가 자못 위급하니 곧 구원병을 내어달라는 것이다.

안국사는 기가 막혀 어쩔 줄을 모르며 수하 장수에게 또 군사를 나누어 주고 급히 장현으로 달려가게 하였다.

이러고 보니 방아산 쪽으로 간 놈들도 어찌 되었는지를 모르겠다. 사람을 보내서 알아보느냐? 그렇지 않으면 만일의 경우를 생각해서 아주 중원 부대를 보낼 것이냐? 중원 부대를 보내자 해도 이제는 군사가 모두 천이삼백 명밖에 안 남았는데 예서 또 떼어 냈다가는 본진의 방비가 허술해서 안 되겠다.

안국사가 속으로 주저하고 있는 판에 이제까지 쥐 죽은 듯 소리가 없던 강건너 의병의 영채에서 북 소리가 요란하게 일어나고 함성이 진동하며 군사들이 강변으로 나와 왜진쪽을 바라고 일제히 활들을 쏜다. 안국사는 급해 맞아 곧 군사들에게 명하여 마주 대고 어지러이 총질 활질을 하게 하였다.

그러자 이때 홀지에 동남방으로부터 말굽 소리가 요란하게 들려 왔다. 바라 보니 티끌이 몽몽하게 일어나는 속에 마군이 앞을 서고 보군이 뒤를 따라 풍우 같이 몰려 들어오고 있는 것이다.

누가 있다가 소리를 지른다.

"저것도 홍의 장군이로군요."

보니 과연 앞을 서서 들어오는 장수가 홍의에 백마를 타고 있다. 안국사는 눈을 뜨고 바라보다가 저도 모르게 몸을 부르르 떨고 큰 소리로 외쳤다.

"저놈이다. 수염을 봐라. 저놈이 진짜 홍의 장군이다. 저놈을…"

그러나 말을 채 맺기 전에 화살 한 개가 푸르르 날아들어 그의 투구를 맞추었다. 투구가 훌러덩 뒤로 벗겨지며 안국사의 빤빤한 중대가리가 뙤약볕 아래 드러났다.

안국사는 기절초풍을 해서 굴러 떨어지듯 말에서 뛰어내리자 장수들 뒤로 숨으며

"저, 저, 저놈을 대고 쏘아라—"

하고 소리쳤다. 그러나 미처 총질이고 활질이고 해볼 사이가 없었다. 이때 홍의 장군과 그의 마군은 벌써 오십 보 안짝에 들어와 있었던 것이다.

홍의 장군이 마상에서 손에 들었던 활을 동개에 도로 넣고 삼척 장검을 머리 위에 번개같이 휘두르며 한소리 크게 외치자 비호처럼 말을 달려 진중으로 뛰어들었다. 그 뒤를 급히 따라 수하의 수십 기가 앞을 다투어 고함치며 달려 들고 다시 그 뒤로 보군들이 일제히 아우성치며 노도와 같이 몰려들어온다.

앞에 나와 있던 왜병들이 경겁해서 일시에 좌우로 쫙 갈라지는데 도망치는 군졸들에게는 눈도 거들떠보지 않고 홍의 장군은 왜장들에게로 곧장 달려들었다.

미처 피할 사이도, 손을 놀려 볼 사이도 없었다. 홍의 장군이 번개처럼 이리 치고 저리 치는 칼 끝에 "윽" "악" 하고 외마디 소리가 연달아 일어나며 왜장 서너 명이 삽시간에 거꾸러졌다. 마군들이 또한 적진 중으로 달려들어 닥치는 대로 칼로 치고 창으로 찌르며 말굽으로 짓밟는데 보군들도 용맹을 떨쳐 도망하는 왜병들의 뒤를 급히 몰아친다. 강 건너편 진지에서는 북 소리 고함 소리가 더욱 높아 우리의 기세는 오를 대로 올랐다.

적진은 마침내 무너지고 말았다. 안국사는 혼비백산해서 장수 두엇과 함께 말을 달려 남 먼저 도망하고 남은 군사들도 모두 병장기들을 버리고 앞을 다투어 내뺐다. 의병들은 의기 충천해서 패주하는 적을

몰아쳤다. 이리하여 이 싸움에서 살아 돌아간 왜병의 수효는 몇백 명에 불과하였다.

곽재우의 의병은 연거퍼 의령으로 쳐들어 온 적들을 이처럼 물리친 뒤에 삼가三嘉와 합천을 차례로 해방하고 다시 현풍, 창녕, 영산 등 고을에 들어와 있는 적들을 차례로 쳐 깨뜨렸다.

적들은 누가 지어낸 지도 모르게 곽재우를 '천강天降 홍의 장군'이라 부르기 시작하였고 그가 거느리는 의병들이 왔다는 소문만 들어도 벌벌 떨게 되었다.

원수놈들이 소문만 듣고도 벌벌 떠는 의병들을 우리 인민은 그지없이 사랑하고 공경하였다. 그들이 이르는 곳마다 남녀노소가 없이 사람들은 모두 나와서 반겨 맞았고 또한 그들을 위한 일이라면 무슨 일이고 사양하지 않았다.

의병의 대오는 날로 늘어가고 멸적의 기세는 하늘을 찔렀다….

호남 의병들

경상도에서 의병들이 일어나 왜적을 쳐 깨뜨렸다는 소문이 한 번 전하여지자 이 나라 백성들은 모두 마음에 지극한 감동을 받았다.

그것은 원수들을 그지없이 증오하고 저주하면서도 강포한 왜적 앞에 하늘을 우러러 한숨만 질 뿐이었던 그들의 마음을 크게 격동시켰고 그들의 의기를 무한히 북돋워 주었다.

이리하여 뜻 있는 사람들은 이제까지처럼 부질없이 나라를 위해 비분강개하기를 그치고 자기들도 영남 의병을 본받아 동지들을 규합해 가지고 나가서 적과 싸울 것을 결심하기에 이르렀다. 전라도 담양潭陽의 고경명高敬命도 그러한 사람 중의 하나다.

마을 사람들이 모여만 앉으면 영남 의병들의 이야기를 하며 노소가 없이 강개하여 하기를 마지않을 때 고경명은 바로 이웃인 옥과玉果 고을로 오랜 친구 유팽로柳彭老를 찾아갔다.

"영남 소식을 들으셨소?"

고경명은 자리에 앉아 대뜸 이렇게 한마디 물었다.

"의병 이야기 말씀이요? 나도 듣고 미상불 강개한 생각을 금치 못하고 있던 참이오."

하고 유팽로는 대답하였다.

"강개만 하고 있을 때가 아닐 줄 아오, 우리도 나서서 싸웁시다."

"우리도? … 좋은 말씀이요마는 수십 년을 두고 무릎을 꿇고 앉아 글이나 외워 온 우리들이야 나선들 무슨 일을 하겠소?"

"어찌 못한단 말씀이요?"

"이야기를 들어 보니 곽재우는 바로 당대의 호걸입디다그려. 무예가 뛰어나고 지모가 비상하고…. 그러나 우리야 어디 그렇소? 우리에게 무슨 힘이 있어 나서겠소?"

유팽로가 하는 말에 고경명은 정색을 하고

"나도 그렇게 생각을 해왔었소. 그러나 아니오. 어찌 우리에게 힘이 없겠소? 나라를 사랑하는 점에서 나나 형이나 결코 남에게 뒤지지 않을 것이요. 이게 곧 힘이 아니겠소?

원수를 미워하는 점에서 나나 형이나 결코 남만 못하지 않으리다. 이게 또한 힘이 아니겠소? 나라를 위해서 동포들을 위해서 목숨을 초개같이 알고 적과 끝까지 싸우려는 우리들의 마음— 이보다 더 큰 힘이 어디 또 있겠소? 지금 우리 고을을 두고 보더라도 먼저 한 사람이 떨쳐 일어서기만 하면 천 사람이 곧 이에 호응할 기세요. 그들은 지금 누가 먼저 나서서 설두해 주기를 기다리고 있을 뿐이요. 어서 우리가 나섭시다. 우리처럼 닭의 새끼 모가지 하나 비틀어 죽일 힘이 없는 위인들이 나설 때 맨손으로 호랑이를 때려 잡을 용사들이 어찌 가만히 보고만 있겠소?"

듣고 나자 유팽로의 감격은 컸다. 그는 두 눈에 눈물이 글썽글썽해 가지고 고경명의 손을 덥석 잡으며

"잘 말씀해 주셨소. 형의 말씀을 듣고 나니 그동안 막혔던 가슴이 탁 트이고 눈앞이 갑자기 환해진 것만 같소. 나 역시 나라를 위해서 어찌 목숨을 아끼리까?"

"고마운 말씀이요. 그럼 나는 돌아가 담양서 의병의 기치를 들 테니 형은 이 고장의 용사들을 모아 보시오. 아직 우리 호남 지방에는 적이 들어와 있지 않으니 우리는 서로 합세해서 바로 경기로 올라 가 서울을 도로 찾읍시다."

"남원에 양대복梁大僕이란 이가 있소. 내 그를 잘 알거니와 그도 충의의 마음이 두터운 사람이요. 그에게도 뜻을 통하고 다 함께 거사하기로 하십시다."

두 사람은 굳게 언약하고 헤어졌다.

그로서 십여 일이 지나서다. 담양 원율천原栗川 가에 담양, 남원, 옥과 세 고을의 의병 이천여 명이 모였다. 복색도 일매지지 못하고 병장기도 고르지 않았으나 그들의 의기는 장하였다.

여러 사람의 추대를 받고 고경명이 대장이 되어 단 위에 올랐다. 흰 바탕에 붉은 글씨로 '의義'자를 크게 쓴 기폭이 끊임없이 불어드는 강바람에 펄펄 날리는 아래서 고경명은 강개한 어조로 격문을 읽었다.

이천 명 의병이 모두 한 사람처럼 옷깃을 바로하고 정숙하게 서서 단상을 지켜 본다. 그들을 보려고 모여든 수천 명 군중 사이에서도 기침 소리 하나 들리지 않았다.

"…이에 의병을 규합하여 서울로 향한다. 소매를 떨치고 단에 올라 눈물을 뿌려 군중에 맹세한다. 맨손으로 범을 잡을 용사들은 바람과 우뢰처럼 격동하고 한길 담을 뛰어넘을 장사들은 구름과 비처럼 모여들었다. 누가 모이라고 하였는가? 모두 자진해 나왔다. 오직 왜적을 물리치고 나라를 구하려는 일념이 우리를 몰아 이 자리에 모이게 한 것이다. 나라의 존망이 조석에 달려 있는 이때를 당하여 우리가 어찌 제 한 몸을 돌아보겠는가?… 우리의 대오는 의병의 칭호를 가졌으니 본래 관직에는 관계가 없으며, 군사들의 의기란 언제나 의로써 왕성하는 것이니 우리들의 무장이 미비한 것은 논의할 바가 아니다….”

대장의 격문을 다 읽고 나자 의병들은 일시에 손에 든 병장기들을 머리 위에 높이 추켜 목청껏 만세를 불렀다. 저마다 목숨을 바쳐 적을 무찌르고 말리라는 맹세를 마음 속에 새롭게 하며.

이에 호응하여 함께 외치는 군중들이 만세 소리가 그들의 기세를 더욱 높여 주었다.

이튿날 새벽에 마침내 부대는 담양을 출발하였다. 양대복이 아직 남아서 의병을 더 모아 가지고 곧 뒤쫓아오기로 되어, 고경명과 유팽로가 남원 의병들까지 다 거느리고서 북 치고 나발 불며 기세 좋게 북쪽을 바라고 나아갔다. 그들은 장차 중로에서 적들을 무찌르며 칠백 리 길을 북으로 치달아 올라가서 서울을 점거하고 있는 왜적의 배후를 찌르려는 것이다.

그들은 전주까지 와서 사오 일을 유하며 군량을 마련한 다음에 다시 떠나 여산礪山읍에서 북으로 십 리 밖 황화정皇華亭가로 나가서 군사를 둔쳤다.

담양서 예까지 이백오십 리—, 오 리만 앞으로 나가면 충청도 지경이다. 고경명은 이곳에서 군사를 쉬며 양 대복의 새부대가 오기를 기다리기로 하였다.

그러자 평양이 이미 지난달 열엿샛날 적의 손에 떨어졌다는 소식이 전해졌다. 왕은 적들이 대동강을 건너기 전에 성에서 피해 나갔는데 의주로 향했다는 말도 있고 북도로 들어갔다는 말도 있다는 것이다.

고경명은 유팽로와 함께 멀리 북쪽 하늘을 바라보며 통곡하였다. 이대로 가다가는 나라가 어찌 될 것이냐?… 수하 의병들도 모두 울었다.

당초에 담양서 떠나올 때는 서울이 목표였으나 이제는 평양까지 나가야 할 판이다. 그러나 어디를 가든 양대복이 와야 하겠는데 담양서 헤어진 지 이미 보름이 되건마는 아직 아무 소식이 없는 것이다.

좀더 기다려 보느냐? 뒤에 오게 두고 먼저 떠나느냐?… 의논이 한창 분분할 때 마침 양대복의 아들 양형우梁亨遇가 천여 명 의병 부대를 거느리고 당도하였다. 그러나 양대복은 마침내 나타나지 않았다.

앞서 담양에서 본부대를 떠나보내 놓고 양대복은 다시 남원으로 돌아와서 이백여 명의 의병을 또 얻고 다시 순창, 임실 등지에도 격문을 돌려서 도합 천여 명의 용사를 모아 새로 대오를 짰던 것이다.

그들을 무장시키는 데 있어서는 남원 부사 윤안성의 도움이 실로 컸다. 그는 의병 부대에 군기들을 나누어 주었고 다시 군량 육십여 석과 전마 사십여 필을 보내 왔던 것이다. 이리하여 양대복은 오륙일 간 그들을 훈련까지 시켜 가지고 마침내 본부대와 합세하기 위해서 남원을 출발하였다.

그날은 임실 갈원역말葛原驛 와서 쉬고 이튿날 새벽에 다시 떠나 밤고개栗峙까지 왔는데 여기서 그들은 뜻밖에도 왜병들이 이곳 산골에 들어와 있는 것을 발견한 것이다. 적병의 수효는 칠팔백 명이나 될까? 놈들은 여기저기 흩어져서 한창 밥들을 먹고 있는 중이었다.

양대복은 군사를 두 대로 나누어서 불시에 앞뒤로 끼고 치면 용이

하게 적을 격멸할 수 있으리라 생각하고 곧 아들 형우에게 군사 절반을 주어 고개를 돌아서 적의 뒤로 나오게 한 다음 몸소 나머지 군사들을 거느리고 가만히 고개를 넘어서자 일시에 북 치고 고함지르며 적진으로 달려들었다.

적이 불시에 엄습을 받고 극도로 당황하여 허둥지둥 무기를 손에 잡고 나서서 싸우는데 이때 등 뒤로부터 함성이 또 천지를 진동하며 형우의 지휘하는 일대가 짓쳐들어 왔다. 적은 마침내 크게 패해서 오륙백 명이 죽고 겨우 일이백 명이 목숨을 보전해서 충청도 지경으로 도망치고 말았다.

이 싸움에서 의병들은, 적에게 사로잡혀 이곳까지 짐꾼 노릇을 하며 끌려 왔던 우리나라 백성 이십여 명을 구해 내었는데 그들의 하는 말을 종합해 보면 이번에 우리에게 격멸당한 적들은 왜장 소조천륭경의 한 부대로서 놈들은 충청도 황간黃澗으로부터 영동永同을 거쳐 전라도 지경으로 들어온 것인데 장차 뒤에 올 다른 부대들과 금산錦山에 모여 가지고 그 곳으로부터 전주를 들이치려 생각하고 있었던 모양이었다.

첫 싸움에 크게 이기고 의병들의 의기는 바로 하늘을 찌를듯 하였으나 뜻하지 않은 불행이 갑자기 그들을 찾아들었다. 그것은 처음부터 그들을 조직했고 이제까지 그들을 통솔해 왔으며 또 그들을 지휘하여 원수들과의 첫 싸움에서 빛나는 승리를 거두게 하여 준 양대복이 전투가 있었던 바로 이튿날 홀연 이름 모를 병에 걸려서 미처 의약을 써 볼 사이도 없이 한을 품은 채 세상을 떠나고 만 것이다….

그런 줄은 모르고 이제까지 그가 오기만 고대하고 있던 고경명 이하 전 대원들은 이 뜻밖의 소식에 모두 놀라고 진심으로 서러워하였다. 그 중에도 고경명과 유팽로는 주먹으로 가슴을 치며 통곡하였다.

"우리 두 사람이 다 군사를 쓸 줄 몰라서 더욱이 양공을 믿은 바가 컸었는데 길에 오르자 문득 가버리셨으니 이 노릇을 장차 어찌한단 말씀이요?"

"양공도 왜적을 그대로 강토 안에 남겨 두고 떠날 때에 그 눈이 감기지 않았으리다."

"자 어쩌겠소? 이제는 우리가 있는 힘을 다해서 양공의 몫까지 싸울밖에…"

그로서 사흘째 되는 날 아침에 의병 부대는 대열을 바로하고 황화정을 떠나서 충청도 지경으로 들어갔다. 장차 중로에서 만나는 적들을 때려 부시며 평양까지 내려갈 작정인 것이다.

그들이 은진恩津읍에 이른 것은 이날 늦은아침 때였는데 그들은 그곳에서 뜻밖의 소식을 들었다. 왜적이 지금 전라도 금산에 들어와 있다는 것이다.

어떻게 할 것인가?… 고경명은 생각하였다. 대원들의 의견을 들어보니 금산에 들어온 적은 관군에게 맡겨 두고 우리는 처음 작정한 대로 평양을 바라고 곧장 나가자는 사람들도 있었으나 역시 본도를 먼저 지키는 것이 옳지 않겠느냐고 말하는 사람이 많았다.

고경명이 얼른 결단을 내리지 못하고 은진서 하루를 묵는 중에 문득 전라도 방어사防禦使 곽영郭嶸에게서 사람이 왔다. 관군과 합세해서 금산의 왜적을 치기 위하여 의병 부대는 즉시 본도로 돌아오라는 것이다.

고경명은 마침내 뜻을 결하고서 양형우를 방어사 진으로 보내 칠월 팔일 아침에 금산 금곡원金谷院에서 서로 만나 함께 적을 치기로 언약을 해두고, 부대를 돌이켜 칠일 저녁 때 진산珍山 와서 밤을 지내고 이튿날 미명에 언약한 장소로 나갔다.

그러나 한낮이 거의 되도록 관군은 오지 않는데 이때 성중에 들어 있던 왜적들이 소문을 듣고 성에서 나왔다.

금산은 궁벽한 산골이니 산천이 험하기로 전라도 일경에서도 이름난 곳이다. 왜적이 성에서 나와 우리께로 향해 온다는 정보를 받자 고경명은 곧 부대를 거느리고 마주 나갔다.

성 밖 오리에서 서로 만나 각기 진을 치고 나자 곧 싸움이 벌어졌는데 고경명은 정병 삼백여 명을 내서 두 번이나 적진을 들이치게 하였으나 적의 진지가 원체 험고해서 두 번 다 성공하지 못하였다.

이에 왜적들이 우리를 넘보았던지 이번에는 저희편에서 요란하게 북을 울리며 우리 진지로 쳐들어 왔다. 그러나 이것은 도리어 우리가 바라던 바다. 일시에 아우성치며 적이 몰려들어 올 때 우리 진의 좌우 양익에서는 적을 향해 일제히 화살을 비 퍼붓듯하고 가운데로서는 칼잡이, 창잡이들이 벽력같이 고함치며 마주 달려나갔다.

한동안 격전이 벌어졌다. 그러나 왜적들은 끝끝내 견디어 내지 못하고 수백 명 시체를 버려 둔 채 앞을 다투어 도망쳤다.

그 뒤를 우리는 그대로 몰아쳤다. 왜적들은 마침내 저희 진지도 내버리고 극도로 당황하여 모두 성안으로 들어가 버렸다. 의기 충천한 의병들은 바로 성 아래까지 바짝 쫓아들어 갔으나 성 위에서 총질 활질을 맹렬하게 해서 고경명은 징을 쳐 군사들을 거두었다.

이날 밤에 남원 의병들 중의 재인才人 삼십여 명이 성에 가서 적들을 놀래어 주고 오겠다고 자원해 나서서 고경명은 이를 허락하였다. 그들은 곧 화전火箭과 진천뢰震天雷를 가지고 어둠을 타서 성 아래로 다가갔다.

어렸을 때부터 줄타기와 땅재주 넘기로 단련된 사람들이라 몸들이

날래기가 비호 같다. 그들은 서너 명씩 짝을 지어 동서남북으로 흩어져서 성내에다 대고 화전을 들이쏘고 꽝꽝 진천뢰를 터뜨렸다.

성내 여기저기서 불이 일어났다. 적들은 놀라서 앞뒤 성문의 방비를 더하고 횃불들을 들고 성 위로 올라와서 두루 살펴보았다. 그러나 아무리 둘러보아야 사람의 그림자라고는 없는 것이다.

그러자 밤이 이슥해서 또 화전들이 날아들고 진천뢰가 터져 성내 곳곳에 다시 불이 일어났다. 그러나 성 밖에 사람의 그림자가 없기는 마찬가지다. 똑 도깨비에게 홀린 것만 같다. 성내의 적들은 이날 밤 통히 잠들을 못 잤다.

이튿날에야 방어사 곽영이 광주, 영암, 흥덕 세 고을 군사를 거느리고 금곡원으로 왔다. 방어사는 갑옷 입고 투구 쓰고 백마 위에 높이 앉아 전후 좌우에 군관들을 거느리고 들어오는데 바로 위풍이 늠름하였다.

그는 고경명에게서 의병 부대가 어제 왜적과 싸워 수백 명의 적을 살상했다는 말을 듣자, 그들의 수고를 위로하거나 또는 공적을 하례하는 말은 한 마디도 없이

"그럴 줄 알았더면 어제 광주, 흥덕 두 고을 군사만 데리고라도 그냥 오는걸 그랬구먼. 영암 군사 오기를 기다리다가 그만 그대들에게 공을 세우게 해주었는데 오늘은 관군 힘으로만 성을 칠 테니 의병은 뒤에서 가만히 보고나 있으라구…"

하고 남의 공을 시기해 나선다.

고경명은 말 같지 않아서 대꾸도 하기 싫었으나 그가 적을 너무 우습게 보다가 혹시 일을 저지를까 두려워서

"어제 싸워 보니 왜적의 형세가 만만치 않던데 너무 얕보지 않으시는 것이 좋지 않을까요?"

하고 한마디 하였더니 곽영은 흥 하고 코웃음부터 치며
“의병이 이긴 적에게 아무러기로 관군이 패할까?”
하고 다음에 곁에 둘러 서 있는 의병들을 손가락질하면서
“그러고들 왜적하고 싸웠다니 무던들 하구먼. 조총 알이 머리 위로 날아들 때 무섭지들 않던가?”
비웃듯이 한마디 하고 방어사는 거만하게 돌아서서 저의 진으로 가 버렸다.
방어사의 이러한 태도는 의병들을 몹시 격분시켜 주었다. 방어사가 의병들을 이렇게 대할진대 우리는 관군과 함께 싸우지 않겠다고 말하는 젊은이들까지 있었다.
그러나 고경명은 크게 고개를 내젓고 손을 들어 흰 바탕에 붉은 글씨로 ‘의’자를 크게 쓴 자기들의 기를 가리키며
“우리는 의병이 아닌가? 아무도 우리더러 나서라고 하지 않았건만 나라를 위해서 왜적을 치려고 일어선 의병이 아닌가? 그러니 누가 무어라거나 그런 것은 아랑곳 할 것 없이 오직 한 놈이라도 더 적을 쳐 없앨 생각만 해야 옳지 않겠나? 더구나 불구대천의 원수를 앞에다 두고서 우리 의병과 관군이 불화해서야 어찌 되겠나? 아예 그런 생각을랑 다시 하지 말게.”
하고 순순히 타일렀다.
이때 방어사 곽영은 의병 부대로 후군을 삼고 관군으로 전군을 삼은 다음에 바로 금산성 남문 앞으로 나아가 진을 쳤다.
본래 금산성은 주위가 불과 천여 척이요 높이가 팔 척에 지나지 않는 작은 성인데다 그나마도 석축이 아니라 토성이다. 언뜻 보기에 허술하기 짝이 없어 곽영은
“발길로 한 번만 차면 그대로 허물어질 성이다. 해전으로 빼어낼

수 있을 테니 두고 보아라."
하고 장병들을 향해서 큰소리를 쳤다.

이것을 보고 유팽로가 고경명을 대하여

"옛 사람도 '적을 업신여기는 자는 패한다'고 말했는데 방어사가 이처럼 왜적을 우습게 보니 아무래도 일을 그르치기가 쉬울 것 같소."
하고 말하여 고경명은

"나도 그것이 염려요마는 방어사가 교만하기 짝이 없어 남의 말을 들으려고 안 하니 어쩌겠소? 우리 후군에서나 단단히 차리고 행여 낭패가 없도록 해봅시다"
하고 더욱 엄하게 군사들을 단속하였다.

관군은 곧 성에다 대고 공격을 시작하였다. 화포 터지는 소리가 천지를 진동하고 화살은 성 안으로 빗발치듯 하였다. 그러나 성 위에는 군데군데 흰기, 붉은기들이 바람에 나부끼고 있을 뿐, 왜병의 그림자 하나 볼 수가 없이 마치 성중이 텅 비기라도 한 것처럼 괴괴하였다.

"우리 형세가 하도 강한 것을 보고 저놈들이 지레 겁이 나서 감히 나와 응전을 못 하는구나. 그대로 성을 깨뜨리고 들어 가자—"
하고 방어사는 영을 내리자 곧 성문을 향해서 먼저 말을 달려나갔다. 뒤를 광주 목사, 흥덕 현감, 영암 군수가 일시에 나가고 그 뒤로 세고을 관군들이 고함치며 성 앞으로 몰려들어 간다.

그러나 이때 성 안에서 홀지에 북 소리 나발 소리가 요란하게 울리더니 성 위에 매복하였던 적들이 일시에 일어나서, 앞을 다투어 몰려들어오는 관군의 대열에다 총탄과 화살을 비 퍼붓듯 하였다.

이 통에 우리 군사의 죽고 상한 자가 많아서 기세가 탁 꺾였는데 이때 또 요란한 북 소리와 함께 굳게 닫혀 있던 성문이 불시에 활짝 열리며 저마다 흰 수건으로 머리를 질끈 동이고 손에는 일매지게 길다란 일본도를 든 왜병들이 일제히 아우성치며 성 밖으로 쏟아져 나왔다.

영암 군수가 맨 먼저 말머리를 돌려 달아났다. 광주 목사, 흥덕 현감이 다 그를 본받아 도망쳤다. 형세가 불리한 것을 보자 방어사는 퇴군령을 놓고 자기도 말을 채쳐 들고 뛰었다.

마침내 관군은 수습 못할 혼란에 빠졌다.

기세 돋힌 왜적들은 물러가는 관군의 뒤를 급히 몰아치며 한 떼는 후군의 의병 대열을 바라고 달려들었다.

고경명은 급히 영을 내렸다.

"들어오는 적을 향해서 일제히 쏘아라…"

그러나 미처 활들을 쏘아 볼 겨를도 없었다. 왜병들은 벌써 수십 보 안짝으로 마치 파도와 같이 몰려들어오고 있었다. 수천 명의 대적이다.

"이곳이 우리들의 죽을 자리요."

고경명은 유팽로를 돌아보고 한마디 하자 곧 의병들을 향하여 큰 소리로 외쳤다.

"적을 향해서 나가자…."

그리고 그는 칼을 휘두르며 선두에서 내달았다. 유팽로도

"나가자—"

함께 외치고 의병들을 휘몰아 벌떼처럼 몰려드는 왜병들 속으로 뛰어들었다.

나라를 위해서는 목숨조차 아끼지 않는 의병들의 칼 끝은 날카로웠다. 닥치는 대로 베고 치고 찌른다. 적의 칼을 맞고 쓰러지면서도 그들의 칼 끝은 기어이 적에게 상처를 입히고야 말았다.

이리하여 이 싸움에서 우리 의병들은 적의 태반을 무찔렀으나 원체 우리 쪽의 형세가 부쳐서 고경명과 유팽로 이하로 많은 사람들이 장렬한 전사를 하고 마침내 우리 진은 무너지고 말았다.

조헌과 칠백 의사

고경명, 유팽로 영솔하에 전라도 의병들이 금산서 왜적과 싸우고 있을 무렵 충청도에서도 전 현감 조헌趙憲이 홍주를 중심으로 덕산, 결성, 대흥, 해미, 청양, 예산, 보령, 신창 등 가까운 지방에서 장정 일천여 명을 모아 의병의 대오를 짜고 있었다.

이 여러 고을 백성들 중에 나라를 위하여 목숨을 바치려는 사람들이 어찌 일천육백 명에 그칠 것이랴? 그러나 조헌이 이만한 사람들을 규합하는 데도 여간 힘이 든 것이 아니다. 거기에는 까닭이 있다.

본래 조헌이 의병을 모아서 왜적을 물리치고 국난을 구하리라 굳게 결심한 것은 오월 중순경의 일이었다. 비록 벼슬은 일개 현감을 지냈을 뿐이나 열렬한 애국자로서의 그의 이름은 이미 세상에 널리 알려져 있는 터이다. 조헌이 자기 고향 옥천에서 의병의 기치를 들고 일어섰다는 소문이 한번 돌자 몸을 바쳐 나라를 구하려는 사람들이 각지에서 구름처럼 모여들었다.

열흘이 채 못 되어서 그 수가 오천여 명에 달한다. 조헌은 그들로 의병의 대오를 짜고 일변 훈련을 시키며 일변 군기과 군량을 마련하느라 바빴다. 소문은 자꾸 퍼져서 백 리, 이백 리 밖 사람들까지 그의 의병 대열에 들기 위해서 옥천으로 모여들었다.

그러나 이때 뜻하지 않은 장애가 있었다. 그것은 충청 감사 윤선각尹先覺이 의병 대열에 인민들이 참가하는 것을 극력 방해해 나선 사실이다. 그는 군적軍籍에 오른 사람들이 의병 부대로 들어가 버리면 결국 관군이 약화된다고 하면서 도내 각 읍 수령들에게 영을 내려 이를 엄히 단속하게 한 것이다.

그러나 이것은 한낱 구실에 지나지 않는다. 수많은 군사를 자기 신변에 모아놓고 있으면서 경내에 들어와 있는 왜적과는 단 한 번도 싸워 보려고 하지 않는 윤선각이가 무슨 관군이 약화된다고 애가 타서 할 것도 없는 일이었다.

그는 다만 경내의 백성들이 모두 일어나 싸우게 된다면 한 도의 관찰사로서 이제까지 적을 그대로 두어 두고 모른 체 해온 자기의 처지가 더욱 곤란해질 것과 그렇게 되면 앞으로는 아무리 싫어도 왜병들과 싸우는 시늉이라도 해야만 할 것이 실로 난감했을 뿐이다.

그래 그는 자기 경내에서 의병들이 일어나는 것을 조금도 마음에 달가워하지 않았던 것이요, 도내 각 고을 '원님'들도 '관찰사 사또'나 사정이 비슷한지라 의병을 단속하라는 영이 내리자 옥천 군수는 바로 들었다 보았다 하고 나서서 조헌이 의병을 일으키는 데 이러니저러니 하고 말썽을 부렸던 것이다.

이로 말미암아 모처럼 장한 뜻을 품었던 사람들도 자연 의병 대열에 도는 것을 주저하게 되었을 뿐 아니라, 모처럼 들어와 있던 대원들까지도 관원들 등쌀에 못 이기어 마침내는 거의 다 흩어지고 말았다.

조헌은 대단히 분개하였다. 그러나 그는 결코 이에 낙망하지 않았다. 그는 이번에는 홍주로 가서 그곳을 중심으로 백 리 안짝 고을들에서 의병을 초모하였는데 다시 두 번 관원들에게 트집을 잡히지 않기 위해서 특히 군적에 올라 있지 않은 사람들만 골라 뽑았다. 이리하여 이미 앞에서 말한 것처럼 일천육백여 명의 용사들을 규합하여 의병의 대열을 짜게 된 것이었다…….

조헌은 약 보름 동안에 걸쳐서 그들을 훈련한 다음에 마침내 청주를 바라고 나아갔다.

당시 청주는 이미 왜적의 수중에 들어가 있었다. 그곳을 점거한 것은 왜장 소조천륭경의 주력 부대다. 놈들은 이제 충청도 일판을 휩쓴 다음에 장차는 전라도로 내려갈 작정이라고 호언장담하면서 매일같이 때를 지어 성에서 나와 원근 촌락들을 들이쳐서 노략질을 낭자하게 하고 있다 하는데, 또 들리는 소문에는 영규靈圭라는 중이 승병僧兵을 거느리고 나서서 그간 여러 차례 왜병들을 엄습하여 수백 명을 죽였다고도 한다.

조헌은 청주를 바라고 길을 재촉해서 일백구십 리 회덕懷德을 이틀에 별러 왔다. 여기서 청주는 상거가 칠십 리다. 그는 우선 이곳에 군사를 둔쳐 놓고 즉시 사람을 청주로 보내서 그곳 정세를 알아 오게 하였다.

늦은 아침 때 떠난 사람이 이튿날 낮에 돌아와서 보하는데

"어제 청주서 접전이 있었습니다. 영규가 거느리는 승병이 방어사의 관군과 합세해서 아침부터 성을 치는데 왜병들이 성문을 열고 와 몰려나오자 방어사는 변변히 싸워 보지도 않고 곧 군사를 물려 도망해 버렸고 승병들이 끝까지 남아서 죽기로 싸워 마침내 왜적들은 수백 명의 사상자를 내고 도로 성안으로 들어가 버렸습니다. 지금 청주

성에 들어 있는 왜병이 한 삼천 여 명 되는 모양인데 승병은 팔백 명을 넘지 못하는 형편입니다. 그러나 어제 한나절 싸움에 수백 명의 적을 무찌르고 승병들은 의기 충천해서 기어이 성을 도로 찾아보겠다고 계속 서문 십 리 밖에 진을 치고 있습니다. 소문에는 일단 물러 갔던 방어사 군이 다시 오기로 되어 있다는 말도 있으나 설사 다시 온다손치더라도 제 구실을 못하리라고 보는 사람이 많습니다. 방어사가 부질없이 공은 탐내면서도 원체 겁이 많아서 형세가 조금만 이롭지 않은 듯하면 내빼기가 일수요 사람이 심히 옹졸하고 또 음험하답니다."

하고 말한다.

조헌은 듣고 나서 한마디 물었다.

"영규가 삼백 명 승병을 거느리고 일어선 것이 불과 이십 일 남짓한 줄로 아는데 그 동안에 팔백 명으로 불었단 말인가?"

그 사람이 대답한다.

"거기 대해서는 좋은 이야기가 하나 있습니다. 중 영규가 처음에 일어서서 '우리들이 비록 중이기는 하나 역시 이 나라 백성이다. 아무리 속된 인간 세상을 떠나 산중에 들어와서 도 닦기만 위주하는 부처님 제자라 하더라도 이 전고에 없는 국난을 당하여 어떻게 우리들이 그대로 앉아 목탁만 두드리고 있을 것이냐? 다들 일어나서 가증한 왜적들을 물리치고 나라를 멸망에서 구하며 백성들을 도탄 속에서 건져내자—' 하고 외쳤을 때 먼저 모여든 중이 모두 삼백여 명쯤 되었다고 합니다. 그러나 영규는 속으로, 이 사람들에게 과연 몸을 바쳐 나라를 구하려는 마음이 있는 것일까? 적을 만나면 오직 나갈 줄만 알고 물러날 줄은 모르며 저의 목숨으로써 나라를 지켜 내고야 말겠다는 굳센 뜻이 저마다 있는 것일까?— 의심에서 다시 이렇게 말하였다고 합니다. '우리는 조정의 명령에 의해서 일어난 것이 아니다. 모두들 자원해 나섰다. 한번 나선 바에는 이미 목숨은 없는 것으로 알아야 한다.

만약에 죽는 것을 겁내는 사람이 있거든 이 자리에서 물러나는 것이 좋을 것이다.' 그랬더니 모두 죽기로써 원수놈들과 싸울 것을 맹세해 나서면서 단 한 명도 물러나려고 하는 자가 없었을 뿐더러 이 소문이 한번 퍼지자 이제까지 나서기를 주저하고 있던 중들까지도 자꾸 모여 들어 수일 사이에 팔백여 명이 되었다는 것입니다. 좋은 이야기가 아닙니까?"

"과연 좋은 이야길세."

"그래 처음에는 연기 동진燕岐 東津에다 진을 치고 다음에는 청주 서문 밖 빙고현氷庫峴으로 진을 옮겨 성에서 노략질하러 나온 왜병들을 보는 족족 엄습해서 여러 수백 명을 죽였더니 적들은 겁이 나서 그 뒤로는 좀처럼 성 밖으로 나오지를 못하게 되었답니다. 그래 승병들의 성세가 갑자기 올랐는데 이번에는 한 걸음 더 나가서 성내에 들어 있는 왜적들을 모조리 무찌르고 청주를 도로 찾자고 그처럼 나선 것이랍니다."

다 듣고 나자 조헌은 지극히 감동한 빛을 얼굴에 나타내며

"참으로 좋은 말일세, 좋은 말이야. 그러면 우리도 어서 가서 승병들과 손을 잡고 기어이 청주성을 도로 찾도록 하세."

하고 그 길로 사람을 다시 청주로 보내서 승병 부대에 미리 알리게 한 다음 이튿날 새벽에 조헌은 수하 의병들을 거느리고 마침내 회덕을 떠나 청주로 나아갔다.

한 편은 중이요 한 편은 속인이라는 점이 서로 같지 않을 뿐, 이 전고에 없는 국난을 당하여 한 목숨 바쳐서 나라를 구하겠다는 그 마음

에 있어서는 조금도 다를 바가 없는 의병과 승병은 이리하여 청주성 십 리 밖에서 서로 만났다.

뜻이 같은 사람들 사이에 구면 초면이 왜 있으랴? 조헌과 영규는 한 번 보자 마치 십년 지기나 상봉한 것 같아서 서로 만난 것이 늦었음을 못내 한탄하며 앞으로 힘을 합해서 원수를 쳐 무찌를 계책을 의논하였다.

그러자 방어사 이옥李沃에게서 사람이 왔다. 이옥은 앞서 싸움에 자기가 패해서 물러간 뒤에도 승병들이 그대로 남아서 적과 싸워 이긴 것을 알고

"그 중놈들이 중뿔나게 나서서 그만 나를 망신만 더 시키지 않았나?…"

하고 얼토당토 않게 승병들에 대해서 화를 내고 있던 차에 이번에 조헌의 의병 부대가 또 와서 승병들과 합세하여 성을 치려고 한다는 소문을 듣고는

"원 저런 놈들 보았나? 가만 내버려 두었다가는 장차 청주를 회복한 공을 저놈들한테 송두리째 뺏기고 말겠구나. 그래서는 안 되겠는데, 그렇다고 허턱 나가 싸우는 것은 또 위험하고… 대체 어떻게 한다?…"

이리저리 궁리해 보다가

"옳지, 좋은 수가 하나 있어…"

하고 그는 드디어 사람을 영규와 조헌에게로 보내서

"오는 팔월 일일에 관군은 청주성의 왜적을 치기로 하였으니 그대네 의병들도 다 나와서 싸움을 돕도록 하라. 이에 관군은 북문 밖에 매복하고 있을 것이매 의병들은 서문 쪽에서 성을 들이치라. 왜적이 성 안에서 배겨내지 못하게 되면 반드시 북문으로 도망해 나올 것이

라. 이때 관군은 일시에 일어나 범 같은 위엄을 떨쳐서 왜적을 모조리 잡아 없애고 청주를 회복하려 한다. 이는 가장 좋은 계책이니 그대들은 몸을 돌보지 말고 나서서 오직 성을 치기만 급히 하라."
하고 영을 전하게 한 것이다.

남이 죽도록 싸워서 적을 이겨 놓으면 그때 가서 공은 제가 다 차지해 버리겠다는 수작이다.

그 속을 모르는 바 아니였으나 조헌과 영규는 즉석에

"좋소. 분부대로 시행하리다."
하고 선선히 응낙해서 이옥에게서 온 사람을 돌려보냈다.

적과 싸워서 이를 무찌를 수만 있다면 그까짓 공이야 누구 것이 되든 아랑곳이 있으랴? 의병, 승병이 합세해도 이천여 명에 불과해서 성문 하나 치는 것이 고작이라 적의 도망할 길까지 끊어 볼 생각은 못하고 있던 차에 방어사가 그처럼 나서 주겠다니 어쨌든 다행한 일이라고만 그들은 생각하였던 것이다.

팔월 일일 이른 새벽이다.

영규의 승병은 전군이 되고 조헌의 의병은 후군이 되어 기를 들고 북을 울리며 당당하게 청주성을 바라고 나아갔다. 성에서도 북 소리 나발 소리가 요란하게 일어나더니 왜장이 천여 명 군사를 거느리고서 문으로 나왔다.

양편이 각각 진을 치고 나자 곧 싸움은 벌어졌다. 늦은 아침 때부터 시작된 싸움이 낮까지 그대고 계속되었다. 이 사이에 승병들은 두 번 적진을 들이쳐서 두 번 다 적에게 심대한 타격을 주었다.

성에서 왜병 오백여 명이 또 나왔다. 적들은 새로 대열을 정비하고 기울어진 형세를 어떻게든 만회해 보려는 것이다. 우리 편에서도 이제까지 싸우던 전군의 승병이 뒤로 물러나고 후군의 의병이 대신 앞으로 나왔다. 싸움은 다시 새 판으로 벌어졌다.

싸우고 싸워 한낮이 기울었을 때 왜적은 승패를 단번에 결단해 보려는 듯이 이번에는 저희 쪽에서 우리 진으로 돌격을 감행해 왔다. 일시에 아우성치며 몰려들어오는 적의 형세가 둑을 터뜨린 봇물과 다를 것이 없었다.

그러나 의병의 진은 철벽이였다. 노도와 같이 몰려드는 왜병들 앞에서도 그것은 동요하지 않았다. 적들은 어떻게 해서든지 이것을 무너뜨려 보려고 좌로 우로 함부로 들이쳤으나 의병들은 한 치도 뒤로 물러나지 않고 그대로 버티며 목숨 내어 놓고 싸우는 것이다.

왜병들은 그만 악에 받쳐서 죽기 한하고 자꾸 덤벼들었다. 그러나 덤벼들수록 저희 편에 사상자만 늘어갈 뿐이다.

적진에서는 형세가 저희 편에 불리한 것을 보고 곧 군사를 거두려고 어지러이 징을 쳤다. 퇴군령을 받고 일시에 몸을 돌쳐 저희 진으로 도망치는 왜병들 뒤로 의병들은 일제히 함성을 올리며 쫓아나갔다. 이때 마침 남서풍이 또 크게 일어나서 의병들의 기세를 더욱 도왔다.

왜병들은 극도로 당황하였다. 놈들은 저희 진도 내버리고 서로 앞을 다투어 성 안으로 몰려들어갔다. 이 통에 저희끼리 치여 죽고 밟혀 죽은 자가 또 무수하였다.

의병들은 의기 충천해서 성 아래까지 쫓아들어갔다. 그러나 왜적이 성문을 굳게 닫고 성 위에서 어지러이 총질 활질을 하는 통에 조헌은 일단 군사를 거두었다.

그는 영규와 의논하였다.

"대사는 어떻게 생각하오? 오늘 한나절 격전에 의병이나 승병이나 모두 지쳤으니 오늘은 이만 물러갔다가 내일 다시 오기로 하는 것이 좋지나 않을지…”

영규가 말한다.

“아닙니다. 지금 우리는 사기가 떨칠 대로 떨쳤고 적들은 기세가 꺾일 대로 꺾였는데 바로 이때를 타서 성을 깨뜨리지 않고 다시 어느 때를 기다리겠습니까? 상말에도 쇠뿔은 단김에 빼라고 하였습니다.”

듣고 나자 조헌은 곧

“대사 말씀이 옳소.”

하고 다시 군사를 정돈해 가지고 성을 치려 하였다.

그러나 이때 갑자기 비가 퍼붓기 시작하여 풍세가 더욱 사나와져서 나가지 못하고 있는 중에 어느덧 날은 저물고 풍우는 그대로 계속이 되어 조헌과 영규는 하는 수 없이 밝는 날 다시 와서 치기로 하고 군사를 십 리 밖으로 물렸다.

이날 밤 자정이나 거의 되어서야 바람이 자고 비도 그쳤다. 영규는 무엇을 생각하였는지 척후를 보내서 청주성의 동정을 살피고 오게 하였다.

알러 갔던 사람이 얼마 뒤에 돌아와서 보하기를 성 위에는 그대로 기치 창검이 두루 꽂혀 있고 곳곳에 횃불을 켜 놓아 낮같이 밝은데 성내의 왜병들은 다 잠이 들었는지 괴괴하니 소리가 없고 다만 송장 타는 냄새만이 성 밖까지 풍겨 나와 코를 찌르더라고 한다.

영규는 조헌을 보고 말하였다.

“이놈들이 밝기 전에 성을 버리고 도망을 갈 작정인지 모르겠소이다.”

조헌은 의아하여 물었다.

“성 위에 횃불까지 온통 켜 놓고 방비가 엄하더라는데 도망이란 웬 말이요?"

영규가 대답한다.

"그렇게 허장성세해서 우리를 속이려는 것이나 아닌가 말씀이외다. 도저히 성내에서 앉아 배기지를 못하겠으니까 마지막으로 죽은 놈 시체를 불살라 버리고 도망을 하려는 것이나 아닐까요? 소승의 어리석은 소견에는 꼭 그런 것만 같구먼요."

듣고 나자 조헌은 무릎을 치고

"과연 대사 말씀이 옳은 것 같소. 그럼 우리가 곧 성으로 쫓아가 보아야 안 하겠소?"

"그것이 좋을 것 같소이다. 방어사군이 북문 밖에 매복하고 놈들의 도망할 길을 끊기로 되어 있기는 하지만 어떻게 그만 믿고 있겠습니까? 지금쯤 놈들이 벌써 도망을 해 버렸을지도 모르지요."

"놈들을 놓쳐서는 안 되겠는데… 어쨌든 이 길로 방어사에게 기별해서 한 놈도 놓아 보내지 말라고 단단히 부탁하고 우리도 한시바삐 쫓아가 봅시다."

두 사람은 곧 방어사 진으로 사람부터 보내 놓고, 자고 있는 군사들을 불시에 깨워서 거느리고 청주성으로 달려갔다.

그러나 조금 늦었다. 이때 왜적들은 막 성을 버리고 북문으로 해서 도망친 뒤였다. 그래도 방어사 군사만 앞서 언약한 대로 북문 밖에 매복을 하고 있었다면 놈들을 모짝 다 잡을 수가 있었을 터인데 방어사 이옥은 애당초에 그곳에다 군사 하나 깔아 두지 않았었다.

그러한 그는 모처럼 의병 부대로부터 도망하려는 기미가 보이니 경계를 게을리하지 말라는 기별을 받고도

"그놈들이 그렇게 쉽사리 도망을 해주면 아무 걱정이 없게?…"

하고 콧방귀를 뀌며 아닌 일로 공연히 잠만 깨워 놓았다고 두덜두덜

하던 것이다.

청주성은 마침내 해방되었다. 이 싸움에서 승병과 의병 부대는 적에게 심대한 타격을 주었을 뿐 아니라 성내에 있던 수만 석의 군량과 수백 두의 마소를 토획하였다.

조헌은 영규와 의논하고 토획한 군량과 마소를 경내 농민들에게 나누어 주어 농사 밑천을 삼게 하려 하였다. 소문이 한번 돌자 기아에 허덕이는 백성들 사이에 환성은 높이 올랐다.

이것을 보고 방어사 이옥의 심사는 편안치 않았다. 그는 조헌을 대하여

"여느 물건도 아니요 막중 군량을 의병들이 임의로 처분한다는 것은 좀 온당치 못한 일이 아니겠소? 양식을 백성들에게 나누어 주는 것은 나도 매우 좋다고 생각을 하지만 그래도 한번 순찰사께 취품해서 하는 것이 옳을 것이요."

하고 말한 다음에 즉시 자기가 친히 편지를 써서 공주 순영公州 巡營으로 올려 보내는데 사연이 제법 길었다.

그 뒤 오륙 일이 지나서 순찰사 윤선각에게서 영이 내렸다. 그것은 천만 뜻밖에도 토획한 군량을 그대로 두어 두면 왜적들이 다시 쳐들어 올 언턱거리가 되기 쉬우니 곧 불살라 없애 버리라는 것이다.

의병들은 어처구니가 없었다. 수만 석 양곡을 어디 곳간에다가 그대로 쳐 쌓아 두자는 것이 아니요 당장 굶주린 몇천 명 몇만 명 백성들에게 일제히 나누어 주자는 것이다. 순찰사가 분명히 잘못 알고 이런 영을 내린 상싶으니 한번 순영에 올라가서 자세히 말씀을 드려 보겠다고 조헌은 말하였으나, 이옥은 자기가 이미 자세한 말씀을 올린 터에 무슨 잘못 아셨을 리도 없는 일이니 군령을 한시바삐 집행할밖

에 없다고 마침내 군사를 시켜서 군량에다 불을 질러 버렸다.

그 아까운 수만 석 양곡이 일조에 불에 타서 없어지는 것을 바로 눈앞에 보고 너무나 기가 막혀서 그 자리에 주저앉아 주먹으로 땅을 치며 목을 놓아 통곡하는 사람들도 많았다.

이것은 결국 이번 청주성을 해방하는 데 아무 일도 못한 이옥이가 의병, 승병들의 혁혁한 전공을 시기하는 나머지에 순찰사와 부동이 되어 가지고 한 짓이라고 사람들은 모두 방어사의 이 괘씸한 처사에 격분해 마지 않았다.

조헌도 창자가 뒤틀렸다. 그러나 이제는 어찌할 수 없는 일이었다. 수만 석 양곡은 홈빡 다 타버리고 오직 싸늘한 재만 이리저리 바람에 흩날릴 뿐이다. 실상은 이때 의병들이나 승병들에게도 군량이 얼마 남아 있지 않았던 것이다.

앞으로 계속 북쪽을 향하여 올라가기 위해서는 무슨 마련이 있어야만 하였다. 조헌은 영규와 서로 의논한 다음에 일단 의병의 대오를 풀어 그들로 하여금 각자 자기 고향으로 돌아가서 다시 출전할 준비를 갖추어 가지고 날을 정해 온양으로 다시 모이게 하였다.

조헌이 온양에서 다시 의병 부대를 정비해 가지고 영규의 승병들과 함께 북으로 올라가려 할 때 순찰사 윤선각에게서 또 사람이 왔다. 지금 금산에 왜적이 들어와 있으니 의병 부대도 관군과 함께 가서 적을 소탕하자는 것이다.

이때 금산에는, 앞서 고경명, 유팽로의 의병 부대와 싸우던 왜적들이 비록 싸움에는 이겼으나 저희도 우리에게 받은 타격이 너무 커서 마침내 머물러 있지 못하고 제풀에 물러가버린 뒤를 받아서, 적의 대장 소조천륭경이 자신이 부장 입화통호立花統虎, 안국사혜경 등으로 더불어 대부대를 거느리고 들어와 있었다. 이자들은 이곳을 근거지로 삼아 장차 전라, 충청, 두 도를 휩쓸어 보려는 것이었다.

의병들 중의 많은 사람이 북으로 올라가는 것은 잠시 뒤로 미루고 먼저 가까이 금산에 들어와 있는 적을 치는 것이 좋겠다고 주장하였다.

그러나 어떤 사람들은 윤선각의 말을 듣지 말고 먼저 마음 먹었던 대로 서울로 향하자고 말하였다. 처음에 의병을 일으킬 때에도 갖은 말썽을 다 부리며 방해를 하던 순찰사다. 이제 와서 그의 지휘를 받고도 싶지 않거니와 관군과 같이 싸우기로는 이미 방어사 이옥의 전례가 있지 않은가? 조금도 믿을 것이 못 된다는 것이다.

실상 이때 순찰사 윤선각은 의병들이 북쪽으로 올라가면 자기의 온갖 비겁한 행동들이 모조리 폭로될까 두려워서, 그래 그들의 북으로의 행군을 저지시키기 위하여 짐짓 금산의 적을 끌어낸 것이지 실지로 의병 부대와 함께 일을 할 생각은 고물만치도 없었다.

조헌과 영규는 그 속을 짐작 못하는 바 아니었다. 그러나 금산의 적은 시급히 쳐야만 한다. 강적을 뒤에 두고 허턱 앞으로만 나갈 수는 없는 일이었다. 앞서 윤선각이 의병에게 어떻게 대하였던가?— 하는 것은 원수를 쳐부수는 큰 일 앞에서는 논의할 것도 못 되는 극히 소소한 문제다. 만일에 관군과 합세해서 금산의 적을 깡그리 쳐 물리칠 수만 있다면 그만 다행이 어디 또 있으랴?…

이렇게 생각한 조헌과 영규는 북으로 향하던 발길을 남으로 돌려 의병 부대를 거느리고 공주로 내려갔다.

공주성 남문 밖에 군사를 둔쳐 놓고 조헌은 순영으로 순찰사를 만나러 들어갔다. 그러나 윤선각은 오늘은 공사로 바쁘니 내일 다시 오라고 하며 만나 주지 않았다. 이튿날 다시 들어가니까 이번에는 갑자기 병이 나서 누워 있다고 하며 일간 병이 낫는 대로 부를 터이니 나가서 기다리라고 한다.

금산의 적을 함께 치러 가자고 불러 놓고는 이 핑계 저 핑계하며 만나 주지 않는 순찰사의 태도를 해괴하다 생각하면서 하루 이틀 지내는데 뜻밖에도 청주, 천안, 태흥, 온양, 임천, 문의, 목천, 전의 등 여러 고을에서 관차官差가 연달아 와서는 다짜고짜 의병들을 전후 이백여 명이나 잡아갔다.

놀라서 까닭을 물어 보니 의병 부대에 아직도 군적에 들어 있는 자가 많이 끼여 있으니 낱낱이 적발해서 처벌하도록 하라는 '순찰사 사또'의 공문이 엊그제 돌아서 저의 고을 원님의 분부로 잡아간다는 것이다.

처음에 조헌이 옥천서 의병을 일으킬 때도 윤선각이 그런 것으로 말썽을 부린 일이 있어서 그 뒤 홍주서 다시 의병을 초모할 때는 군적에 들어 있지 않은 사람만 뽑느라고 하였지만 응모해 오는 축에서 속이고 들어온 사람이 많았고, 청주 싸움 뒤에 다시 온양서 모일 때 슬며시 관군에서 빠져 나와 의병 부대를 찾아온 사람들이 또한 적지 않았던 것이다.

그러나 일은 이에만 그치지 않았다. 군적에 들어 있지 않은 의병들에게까지도 박해가 가해진 것이다. 각 고을 관가에서 아무 죄없는 의병들의 부모 처자를 닥치는 대로 잡아다 가두기 시작하였다. 그리고 이 썩어 빠진 관원들은 아주 드러내놓고 떠벌리는 것이다. 네 자식이, 네 남편이 의병에서 빠져 나오지 않는 한, 너희들도 옥에서 나가지는 못할 줄 알라고.

이 때문에 많은 의병들이 불안에 싸여 동요하기 시작하였고 마침내는 대열에서 빠져 나가는 사람이 자꾸 생겨났다. 마침내 조헌과 영규의 주위에는 칠백 명 의사義士가 남았을 뿐이다.

순찰사 윤선각의 이 천인공노할 소행에 대해서는 조헌도 열화처럼 노하였다. 그러나 격분을 참지 못하는 젊은 의사들이, 이런 자를 두어 두고는 나가서 왜적과 싸울 수 없으니 먼저 윤선각이부터 처단하자고 주장해 나섰을 때 그는

"아닐세. 우리의 당면한 적은 왜놈들일세. 무슨 일이 있든 왜놈부터 쳐부시여야 하네. 윤선각이의 죄는 그 뒤에 따지더라도 늦을 것은 없으리."

하고 그들을 극력 무마하였다.

이제는 공주에 더 머물러 있을 필요가 없다. 조헌과 영규는 칠백 의사를 거느리고 전라도 금산을 향하여 길을 떠났다. 이때 전라 감사 권율權慄이 보낸 군관을 중로에서 만났다.

권율이 거느리는 관군은 당시 남으로 내려온 왜적들을 웅치熊峙와 이치梨峙에서 쳐 깨뜨렸던 것인데 조헌의 의병 부대가 금산에 들어와 있는 적의 주력 부대를 치러 내려 오는 것을 알고 스무이렛날 아침에 금산에서 서로 만나 함께 싸울 것을 제의해 온 것이다.

그러나 막상 의병들이 금산에 이르렀을 때 웬 일인지 관군은 와 있지 않았다. 당시 금산성 안팎에 둔치고 있던 적의 병력은 칠천 명이었으니 우리의 꼭 열 곱절이다. 외로운 형세로 강대한 적과 싸워야만 하게 된 칠백 의사는 지세가 험준한 곳을 가려서 진을 쳤다.

의병 부대에게 후비가 없는 것을 알고 적들은 우리를 넘보았다. 놈들은 군사를 세 대로 나누어 가지고 삼면으로부터 의병 진지를 향해서 공격해 들어 왔다. 형세는 험하였다.

조헌은 영규를 돌아보고 말하였다.

"오늘이 바로 우리가 나라에 목숨을 바치는 날이 될까 보오."

영규가 대답한다.

"죽더라도 원수 놈들에게 상처는 깊이 내주렵니다."

조헌은 마침내 전체 의병에게 호소하였다.

"오늘은 오직 한 가지 죽음이 있을 뿐이다. 나라를 위해서 싸우고 나라를 위해서 죽으니 이 아니 떳떳하랴! 죽고 살고 나아가고 물러나는 모든 일에서 의병의 이름을 더럽히지 말도록 하라."

칠백 의사는 조국을 위하여 오늘 이 자리에서 목숨을 바칠 것을 한결같이 맹세해 나섰다.

병력에 있어서 일대 십—십 배에 넘는 적을 쳐 무찌르기 위해서는 하나가 열을 당하고 일이 백을 당해내야만 하였다. 한동안 장절 처절한 싸움이 벌어졌다.

군사의 수가 월등하게 많은 것을 믿는 적들은 세 차례에 걸쳐 의병 진지로 돌격을 해왔다. 칠백 의사는 한 발자국도 뒤로 물러나지 않고 놈들을 맞받아 싸웠다. 여기저기서 연달아 외마디 소리가 일어나고 왜병들은 삽시간에 수백천 명이 거꾸러졌다. 세 차례에 걸친 적의 돌격을 세 번 다 의병들은 물리쳐 버렸다.

그러나 어이하랴? 적이 네 번째 쳐들어 왔을 때 우리에게는 이미 화살이 다 떨어졌다.

"이제는 마지막이다. 모두 나가서 죽자—"

조헌은 한 소리 크게 외치자 벌떼처럼 몰려들어오는 적들을 향해서 장검을 휘두르며 마주 나갔다.

"이놈들아—"

벽력같이 호통치며 영규가 창을 꼬나 잡고 앞으로 내달았다.

"와—"

칠백 의사가 한 사람처럼 아우성치며 앞을 다투어 적에게로 달려들었다. 손에 연장이 없는 사람들은 주먹으로 치고 발길로 차고 머리로 받고 몸으로 부딪쳤다. 의사들의 최후를 장식하는 싸움은 장렬하기 그지 없었다.

이윽고 저녁 노을이 저녁 하늘을 물들일 무렵, 칠백 의사의 마지막 한 사람이 즐비하게 죽어 자빠진 적의 시체 위에 쓰러져서 숨이 졌다. 칼에 맞고 창에 찔린 상처가 실로 수십 군데다. 그는 마지막 피 한 방울까지 조국에 바쳐 수십 명 적을 거꾸러뜨린 것이다.

이리하여 조헌과 영규 이하 칠백 의사는 이곳 금산에서 옥쇄玉碎하고 말았다. 그러나 왜적이 이 싸움에서 입은 상처도 비할 바 없이 컸다. 칠천 명에서 오천 명이 죽고 목숨을 부지한 이천 명도 몸에 한두 군데 상처를 안 입은 놈이 별로 없었다.

기록에 의하면 적들은 사흘을 두고 전사들의 시체를 운반하다 못해서 마침내 나머지는 모조리 불에 살라 버린 다음에 무주武朱에 들어와 있던 적들과 함께 허둥지둥 성주, 개령 방면으로 도망치고 말았다 한다.

그 뒤로 왜적들은 다시 두 번 충청도와 전라도를 넘겨다 보지 못하게 된 것이다.

한산 해전

왕이 난리를 피해서 이곳 의주에 내려와 있는 지도 어느덧 넉 달째 되어 온다. 경복궁 후원에 신록이 무르익어 갈 때 서울을 떠났는데 지금 이곳 행궁 밖 풀밭에는 밤이면 버레 소리가 한창이다.

한때는 사세가 너무나 절박한 것 같아서 아주 강을 건너 명나라로 들어가 버릴까 하는 생각까지 했었던 그다. 그러나 이제는 꿈에도 그러한 생각은 하지 않게 되었다. 그 사이 기쁜 소식, 반가운 소식들이 연달아 들려와서 그의 마음을 제법 든든하게 하여 주었기 때문이다.

우선 각지에서 일어난 의병들의 소식이 그의 마음을 기쁘게 하여 주었다. 평안도에서는 조호익曹好益이 강동江東에서 임중량林仲糧이 중화中和에서 각각 의병을 일으켜 평양을 점거하고 있는 왜적을 견제하고 있으며, 황해도에서는 김진수金進壽, 김만수金萬壽, 황하수黃河水 같은 사람들이 역시 의병들을 거느리고 황주, 봉산 등지에서 적들과 싸우고 있다는데, 달포 전에 받아 본 경상 우병사 김성일金誠一의 장계에 의하면 영남에서는 진작부터 의병들이 일어나서 곽재우, 정인홍

鄭仁弘, 김면 등이 그들을 지휘하여 도처에서 적을 쳐 무찌르고 있다는 것이다.

전라도와 충청도에서는 아직 감사나 병사가 의병에 관해서 정식으로 보고해 온 것이 없지만 들리는 소문에는 역시 나라를 근심하는 선비들이 의병을 모아 적과 싸우고 있는 모양이다.

또 그뿐이 아니었다. 이 전고에 없는 국난에는 중들까지도 떨쳐 일어났다. 당년 칠십의 노승 서산대사 휴정休靜은 묘향산 보현사의 승려들을 중심으로 해서 일천오백여 명의 의병을 모아 순안 법흥사에 둔치고 있었고, 그의 제자 사명당 유정惟政은 강원도 금강산에서 의병의 기치를 들고 일어나 승병들을 거느리고 평양을 바라고 나왔는데 병력은 일천여 명에 달하리라 한다.

이때 팔도에 왜적의 더러운 말굽이 미치지 않은 곳이란 거의 없다시피 되어 있어 도처에 길이 끊이고 소식이 통하지 못하니 그렇지, 실상 알고 보면 이들보다도 훨씬 더 많은 의병들이 국내 각지에서 적들과 싸우고 있을 것이라 생각하고 왕은 한층 마음이 든든하였다.

그런 중에도 그를 더욱더 기쁘게 하여 준 것은 전라 좌수사 이순신이 연달아 올린 장계들이다. 옥포 해전에서 우리 수군이 첫 승리를 거둔 것을 보해 온 장계는 왕이 의주로 내려온 지 십여 일 후에 받았고 그 뒤 월여가 지나서 다시 당포唐浦와 당항포唐項浦에서 적의 수군을 크게 쳐 깨뜨렸다는 장계를 받았는데 이번에 또 한산도 앞바다와 안골포安骨浦에서 왜선 백여 척을 쳐부신 장계가 들어온 것이다.

그 장계의 내용은 대강 다음과 같았다.

적들을 섬멸한 데 대해서 삼가 말씀 올립니다.

지난 오월 이십구일에 본도 우수사 이억기, 경상 우수사 원균으로 더

붙어 전선을 거느리고 사천, 당포, 당항포, 율포 등지에 머물고 있는 왜선을 모조리 격멸한 후 유월 초십일 본영으로 돌아온 것은 이미 장계로 고한 바입니다.

그 뒤로 다시 경상도의 적정을 알아 보게 하였더니 가덕, 거제 등지에서 왜선들이 혹 십여 척씩, 혹 삼십여 척씩 패를 지어 출몰한다 하는 바, 본도 우수사가 약속대로 칠월 초사일 저녁에 약속한 곳에 이르렀기로 초육일에 함께 수군을 거느리고 곤양과 남해의 경계인 노량露梁으로 갔습니다. 노량에는 경상 우수사가 깨어진 전선 일곱척을 수리해 가지고 와서 머물고 있었습니다. 이날 삼도 수군은 일제히 진주 땅 창신도昌信島로 가서 밤을 지냈습니다.

초칠일 심한 풍랑을 무릅쓰고 당포에 이르자 또 날이 저물어 그곳에서 밤을 지내려 하는 중에 그 섬의 목자 김천손金天孫이가 쫓아와서 적선 칠십여 척이 이날 낮에 영등포永登浦 앞바다로부터 거제도와 고성의 경계인 견내량見乃梁에 옮아 왔다고 고하였습니다.

그래서 초팔일 이른아침에 견내량을 향해서 나가는데 문득 멀리 바라본즉 왜선 두 척이 포구 안으로서 나오다가 우리 수군이 들어오는 것을 보고는 곧 도로 안으로 들어가 버리려고 하였습니다. 곧 쫓아 가보니 그 안에 대선 삼십륙 척, 중선 이십사 척, 소선 십삼 척이 진을 치고 있습니다.

그러나 그곳 견내량은 지형이 협착하고 암초가 많아서 우리 판옥선 같이 큰 전선들은 서로 부딪쳐서 싸우기가 곤란할 뿐더러 적들은 형세가 궁해지면 곧 언덕으로 붙어서 육지로 올라가 버리는 까닭에 신은 적들을 한산도 바다 가운데로 끌어 내다가 모조리 잡아 없앨 계책을 세웠습니다.

그래 먼저 판옥선 오륙 척을 내어 선봉 왜선의 뒤를 급히 쫓아 짐짓 엄습하는 기세를 보였더니 각 선의 왜적들이 곧 돛을 달고 마주 나왔습니다. 우리 전선들이 즉시 뱃머리를 돌려서 짐짓 패해 물러가는 모양을 보이자 왜선들은 그대로 뒤를 쫓아왔습니다.

이리하여 적선들을 모조리 바다 한가운데로 끌어내자 신은 영을 전해서 모든 전선으로 하여금 학의 날개로 진을 벌리고 일시에 나가면서 각각 지자地字, 현자玄字, 승자勝字 등 총통銃筒을 놓게 하여 단박에 왜선 두어 척을 깨뜨렸더니 모든 배의 왜적들이 그만 기가 질려서 도망할 길을 찾느라 바쁜데 이와 반대로 우리 장병들 의기 충천해서 앞을 다투어 나아가며 도망하는 왜선을 향하여 화살을 박고 철환을 먹이니 그 형세가 바로 바람과 우뢰와 같았습니다.

한창 접전할 때 뒤떨어졌던 적선 열네 척이 저희 형세가 불리한 것을 보자 그대로 앞을 다투어 도망해 버렸고, 그 외에는 싸움에 참가한 적의 전선 오십구 척이 하나 남지 않고 다 깨어져 불에 탔으며 왜병들도 겨우 사백여 명이 간신히 목숨을 부지하여 한산도로 기어 올라갔을 뿐, 남은 무리는 모두 화살과 총탄에 맞아 죽고 또 물에 빠져 죽었습니다.

그날은 견내량에서 진을 치고 밤을 지낸 다음에 초구일 가덕을 바라고 나아가는데 문득 척후선이 돌아 들어와서 고하기를, 안골포安骨浦에 왜선 사십여 척이 들어와 있더라고 합니다. 그러나 이날은 바다에 역풍이 크게 일어나서 나가더라도 싸울 수가 없겠으므로 그대로 온천도溫川島에서 밤을 지냈습니다.

초십일 새벽에 다시 배를 띄워 나가는 도중에 본도 우수사더러 안골포 바깥 바다에 진을 치고 있다가 접전이 시작되는 때는 그곳에 복병을 남겨 두고 즉시 달려오라 이른 다음, 신은 학의 날개로 진을 벌려 앞서 나가고 경상 우수사는 신의 뒤를 따라서 안골포로 갔습니다.

이르러 보니 선창에 대선 이십일 척, 중선 십오 척, 소선 육 척이 머물고 있는데 그 중에 삼층 누각이 있는 대선 한 척과 이층 누각이 있는 배 두 척은 포구 바깥편에 떠 있고 나머지 배들은 포굿가에 느런히 대어 있었습니다.

신은 여러 차례 적들을 포구 밖으로 유인해 내려 하였습니다. 그러나 먼저 패의 오십구 척이 한산도 앞바다로 끌려 나갔다가 전몰당한 것을 아는 적들은 겁을 집어먹고 좀처럼 쫓아나오려 하지 않았습니다.

이에 신은 부득이 수하 장수들에게 영을 내려 번갈아 포구 안으로 드나들며 각종 총통과 긴 편전片箭을 빗발치듯 쏘게 하였는데 이때 본도 우수사가 장수를 뽑아서 복병을 맡겨 놓고 달려들어 함께 적을 공격해서 기세가 곱절이나 올랐습니다. 이리하여 한나절 싸움에 왜선 사십이 척을 모조리 쳐 깨뜨리고 왜병을 무수히 죽인 다음에 포구 밖으로 일 리쯤 나와서 밤을 지내고 이튿날 배를 내어 양산강梁山江과 김해, 감동 등 포구를 차례로 뒤져보았으나 왜적은 아무 데도 없었습니다.

이번에 신의 수하 장수들이 왜적의 머리를 벤 것이 구십 급인데 본래 신이 군령을 내릴 때 장병들이 공을 탐내서 적의 목을 자르기만 다투다가는 도리어 해를 입어 죽거나 상하는 일이 많을 것이라 이미 적을 죽였다면 목을 자르지 않더라도 잘 싸운 것으로 쳐서 공의 으뜸을 삼는다고 재삼 일러 두었던 까닭에 머리를 벤 것은 이처럼 많지 못합니다. 이와 반대로 경상도에서 공을 세운 장수들로 말씀하면 싸울 때에는 뒤로 돌며 형세만 관망하다가 남이 적선을 격파한 때에는 와 하고 덤벼들어 목을 자른 것입니다.

적에게서 노획한 물건들 중에서 대단치 않은 옷가지와 쌀과 피륙 같은 것들은 다 군사들에게 나누어 주어 그들의 마음을 위로하였고 군수품으로서 중요한 것만 뽑아서 목록을 작성합니다.

순천 부사 권준, 광양 현감 어영담, 방답 첨사 이순신, 흥양 현감 배

홍립, 사도 첨사 김완, 녹도 만호 정운, 신의 군관 윤사공, 이기남, 이언량 등이 이번 싸움에 있어서도 제 몸을 돌보지 않고 남보다 앞서 나감으로써 승리를 얻게 된 것은 극히 찬양할 만한 일입니다.

이번 싸움에 신의 수하 장수들 중에는 죽고 상한 자가 없고, 군사들 가운데서 순천 수군 김봉수金鳳壽 외에 열여덟 명이 적탄에 맞아 전사하였고 본영 격군 김국格軍 金國 외에 일백십오 명이 적탄에 맞았으나 중상에는 이르지 않았습니다. 이 사람들은 모두가 화살과 탄환을 무릅쓰고 죽기로써 나가 싸우다가 혹은 전사하고 혹은 부상한 것인만큼 전사한 사람의 시체는 각기 그 장수로 하여금 작은 배에 따로 실어서 제 고향으로 가져다가 장사를 지내주게 하고 처자들도 법 대로 구제해 주라 하였으며 상처를 입은 사람들에게는 다 약을 내주어 충분히 치료할 수 있게 각별히 일러 두었습니다.

그리고 또 이번 싸움에 적에게 사로잡혔던 우리 나라 백성들을 구해낸 것이 도합 일곱 명인데 이 사람들은 각기 그들을 구해낸 지방 관원들로 하여금 구호해서 살리다가 난리가 평정한 후에 각각 고향으로 돌려보내 주라고 일렀습니다.

여러 장수와 군사들이 제 몸을 돌보지 않고 처음부터 끝까지 힘써 싸워서 여러 번 승전을 하였는데 피난 나가 계신 곳이 원체 멀고 또 길도 막혀서 앞으로 조정의 명령이 있으시기를 기다려 군공의 등급을 정하려다가는 도저히 장병들의 마음을 감동시킬 수가 없습니다. 그래서 신이 우선 그 공을 참작하여 일, 이, 삼등을 정해서 따로 명단을 작성하였습니다.

삼가 이 사연을 고합니다.

"순신이 과연 잘 싸우는군."

하고 왕은 장계를 다 읽고 나자 신하들을 돌아보며 말하였다.

"이번에 한산도와 안골포에서 또 왜선 백여 척을 깨뜨렸다니… 앞서 깨뜨린 왜선은 얼마던고?"

도승지가 아뢴다.

"처음에 옥포 등지에서 깨뜨린 것이 사십여 척이옵고 다음에 당포, 당항포에서 깨뜨린 것이 칠십여 척인 줄로 아옵니다."

"가히 상승 장군常勝 將軍이라 하겠구먼. 육지에서는 관군들이 변변히 싸워 보지도 않고 적이 이르렀다는 소리만 들으면 문득 물러나서 나를 실망케 함이 컸는데 바다에서는 수군들이 이처럼 잘 싸워 연전연승하니 내 마음에 저으기 위로가 되는구려."

하고 왕은 특히 유성룡을 돌아보며

"내가 육전에는 신립이와 이일이를 믿었고 수전에는 원균이에게 바라는 바가 컸었는데 이 몇 사람이 다 왜적에게 패하고 오직 순신이 이처럼 싸우면 반드시 적을 깨뜨리니 이는 가히 하늘이 내게 주신 바라 하겠소."

하고 말하였다.

당초에 이순신을 왕에게 천거한 유성룡은 마음에 한편으로 감격하고 한편으로 황공하여

"이도 모두가 주상의 홍복이신가 합니다."

하고 아뢰었다.

"순신의 직품을 또 올려 주어야 할까 보오."

하고 왕은 대신들을 돌아보았다. 옥포 해전이 있은 뒤 왕은 이순신의 직품을 가선嘉善으로 올렸고, 당포, 당항포 해전이 있은 뒤 다시 자헌資憲으로 올렸던 것인데 이번에 또 올려 주자는 것이다.

유성룡은 자기 일처럼 마음에 기뻐하였으나 윤두수 이하로 서인의

무리는 그렇지 못하였다. 이순신의 혁혁한 군공을 인정하지 않는 것은 아니지만 이미 '자헌'까지 올랐으며 '대감' 소리를 들으니 일개 무관으로서 그만만 하여도 과분하지 않으냐 하는 것이다. 더구나 신립이나 원균이나 모두 서인인데 왕이 그들은 나삐 말하고 오직 유성룡이 천거한 이순신 하나만 당대에 둘도 없는 인물인 것처럼 말하는 것이 마음에들 좋지 않았다.

그러나 왕이 그처럼 이순신의 공을 높이 쳐 주고 있는 터에 지금 그의 뜻을 거슬리는 것은 삼가는 것이 좋으리라 생각해서 잠자코 있었는데 왕은 다시 입을 열어

"순신을 숭품崇品으로 올려 주라."

하고 분부하는 것이다.

그들은 그것만은 반대하였다. 아무리 이순신의 공훈이 크다 하더라도 일개 무관에게 어찌 일품을 허락할 수가 있겠는가? 원균의 직품을 그렇게 올려 준대도 오히려 외람된 일이라고 반대를 하겠는데 하물며 유성룡과 친한 이순신 따위겠느냐? 서인의 무리는 그가 벼슬이 숭품으로 돋혀서 돌이옥環玉 관자를 붙이고 다니는 꼴을 눈이 시여서 어떻게 보랴 하고 그것은 너무나 과분하다고 중언부언 말을 하여 왕도 마침내 이순신의 직품을 '정헌正憲'으로 올려 아직 정이품에 그치게 하고 이억기와 원균은 각각 '가선'으로 올려 주었다.

그러나 그러한 것이야 어떻든, 이 한산 해전에서 우리 수군이 거둔 대승리로 하여 우리는 완전히 재해권을 수중에 틀어 쥐게 되고 왜적은 부산에 있는 저의 근거지에서 다시는 한 걸음도 밖으로 나오지 못하게 되었다.

뒤에 유성룡은 한산 해전의 역사적 의의를 다음과 같이 명기하고

있다.

"…이보다 앞서 왜장 소서행장은 평양에 이르자 글을 보내서 말하기를, 일본 수군 십여만 명이 또 서해로부터 오니 대왕은 이제 장차 어디로 가시려오— 하였다. 본래 왜적은 수륙 합세해서 서쪽으로 내려오려 하였던 것이다. 그러나 이 한 번 싸움(곧 한산 해전)으로 적은 반신불수가 되고 말았다. 소서행장은 비록 평양을 강점하였으나 형세가 외로워서 감히 더 나오지 못하였다. 이리하여 국가는 전라도와 충청도를 확보하고 그로부터 황해도와 평안도 연해 일대에 이르기까지 군량을 조달하며 군사 명령 계통을 세워서 국가 중흥을 가져 왔다. 그리고 요동療東, 금주金州, 복주福州 등 명나라 바다는 천진天津 등지로 더불어 왜적의 침해를 받지 않게 되었고 이로 말미암아 명나라 군사는 육로로 조선을 원조하여 마침내 왜적을 물리치게 되었으니 이는 모두 이 싸움의 공적이다…."

흔들리는 적의 진영

옥포 해전 이래 왜적은 바다에서 우리 수군에게 연전연패하였다. 특히 한산 해전에서는 치명적인 타격을 입었다.

본래 적들은 평양을 강점한 뒤, 저의 수군이 전라도를 돌아 서해로 나오기를 기다려서 수륙 병진하여 우리 나라를 완전히 삼키고 나아가서는 명나라로 쳐들어 가려 했던 것인데 이제는 그 엉뚱한 계획을 아주 포기하지 않으면 안 되게 되었다.

수륙 병진이란 다 무엇이냐. 적의 수군은 서해로 돌아 나오기는 고사하고 전라도 바다도 범해 보지 못한 채 이제는 부산포 안에가 죽치고 엎드려서 숨도 크게 못 쉬게 된 것이다.

이와 함께 육지에 있어서도 이제는 적들이 우리를 만만하게 보지 못하게 되었다.

하기는 그렇다. 전쟁 초기에 있어서 우리가 한때 혼란 상태에 빠졌던 것은 사실이다. 원체 우리에게는 이렇다 할 방비가 없는 터에 갑자기 수량상으로 절대 우세한 적의 기습을 받아서 그만 짧은 기간에 많은 지역을 적에게 내어 주고 일시 북으로 후퇴하지 않으면 안 되었었다.

이리하여 왜적은 사월 십삼일 우리 나라 지경을 범한 뒤로 불과 이십 일 만에 서울을 강점하였고 두 달이 미처 못 되어 왜장 소서행장은 평양까지 밀고내려왔으며 가등청정은 함경도를 휩쓸어 회령에까지 이르렀던 것이다.

그리고 이 가증한 원수놈들은 이르는 곳에서마다 무고한 백성들을 함부로 죽이고 부녀들을 능욕하며 재물을 노략하였다. 놈들이 한 번 지나는 곳에 고을과 마을들은 잿더미로 화한다. 이 불구대천의 원수 놈들은 실로 온갖 만행을 다하였던 것이다.

그러나 놈들은 저희가 거둔 일시적 승리 속에서 언제까지나 이처럼 살인 방화 약탈을 마음대로 하며 야수와 같이 미쳐 날뛰고 있을 수는 없었다. 그것은 한때의 혼란 상태에서 문득 정신을 가다듬고 다시 일어선 우리 군대와 전체 인민들이 불구대천의 원수 왜적을 반대해서 저마다 손에 무기를 잡고 한 사람처럼 나섰기 때문이다. 도처에서 의병들은 떨쳐 일어났고 관군들은 영용하게 적들과 싸웠다.

황해도에서는 임진강의 방어가 무너진 뒤에 왜적들이 경내로 쏟아져 들어와서, 팔월 하순에는 만 명에 가까운 적이 해주海州, 강음江陰으로부터 모여들어 연안성延安城을 세 겹으로 에워싸고 밤낮으로 들이쳤으나 성내에 있던 사백 명의 군사와 수천 명의 주민들은 이에 굴하지 않고 전 부사 이정암의 지휘 아래 끝까지 버티고 싸워서 끝끝내 적을 쳐 물리쳤으며,

강원도에서는 적이 원주를 강점한 뒤에 지평, 양근, 양주, 광주廣州를 거쳐서 서울로 왕래하고 있었는데 강원도 조방장 원호元豪가 군사

를 거느리고 나서서 왜병들을 경기도 여주 구미포龜尾浦에서 맞아 싸워 크게 깨뜨리고 다시 이천 부사 변응성邊應星이 안개를 타서 군사를 배에 싣고 강을 내려와 여주 마탄馬灘에서 또 무수히 쏘아 죽이니 이로 말미암아 원주의 적들은 그 뒤로 서울을 왕래하려면 충청도 쪽으로 길을 돌아다니게 되어 마침내 이천, 여주, 양근, 지평 등 여러 고을에 왜적의 발자취가 그쳤으며,

전라도에서는 웅치熊峙와 이치利峙에서 연달아 적을 무찌른 광주 목사 권율이 진중에서 전라 감사를 제수받자 마침내 서울을 회복해 보려고 각 읍 수령과 의승장 처영義僧將 處英으로 더불어 군사 이만 명을 거느리고 경기 수원으로 올라와서 독성산禿城山에 둔친 다음, 서울에서 풍우같이 몰려 내려온 왜적들을 오산 등지에서 맞아 싸워 크게 쳐 깨뜨렸고,

경상도에서는 앞서 소산역말에서 단지 수백 명의 군사로 적의 대병을 맞아 싸우다가 패하여 작원관鵲院關으로 물러나고 작원관에서 다시 밀양으로 돌아와 남강에서 또 적을 막아 보려다가 못하고 드디어 수하에 남은 수십 기를 데리고 산중으로 들어갔던 밀양 부사 박진이 또 한번 군사를 수습하여 당시 적이 강점하고 있는 경주성慶州城을 가서 쳤는데 이때 우리는 비격 진천뢰飛擊 震天雷라는 새 무기를 썼으니 이것은 군기시軍器寺의 화포장 이장손李長孫이 발명해 낸 것으로 오늘의 시한 폭탄 같은 것이다. 우리가 연방 대완구大碗口로 쏘아서 성내에 떨어뜨린 이 포탄들을 처음에는 무엇인지 몰라서 우 모여들어 구경들을 하며 더러 이리저리 굴려도 보았는데 문득 굉연한 폭음과 함께 그것들이 터지면서 삽시간에 수십 백 명이 죽고 상하는 바람에 놈들은 그만 혼쭐이 나서 그날 밤으로 성을 버리고 모조리 서생포西生浦로 도망쳐 버리니 이로써 마침내 경주성이 해방되었고,

한편 경상도에서 곡창 전라도로 들어가는 관문 진주성에서는 판관 김시민判官 金時敏이 삼천칠백 명 군사를 거느리고 수만 명 성내 백성들을 보호하여 성을 지키고 있는 판에 시월 초엿샛날 왜장 세천충흥細川忠興이란 자가 부산, 동래, 김해 등지의 적 삼만 여 명을 영솔하고 쳐들어 와서 이것을 막아 싸우는데, 첫날은 적들이 성을 철통같이 에워 싸고 일시에 총을 쏘며 고함을 질러 그 소리가 천지를 뒤흔들건만 성에서는 도무지 모른채 내버려 두다가 이윽고 적의 기세가 수그러졌을 때 홀지에 아우성치며 일어나 어지러이 활을 쏘고 총통을 쏘아서 적을 무수히 죽였고, 둘쨋날은 아침부터 저녁까지 적들이 계속 조총과 긴 편전을 성내로 들이쏘며 우리의 사기를 저상시켜 보려고 "서울을 위시해서 팔도가 다 함락하였는데 너희가 무슨 수로 이 작은 성을 혼자 지켜 내겠단 말인가? 어서 빨리 항복하라." 하고 몇 번이나 을러대는 것이었으나 성에서는 대꾸조차 안 하였고 셋쨋날은 적들이 왕대를 여러 수천 개 베어다가 성 동북편에 높다랗게 다락을 매놓고 멍석으로 위를 가린 다음에 일제히 그 위로 올라가서 성안을 굽어보며 조총을 어지러이 쏘는데 우리 편에서 곧 대기전大岐箭에다 화약을 싸서 다락들을 쏘아 맞히니 다락에 불이 붙자 위에 올라가 있던 왜병들의 태반이 죽었고, 넷째날에는 적들이 부근의 민가를 헐어다가 성 밖 백 여 보에 일자로 막을 죽 지어 놓고 그 속에 들어 앉아 총들을 쏘는 것을 진천뢰와 질려포로 어지러이 쳐서 또 무수히 적을 죽였고, 닷새째 되는 날에는 첫닭 울 무렵에 적들이 일시에 막을 헐고 마소에다 짐 실려 가지고 함안 길로 물러갔는데 수하 장수가 곧 군사를 내어 뒤를 쫓자고 서두는 것을 김시민은

"아닐세. 이것은 적들이 짐짓 물러가는 체하고 우리 마음을 늦추어 놓은 다음에 슬며시 뒤로 돌아 불시에 성으로 쳐들어 오려는 계책

일세"
하고 즉시 성중에 영을 돌려 화살과 총탄, 포탄 외에 큰 돌들을 많이 성 위로 날라 올리게 하고 자루 긴 도끼長柄斧, 자루 긴 낫長柄鎌들과 마름쇠를 준비하며 또 성안 도처에 솥을 내다 걸고 물을 끓이게 하여 만반 준비를 다해 놓고 기다리느라니까 아니나다를까 그로서 얼마 지나지 않아 적들은 두 패로 나뉘어 만여 명 한 패는 동문 신성新城으로 쳐들어 오고, 또 만여 명 한 패는 구북문舊北門쪽으로 해서 일시에 성을 타고 넘으려 들었다. 이때 앞뒤 성에서 북 소리가 요란히 일어 나며 적의 머리 위에 진천뢰, 질려포가 꽝꽝 터지고 큰 돌덩이가 내리 굴르고 마름쇠가 우박처럼 쏟아졌다. 아녀자들까지도 모두 나서서 성을 타고 넘으려는 적을 겨누어 관솔불을 던지고 끓는 물을 퍼붓는 것이다. 적들은 마침내 여지없이 패해서 죽은 놈 시체에 불을 지르고 대오도 바로잡지 못한 채 함안 방면으로 어지러이 도망쳐 버렸다.

이처럼 관군들이 도처에서 영용하게 싸우고 있을 때 각지에서 일어난 의병 부대도 저마다 용맹을 떨쳐 원수들을 쳤다.

경상도에서는 우리가 이미 알고 있는 의령의 곽재우, 합천의 정인홍, 고령의 김민 등 부대 외에도 김개와 유종개柳宗介는 예안禮安에서 일어나고 장사진張士珍은 군위軍威에서 일어났으니 장사진이 의병을 거느리고 나서서 적을 들이쳐 왜병을 쏘아 죽인 것이 수가 없이 많아서 이로 말미암아 적들은 그를 장 장군이라 부르며 그 뒤로는 감히 군위 지경에 발을 들여놓지 못하였고, 권응수權應銖와 정대임鄭大任은 함께 영천에서 일어나 의병 천여 명을 모아 가지고 성에 들어 있는 왜적을 쳐서 칠백여 명을 죽이니 남은 무리는 뿔뿔이 흩어져 도망해 버린다. 한 번 싸움에 영천을 해방하였을뿐더러 소문을 듣자 신녕, 의흥, 의성, 안동 등지에 둔치고 있던 적들도 모두 도망쳐서 좌도의 여러 고을이 무사함을 얻었고 , 경주 지방에서는 김호金虎의 지휘 아래 일천 사백여 명의 의병들이 언양을 강점한 왜적을 척노곡斥奴谷에서 포위하여 수백 명을 소탕하였으며,

전라도에서는 고경명과 거의 때를 같이하여 나주에서 김천일이 일어나 천여 명 의병을 거느리고 북으로 올라가서 한때 전라 병사 최원崔遠 지휘하의 관군들과 함께 수원 독산성禿山城에 둔치고 서울의 적을 견재하다가 금령金嶺에 적들이 들어와 있는 것을 알고 이를 엄습하여 섬멸하고 인천을 거쳐 강화도로 들어가서 그곳을 근거지로 하고 의병 투쟁을 전개하니 그들의 힘으로 남북의 통로가 보장이 되었다. 왕은 그의 공을 가상히 여겨서 김천일 의병 부대에 '창의군倡義軍'의 호를 내렸고, 고경명과 유팽로가 장렬한 전사를 한 뒤에 남은 의병들을 수습해서 다시 일어선 것은 최경회崔慶會니 그는 광주에서 팔백여 명의 의병들을 영솔하고 나서서 적과 싸웠으며,

충청도에서는 조헌, 영규 이하 칠백 의사가 금산에서 옥쇄한 뒤, 그들의 장한 뜻을 이어 이산겸李山謙, 김홍민金弘敏, 박춘무朴春茂, 조덕공趙德恭, 조웅趙雄 같은 사람이 다 의병을 일으켰고, 경기도에서는 홍계남洪季男이 안성지방에서 의병을 거느리고 일어나서 대소 수십 차 싸움에 번번이 적을 쳐 무찌르매 적들은 홍계남을 두려워하기 범보다 더해서 그들 부대가 둔치고 있는 지경을 감히 넘겨다보지 못하게 되니 안성, 천안, 양성 등지에 적의 그림자를 볼 수 없게 되었고, 인천에서는 우성전禹性傳의 의병 부대가 나서서 적과 싸우고, 김포에서는 이조李趙, 수원에서는 최흘崔屹, 고양에서는 이로李魯, 이산휘 등이 모두 의병을 일으켜서 적을 보는 대로 들이쳤으며,

황해도에서는 봉산 사람 김만수가 그 아우 천수, 구수와 함께 의병을 일으켜 부거원富車原에 둔치고 있는 적을 쳐서 크게 깨뜨렸는데,

그의 아들 김광협金光鋏은 당년 십구 세의 장정으로 용맹이 놀라와서 이 싸움에서도 대열의 앞을 서서 적진에 달려들어 왜장을 한 칼에 베고 놈들의 진영을 뒤엎어놓았으며, 황주에서 일어난 김진수金進壽의 의병 부대는 읍에서 북으로 삼십 리, 구현驅峴을 근거로 하여 북으로는 중화, 남으로는 봉산 지경을 넘나들면서 활발한 유격전을 전개하였고, 연안 지방에서 일어난 오백여 명의 의병들은 장응기張應璂, 송덕윤宋德潤, 조광정趙光庭등의 지휘 아래 관군을 도와서 연안성을 온전히 지켜낸 뒤에도 계속 영용하게 적들과 싸웠으며,

평안도에서는 임중량이 중화에서 의병의 기치를 높이 들고일어나 직산直山에다 토성을 쌓고 범같이 웅거하여 적의 교통로와 양도糧道를 끊어 버리고 또한 몇 번이나 공격해 온 적들을 번번히 쳐 무찔렀으며, 조호익曺好益은 강동에서 일어나 오백여 명의 의병을 거느리고 중화와 상원祥原 사이를 왕래하면서 적들이 마을로 노략질을 하러 나오는 것을 보는 족족 모조리 잡아 죽이니 그 성세가 크게 떨쳐서 왜적들은 조호익과 임중량의 이름만 들어도 모두 떨었으며, 차은진車殷軫, 차은뢰車殷賂 형제는 함께 중화에서 의병을 일으켜 형이 거느리는 부대는 운추봉 기슭에다 목책을 두르고 둔쳐 있고 아우가 거느리는 부대는 진우산鎭遇山 위에다 토성을 쌓고 웅거하여 서로 호응해서 적들과 싸웠고, 평양에서 장이덕張以德은 화원촌花園村에서 의병을 일으켰고, 고충경高忠卿은 광석동廣石洞에서 의병 부대를 조직하여 도처에서 적들을 무찔렀으며,

또 한편 함경도에서는 왜장 가등청정이가 철령鐵嶺을 넘어서 안변, 덕원, 함흥, 북청, 이성, 단천端川, 길주吉州를 차례로 휩쓸며 군사를 몰아 북으로북으로 올라와서 육진을 수중에 거두었을 때, 북평사 정문부鄭文孚가 경성鏡城에서 의병의 기치를 높이 들고 일어났었다.

적이 이렇듯 광대한 지역을 그처럼 짧은 시일에 강점할 수 있었던 것은 원체 적의 질풍 같은 진격에 비하여 각 고을의 방비가 너무나 허술하기도 하였거니와 또 국경인鞠景仁과 같은 반역자의 무리들이 조국의 이 어려운 시기에 반란을 일으켜서 가증한 원수놈들에게 호응해 나섰기 때문이다.

곧 회령會寧 아전 국경인은 적들이 함경남도를 휩쓸고 북도로 넘어 들어 올 때 저의 동아리들을 거느리고 반란을 일으켜서 때마침 왜적에게 쫓겨 그곳까지 도망해 온 임해군臨海君, 순화군順和君 두 왕자와 그들을 호종하는 김귀영金貴榮, 황정욱黃廷彧 등 수십 명의 신하들을 사로잡아 왜장 청정에게다 바쳤고, 경성의 관노 국세필鞠世弼과 명천의 사노 정말수鄭末守 같은 자들도 다 반기를 들고 일어나서 이로 말미암아 가등청정이는 별로 칼에 피도 묻히지 않고 육진을 다 수중에 넣어 버린 것이다.

그는 이 반역자들에게 저의 나라 벼슬을 주되, 국경인으로는 '판형判刑'을 삼고, 국세필로는 '체백體白'에다 함경북도 '병사兵事'를 겸하게 하며 정말수로는 대장을 삼아서 각각 북관을 나누어 다스리게 하였다.

그리고 그는 저희가 강점한 전 지역에 영을 전해서 강제로 백성들에게 공물을 바치게 할뿐더러 '패'를 나누어 주어서 차게 하고 그 대가로 매 호戶에서 백미 한 말씩을 받아들이되 패를 차지 않은 사람을 보기만 하면 그 자리에서 죽여 버리게 하였었다.

경성에서 국세필이가 반란을 일으켰을 때 정문부는 창졸간에 혼자서 어찌할 도리가 없어 우선 몸을 빼쳐 성에서 나가자 산중으로 들어갔다.

그와 전후해서 그곳으로 몸을 피해온 사람이 수십 명이다. 정문부는 동지들을 규합해서 반역자들을 처단하고 성을 회복한 다음에 나아가 왜적을 소탕할 것을 생각하고 자기 뜻을 그들에게 이야기하였다. 그의 말에 크게 감동하여 모두들 나라에 목숨을 바쳐 원수들과 싸우겠노라고 자원해 나선다.

마침내 정문부는 의병의 기치를 높이 세우고 용사들을 초모하였다. 소문을 듣고 지방 군사들과 관속들이 모여들어 어느덧 그 수가 사오백 명에 달하였다.

대장으로 초대된 그는 먼저 사람을 성내로 들여보내서 내응하게 하고 하루 아침 불시에 경성을 들이쳐서 이를 해방하였다. 그리고 그는 반역자 국세필과 그의 일당 십삼 명을 처단하고 다음과 같이 군중에 선포하였다.

“최초에 반란을 일으킨 자는 이들뿐이다. 남은 무리들은 한때 이들을 붙좇았다 하더라도 다시 죄를 묻지 않을 것이니 다 함께 나서서 왜적과 싸우자.”

성중에 환성은 높이 울리고 사기는 크게 올랐다.

정문부는 다시 각지에 격문을 띄워서 이 땅의 백성들은 모두 일어나 불구대천의 원수 왜적을 물리칠 것을 호소하였다.

그의 격문이 한번 돌자 이에 호응하여 회령 백성들은 떨쳐일어나서 반역자 국경인 일파를 처단하였고 명천에서는 정말수를 잡아죽였으며 경원, 경흥, 온성, 종성, 이성, 북청 등지의 인민들이 모두 손에 무기를 잡고 일어섰다.

정문부는 다시 군사를 나누어 영동과 길주에 있는 적들을 쳐서 심대한 타격을 주고 또 쌍개포雙介浦 싸움에서 적을 무수히 살상하였다.

그 뒤로 관북 의병장 정문부의 성명 삼자는 왜병들을 전율하게 하였다. 수많은 왜장들 가운데서도 강포하기로 첫손 꼽는 가등청정이조차 그를 마음에 심히 꺼려서 각지에 둔치고 있는 수하 장수들에게 영을 전하여 각각 진지를 굳게 지키며 함부로 동하지 말라고 타일렀으나 이미 기울어진 대세를 만회할 길은 없었다.

이처럼 정문부 부대를 위시하여 북도 각지에서 일어난 의병 부대들의 눈부신 활동은 마침내 남도 백성들을 크게 격동시켰다. 그들도 다 떨쳐 일어났다. 덕원, 문천. 고원, 영흥, 정평, 홍원, 단천, 함흥 등 지역에서 의병 운동은 활발히 전개되어 도처에서 적들을 들이쳐 계속 빛나는 전과를 올렸던 것이다….

그러나 이는 의병 부대들 중에도 특히 두드러진 것만 골라서 이야기한 데 지나지 않는다. 당시 팔도 삼백육십 주州에 의병이 아니 일어난 곳이 없다 하여도 과언이 아니니 이를 다 어떻게 열거하랴? 혹 백여 명씩 혹 수십 명씩 소부대를 편성해 가지고 혹은 다리와 길을 끊고 혹은 적의 군기고, 군량고에 불을 지르며 혹은 기습, 야습을 감행해서 적의 진영을 교란시킨 따위에 이르러서는 실로 그 수효를 셀 수 없을 형편이다.

이리하여 적들의 진영이 마침내 통으로 흔들리게 되었을 때 소서행장의 무리가 강점하고 있는 평양성 바로 한복판에서 적의 간담을 서늘하게 하여 주는 사건 하나가 돌발하였다.

의기 계월향

그날 밤에도 왜장 소서행장은 연광정에서 수하 장수들과 술을 마셨다. 그리고 밤이 이슥해서야 자리를 파하고 대동관으로 돌아왔다.

그는 잠깐 방안을 이리저리 거닐다가 와상 앞으로 가서 옷도 벗지 않은 채 그 위에 번듯이 누웠다. 그리고 잠을 청하려는 듯이 눈을 감았다. 그러나 얼마 안 있다 그는 눈을 번쩍 뜨자 도로 자리에서 일어나 다시 방안을 거닐기 시작하였다.

그는 자꾸 조바심이 나서 견딜 수 없는 것이다. 그러나 그것은 오늘이 처음이 아니다. 요사이는 늘 이렇다.

평양을 강점한 뒤로 그는 이날까지 연일 술 타령만 불러왔다. 처음 한동안 술 자리는 그에게 매우 즐거운 것이었다. 술이 얼근하게 취해 가지고

"뭐 가등이가 함경도서 조선 왕자를 사로잡았다고?… 흥, 이제 두고 보라지. 수군만 서해로 돌아 나오면 나는 곧 의주로 가서 조선 왕의 항복을 받고 다시 수륙 병진해서 명나라까지 들어갈테니…."

이러한 기염을 토하곤 하는 것이 미상불 그에게는 큰 낙이기도 하였었다.

그러나 한산 해전에서 저희 수군이 참패한 소식을 들은 뒤로 그는 술을 마셔도 조금도 즐겁지 않았다. 즐겁기는세레 울화만 치밀었다. 저의 울분한 심사를 스스로 주체하지 못하고 술만 들어가면 아무에게나 탕탕 부딪는다. 언젠가는 아주 대수롭지 않은 일에 화를 발끈 내서 제 손으로 군사의 목을 친 일까지 한 번 있었다.

그래 오는 중에 한산 패보에 뒤이어 부산 해전에서의 패보가 또 들어왔다. 지난 구월 초하룻날 부산포에 있는 일본 수군의 근거지로 조선 수군이 대거해 들어와서 한나절 격전 끝에 일본 수군이 또 참혹하게 패해서 격파당한 전선이 백여 척이요 군사가 죽은 것은 이루 수를 셀 수가 없다는 것이다.

행장은 너무나 기가 막히고 어처구니가 없어서 말도 안 나왔다. 수군이 뒤를 받쳐 줄 것을 믿고 이처럼 평양까지 들어온 것인데 비록 한산 해전에서 참패를 하였다고는 하나 그래도 아직 수군에 대하여 그는 일루의 희망을 걸고 있었던 노릇이 이제 이르러는 아주 절망이다.

"나는 이제 어떻게 하란 말이냐?…"

그러지 않아도 의병들이 도처에 일어나서 연락로와 수송로가 끊임없이 위협을 받고, 지난 팔월에는 관군들도 다시 대오를 정비해 가지고 와서 성을 들이치는 바람에 심대한 손실을 보았을뿐더러, 한갓 풍설인지는 몰라도 명나라 구원병이 수히 나오리라는 말까지 들려오는 요즈음 정세다.

행장은 아주 딴 사람이나 된 것처럼 침울해졌다. 이제는 여간해서 전처럼 아무에게나 대고 화풀이를 하는 일도 없었다. 여전히 매일같이 술자리를 벌리기는 하나 별로 남하고 말도 하는 일 없이 혼자 미간을 잔뜩 찌푸리고 앉아서 연거퍼 술잔만 기울이는 것이다.

그 독한 조선 소주를 몇십 배씩 폭배를 하여도 그는 쉽사리 취하지도 않았다. 그가 더욱 침울해져 가지고 혼자 조바심을 하는 꼴이 좌중의 모든 사람의 마음을 어둡고 불안하게 하여 준다. 행장은 제 자신 그것을 알면서도 스스로 어찌할 길이 없었다….

그는 다시 와상에 가서 누웠다. 그러나 역시 잠은 안 온다. 그는 안 오는 잠을 굳이 청하려고도 안 했다. 멀거니 천장을 쳐다보고 있느라니까 불현듯이 소서비小西飛의 얼굴이 눈앞에 떠오른다. 소서비는 그 부리부리 큰 눈에 노기조차 띠고 구레나룻으로 시꺼멓게 덮인 양 볼에 잔뜩 밤을 물고 있었다. 그것은 바로 오늘 밤 술자리를 파할 무렵에 그가 본 소서비다.

자기가 너무 침울해 하고 따라서 좌중의 공기가 너무 무거운 것을 어떻게 깨뜨려 볼까 하여 종군승 현소從軍僧 玄蘇가

"오래간만에 계월향桂月香이의 소리라도 한마디 들어보는 것이 어떨까요?"

하고 말을 내었었다.

"좋은 말씀이요."

하고 유천조신柳川調信이가 선뜻 찬동하고 뒤를 이어 놀기 좋아하는 종의지가

"월향이를 부르려면 저 사람의 허락을 받아야 할걸?"

하고 웃으면서 소서비를 돌아보고

"불러도 좋겠나?"

하고 농조로 묻는데 소서비가 선선히

"네, 좋습니다."

하고 대답한 것이 실상 조금도 이상할 것이 없는 일이건만 자기는 불쑥 화를 내고

"무에 좋단 말인가?"

하고 한마디 쏘아붙였던 것이다.

이런 것은 근래에 없는 일이었다. 그러니만치 모든 사람들이 다 어리둥절해서 자기 편을 보았다. 대체 무엇때문에 자기가 그처럼 화를 낸지를 그들은 몰랐을 것이다. 더구나 소서비는 자기가 그 많은 수하 장수들 가운데서도 가장 사랑하는 부하가 아닌가?

소서비도 어인 영문을 몰라서 그 큰 눈을 더 크게 뜨고 빤히 자기를 건너다보는 것을

"대체 그 계집이 자네의 뭐란 말인가?"

하고 또 한마디 쏘았다. 그 말에 소서비는 볼이 잔뜩 부어 가지고 자기를 노려보던 것이 아닌가?…

그렇게 되니 계월향이 부르자던 것도 자연 파의가 되고 조금 있다 모두들 흩어지고 말았는데 지금 생각해 보니 모르는 사람들은 혹시 자기가 그 계집으로 해서 소서비에게 강짜라도 한 것처럼 알는지 모를 일이었다.

"그러나 정말이지 그게 무슨 꼴이란 말인가? 소서비는 수많은 장수들 가운데서도 가장 용맹이 놀라웁고 무예가 뛰어난 자다. 조선 땅에 들어온 뒤로 이곳 평양까지 내려오는 사이에 허다하게 공을 세웠다. 그런데 지금은 어떤가? 다섯 달째 성안에 들어박혀서 옴쭉달싹을 못하는 처지에 계집에게, 그것도 적의 계집에게 빠져서 헤어나지 못하는 형편이 아닌가?…"

계월향이는 소서비가 성 밖으로 노략질 나갔다가 촌가에서 붙잡아 온 기생이다. 평양에서도 손 꼽는 명기란다. 그는 단지 자색이 남에

뛰어났을 뿐이 아니라 정녕 첫눈에 남자의 마음을 매혹하는 무엇이 있었다.

그러나—아니 그렇기 때문에 도리어 자기는 소서비가 그를 그대로 진중에다 머물러 두려 하였을 때 이를 반대하였던 것이다.

적지에 깊이 들어와 있는 장수가 적의 계집에게 혹했다가는 반드시 일을 그르치고 만다. 더구나 계월향이를 처음 만나보았을 때 흘끗 자기의 얼굴을 스치고 지나간 그의 눈 속에, 자기에게 대한, 왜장에게 대한 그지없는 분노와 적의를 자기는 분명히 감촉하였던 것이다.

"살려 두었다가는 반드시 후환이 있을 게다…."

그런 것을 느끼고 자기는 소서비에게 그를 일찌거니 없애버리라고 일렀었다. 그러나 그는 끝끝내 듣지 않고 오늘에 이른 것이다.

계월향이는 연광정 술자리에도 몇 차례 나왔었다. 그리고 술을 치라면 술을 쳤고 소리를 하라면 소리를 하였다. 그는 춤도 잘 추고 가야금에도 능수였다. 과연 명기라고 자기의 수하 장수들은 누구나 계월향이를 칭찬하였고 소서비의 염복을 부러워하였다.

그러나 명기는 명기로되 도무지 웃을 줄을 모르는 명기였다. 이제까지 그가 입 한번 벙긋하는 것을 본 사람이 없다. 그는 남자 앞에서 교태를 부릴 줄을 모르는 여인인 상싶었다.

"그 계집이 혹 자네한테 무어 청하는 일이 있던가?"

하고 자기는 언젠가 소서비에게 그런 것을 물어본 적이 있었다."

소서비는 잠깐 기억을 더듬어 보다가

"그러고 보니 참말 이제까지 그 애가 제게 무엇을 청한 일이라고는 한 번도 없구먼요."

하고 말하는 것이다.

"그 계집이 무엇을 생각하고 있는지 누가 아나? 경계해야 하네."

하고 자기는 그를 타일렀으나 소서비는 그냥 싱긋 웃었을 뿐이었지….

이렇듯 지난 일들을 생각하는 중에 스르르 잠이 와서 그는 아주 옷을 벗고 누우려고 자리에서 다시 일어났는데 이때 멀리서 날카로운 호각 소리가 연달아 들려왔다.

"무슨 일이 난 것일까?"

하고 귀를 기울이는데 뜻밖의 기별이 들어왔다. 소서비가 거처하는 청화관淸華館에 자객이 들어와서 소서비와 계월향이를 죽이고 문을 지키던 파수병에게 중상을 입힌 다음에 도망을 했다는 것이다.

"무엇이?"

하고 행장은 소리를 버럭 질렀다.

"파수 보는 놈이 하나가 아닐 텐데 다른 놈들은 다 무얼하고 있었단 말이냐?"

소서비의 군관은 연방 허리를 굽신거리며

"그건 자세히 모르겠습니다. 자객이 저 할일 다하고서 담을 넘어 도망할 때에야 비로소 알고 뒤를 쫓아간 모양입니다."

"예끼 이 등신들…"

하고 행장은 화가 천동같이 나서 곧 말에 안장을 지우라고 분부하였다. 이때 또 멀리서 날카로운 호각 소리가 연달아 들려왔다. 그는 칼 차고 황황히 방에서 나갔다.

소서비가 저의 침실 한복판에 모가지 없는 시체가 되어 한 손에 장검을 뻗쳐 든 채 네 활개를 펴고 나가 자빠져 있는 꼴은 보기에도 끔찍하였다. 추측에, 그는 술이 취해 자다가 사람 기척에 놀라서 벌떡 뛰어 일어나며 머리맡에 놓아 둔 칼을 뽑아들었으나 미처 어울어 볼 사이도 없이 자객의 칼에 쓰러진 모양이었다.

계월향의 시체는 방문 밖 복도에 있었는데 소서비가 가지고 있는 또한 자루 칼을 써서 제 손으로 제 목숨을 찔러 죽은 것이 분명하였다.

자객은 끝내 못 잡고 놓쳤다. 자객의 뒤를 쫓던 군사들과 순라꾼들의 말을 종합해 보면 자객은 모란봉 아래까지 가서는 산길로 들어서지 않고 옆으로 빠져 만수대 쪽 성벽을 타고 마침내 성내에서 빠져나간 모양이었다. 모란봉 아래까지는 정녕 쫓아갔는데 원체 어두운 밤이라 그곳에서 종적을 잃고 사면 찾는 중에 만수대 쪽에서 왜병의 외마디 소리가 들려와서 부리나케들 쫓아가 보니 순라꾼 하나가 칼에 맞아 땅에가 쓰러져 있고 자객의 모양은 아무데서도 찾을 수 없었다는 것이다.

다시 소서비가 평시에 좌우에 두고 부리던 군사들과 보통문을 지키고 있던 군사들을 불러서 물어본 결과 다음과 같은 사실이 판명되였다.

즉 사건이 일어나기 닷새 전에 계월향이가 소서비를 보고, 제 붙이라고는 단지 오라비가 하나 있을 뿐인데 이번 난리통에 각산한 채 피차 생사를 모르고 지내오는 터이니 제발 덕분에 찾게 하여 달라고 오복전 조르듯 졸랐다는 것이다.

이런 일은 이제까지 도무지 없던 일이라 소서비도 마침내 찾을 수 있거든 찾아보라고 허락을 하였더니, 계월향이는 그길로 보통문 다락위로 올라가서 연 사흘을 아침부터 저녁까지 지키고 서서 멀리서 사람의 그림자만 얼씬하여도 부디 제 오라비를 찾아달라고 소리를 치군하였는데 마침내 사흘 만인 어제 저녁 때 소문을 듣고 오라비가 찾아와서 계월향이는 소서비의 허락을 받고 그를 성내로 데리고 들어왔다 한다.

"바로 그놈이다. 그놈이 소서비를 죽이고 머리를 베어 간 놈이다."

하고 소서행장은 발을 동동 굴렀다.

그러나 그는 종내 소서비의 머리를 벤 사람이 용강 태생의 장사 김응서임은 몰랐다.

날이 채 밝기 전에 이 소문은 성안에 쫙 퍼졌다. 적들은 전율하였다. 군졸들은 말할 것 없고 장수들까지도 등골에 식은 땀들을 흘렸다.

소서행장의 마음은 더욱 침울해지고 전군의 사기는 더욱 저상하였다.

뒤에 누가 김응서를 보고, 단신으로 적진에 뛰어들어 가서 적장의 머리를 베어 가지고 온 공로를 치하할라치면 그는 으레 다음과 같이 말하는 것이었다.

"그것은 내 공이 아니라 다 계월향이의 공이요. 그가 미리 꾀를 정해 놓고 은밀히 내게 내통을 안 해 주었다면 내가 제 오라비라고 하고 보통문 앞까지 갈 생각이 어떻게 났겠소? 소서비의 머리를 벤 다음에 나는 계월향이더러 같이 빠져 나가자고 권하였으나 이때 벌써 밖이 술렁거렸고 그도 하는 말이 같이 나가려다가는 둘이 다 위태로우니 어서 혼자 가라고 저는 이미 원수에게 몸을 더럽혔으니 이제 죽는다고 무슨 한이 있으랴는 것이요. 그리고 내가 미처 어쩔 사이도 없이 자결해 죽었소. 소서비를 죽인 것은 내가 아니라 계월향이요."

평양 해방전

임진년 십이월에 마침내 명나라 응원 부대가 우리 나라로 들어왔다. 곧 제독 이여송李如松이 대장이 되고 사대수査大受가 부총병이 되어 삼영장三營將 이여백李如栢, 양원楊元, 장세작張世爵 등과 남장南將 낙상지駱尙志, 오유충吳惟忠, 왕필적王必迪 등을 거느리고 대병을 일으키어 삭풍이 휘몰아치는 요동遼東 칠백리 벌을 지나 얼음장 둥둥 떠내리는 압록강을 건너서 우리 나라 지경으로 들어오니 병력은 사만삼천여 명이다.

그들은 의주에서 수일을 묵으며 피로를 푼 다음에 다시 대오를 정비하여 평양을 바라고 내려와 안주安州에 이르러 남문 밖에 둔쳤다. 평양은 여기서 상거가 이백 리다.

처음에 요동으로부터 명나라 군사가 멀지 않아 우리 나라로 들어오리라는 기별을 받자 왕의 명령으로 군량을 조달하기 위하여 나가서 창성昌城, 삭주朔州, 구성龜城 등지를 돌고 있던 유성룡이 다시 왕명에 의하여 이여송을 만나 보러 급히 그 뒤를 좇아서 안주로 달려온 것은 그 이튿날 일이다.

성 아래 이르러 보니 남문 밖 오리에 일자로 연이어 명나라 군대의 영채들이 정연하게 벌여 있는데 빽빽이 늘어선 기치 창검은 위세가 바로 장하였고 출입 왕래하는 군사들의 행동거지는 심히 정숙하였다. 유성룡은 마음에 못내 든든하게 생각하며 이여송을 만나러 성내로 들어갔다.

이여송이 곧 동헌으로 청해 들여서 유성룡이 들어가 보니 외모가 준수하고 위풍이 당당한 장부다. 인사 수작이 끝난 다음에 차를 마시며 서로 이야기를 하는데 이여송이

"평양의 지리를 좀 자세히 알고 싶소."

하고 말하여

"여기 도본은 가져 왔소이다."

하고 유성룡은 소매 속에서 평양 지도를 꺼내 탁자 위에 펼쳐 놓고 한동안 그곳 지형을 상세히 이야기하였다.

이여송은 지도를 들여다보며 유성룡이 일러주는 말을 열심히 듣다가 주필朱筆을 집어들어 몇 군데 표를 하여 놓고

"그만 하면 잘 알았소이다. 지금 평양 성내의 왜적이 독 안에 든 쥐와 다를 게 없소. 제놈들이 믿고 있는 것은 다만 조총뿐이지만 우리에게는 대포가 있어서 한 번 쏘면 개개 오륙 리 밖에가 떨어지니 대체 제놈들이 무슨 수로 이것을 당하겠소?"

하고 껄껄 웃었다.

유성룡은 다시 한동안 그에게 왜적의 최근 정세에 대해서 이야기하다가 날이 저물 녘에 하직하고 임시 사처로 작정한 백상루百祥樓로 물러 나왔다.

그는 지금 평양성을 십리 안팎에서 둘러싸고 있는 우리 관군의 사

기가 극히 왕성하고 중화, 강동, 상원 등지의 의병 기세가 한창 장한 터에 이제 다시 명나라 군사의 힘을 빌게 되었으니 평양의 왜적을 쳐 깨뜨리고 말 것은 틀림없는 일이라 생각하였다. 그는 곧 붓을 들어서 왕에게 장계를 올렸다. 우선 왕의 마음을 위로해 주자는 것이다. 그리고 다음에 사람을 황해도로 보내서, 방어사 이시언李時言과 김경로金敬老에게 군사를 정비하고 있다가 적의 돌아갈 길을 끊고서 치라 일렀다.

해가 바뀌니 계사년1593년이다. 김억추가 거느리는 수군으로는 대동강 하류에 진을 치고 평양성의 적을 견제하게 하며, 조호익, 차은진, 고충경 등이 지휘하는 의병 부대로는 대동강 이남 일대에 각각 진을 쳐서 남쪽으로부터 평양을 구원하러 오는 적의 길을 끊게 하고, 서산대사 수하의 천여 명 승병과 의병들로는 명나라 장수 왕필적의 부대와 함께 적의 모란봉 요새를 공격하게 한 다음에 순변사 이일 지휘 아래 우리 관군은 마침내 명나라 군사와 합세해서 정월 초여드렛날 새벽에 평양성을 바라고 일시에 나아갔다. 실로 오만여 명의 대병이다. 오색 깃발은 바람에 어지러이 휘날리고 창검은 햇빛에 빛나며 북 소리 나발 소리는 천지를 진동한다. 장병들의 의기는 하늘을 찔렀다.

이때 성중에 있는 왜병이 도합 일만오천여 명이었다. 왜장 소서행장은 죽기로써 우리의 공격을 막아 보려고 평양성 방어의 전초 기지라고 할 모란봉 요새에 정병 천여 명을 배치하되 특히 맹장 종의지를 보내서 이를 지휘하게 하고 자기는 몸소 유천조신의 무리와 함께 군사들을 나누어 각 성문을 지키기로 하였다.

평양성은 주위가 이만 사천오백여 척에 높이가 십삼 척이다. 왜병들은 성 위에다 빽 돌려서 홍기 백기를 세워 놓고, 또 성벽을 기어 오르지 못하게 하느라 성첩에는 무수한 창과 칼을 꽂아 놓되 끝을 일매지게 아래로 뻗치게 하고 저마다 병장기를 들고서 두겹 세겹으로 늘어섰다. 바로 그 형세가 어마어마하다.

우리는 평양성의 남문, 서문, 북문, 세 문을 철통같이 에워쌌다. 그리고 어지러이 나는 북 소리와 함께 마침내 평양성의 해방전은 시작되었다.

이여송이 자랑하던 대포가 예서제서 꽝 꽝 터지고 화전들이 씽씽 난다. 포성은 천지를 진동하여 수십 리 어간의 산악이 다 울리고 무수한 화전들은 하늘을 뒤덮고 성중으로 날아들어 처처에 불길이 일어나고 초목들이 다 탄다.

명나라 좌협 대장 양원의 부대는 평양성의 서문 보통문을 치고, 우협 대장 장세작은 북문 칠성문을 친다.

이여송이 호위병 백여 기를 거느리고 친히 이곳에 나와 싸움을 지휘하였다. 포격은 더욱 맹렬해졌다. 연달아 울리는 대포 소리에 대지가 통으로 흔들리고 연기와 화염이 하늘을 덮어 몽롱하다.

"성 밑으로 뛰어들어라—"

"성 위로 올려 밀어라—"

호령이 연달아 떨어졌다. 함성이 천지를 뒤흔든다.

성 위의 왜적들이 더욱 세차게 총탄을 퍼부으며 큰 돌들을 내리굴려서 막는다.

형세가 하도 험한 통에 군사들이 주춤 뒤로 물러섰다. 이것을 보자 이여송은 말을 돌아 앞으로 나오며 장검을 번쩍 머리 위에 추켜 들고 호령하였다.

"위로 올려 넘어라— 먼저 오르는 자에게는 중상重賞을 내린다—."

이에 고무되어 군사들이 머리 위에 우박처럼 쏟아지는 총탄을 무릅쓰고 앞을 다투어 성벽을 기어오른다.

우리 편의 관군들은 남문 함구문含球門에서 싸웠다. 순변사 이일, 좌방어사 정의현鄭義賢, 우방어사 김웅서가 이들을 지휘한다.

우리와 힘을 합해서 이곳을 치는 명나라 군사는 중협 대장 이여백, 남장 낙상지, 오유충 등이 거느리는 부대들이다.

적들도 이곳 방어에 가장 주력을 들여서 완강하게 버티는 데다 우리는 또 모란봉에서 세차게 내리부는 북풍을 그대로 안고 싸우느라 매우 불리하였다. 그러나 두 나라 장병들은 누구 하나 뒤로 물러나지 않고 잘 싸웠다.

"일제히 성을 타고 넘자— 다들 내 뒤를 따르라—"

명나라 장수들 가운데서도 무예가 출중하고 용력이 절륜해서 '낙천근駱千斤'이란 별명까지 있는 낙상지가 수하 군사들에게 영을 내리자 곧 벽력같이 호통치며 장창을 꼬나잡고 성 밑으로 달려들어갔다. 수하 군사들이 아우성치며 그 뒤를 따랐다.

"남에게 뒤질라."

오유충이 또한 수하 군사들에게 한마디 소리치자 창을 뻗쳐 들고 앞으로 내달았다. 수하 군사들이 함성을 울리며 뒤를 따른다.

"나가자."

우방어사 김웅서도 호통치고 장검을 휘두르며 쏜살같이 성 밑으로 달려들었다. 우리 군사들이 일제히 고함치며 앞을 다투어 성 아래로 몰려들어간다.

성 위에서 왜병들은 죽기 한하고 막아 싸웠다. 큰 돌덩이가 연달아 내리구르고 잔돌들이 무더기로 쏟아졌다.

그러나 우리 편은 죽음을 무릅쓰고 성벽을 기어 오른다.

예서제서 돌에 맞고 총에 맞아 아래로 굴러떨어진다. 그러나 한 명도 물러나는 자가 없었다. 앞선 군사들이 떨어져도 뒤선 군사들은 그대로 부적부적 위로 기어올라 가는 것이다.

성 위에서 왜적들이 턱 밑에까지 올라온 우리 군사들을 향해서 어지러이 칼과 창을 내두른다. 그러나 우리 군사들은 번개같이 칼을 둘러 이것들을 막으며 한 치도 뒤로 물러나지 않는다.

함구문 좌편 성첩 위에 겹겹이 둘러서서 한사코 막아내는 적병들을 연달아 사오 명 창으로 찔러 죽여서 다른 적들이 주춤 뒤로 물러설 때 낙상지는 몸을 한 번 솟구쳐 성첩 위로 뛰어오르며 곧 벽력같이 호통치고 성 위로 뛰어내렸다.

그와 거의 때를 같이하여 김응서도 성문 우편 성첩을 번개같이 뛰어넘었다. 이때 좌우에서 왜병들이 일시에 그를 겨누어 창을 내질렀다.

김응서는 번개같이 몸을 틀어 왼편에서 들어오는 창 끝을 피하며 그와 동시에 바른손에 든 장검으로 바른편에서 들어오는 창대를 내리쳐서 두 동강에 내고 다시 한 번 칼을 돌려 지금 막 창을 헛질르고 미처 몸을 가누지 못한 채 있는 왼편 적의 정수리에다 한 칼을 먹였다.

뒤를 이어 예서제서 군사들이 앞을 다투어 성을 넘었다. 도처에서 치열한 단병접전이 벌어졌다. 마침내 육중한 함구문이 안으로부터 활짝 열리고 밖에서 우리 관군과 명나라 군사들이 서로 앞을 다투어 노도와 같이 밀려들어왔다.

이때 모란봉 을밀대 근방에서 환성이 일시에 올랐다. 적이 금성철벽처럼 믿던 요새가 마침내 우리 의병들과 명나라 군사들 손에 무너지고 만 것이다.

이와 전후해서 칠성문과 보통문도 차례로 다 깨어졌다. 함성이 성중을 뒤흔든다.

왜적들은 마침내 성내에 파 놓은 참호와 토굴 속으로 뛰어들어갔다. 그리고 그 속에 숨어서 벌집처럼 뚫려 있는 총구멍으로 어지러이 총들을 쏘았다. 도망할 길이 없이 된 쥐새끼가 도리어 고양이를 무는 격이다.

형세는 험하였다. 단번에 덮쳐 들려다가 우리 나라 관군과 명나라 군사의 죽고 상한 사람이 적지 않았다. 이때 해도 많이 기울었다.

제독 이여송은 마침내 전군에 영을 내려 군사를 거두게 하였다. 그리고 각 부대가 차서를 따라 서서히 성 밖으로 물러가게 하였다. 궁지에 빠진 적들이 최후 발악을 하고 있느니만치 단번에 이것들을 쳐 없애려다가는 우리편에도 손실이 클 것을 생각해서 도망할 길을 열어주고 적들이 달아나기를 기다려서 모조리 잡아 죽이자는 것이다.

이날 밤에 왜장 소서행장은 종의지, 평조신의 무리와 함께 남은 군사들을 데리고 대동문으로 빠져 나가서 얼음 타고 대동강을 건너자 그대로 남쪽을 바라고 도망쳤다.

우리 관군과 의병 부대들이 줄기차게 그 뒤를 쫓으며 닥치는 대로 몰아쳤다.

왜병들은 오직 '오금아 날 살려라' 하고 저마다 장달음을 놓아서 도망쳤다. 한시라고 빨리 저희들의 총본영이 있는 서울로 돌아갈 생각에만 골독해서 그대로 뛰었다. 하루 낮, 하룻밤 사이에 놈들은 평양서 황해도 평산까지 삼백 리 길을 줄달음 쳐 갔던 것이다…

이리하여 유서 깊은 평양성은 적에게 강점당한 지 일곱 달 만에 해방되었다. 이 싸움에서 적의 머리를 벤 것만도 일천이백팔십오 급이요, 노획한 말이 이천구백팔십오 필에 각종 군기가 사만오천이 개요, 성내에 사로잡혀 있던 우리 나라 백성들을 구해 낸 것이 남녀 합해서 일천십오 명이다.

행주 싸움

평양에서 소서행장이가 우리 군사와 명나라 응원 부대에게 여지없이 패하여 일만 오천여 명 군사 중에 겨우 수천 명이 목숨을 간신히 보전해서 서울까지 돌아갔다는 소문은 황해도, 강원도, 함경도에 있는 적들을 전율하게 하였다.

그러지 않아도 우리 의병들에게 끊임없이 기습을 받아 자나깨나 불안과 공포 속에 싸여 있던 적들이다. 이대로 어물어물 하다가 만일에 서울까지 돌아갈 길마저 끊기는 날에는 어찌할 것이랴? 놈들은 겁이 더럭 나서 모두 저희들의 총본영이 있는 서울을 바라고 도망쳤다.

그러나 서울도 이제는 저희들이 마음 놓고 머물러 있을 곳이 못 되었다. 성중에는 군량이 달리는데 서울 주변에는 관군과 의병 부대들이 곳곳에 진을 치고 있어서 마음 놓고 가까운 고을이나 촌락으로 나가 노략질을 할 수도 없는 것이다.

양천에는 의병장 조대곤曹大坤의 부대가 들어와 있었다. 고양 땅 심악深岳에는 우성전禹性傳의 의병 부대가 진을 치고 있었다. 또 양주에는 평양이 해방된 뒤 함경도 고원 지방으로 가서 관군과 합세하여 영흥 방면으로부터 물러나오는 적들을 치다가 다시 패주하는 왜병의 뒤를 쫓아온 조호익의 의병 부대가 둔치고 있었다. 그리고 고양 땅 행주산성幸州山城에는 전라 감사 권율이 거느리는 일만오천여 명의 관군과 전라도 의승장 처영處英이 지휘하는 천여 명의 승병들이 범같이 웅거하고 있는 것이다.

이러한 데다가 남도로부터의 수송로도 자꾸 끊어진다. 이대로 서울에 앉아서 배기려다가는 십여만 대병이 속절없이 다 굶어 죽고 말 형편이다. 적들은 어떻게든 해서 이미 기울어진 대세를 다시 한번 만회하여 보려고 마침내 대군을 일으켜 행주산성을 들이치기로 결심하기에 이르렀다.

이보다 앞서 권율은 수원 독산성으로부터 군사를 거느리고 행주산성으로 나오자 그 중에 사천 명을 전라 병사 선거이宣居怡에게 주어서 금천衿川에 둔쳐 성원하게 한 다음 자기는 스스로 만여 명을 거느리고 처영의 승병 부대와 함께 산성에 들었는데 이 소문을 듣자 창의사倡義使 김천일의 의병 부대는 강화도로부터 해안으로 나와서 진을 치고 충청 감사 허욱許頊은 통진에 진을 치고 충청 수사 정걸丁傑은 경강 어귀에 진을 벌려 위세를 도왔다.

적의 대병이 십 리 밖에 이르렀다는 정보를 받자 권율은 곧 의승장 처영과 함께 수하 장수들을 한자리에 모았다.

"마침내 적과 결전할 때는 왔다. 궁지에 빠져 있는 적들은 이 한 번 싸움에 대세를 돌이켜 보려고 이 산성을 향해서 들어오고 있다. 성은 작고 군사 또한 많지 않으나 우리는 마지막 한 사람까지라도 죽기로 싸워서 이 성만은 지켜내야 한다. 아차 한 번 이 성이 무너지는 날에는 적의 기세는 다시 돋칠 것이요 전국에 주는 영향은 심대할 것이다.

결단코 살기를 원치 말고 오직 죽기로써 싸우라. 만일에 죽음을 두려워하는 자가 있다면 내 굳이 붙들지 않을 터이니 곧 성에서 나가라."

장수들은 모두 칼을 들어 목숨으로써 성을 지켜 적과 끝까지 싸울 것을 맹세하였다.

그로서 얼마 지나지 않아 적들이 닥쳐 들었다. 그들은 우리의 군사가 만여 명에 불과한 것을 알고 있었으므로 삼 배에 넘는 대병력으로 단번에 성을 무찔러 버리려고 서둘렀다.

놈들은 성을 몇 겹으로 에워쌌다.

그리고 일시에 총질 활질을 시작하였다. 총탄과 화살은 성 안으로 비 퍼붓듯 쏟아져 들어오고 적들의 함성은 그 넓은 들을 통으로 흔들어 놓는다.

형세는 험하고 급하였으나 우리는 굴하지 않았다. 장수나 군사나 빗발치듯하는 화살과 총탄 속에서 한 발자국도 뒤로 물러나려 하지 않았다.

그들은 모두 자기가 맡은 성첩에가 그대로 달라붙어서, 와 몰려들어오는 적을 향하여 화살을 들이퍼붓고 돌덩이들을 떨어뜨리고 크고 작은 승자 총통勝字 銃筒이며 진천뢰와 지신포地神砲를 연방 터뜨린다.

새벽 여섯시부터 시작된 싸움이 한낮이 되기까지 승부를 결단하지 못한 채 그대로 계속되어 오는 중에, 승병들이 수비를 담당하고 있는 서북쪽 성벽이 허물어졌다. 왜적들은 아우성치며 그리로 몰려들어오고 그 험한 형세를 당할 길 없어 승병들은 내성內城으로 밀려들어 성 안이 벌컥 뒤집혔다.

급보를 받자 권율은 곧 활을 던지고 칼을 뽑아 손에 들고는 수하 장병을 지휘하여 서북쪽으로 달려갔다. 그리고 성을 넘어 들어오는 적을 정면으로 맞아서 싸웠다.

처열한 단병 접전이 벌어졌다. 권율이 몸소 난군 속에 뛰어들어 연달아 적을 사오 명이나 쳐 거꾸러뜨리는 것을 보자 우리 장병들의 사기는 더욱 올라 모두들 죽음을 무릅쓰고 적과 싸웠다. 적은 무수한 시체를 남겨 놓고는 성 밖으로 물러나 버렸다.

성 안에서는 서둘러서 돌과 나무를 쌓아 성벽 허물어진 곳을 막아 놓았다. 그러나 그 일을 끝내고 미처 숨을 돌릴 사이도 없이 적들은 다시 백 보 안으로 몰려들어와서 맹렬한 공격을 시작하였다.

산성 안의 백성들도 모두 나서서 싸움을 도왔다. 여인들도 늙은이 젊은이가 없이 모조리 나와서 종종걸음을 치며 성 위로 돌을 나르고 화살을 날랐다. 한창 이처럼 나르는 중에 문득 한 여인이 의사를 내서 치마 위에 치마 하나를 더 두르고 거기다 돌과 화살을 싸서 나르니 이것을 보고 모든 여인이 다들 본을 떠서 일이 훨씬 불었다. 후세에 '행주치마'라는 것이 여기서 온 것이라 한다.

적들은 연달아 심대한 타격을 받으면서도 기를 쓰고 덤벼들었다. 쳐 물리치면 또 덤벼들고 물리치면 또 덤벼든다. 지금 시각으로 새벽 여섯시부터 저녁 일곱시경에 이르기까지 전후 아홉 차례나 돌격을 감행해 온 적들을 그때마다 우리는 격퇴해 버렸다.

해가 질 무렵에 적들은 마침내 죽은 자의 시체를 네 곳에다 무더기로 쌓아 놓고 불을 지른 다음에 상한 자들을 끌고 기진맥진해서 도로 서울로 돌아가지 않으면 안 되었다. 이 싸움에서 왜적은 실로 삼분의 이가 죽고 상했던 것이다. 적의 송장 타는 냄새가 십 리 밖까지 풍겨져 근방 사람들은 코를 들 수가 없었다고 한다….

적들은 '강화'를 하잔다

행주 싸움에서 참혹하게 패한 뒤로 서울에 있는 왜적들은 완전히 궁지에 빠져 버렸다. 십여 만 장병들의 사기는 극도로 저상되고 식량 사정은 나날이 곤란해졌다.

이대로 있다가는 속절없이 굶어 죽을밖에는 없다. 놈들은 여러 패로 나뉘어서 연일 성 밖으로 노략질을 나갔다. 그러나 놈들이 가는 곳마다 기다리고 있는 것은 죽음이다. 우리 관군과 의병 부대들이 도처에 매복하고 있다가 놈들이 나오는 것만 보면 불시에 내달아서 앞뒤로 끼고 치는 것이다.

양주, 포천, 가평 등지로 나가서 노략질을 하던 패들은 우리 의병 부대와 방어사군을 송교松僑 부근에서 만나 서로 싸우다가 태반이 죽고 상하였다.

양천 방면으로 나갔던 패들은 창릉, 경릉 사이에 매복하고 있던 우성전 부대의 손에 참패를 당했다.

노원평盧原平과 삼각산 밑 우관동牛串洞과 다락원褸院, 찬우물 고개冷

井峴 등지로 나갔던 패들도 다 심대한 타격을 받았다. 그곳들에는 이시인, 정희현, 고언백 등이 거느리는 관군이 매복하고 있었던 것이다.

수락산 쪽으로 나가서 부근 촌락을 들이치고 노략질 분탕질을 자행하던 패들은 의승장 사명당이 지휘하는 승병들과 고언백 수하의 관군들에 의해서 마침내 소탕되고 말았다.

사태는 저희들이 강점하고 있는 서울 성내에서도 나날이 악화하여 갔다. 밤마다 서울 백성들은 어둠을 타서 왜병들이 둔치고 있는 곳에다 불을 지르고 폭동을 일으키군 하였다.

용산에 있는 적의 군량 창고에는 대낮에 원인 모를 불이 일어나서 그 안에 쌓아 놓은 수만 석 곡식이 삽시간에 잿더미로 화해 버렸다.

놈들은 이를 갈며 성내 백성들을 가혹하게 탄압하였다. 그러나 그것으로 인민들의 투쟁을 막을 수는 없었다.

군사들 사이에 염전 사상이 농후하였다. 아무리 단속을 하여도 탈주병이 속출한다.

조선과 명나라의 연합 부대는 개성까지 와서 장차 서울을 들이치려고 준비를 하고 있다는데 저희 진영 안에서는 군사들이 곧 반란이라도 일으킬지 모를 형세다. 사태는 자못 급하였다.

적의 총대장 부전수가는 소서행장, 가등청정, 흑전장정, 소조천륭경 등의 여러 대장들과 밤을 세워 가며 공론한 끝에 이 위기로부터의 출로를 '강화' 교섭에서 찾아 보기로 작정하였다.

적의 사자가 '화평'을 청하러 우리에게로 왔다. 이 때 유성룡은 체찰사의 중임을 띠고 있었는데, 그는 가증한 왜적들의 이 뻔뻔스러운 제의를 단번에 물리치려 하였다. 삼천리 아름다운 조국 강토를 그 더러운 말굽으로 마구 짓밟으며 무고한 백성들을 함부로 죽이고 노략질을 낭자하게 하여 온 왜적은 곧 우리의 불구대천지수다. 그놈들을 깡그리 다 잡아 없앤대도 오히려 속이 시원치 못할 터에, 이제 형세가 궁해지자 문득 '강화하자' 하고 나서는 놈들의 뻔뻔스러운 수작에 어떻게 우리가 응할 수 있으랴?

그러나 명나라 제독 이여송의 마음은 그렇지도 않았다. 그는 궁지에 빠진 적을 굳이 잡으려 들다가는 우리도 적지 않은 손실을 입게 될 것이니 이 기회에 적의 '강화' 교섭에 응하는 것이 유리하지 않을까 하고 생각한 것이다.

마침내 우리는 적의 '강화' 교섭에 응하기로 하였다.

이리하여 적들은 사월 십구일에 군사를 거두어 서울로부터 물러났다. 그러나 이 인간 백정들은 저희가 일 년이나 두고 강점해 온 우리나라 서울을 내놓기에 앞서 무고한 장안 백성들을 닥치는 대로 학살하는 실로 천인공노할 만행을 감행하였던 것이다.

사월 스무날 낮에 유성룡은 조명 연합 부대를 따라서 만 일년 만에 서울을 들어섰다. 원수놈들이 대량 학살을 감행한 뒤라 장안 백성들의 남은 사람이 백에 하나가 못 되었고 요행 목숨을 보전한 사람들도 다 헐벗고 주려서 사람 꼴이 아니다.

관가고 사가고 다 텅 비었는데 거리에는 곳곳에 무참하게 죽은 시체들이 깔려서 차마 바로 못 보겠다.

만호 장안에 집이라고 남아 있는 것이 숭례문에서 동쪽으로 남산 아래 일대뿐이다. 여기는 왜병들이 둔치고 있던 곳이라 다행히 보전된 것이다. 그 밖에는 모두가 잿더미요 깨어진 기왓장더미다. 종묘와 세 대궐—경복궁, 창덕궁, 창경궁을 위시하여 의정부, 육조아문 이하로 북촌 일대의 큰 건물들이 모조리 타고 남지 않았다. 오직 소공동에 있는 남별궁만이 적의 총대장 부전수가가 본영을 두었던 곳이라서 그대로 유지되어 있었다.

유성룡은 그만 기가 막혀 주먹으로 가슴을 치며 목을 놓아 울었다….

진주성이 함몰하였다

서울에 있던 적들은 '강화'를 빙자하여 우리의 추격을 받는 일 없이 무사히 한강을 건너서 남도로 내려갔다. 그러나 이놈들은 우리와 약속한 데로 곧 바다를 건너 저희 나라로 돌아가려고는 하지 않고 경상도 남해안 일대—곧 울산 서생포로부터 동래, 부산, 김해, 웅천, 거제에 이르는 열여섯 곳에 군사를 둔쳐 놓았다.

조명 연합 부대는 뒤를 쫓아 남으로 내려가서 선산, 의령, 성주, 대구 등지에 주둔하며 빨리 우리 나라 지경 밖으로 나가기를 재촉하였다. 그러나 간교한 왜적들은 우리가 자기들을 바로 치러 오지 않는 것을 보자 이것을 기회삼아 다시 한번 대세를 만회하여 보려고 대병을 일으켜서 진주성을 치러 나섰던 것이다.

적들은 지난해에 진주성을 치다가 참패를 당한 까닭에 이번에 다시 한번 쳐서 기어이 분을 풀어 보려는 것이라고 요란스러이 떠들었다. 그러나 적들의 목적은 여기에만 있는 것이 아니다. 진주성을 쳐 깨뜨린 다음에 우리 나라의 곡창인 전라, 충청 두 도를 강점하며 우리 수군의 배후를 위협하여 기울어진 형세를 단번에 일으켜 세워 보자는 것이었다.

유월 십오일에 적들은 마침내 대병을 일으켜서 김해, 창원 방면으로부터 진주를 바라고 나오니 병력은 실로 십이만 삼천 명이요 이들을 지휘하는 것은 적의 총대장 부전수가를 위시하여 가등청정 흑전장정 등의 맹장이다.

그 이튿날 적의 선봉이 이미 함안에 이르렀다는 정보를 받자 진주성에서는 김천일 이하 모든 장수들이 동헌에 모여 앞으로 적을 막아서 싸울 계책을 의논하였다.

이때 진주성의 병력은 창의사 김천일 수하의 의병이 삼백 명, 경상우병사 최경회崔慶會 수하의 오백 명, 전라 복수 대장 고종후高從厚 수하의 사백 명, 좌의병장 장윤張潤 수하의 삼백 명, 의병장 이계련李繼璉 수하의 백여 명, 적개 의병장 이잠李潛 수하의 삼백 명, 태인 의병장 민여운閔汝雲 수하의 이백 명, 기타 충청 병사 황진黃進, 김해 부사 이종인李宗仁, 사천 현감 김준민金俊民, 우의병장 고득뢰高得賚 등이 거느리는 관군과 의병들이 이백여 명… 모두 합해야 이천삼백여 명에 불과하다. 불과 이천삼백여 명의 군사를 가지고 십여만의 대적을 막아서 싸우려는 그들의 마음은 비장하였다.

"그러나 지금 성내에 있는 백성들이 육만 명은 실한 것이요. 만일에 그들이 마음을 합해서 군사들과 함께 싸워만 준다면 왜적들이 비록 수효는 많아도 아마 우리를 만만히 보지는 못하리다."

고 창의사 김천일이 좌중을 둘러보자,

"옳은 말씀이외다. 지금 적들이 군사는 많으나 군량이 넉넉지 못해서 반드시 급히 싸워 승패를 속히 결단하려 들 것이요. 그러나 우리에게는 지금 양곡이 거의 수만 석이나 되고 성이 또한 험고하니 만일에 군사와 백성들이 합심해서 굳게 성을 지키고 볼 말이면 불과 열흘이 못 되어 적들은 양식이 떨어져서 제풀에 물러가고 말 것이외다. 그때 일시에 내달아 적의 뒤를 엄습한다면 쉽사리 깨칠 수 있겠지요."
하고 경상 우병사 최경회가 말하고,

"지금 홍의 장군 곽재우는 의병을 거느려 계속 외령 솥나무를 지키고 있고 그간 경기 지방에서 적과 싸우던 의병장 홍계남은 남으로 내려와 운봉에 군사를 둔치고 있으며 그 밖에 단성, 삼가, 곤양, 사천 등지에도 다 의병들이 있어 적이 진주를 치는 때에는 이들이 모두 밖에서 적을 견제할 것이매 우리 형세가 결코 외롭지는 않으리다."
하고 충청 병사 황진도 한마디 하였다.

"밖에 성원하는 군사들이 있고없고를 막론하고 우리만 죽기로써 성을 지켜 끝까지 잘 싸우면 되지 않겠소? 자 어서 군사를 나누어 각 성문을 지키십시다."

김해 부사 이종인이 팔을 어루만지며 이렇게 말할 때, 의병장 장윤이 나서며,

"그보다도 먼저 한 말씀 할 것이 있습니다. 지금 우리가 각자 군사들을 거느리고 이 성을 지키려 이 자리에 모였는데 대장을 정하지 않고 이대로 적을 맞아 싸운다면 호령이 한결 같지 않아서 반드시 혼란을 일으키고 말 것입니다. 그러니 먼저 대장을 한 분 정해 놓고 모든 사람이 그 명령에 복종하도록 해야만 능히 단합해서 적을 쳐 물리칠 수가 있지 않겠습니까?"
하고 말한다.

모두들 좋다고 찬동하여 한동안 공론 끝에 김천일과 최경회가 도절제都節制로 추대를 받아서 성중의 모든 군사들을 통솔하기로 하고 황

진은 순성장巡城將이 되었다.

진주성이 위급하다는 정보를 받고 이날, 곧 십륙일과 십칠일 이틀 사이에 의병장 전사의全士義, 이계년李桂年, 정원복鄭元僕, 심우신沈友信, 강희열姜姬悅, 강희보姜姬輔, 현웅군玄雄軍, 정충훈丁忠訓, 정운호丁雲湖 등이 성내로 달려들었다. 그들이 거느리고 온 부대들은 모두가 이삼십 명, 혹은 사오십 명의 대원을 가진 소부대들이어서 다 합해 보아도 삼백여 명에 불과한 인원이었으나 이로써 성중의 사기는 더욱 올랐다.

십팔일에 왜적들은 함안으로부터 바로 솥나루로 쳐들어 왔다. 홍의장군 곽재우 지휘 아래 이곳을 지키고 있던 의병들은 적을 맞아 용감히 싸웠으나 원체 적의 병력이 압도적이어서 마침내 그들은 이곳을 내주고 뒤로 물러나지 않으면 안 되었다. 적들은 의령으로 들어와서 노략질 분탕질을 저희 마음대로 하였다.

의령서 진주는 상거가 불과 칠십 리다. 적들은 십구일에 군사 수만 명을 떼어내서 이를 네 패로 나누어 단성, 삼가, 곤양, 사천 등지로 보내서 진주로 들어오는 길을 끊게 하였다. 그 방면으로부터의 응원 부대의 진출을 미연에 막아 보자는 것이다.

이리하여 진주성을 완전히 고립무원하게 하여 놓은 다음에 이십일일에 이르러 적들은 마침내 진주성을 바라고 쳐들어 왔다.

유월 이십일일이다. 이날 한낮이 기울어서 마현馬峴 쪽에 왜병이 나타났다. 그러나 이날은 선봉 수백 기가 그 일대로 칼을 춤추며 말을 달려 한갖 위세를 보였을 뿐인데, 그 이튿날에 이르러 적의 대군이 산과 들을 까맣게 덮고 들어와서 일대는 개경원開慶院 산 허리에 진을 치고 일대는 향교 앞 길에 진을 치고 나자 곧 수천 명 한 떼가 성 동문 앞으로 다가들어 왔다. 적의 진지에서 연방 북 치고 고함 질러 위세를 돕는 중에 동문 앞 백보 안에 들어온 왜병들은 성을 향해서 맹렬히 총탄과 화살을 퍼붓기 시작하였다. 그 기세 사나운 품이 단번에 성을 그대로 두려 뺄 것만 같았다.

성에서는 순성장 황진이 친히 동문루 위에 올라서 군사들을 지휘하여 응전하였다. 처음에 그는 북채를 손에 잡고 몸소 북을 쳐서 싸움을 재촉하고 있었으나 적의 공격이 더욱 맹렬하여지자 그는 곧 북채를 던지고 몸소 활을 당기여 진전에 나서서 지휘하고 있는 왜장 하나를 겨누고 힘껏 쏘았다. 화살이 겨냥한 대로 바로 들어가서 왜장의 멱통을 꿰뚫었다. 외마디 소리를 지르고 왜장이 말 위에서 벌떡 나가 떨어진다.

적의 기세가 수그러진 반면에 우리 군들의 의기는 크게 올라 더욱 세차게 활들을 쏘았다. 어느덧 왜병들의 죽고 상한 자가 삼십여 명을 세게 되었다.

형세가 이로웁지 못한 것을 보자 적의 진지에서 징소리가 요란히 울렸다. 동문 앞에 들어왔던 왜병들은 공격을 그치고 저희들의 진지로 돌아갔다.

첫 싸움에 패를 본 적들은 날이 저물자 다시 동문 앞으로 쳐들어 왔다. 우리는 또 싸워서 열시경에 이를 물리쳤는데 이날 밤 열두시경부터 또 적들이 몰려들어와서 먼동이 틀 무렵까지 잠시 숨 쉴 사이도 없이 불질을 하는 것이다. 이 통에 성에서는 군사들은 말할 것도 없고 백성들까지 성 위에 올라와서 적을 막아 싸웠다. 적들은 또 패해서 물러갔다.

그러나 이날 낮에 적은 또 공격을 해왔다. 우리는 이를 격퇴하였다. 물러갔다가 또 쳐들어오고 또 쳐들어오고… 이러기를 세 차례나 하였는데 번번이 크게 패해서 이날 싸움에 적의 사상자는 이루 헤아릴 수 없게 많았다.

그 이튿날, 곧 이십사일 아침에 적의 증원 부대가 마현과 동편 산기슭에 도착하였다. 이로 말미암아 사기가 다시 떨친 적들은 낮부터 동문 밖에다 흙으로 언덕을 쌓기 시작하여 해가 질 무렵에는 성보다 높아졌는데 어두운 뒤에도 일을 계속해서 놈들은 그 위에다 커다랗게 토막을 지어 놓았다. 적들은 이 속에 들어앉아서 성중을 빤히 내려다보며 총질 활질을 하려는 것이 분명하였다.

우리 편에서도 이날 밤에 모두 벗어부치고 나서서 저마다 흙을 지고 돌을 날라다가 성 안에 토산을 쌓기 시작하였다. 김천일, 최경회, 황진을 위시해서 모든 장수들이 다 의관을 벗고 나서서 몸소 돌을 져 나르니 이를 보고 군사와 백성들이 다 감격하여 일에 열들을 내서 그 밤이 채 밝기 전에 일을 끝마쳤다. 성 안에 쌓아 놓은 토산이 성 밖에 적들이 쌓아 놓은 것보다 십여 길이나 더 높다.

과연 날이 밝자 적들은 그 토산으로 올라와서 토막 속에 몸을 숨기고 성중을 굽어보며 총질을 시작하였다. 그러나 우리는 더 높은 곳에서 저희들을 다시 굽어보며 어지러이 현자 총통玄字 銃筒을 쏘았다.

토막이 여지없이 허물어지고 토산이 무너져서 그 위에 올라와 있던 왜병들은 거의 다 죽고 상했다.

그래도 왜적들은 다시 덤벼들었다. 번번이 되게 맞으면서 그래도 바득바득 덤벼드는 것이다. 이날 적의 공격이 네 차례나 연달아 있었다.

이십육일에 적은 다시 새로운 방법을 생각해 내었다. 놈들은 나무로 궤짝을 짜고 겉을 소가죽으로 싸서 저마다 머리에 들쓰고 나섰다. 그것으로 총탄과 화살을 막으면서 성 밑으로 달려들어와서 성을 헐러

드는 것이다.

성에서는 놈들이 머리 위에다 큰 돌덩이를 연달아 내려뜨리고 또 화살을 비 퍼붓듯 하였다. 적들은 또 무수한 사상자를 내고 물러났다.

이날 오후에 적들은 큰 나무를 여러 개 베어다가 동문 밖에 세우고 그 위에 판잣집을 만들어서 올려 놓은 다음에 성 안에다 대고 화전을 들이쏘아서 마침내 초가 지붕에들 불이 붙었다.

때마침 하늘이 비를 내려서 다행히 불은 크게 번지기 전에 꺼졌으나 적들의 계속되는 공격에 성내 의병들과 백성들은 다 극도로 지쳤다.

적들은 이것을 눈치채자 우리의 사기를 꺾어 보려 화살에다 글을 매어서 성내로 쏘아 왔다.

군사가 집어다 주는 것을 김천일이 받아서 펴 보니 글 뜻은 대개,

"명나라 군사들도 모조리 우리에게 항복을 했는데 너희들이 감히 이 작은 성에 들어앉아 우리를 항거하려 하느냐? 지금이라도 항복을 하면 모두들 죽기를 면하리라."

이러한 것이었다.

김천일은 곧 붓을 들어 답서를 썼다.

"우리는 오직 죽을 때까지 싸울 뿐이다. 지금 우리 관군과 명나라 군사 수십만 명이 대구로부터 너희 뒤를 쫓아내려오는 중이니 우리보다 너희들이 먼저 몰살을 당하고 말리라."

다 쓰고 나자 편지를 길이로 접어서 화살에 매여 들고 그는 여러 장수들과 함께 동문루 위로 올라가서 적진을 바라고 쏘았다.

왜병 하나가 덜렁덜렁 나와서 이것을 집어가지고 돌아가는데 이윽고 십여 명이 우루루 나와서 성문 앞으로 가까이 다가오더니,

"명나라 군사는 다 저희 본국으로 돌아가 버렸는데 무슨 당치 않은 수작인가?"

하고 소리를 내서 비웃는 중에 한 놈이 문득 성쪽으로 궁둥이를 돌려 대고 손으로 쿡쿡 두들기며 힝힝 코웃음을 친다.

그러나 이때 성 위로부터 난데없는 화살이 하나 날아가서 그놈의 궁둥이에가 정통으로 꽂혔다. 으악 소리를 지르고 그놈이 앞으로 폭 고꾸라지자 다른 놈들도 모두 소스라쳐 놀라 허둥지둥 살 맞은 놈을 잡아 일으켜 좌우에서 끌고 저희 진으로 도망들을 쳐 버렸다. 활을 쏜 것은 김해 부사 이종인이다.

이날 왜적들은 세 차례에 걸쳐서 발악적으로 공격을 하여 왔다. 그러나 세 번 다 격퇴되고 말았다. 밤에도 적들은 또 다시 네 차례나 공격을 감행하였으나 역시 다 격퇴당하였다.

이십칠일에 적들은 동문, 서문 두 문 밖에다 높다랗게 언덕을 다섯 군데나 쌓아 놓고 왕대를 베어다가 다락을 만든 다음에 그 위에 올라가서 성안을 굽어보며 맹렬하게 총탄을 퍼부었다.

적들은 또 커다랗게 궤짝을 짜고 거기다 바퀴 넷을 달아서 수레를 만든 다음에 저마다 몸에 철갑을 두른 왜병 수십 명이 이 사륜거를 좌위에서 옹위하고 성 밑으로 몰려들어와서 철뢰로 성벽을 허물려 들었다.

서문 쪽을 지키고 있던 김해 부사 이종인은 여러 장수들 가운데서 힘이 세고 무예가 뛰어난 사람이다. 그는 군사들과 함께 돌을 내려 굴리고 활을 쏘아서 연하여 왜적 다섯을 거꾸러뜨렸다. 남은 적들이 수레를 버리고 도망하자 성 위에서는 또 수레에다 기름을 퍼붓고 불꾸러미를 던져서 그 안에 들어 있던 적들을 모조리 태워 죽여 버렸다.

이날 밤에 적들은 또 다시 신북문新北門 쪽으로 쳐들어왔다. 이종인은 수하 군사들과 함께 죽기로써 적과 싸워서 마침내 이를 격퇴하여 버렸다.

그러나 연일 심대한 타격을 받으면서도 적들은 좀처럼 군사를 거두어 물러가려 들지 않는다. 이십팔일에도 적의 공격은 계속되었다. 진주성의 군사와 백성들은 한덩어리가 되어서 용감하게 적을 막아 싸웠으나 적은 무수한 사상자를 내면서도 좀처럼 물러나려 하지 않고 성을 쳤다.

이리하여 이날 해질 무렵에 적들은 끝끝내 동문 자성子城의 일부를 파괴하는 데 성공하였다. 적들은 곧 아우성치며 그리로 해서 성 안으로 몰려들어오려 하였다.

그러나 성내의 방어진은 철벽이였다. 황진은 활잡이들을 지휘하여 적들이 몰려들어오는 정면에서 화살을 비 퍼붓듯 하고, 이종인은 칼잡이, 창잡이들을 지휘하여 허물어진 성벽 좌우 편에서 들어오는 적들을 창으로 찌르고 칼로 쳤다.

칼에 맞고 창에 맞고 화살에 맞아서 왜병들은 연달아 외마디 소리를 지르며 쓰러졌다. 적들이 감히 더 들어오지 못하고 그대로 뺑소니들을 치려고 할 때 왜장 하나가 벽력같이 호통치고 칼을 춤추며 성 안으로 뛰어들어오려 하였다.

바로 이때 좌의병장 장윤이 시위에 살을 먹여 들고 있다가 왜장의 면상을 겨누어 각지손을 떼었다. 화살은 그의 미간에가 꽂혔다. 왜장은 으악 소리를 지르고 뒤로 벌떡 나가자빠졌다.

남은 왜병들은 왜장의 시체를 끌고 일시에 물러갔다. 황진은 군사를 지휘하여 바로 그 뒤를 몰아치려 하였다. 그러나 이때 총탄이 날아와서 그의 왼편 이마에가 들어박혔다. 그는 그대로 쓰러진 채 다시 일어나지 못하였다.

이날 적의 손실은 실로 커서 죽은 자가 왜장을 포함하여 천여 명이요, 상한 자는 이루 그 수효를 셀 수 없게 많았다.

그러나 우리 편이 받은 타격도 작은 것은 아니다. 그 동안 꼬박 한 이레를 두고 적들이 이십여 차에 걸쳐서 밤낮없이 감행하여 온 맹렬한 손실도 적지 않았거니와 성내의 군사나 백성들이 이제는 다 지칠대로 지쳤다.

적의 병력은 우리의 오십 배라 여러 패로 나뉘어서 아침에 싸운 패는 낮에는 쉬고 낮에 싸운 패는 밤에는 쉬는 것이지만 우리는 저마다 하루 열두시를 밤낮없이 적과 싸워야만 하는 것이다. 적의 공격이 집요하게 계속되는 데 따라서 원수놈들에 대한 적개심은 더욱 불타 올랐으나 다만 싸울 근력들이 날로 쇠퇴해 가는 것을 어찌할 길 없었다.

이날은 적들이 물러간 뒤에 잠시 쉬어 보지도 못하고 또 모두 나서서 동문 자성의 허물어진 곳을 돌과 흙으로 다시 쌓아 올리느라고 꼬박 밤을 세웠다. 그런데 새벽녘에 이르러 일을 다 마치고 나자 공교롭게 비가 내리기 시작해서 반나절을 제법 줄기차게 쏟아졌다.

오후 한시경이나 되어서야 날이 들었는데 새로 쌓아 올린 부분이 이 통에 반 넘어 또 허물어져서 다시들 나서서 쌓으려 하는 판에 북 소리 나발 소리가 요란히 일어나며 적들은 다시 이곳으로 쳐들어 왔다.

적들의 총 소리와 고함 소리가 천지를 진동하는 중에 허리춤에다 일본도 한 자루씩을 지른 왜병들이 서로 앞을 다투어 반 넘어 허물어진 성벽 쪽으로 기어올라왔다.

이종인은 손에 잡았던 활을 내던지고 허리에 찬 장검을 뽑아들자 마침 성 위로 다 기어올라온 왜병의 어깻죽지에다 번개같이 한 칼을 먹였다.

수하 군사들도 모두 칼과 창을 들고 나서서 성 위로 기어오르는 적들을 닥치는 대로 치고 찔렀다.

왜병들은 그래도 뒤에서 뒤에서 집요하게 자꾸 기어올랐다. 성 위에서 이를 막는 우리 군사들은 온 몸에 적의 피를 흠뻑 뒤쓰면서도 누구라 한 사람 뒤로 물러나지 않고 적을 맞아 싸웠다.

왜병의 시체는 쌓이고 쌓여서 산을 이루었다. 적들은 마침내 저희 진지로 물러가 버렸다.

우리 편에서도 적지 않은 사상자가 났다. 남은 군사들도 이제는 기력이 다하였다. 그런데 왜적들은 이때 충분히 휴식을 취한 군사들을 수만 명 풀어서 서문 북문 쪽으로 일시에 쳐들어왔다.

문자 그대로 함성은 천지를 진감하고 총탄과 화살은 폭우처럼 성중으로 쏟아지는데 천여 명 왜병이 서로 앞을 다투어 성벽을 기어올랐다. 성 위에서 우리 군사들은 죽기로써 이를 막았으나 대세는 이미 기울어서 만회할 길이 없었다.

북문을 방어하던 김천일 수하의 창의군은 자꾸 뒤로 밀려서 남문 쪽으로 물러갔다. 왜적들은 기세가 부쩍 돋쳐 뒤를 쫓고 쫓아서 마침내 촉석루矗石樓 앞까지 몰려들어왔다. 본래 삼백 명 남짓하던 창의군이 여드레 동안 적을 막아 싸우느라 백이 명으로 줄었는데 이때 살아남은 자가 몇 명이 못 되었다.

김천일도 싸우고 싸워 이제는 기력도 다하였고 칼도 이미 톱날같이 되어 버렸다.

그의 좌우에 있던 비장들은 그에게 혈로를 뚫고 달아나자고 권하였다. 그러나 김천일은 그들이 잡아 끄는 소매를 뿌리치고

"내 오늘 여기서 죽을 따름이다."

하고 촉석루에서 바위 위로 뛰어내리자 바로 남강南江에 몸을 던져 죽어 버렸다.

서문 편에서 적개 의병장 이잠과 사천 현감 김준민은 싸우다 싸우다 화살이 떨어지자 곧 죽창을 들고 난군 중으로 뛰어들었다. 연달아

칠팔 명을 찔러 죽이니 왜병들이 감히 범접을 못한다. 그러나 마침내는 기력이 다해서 장렬한 전사를 이루었다.

한편 이종인 부대는 서문의 방비가 무너지자 자꾸 뒤로 밀렸다. 뒤로 뒤로 밀려서 남강가까지 다 가서도 이종인과 수하 군사들은 잘 싸웠다. 일백사오십 명이 칠팔십 명이 되고 칠팔십 명이 이삼십 명으로 줄고 이삼십 명이 다시 오륙 명밖에 아니 남을 때까지 군사들은 싸웠다.

이종인은 말을 몰아 좌충우돌하여 혼자서 수십 명을 거꾸러뜨렸다. 한창 싸우는 중에 적의 총탄이 그의 탄 말의 배와 뒷다리에가 들어맞았다. 말이 껑청 한 번 뛰고 모로 나가떨어지자 이종인도 땅에가 떨어졌다.

곧 뛰어일어나며 그는 주위를 둘러보았다. 우리 군사는 한 명도 눈에 띄지 않고 성내에 가득 차 있는 것이 모두가 왜병이다.

이제는 마지막이라 생각한 그는 앞으로 와락 내달아 번개같이 손을 놀려서 한 손에 한 놈씩 왜병 둘을 붙잡았다. 천하 장사 이종인이다. 그는 눈결에 왜병을 양녘 겨드랑 밑에 하나씩 끼고 한달음에 강 언덕으로 달려 나가자

"김해 부사 이종인이 오늘 여기서 죽는다—"

큰소리로 한마디 외치고 양 옆에 왜적들을 낀 채 그대로 몸을 날려 남강으로 뛰어들었다.

이제는 장수도 군사도 다 죽었다. 성내 백성들 가운데 장정도 별로 없었다. 남은 사람이라고는 늙은이와 아녀자들뿐이다.

이때 진주 기생 논개論介는 텅 빈 봉명루鳳鳴樓 위에 홀로 앉아 있었다.

그의 앞에는 새로 짠 관 한 개가 놓여 있다. 어제 동문 자성子城 싸움에서 수많은 적을 무찌르고 마침내 전사한 충청 병사 황진의 시체가 들어 있는 관이다.

간밤부터 논개는 소복하고 관 앞에가 앉아서 하염없이 눈물만 흘렸다. 하룻밤 하루낮을 울었건만 눈물은 마를 줄을 모르고 시름은 그지없었다.

논개는 전라도 장수현長水縣 태생이다. 소위 양민의 무남 독녀로 태어나서 어릴 때부터 재색이 남에 뛰어난 그였다. 그러나 나이 열 살이 채 못 되어 그는 부모를 다 여의고 말았다. 본래 가난한 집안에 그에게는 또 저를 돌보아줄 일가 친척조차 없었던 것이다. 그는 마침내 기구한 운명의 길을 걸은 끝에 경상도 지경까지 굴러들어와서 진주 관가에 매인 기생의 몸이 되고 말았다.

예부터 진주는 미인이 많은 고장으로 알려져 있다. 그러나 논개의 자색은 이 고장 미인들 가운데서도 뛰어난 것이었다. 거기다가 그는 가무에도 능하였다. 이리하여 명기로서의 논개의 이름은 높았다.

그러나 황 병사가 그를 사랑한 것은 단지 그의 가무나 자색을 취해서가 아니다. 그가 특히 논개에게 마음이 끌린 것은 그 굳은 지조였다.

논개도 그러하였다. 그의 도고한 마음은 이제까지 여간 남자쯤은 거들떠보지도 않고 지내 왔었다. 그러나 황 병사를 알게 되자 그는 비로소 자기가 오랜 동안 마음 속으로 그려 오던 사람을 찾은 것같이 생각하였던 것이다.

황진의 그 고결한 인품, 그 활달한 기상, 그리고 이 전고에 없는 국난을 당하여 목숨으로써 나라를 구해 보려는 그 열렬한 마음… 논개가 이제까지 저의 가슴 속 깊이 간직해 두었던 진정을 처음이자 마지막으로 황 병사에게 바쳤던 것은 바로 이러한 점들에서 그를 인물다운 인물로 높이 우러렀기 때문이다.

이제 전쟁이 끝나면 그는 바로 황 병사를 따라가서 그의 집사람으로 일생을 마칠 생각이었다. 그리고 황진도 논개에게 이것을 허락했었다.

그러나 이제는 그도 저도 모두가 허사였다. 가증한 원수놈의 총탄은 그에게서 황 병사를 영영 빼앗아 가고 만 것이다.

언뜻 생각하면 아득한 옛일 같기도 하였으나 실상은 어제 저녁에 일어난 일이었다. 황 병사의 시체가 들어 있는 관을 바로 앞에 놓고 앉아서도 그는 이따금 이것이 꿈이나 아닌가 하고 의심도 해본다. 그러나 그것은 엄연한 현실이였다.

엄연한 현실이라 깨달으면 또 설움은 새록새록 복받쳐 올라서 하염없이 흐르는 눈물이 흠빡 젖은 옷깃을 다시 적신다. 그러다가 또 그의 정신은 가물가물해진다….

이러는 사이에 성은 마침내 깨어지고 둑을 터친 봇물처럼 성내로 쏟아져 들어온 왜적들은 닥치는 대로 무고한 백성들을 죽이고 함부로 노략질을 하기 시작하였던 것이다.

도처에서 자지러지게 우는 어린아이들의 울음 소리가 들려 온다. 깁을 찢는 듯한 여인들의 애처로운 비명이 들려 온다. 성내는 그대로 벌컥 뒤집혔다.

논개는 전신의 피가 일시에 끓어 오르는 것을 느꼈다.

'아 이 불구대천의 원수놈들. 이, 하늘에 사무친 원한을 어떻게 하면 풀어 보느냐? 이 한을 풀지 않고는 내 죽어도 눈을 못 감겠다….

그러나 대체 일개 잔약한 여인의 손으로 어떻게 그 강포한 왜적을 단 한 놈이라도 죽여 본단 말이냐?… 아니다. 그렇지 않다. 옛말에도

'한 지어미가 원한을 품으면 오월에도 서리가 내린다'고 하였다. 내 그냥은 안 죽겠다….'

논개가 이렇게 마음을 결단하였을 때 왜적의 발길은 마침내 이 봉명루에까지 미쳤다. 군졸 수십 명을 거느리고 왜장 하나가 그 앞을 지나다가 다락 위에 소복한 젊은 여인이 혼자 앉아 있는 것을 보자 말을 세웠다.

논개는 그 편을 쏘아보았다. 그의 머리는 흩어지고 눈은 붓고 얼굴은 눈물로 홈빡 젖어 있었으나 타고난 재색은 감출 길이 없다. 왜장은 그를 한번 보자 껄껄 웃고 말에서 내려 다락 위로 올라왔다. 논개는 관 앞에 단정히 앉아서 움직이지 않았다.

왜장은 물끄러미 그 모양을 보고 있다가 문득 입가에 야비한 웃음을 띄우고 연해 손짓을 해 가며 무어라 지껄였다.

논개는 그지없는 모욕을 느끼고 다시 한 번 전신의 피가 끓어올랐다. 그러나 다음 순간, 자기의 최후가 가까워 온 것과 함께 자기 가슴에 맺힌 원한을 풀 때도 이르렀다는 것을 분명히 깨달았다. 그의 머리 속에는 번개처럼 한 가지 생각이 떠올랐던 것이다. 그는 짐짓 수줍어하는 태도까지 지어 보이고 손을 들어 저의 얼굴과 옷을 가리키며 텁석부리를 흘낏 치어다보았다.

왜장은 그 뜻을 짐작했는지 자못 만족한 듯이 고개를 끄덕이었다. 그리고 그는 마침내 졸병 두 놈에게 말을 일러서 그곳에 남겨 두고는 다른 놈들을 데리고 촉석루 쪽으로 사라져 버렸다.

논개는 관 앞에 엎드려 한동안 흐느껴 울었다. 그러나 왜병들이 기다리다 못하여 무어라 게두덜거리며 다락 위로 올라왔을 때 그는 울음을 그치고 관을 향하여,

"나으리, 친첩도 곧 뒤를 따르오리다."

속으로 한 마디 한 다음에 결연히 자리에서 일어나 앞장서 다락 아래로 내려갔다.

논개가 왜적 두 놈을 뒤에 달고 집으로 돌아가서 단장을 고치고 옷을 갈아 입은 다음에 촉석루로 갔을 때는 여름날 긴긴 해도 이미 다 가서 석양이 다락 서편 난간에 비껴 있었다.

적들이 촉석루 위에 베풀어 놓은 술자리는 이때가 한창이어서 왜장들 가운데는 이미 만취가 되어 몸을 가누지 못하는 놈도 있었다.

자리에는 놈들이 총칼로 위협을 해서 억지로 잡아다 놓은 젊은 여인들이 사오 명 있었으나 논개가 나타나자 왜장들은 일시에 환성들을 울리며 그를 자리로 맞아들였다.

텁석부리 놈이 바로 양양자득해서 그를 제 곁에다 앉혀 놓고 여러 놈들에게 연해 곤댓짓을 해 가며 무어라 일장 설화를 하는 꼴이 가소롭기 짝이 없었다.

논개는 그러나 내색하지 않고 천연한 태도로 놈들에게 술을 권하였다. 특히 텁석부리 놈에게 큰 잔으로 여러 잔을 거푸 먹였다.

왜장들은 바로 주흥이 도도하였다. 놈들은 노략질해온 북, 장고, 가야금, 거문고들을 그의 앞에 놓고 한 곡조 들려 달라고 청하는 것이다.

논개는 텁석부리가 이제는 술이 아주 만취가 된 것을 보자 때가 마침내 이르렀다 생각하고 곧 장고를 앞으로 당겨 놓고 채를 잡아 장단을 치며 '산유화山有花' 한 곡조를 불렀다.

이것은 옛날에 경상도 선산 색시 향랑香狼이 넓은 천지에 일신을 용납할 곳이 없어서 낙동강 지류 오태강吳泰江 푸른 물에 몸을 던져 죽을 때에 지어 부른 것이라고 전해 오는 노래다.

아득히 높은 하늘이요
가 없이 먼 땅이로다
천지는 광활하나
들 곳 없는 이 몸이니
차라리 강에나 던져
어복魚腹에다 장사하리

음조가 심히 애연해서 족히 듣는 사람의 창자를 끊을 만도 하건마는 술들이 만취한 왜장들이 더구나 가사도 못 알아들으며 그런 줄을 어이 알랴? 그저 그 아름다운 음성에 황홀해서 넋을 잃고 앉았는데 논개는 노래를 다 부르고 나자 텁석부리의 어깨를 한 번 가볍게 치고 강으로 면한 난간 밖을 손으로 가리킨 다음에 조용히 자리에서 일어섰다.

왜장은 알아차렸는지 헤헤 웃고 뒤따라 자리에서 몸을 일으켰다.

해는 이미 지고 황혼이었다.

논개는 촉석루 아래, 바로 남강가의 바위 위에 올라서서 서성거리며 뒤에 오는 왜장을 손짓해 불렀다. 텁석부리가 입을 헤벌리고 연해 비틀거리며 그의 곁으로 다가오는데 촉석루 위에서는 너덧 놈이 난간에 의지해서 이 꼴을 내려다 보며 시시덕거리고들 있었다.

이때 논개는 바위 끝으로 두어 발자국을 더 나가 섰다. 한 발자국만 더 나서면 발은 허공을 밟고 몸은 절벽 아래 푸른 강물로 떨어지는 것이다.

텁석부리놈이 취중에도 이것을 보고

"위험하다!"

한 소리 외치며 와락 앞으로 달려들어 그의 가는 허리를 덥석 껴안을 때, 논개는 그 순간을 놓치지 않고 번개같이 두 팔을 놀려 왜장의 목을 얼싸안으며 곧 평생 힘을 다해서 몸을 뒤로 제쳤다.

촉석루 위에서 내려다보고 있던 왜장들 입에서 일시에 '앗!' 소리가 나왔다. 그러나 다음 순간 논개와 왜장은 그들의 시야를 벗어나 바위 아래로 떨어지며 풍덩 소리와 함께 남강 푸른 물이 한번 출렁이고 그리고는 모든 일이 끝나 버렸다.

논개는 이렇게 왜장 한 놈을 그러안고 남강에 몸을 던져 죽어 버렸다. 그가 뛰어내린 바위는 지금도 촉석루 아래 서 있어 옛일을 이야기해 준다. 사람들은 논개의 이 갸륵한 절개를 아름다이 여겨서 이 바위를 '의암義岩'이라 불러 오는 것이다….

적들이 진주성에서 감행한 인민의 대량 학살은 실로 유례가 드문 것이다.

기록에 의하면 당시 촉석루로부터 남강 북쪽 언덕 일대에 놈들 손에 학살당한 진주 백성들의 무참한 시체가 발을 들여놓을 틈이 없게 내리 깔렸고, 남강 상류인 청천강青川江으로부터 무봉武峯에 이르는 오리 어간은, 그 뒤 수일을 두고 무더기로 떠내려오는 송장들로 해서 강이 멜 지경이었다고 한다.

『임진 급 병자록壬辰 及 丙子錄』에는

"…성중의 군사와 백성이 육칠만 명 있었는데 벗어난 자는 수삼 명이었다. 정기수 외에 수 명이 남강으로 헤엄을 쳐서 살아 돌아온 것이다…."

라 적혀 있고 유성룡도 그의 저서 『징비록懲毖錄』에서,

"…군사와 백성들로서 빠져 나올 수 있었던 자는 불과 수 인뿐이었으니 '왜란'이 있은 뒤로 이 싸움에서처럼 사람이 많이 죽은 데가 없

다….”
라고 말하고 있다.

이처럼 진주성은 함몰하고 말았다. 그러나 이 싸움에서 적들이 받은 타격도 심대하였다. 그럼에도 불구하고 놈들은 기를 쓰고 한 걸음 더 나와 구례, 광양, 남원, 순천 등 전라도 지역으로 침입해 보려 하였다.

그러나 이곳에는 홍계남이 지휘하는 의병 부대와 명나라의 응원 부대가 철벽의 방어진을 치고 있었다. 적들은 마침내 참패를 당하고 다시 경상도 남해안으로 물러가지 않으면 안 되었다.

왜적들은 다시 '강화' 문제를 끌어내렸다. 이리하여 계사년1593년 가을에 정전하고 정식으로 '강화 조약'에 관해서는 일본 대판大阪에서 교섭하기로 한 다음, 적들은 부산과 동래 등지에 일부 병력을 남겨 두고는 대부분이 철병해서 저희 본국으로 돌아가 버렸다.

전선은 이때로부터 장기간에 걸쳐서 휴전 상태로 들어갔다….

이 참상!

이 전고에 없는 전란을 일 년 넘어 겪어 오는 사이에 우리 나라가 입은 상처는 너무나 컸다. 팔도 가운데서 전라도 한 도가 아직 난리를 겪지 않은 채 남아 있달 뿐이지 이 나라 방방곡곡에 원수놈들의 더러운 말굽이 아니 미친 구석이 별로 없다.

놈들이 한 번 지나간 곳에 우리네 살림살이는 송두리째 엎어지고 말았다. 고을이고 마을이고 집들은 불에 타서 도처에 잿더미요, 사람은 늙은이와 젖먹이까지도 다 참혹한 죽음을 하여 산과 들에 깔렸느니 송장이다.

명나라 응원 부대의 부총병 사대수는 유성룡과 말머리를 가지런히 하여 서울로 오는 길에서, 이제 난 지 일곱 여덟 달밖에 안 된 어린것이 길섶에 무참하게 죽어 쓰러진 젊은 어머니의 가슴에가 매달려 무심히 젖꼭지를 빨고 있는 광경을 보고 저도 모르게 눈물을 흘리며

"세상에 이런 참혹할 데가 어디 있겠소!"

탄식하기를 마지 않고 곧 수하 군관에게 분부해서 어린 것을 군중에

거두어 길러 주라 하였다.

요행 적의 손에 죽음을 면한 사람들도 살아갈 길이 망연하였다. 먹을래야 먹을 것이 없었다. 한 배미의 논, 한 이랑의 밭까지 왜적의 말굽 아래 짓밟혔으니 대체 어디서 한 톨의 곡식인들 구하여 볼 것이랴?

비록 우리 나라의 곡창 전라도가 성한 채로 있다고는 하지만 우리 수군, 육군의 군량 조달을 혼자서 도맡아 그것도 오히려 힘에 겨운 터이다.

서울이고 시골이고 쌀 값은 오를 대로 올랐다. 이때 시세가 황소 한 마리를 판대야 겨우 쌀이 서 말이요, 고운 무명 한 필을 가지고 좁쌀 서너 되와 맞바꾸었다면 잘 받은 폭으로들 쳤다. 그러면서도 곡식은 금싸래기보다 더 귀하였다.

사람들은 나무 껍질을 벗기고 풀 뿌리를 캐어 먹었다. 어느 산이고 소나무와 느릅나무가 껍데기를 벗지 않은 곳이 없다. 그러나 그것으로 주린 창자들을 달래 볼 도리가 없는데 이 땅에 또 추운 겨울이 오고 산과 들에 하얗게 눈이 내렸다. 사람들은 굶주려서도 죽었고 얼어서도 죽었다.

한산도 통제영

“…그러나 우리는 결코 이 원한을 잊지는 않을 것이고 또 잊어서도 안 될 것이요.”

하고 이순신은 수하 장수들을 모아 놓고 말하는 것이었다.

“우리의 둘도 없는 조국 강토와 무고한 백성들을 이처럼 참혹한 지경에 처박은 원수놈들을 우리가 어떻게 용서할 수 있단 말이요? 지금 왜적들은 우리에게 ‘강화’를 청해 오고, 우리 조정에서도 이에 응하려 하고 있지마는 우리는 간교한 왜적의 술책에 결코 속아서는 아니 되오. 대체 왜적은 어째서 우리에게 ‘강화’를 청하고 있는 것인가? 그것은 아무 다른 까닭이 아니라, 지난해 ‘한산 해전’과 ‘부산 해전’에서 저희 수군이 여지없이 패한데다 명나라 구원병이 우리 나라로 들어온 뒤 육지에서도 제놈들이 연전연패를 해서 이대로 있다가는 전멸을 면하지 못할 형세라, 그래서 ‘화평’이라는 미명 아래 첫째로는 육지에서 우리 군사들의 공격을 견제해 보자는 것이고, 둘째로는 바다에서 저희 수군이 아직 명맥을 보전해 보자는 것이고, 셋째로는 명나라 구원병을 하루라도 속히 우리 나라에서 물러가게 하자는 것이고, 넷째로는 '화평'이다 '담판'이다 하고 날짜를 끌면서 그 사이에 저희들의 병력을 보충하자는 것에 불과한 것이요. 이제 두고 보오. 이 간악하고 음흉한 원수놈들은 다시 군사를 정비하는 대로 반드시 또 한 번 우리 나라로 쳐들어오고 말리다. 그러니 우리는 단단히 정신을 차리고 이에 대처할 만반의 준비가 있어야만 하겠소."

수하 장수들은 앞으로 더욱 군사를 조련하고 전선과 군기를 정비해서 언제고 일이 있는 때에는 목숨으로써 적과 싸워 이를 무찌를 것을 맹세하였다.

이순신이 본진을 한산도로 옮긴 것은 계사년 유월의 일이다. 본영이 전라도 한 구석에가 치우쳐 있어서 수군을 통솔 지휘하는 데나 또는 적 함대의 행동을 제압하는 데나 심한 불편을 그간 느껴 왔기 때문이다.

한산도는 거제도에서 남쪽으로 상거가 삼십 리니, 산이 바다굽이를 폭 싸고 있어서 안에다가는 전선들을 감추어 두기가 십상이요 밖에서는 도무지 그 안을 엿볼 수가 없게 되어 있다. 더욱이 적의 패가 경상도로부터 서쪽으로 전라도 지경을 범하려면 아무리 싫어도 이곳을 지나야만 한다.

그래서 이순신은 매양 이 한산도를 형승지지形勝之地—곧, 지세가 좋아서 승리를 얻기에 편리한 위치에서 있는 땅이라고 일러 오던 터인데 이번에 마침내 조정에 청해서 이곳으로 진을 옮겨온 것이다.

명나라 장수 장홍유張鴻儒가 이 섬에 내려왔다가 높은 데 올라서 한동안 사면을 두루 살펴본 다음에

"참으로 좋은 진터로구나."

하고 감탄하기를 마지 않은 것은 뒷날의 일이다.

이순신이 본진을 한산도로 옮긴 지 만 한 달이 못 되는 칠월 보름날, 조정에서는 그에게 전라 좌수사의 본직에 겸해서 삼도 수군 통제사를 제수하였다.

이제까지도 삼도 수군이 행동을 한가지로 할 때, 언제나 이순신이 작전 계획에서부터 전투 지휘에 이르기까지 모든 일에 주장이 되어서 함대를 움직여 왔던 것이나, 따져 본다면 그는 어디까지나 일개 전라 좌수사일 뿐이라 전라 우수사나 경상 우수사를 지휘 명령할 권한은 그에게 없었다. 그러나 이번에 통제사가 됨으로 하여 그는 비로소 당당하게 삼도 수군을 자기 통솔 아래 두게 된 것이다.

이순신이 통제사가 된 것은 어느 모로 보든지 가장 당연한 일이었다. 그 고결한 인격, 그 천재적 전략 전술, 그리고 또 그 탁월한 지휘…. 과연 그를 내놓고 달리는 그 자리에 앉을 사람이 없는 것이다.

전라 우수사 이억기는 그가 통제사가 된 데 대하여 충심으로 치하하였다. 이는 수군을 위해서, 나라를 위해서 다시없이 다행한 일이라고 그는 기뻐했던 것이다.

그러나 경상 우수사 원균은 그렇지 않았다. 제 분수는 모르고 오직 남을 시기하고 미워할 줄만 아는 그는 크게 불평이었다. 수군에 있어서 제가 선배이건만 도리어 후배인 이순신에게 결제를 받게 되었다고 원균은 조정의 처사가 부당한 것처럼 보는 사람마다 붙들고 불평을 늘어놓았다.

이순신은 그가 이러는 줄을 잘 알고 있었다. 그래 매양 그는 원균을 보면 좋은 낮으로 정중하게 대하여 주었다.

당시에 남도 백성들로서 난리를 피하여 배에다 처자와 양식을 싣고 정처 없이 바다 위로 떠돌아다니는 사람들이 수가 없이 많았다.

이순신은 이러한 사람들을 한산도로 불러들여서 한곳에 자리를 잡고 살게 하였다.

소문이 한 번 퍼지자 백 리, 이백 리 밖에 있는 사람들까지 이곳으로 모여들었다. 바다의 장성長城인 우리 수군이 튼튼하게 지키고 있는 한산도로, 자기들이 부모처럼 우러러보는 통제사 이순신의 곁으로 백성들은 너도나도 꾸역꾸역 모여들었다.

얼마 안 가서 한산도만 가지고서는 뒤에서 뒤에서 자꾸 모여드는 피난민들을 이루 다 수용할 수가 없이 되었다.

이순신은 여러 가지 조건을 충분히 고려한 위에, 전라 좌수영 앞에 있는 돌산도突山島와, 흥양현興陽縣에 있는 목장 도양장道陽場과 강진康津 지경의 고이도, 해남 지경의 황원 목장… 이러한 곳에다 사람들을 안접시키고 종곡을 나누어 주어서 농사들을 짓게 하였다. 어부들은 바다로 나가서 고기를 잡아들이게 하였다.

가증한 원수놈들 등살에 이제까지는 어디를 가나 한 시, 반 시 마음을 놓지 못하고 밤이나 낮이나 불안과 공포 속에 지내온 그들이 이제부터는 비로소 발을 뻗고 자게 되었다. 아무 근심 걱정 없이 저 할 일을 하며 살림들을 차리고 지내게 되었다.

이순신은 또 단지 농사 짓고 고기잡이 하는 데만 그치지 않고 소금도 굽고 질그릇도 만들게 하며 목수일도 하고 대장간도 벌여 놓게 하는 등 그들로 하여금 각자의 희망과 그 기능에 따라서 온갖 직업들을 다 가지게 하였다.

전쟁이 일어난 뒤로 육군에 있어서나 수군에 있어서나 군량을 보장한다는 것이 실로 여간만 큰 일이 아니었는데 우리 수군은 이제부터는 양곡의 절대량을 확보하게 되었고, 더욱이 여유가 있어서 그것을 육군에 돌리게까지 되었다.

이리하여 한산도로 모여든 피난민들은 이순신의 따뜻한 배려에 의하여 아무 불안도 없이 잘들 지냈고, 한편 우리 수군도 농민들의 열성으로 말미암아 군량을 넉넉히 쌓아 놓을 수가 있어서 장수나 군사나 모두들 마음이 든든하였다.

운 주 당

이순신은 통제영 안에 새로이 별당 하나를 짓고 거기다 '운주당運籌堂'이라는 현판을 걸었다.

그는 함대를 거느리고 적을 치러 나가거나, 혹은 군관들로 더불어 사정射亭으로 활을 쏘러 가거나, 또는 섬 안을 혼자 돌면서 백성들의 사는 형편을 돌아보거나 밭갈이하는 농군들과 이야기를 하거나 하는 때 이외에는 언제나 이 안에서 지내며 여러 사람들과 함께 일을 의논하였다.

집 이름이 '운주당'이라고 하여서 반드시 이곳에서는 전략 전술이나 작전 계획에 관하여서만 논의되는 것이 아니다. 군사 전반에 관해서 크든 작든 온갖 문제가 여기서 제기되고 열렬하게 토론되고 그리고 옳게 결정지어졌다.

자리에 참여하여 문제를 제기하고 토론할 수 있는 사람은 몇 품 이상의 장수나 관원이어야 한다는 것 같은 제약이 여기에는 없었다. 명색 없는 군졸들에게서도 좋은 생각, 좋은 의견이 얼마든지 나올 수 있는 것이다.

이순신은 일개 군졸이라 할지라도 어떠한 문제를 제기하기 위하여 또는 어떠한 문제에 대해서 자기의 의견을 말하기 위하여 이 운주당 안에 자유로 출입하는 것을 결코 금하지 않았다. 아니 그는 이러한 것을 충심에서 환영하였다. 그리고 그것이 옳고 좋은 의견일 때 그는 그 자리에서 곧 그것을 채택하고 그 사람에게는 상을 내렸다.

본래 전라 좌수영과 그 속진屬鎭에 화약이 넉넉히 준비되어 있지 못하였었다. 그것을 각 전선에 나누어서 그 사이 큰 싸움을 여러 차례 치르고 나느라니 이제는 남은 것이 얼마가 안 되는데 본도의 순찰사, 방어사, 소모사召募使, 소모관召募官과 여러 의병장들은 말할 것도 없고 나중에는 경상도의 순찰사와 병사, 수사까지도 화약을 얻으려고 통제영으로 빈번하게 사람을 보내오는 형편이다.

여축한 것은 없고, 후방과는 길이 끊어져서 보급을 받을 도리도 없다. 그렇다고 화약이 없이 장차 어떻게 왜적과 싸울 것인가? 공급을 받을 수 없다면 내 손으로 만들어라도 내야만 하겠다.

통제사의 명령에 의해서 여러 사람이 한동안 침식을 잊고 화약 만드는 법을 실지로 연구하여 본 결과, 군관 이봉수李鳳壽가 드디어 묘법을 터득해서 불과 석 달 동안에 염초焰硝 일천 근을 만들어 내었다.

이같이 해서 우리 수군은 다시는 화약 걱정을 아니하여도 좋게 되었고, 또 순찰사, 방어사들에게도 나누어 줄 수가 있어서 심히 생광스러웠다.

왜적들과 싸울 때마다 매양 느끼는 것은 우리 편의 병장기가 적의 것만큼 정예하지 못하다는 것이다.

우선 조총을 두고 보자. 당시 총은 우리에게도 있었다. 그러나 그 위력이 왜적의 조총을 당하지 못한다.

옥포 해전 이래로 우리 수군이 적에게서 노획한 조총이 상당히 많았는데 이순신은 그것과 우리의 승자 쌍혈 총통勝字 雙穴 銃筒과 둘을 놓고 비교하여 보았다.

조총은 외양부터 매끈한 것이 한 번 쏘면 소리도 굉장하고 총알 나가는 기운도 맹렬해서 한 번 맞으면 무엇이고 단박에 부시어 놓고 마는데, 우리 승자 총통은 모양부터 질둔하게 생긴 것이 소리도 크지 못하고 위력도 조총만 못하다.

이순신은 한동안을 두고 두 총의 우열점이 어디서부터 생겨났는가를 궁리해 보았다. 그리고 마침내 무릎을 탁 치고 혼자 고개를 끄덕이었다.

알고 보니 아주 간단한 이치다. 조총은 우리 총보다 몸체가 긴 까닭에 총 구멍이 따라서 심히 깊고, 구멍이 그처럼 깊이 뚫린 까닭에 터져 나오는 기운도 맹렬해서 무엇이고 맞기만 하면 영락없이 요절이 나고 마는데, 우리 승자 총통은 조총에 비해서 몸체가 썩 짧고 따라서 구멍이 깊지 못하다. 그 위력이 조총만 못한 까닭이 바로 여기 있는 것이었다.

이미 그 이치를 안 바에야 우리 손으로 조총 같은 무기를 만들어 내지 못할 것이 무엇이랴? 이순신은 속으로 이 사람 저 사람 생각해 보다가 마침내 자기와 수하 군관 정사준에게 조총을 내주고 그 만드는 법을 연구해 보게 하였다.

정사준은 물러나오자 수일을 두고 열심히 연구한 끝에 마침내 묘한 방법을 궁리해 내었다. 그는 곧 이순신에게 취품한 다음에 낙안樂安 수군의 대장장이 이필종李必從과 순천 사노 안성安成 등을 데리고 불과 삼사 일 내로 조총을 만들어 내었는데, 외양부터도 정교하거니와 구멍에 불을 재는 재구며 발사되는 탄환의 맹렬한 품이 적의 것과 비하여 조금도 손색이 없었다.

이순신은 크게 만족하여 즉시 삼도 수군 각 속진에 영을 전해서 다들 통제영으로 대장장이를 올려 보내 조총 만드는 법을 배워 가게 하고, 전 순찰사 권율에게 특히 한 자루를 보내 육군에서도 그 방식대로 총을 만들어 쓰도록 권하였다.

그리고 그는 다시 왕에게 새로 만든 총 다섯 자루를 올려 보내며

"…지금 적을 막는 병장기로서 이보다 나은 것이 없는 까닭에 정철正鐵 조총 다섯 자루를 상송하는 바이오니 엎드려 바라옵건데 조정으로부터 각도 각관에 영을 내리시어 법대로 만들어 쓰게 하시고, 또 이번에 이것을 만들어낸 군관 정사준과 대장장이 이필종의 무리에게는 각각 상을 내리시어, 많은 무리들로 하여금 감동이 절로 일어나서 서로 다투어 본을 뜨게 하심이 마땅할까 하나이다…."

하고 장계하였다.

당시에 우리가 사용한 총통은 여러 종류가 있었는데. 그 중에서 가장 위력이 있기는 지자地字 총통과 현자玄字총통이었다.

이순신은 통제사가 된 뒤에 새로 전선을 많이 만들었는데 다만 그 전선들에다 실을 총통이 부족한 게 걱정이었다. 그야 총통도 자꾸 만들어내면 되는 것이지만 이에 소용되는 쇠붙이를 얻기가 힘이 드는 것이다. 지자 총통 한 자루를 만들자 하여도 쇠가 일백오십여 근이나 들고 현자 총통도 오십여 근은 있어야 한다.

전고에 없는 가열한 전쟁을 이태째 겪어 오느라 물자가 고갈해서 비록 관가의 힘을 가지고도 많은 쇠붙이를 모아 들이기란 심히 어려운 일이었다. 새로 만든 전선들에 실을 총통만 만들재도 오만 근은

실히 드는 것이다.

무슨 좋은 방도가 없을까 하고 이리저리 궁리를 해보는 중에 마침 중들이 통제영으로 찾아왔다.

그들은 이순신을 보고 한결같이

“소승들에게도 나라를 위하여 일을 하게 하여 줍시오.”

하고 무슨 일에고 힘을 아끼지 않겠다고 자원해 나서는 것이다.

이순신은 곧 지금 수군에서 시급히 쇠붙이가 소용되는 까닭을 밝힌 다음 모든 사람의 애국심에 호소하는 뜻으로 권선문勸善文을 지어서 그들에게 나누어 주고 널리 민간으로 돌아다니며 쇠붙이를 걷어 들이게 하였다.

인민들은 그 쇠붙이가 다른 데 쓰이는 것도 아니고 바로 자기들의 불구대천의 원수인 왜적들을 쳐 무찌르는 총통을 만들기 위한 것이라고 알자, 너도나도 하고 서로 다투어 내놓을 수 있는 쇠붙이는 모두 자진해서 내놓았다.

이순신은 다시 조정에 건의해서 백성들이 더욱 분발하여 이 쇠붙이 모으는 일에 열을 낼 수 있도록, 각자가 바치는 쇠붙이의 중량에 따라서 혹은 벼슬을 주어 표창도 하고 혹 신역을 면제해 주기도 하며 또 그 사람이 천민인 때에는 면천도 시켜 주었다.

소문이 한 번 돌자 쇠붙이들은 누가 거두러 오기를 기다리지 않고 제 발로들 걸어서 통제영으로 들어왔다. 다 모아 놓고 보니 실로 팔만 여근이다. 이것으로 총통을 부어 만들어서 각 전선에 싣고 그리고도 수백 자루나 또 남았다.

갑오년1594년 봄부터 여름에 걸쳐 우리 나라에는 전염병이 크게 돌아서 삼도 수군이 함께 모여 있는 한산도에서도 군사나 백성들이 이 병에 걸려 죽는 자가 뒤를 이어 그치지 않았다.

이순신은 곧 왕에게 장계하여 경험 있는 의원을 즉시 통제영으로 내려 보내 줍시사 하고 청하는 한편, 앓는 사람들을 따로 수용해서 극력 병이 만연하는 것을 방지하기에 힘쓰는 중에 뜻밖에도 자기 자신이 병에 걸려 버렸다.

그러나 그는 단 하루라도 자리에 누우려 하지 않고 평시나 마찬가지로 군무를 총찰하였다.

좌우에 모시는 아들과 조카들이

"부디 일 보시는 것을 쉬시고 조섭을 하십시오."

하고 간절히 청하였으나 이순신은 그 말을 들으려 안 하였다.

"우리가 지금 싸우는 마당에 바로 왜적과 마주 대하고 있어서 실로 승패가 경각에 달려 있는 터가 아니냐? 더구나 장수된 몸이란 죽지 않으면 누워 있지 못하는 법이니라."

그는 이렇게 말하고 연 이틀 동안이나 그대로 견디어 내어 마침내는 병을 이기고 말았다.

을미년1595년으로 접어들며 이순신에게는 큰 걱정거리가 하나 생겼다. 그것은 경상 우수사 원균으로 해서다.

이순신이 삼도 수군 통제사가 된 뒤로, 그러지 않아도 전부터 그의 빛나는 공훈을 시기하여 마지 않던 원균이 크게 불평을 품게 되었다는 것은 이미 우리가 아는 사실이다. 그런데 이 자는 그 불평을 아주 드러내 놓고 만나는 사람마다 붙잡고는 으레 늘어놓는 것이 이순신의 욕이요, 또 통제사는 마땅히 제가 될 것인데 이순신이 권문세가에 뇌물을 써서 가로채 버렸다는둥, 도무지 되지도 않는 수작을 하여 오더니 근자에는 전투하는 마당에서 이순신의 지휘를 듣지 않고 그 절제를 받으려 안 하는 데까지 이르렀다.

이것은 실로 중대한 일이었다. 왜적과 마주 대하여 국가의 흥망을 걸고 싸우는 이 마당에 삼도 수군을 통솔하는 통제사와 그 관하에 있는 수사 사이가 이러하여서야 마침내는 군국 대사를 그르치게 되고 말 것이 아니냐?

이순신은 곰곰이 생각한 끝에 차리리 자기가 통제사의 자리에서 물러나리라 결심하고 즉시 왕에게 장계하여 자기의 관직을 갈아 줍소사 하고 청하였다.

이 일을 알자 원균은 내심으로 퍽 좋아하였다. 이순신이 통제사를 그만두면 그 자리에는 응당 자기가 앉게 되리라고 믿었기 때문이다.

그러나 우리 수군을 통솔할 사람이 이순신을 내놓고는 달리 없다는 것을 잘 알고 있는 왕은,

"대장을 어찌 함부로 갈아서 되겠느냐?"

하여 이순신은 그대로 두어 두고, 그 대신에 원균의 벼슬을 갈아 그에게 충청 병사를 제수하였다.

원균은 수군에서 떠났다. 그러나 충청도에 가 있으면서도 여전히 이순신을 욕하고 헐뜯는 것으로 일을 삼았다. 그는 별 터무니도 없는 말을 다 지어내서는 그저 조정에다 대고 이순신을 모함하는 것이다.

이순신의 귀에 이 소문이 자꾸 들어온다. 그러나 그는 구태여 자기가 나서서 변명하려 하지 않았다. 정말 잘못을 들추어 내자면 원균에게는 얼마든지 있었지만 이순신은 입을 봉하여 원균을 욕하는 법이 없었다.

이리하여 모르는 사람들은 차차 원균을 옳다고 하고 이순신에 대하여 좋지 않게 말하게끔 되었거니와, 이 비상한 시국에 있어서도 오히려 당파 싸움에 눈들이 벌갰던 조정에서는 서인의 무리들이 말끔 원균의 편을 들고나서서 이순신을 자꾸 헐뜯는 것이다. 그것은 원균이

가 바로 자기들과 한동아리였기 때문이다.

그러면 이순신은 동인이었던가? 그는 동인도 서인도 아무것도 아니었다. 그렇건만 서인들은 이순신을 아주 미워하였다. 그것은 같은 서인인 원균이가 그를 미워하였기 때문이요, 또 처음에 일개 정읍 현감이었던 이순신을 극력 천거해서 전라 좌수가 되게 한 영의정 유성룡이 바로 동인의 거두이였기 때문이다.

유성룡은 이순신과 어릴 때부터 서울 간천동幹川洞에서 자라나 남달리 교분이 두터웠다. 그래서 이순신이 공명 정대한 사람임을 그는 누구보다도 잘 알고 있었다. 이순신을 위해서 말마디라도 해야 할 사람은 그다. 그렇건만 유성룡은 감히 나서서 말하지 못하였다. 그것은 이순신이 자기와 친한 사람이요 또 자기가 천거한 사람이었기 때문이다. 그는 섯불리 이순신을 위해서 나섰다가 자칫 그의 언걸이라도 입게 될 것이 두려웠다. 이 늙은 정승은 충직하고 양심 있는 사람이었으나 그 성격에는 또 이러한 약한 구석이 있었던 것이다.

이리하여 조정의 공론은 자연 이순신에게 불리하게만 되어 가고 마침내는 왕까지도 차차 그를 믿는 마음이 전만 못해졌다.

적의 반간계

소위 '강화'에 대한 담판은 삼 년 동안이나 지지하게 끌어 오며 쉽사리 귀정이 나지 않았다.

그 동안 경상도 남해안 일대에 남아 있던 왜적들은 병신년1596년 가을에 들어서며 성들을 수축하고 해자를 더욱 깊이 파고 왕대를 베어다가 채책寨柵을 둘러 저희들의 진지를 강화하기에 열중하였다.

왜적들이 '강화' 교섭이고 무엇이고 다 걷어치우고 이제 멀지 않아서 다시 대병을 일으키어 우리 나라로 쳐들어오리라는 말이 떠돌아 민심이 자못 흉흉한 때 거제도에 진을 치고 있는 왜장 소서행장의 부하 요시라要時羅가 경상 좌병사 김응서金應瑞에게 드나들기 시작하였다.

이 요시라라고 하는 자는 대마도 태생의 왜놈이라고도 하고 혹은 일본 계집을 데리고 사는 부산포 왜호倭戶의 종자라고도 하여 국적이 분명치 않았다. 그러나 어쨌든 왜장 소서행장의 부하인 것만은 틀림없다.

이 자는 필요에 따라서 왜놈으로도 행세하고 조선 사람으로도 자처하느니만치 한번 우리 나라 복색으로 꾸미고 나서면 그 유창한 조선말이며 틀에 박힌 행동거지며 아무도 이 자를 왜놈으로 볼 사람이 없었다.

이러한 요시라가 김응서를 찾아와서

"가등청정이가 머지않아 바다를 다시 건너 오기로 되었는데 이놈이 육지에 오르기 전에 바다에서 잡아 없애지 않으시렵니까?"

불쑥 그러한 소리를 한 것이다. 병신년도 이미 다 가서 섣달 그믐이 며칠 안 남았을 때 일이다.

"원래 청정이와 행장의 사이가 좋지 못한 줄은 전에도 말씀을 드려서 영감도 잘 아시는 터가 아닙니까? 그런데 이번에 또 행장은 극력 화평을 주장해 나섰건만 똑 청정이가 그대로 싸우자고 고집을 해서 '강화' 교섭이 마침내 깨어지고 만 까닭에 두 사람이 아주 원수를 맺게 되었답니다. 이제 해만 바뀌면 대병이 다시 바다를 건너 오게 되는데 조선 백성들이 또 한번 참혹한 화를 입게 되는 것이나 일본 군사들이 만리 이역에서 원통한 죽음을 하게 되는 것이나 모두가 청정이의 탓이 아니고 무엇이겠습니까? 이 까닭에 행장은 아주 절치부심해서 이번에 기어이 청정이를 죽여 버리자고 저더러 영감을 찾아 뵙고 말씀을 올리래서 이처럼 또 온 것입니다."

왜장 가등청정이와 소서행장이가 아주 앙숙이어서 매사에 서로 못먹어 한다는 말은 우리 편에 사로잡힌 왜병들 입에서도 더러 들어 온 터이요, 행장이가 처음부터 화평을 주장해 왔고 청정이가 종시 싸움을 고집하고 있는 줄도 우리 편이 다 알고 있는 사실이다.

요시라의 말이 별로 구석 빈 데가 없어서 김응서의 귀에는 그럴싸하게 들렸다.

"그래 우리더러 잡아 죽이라니 무슨 좋은 계책이라도 있느냐?"
하고 물으니까 요시라는

"우리가 내통해 드릴 터인데 계책이니 무어니 할 것이 있겠습니까? 이제 해가 바뀌면 청정이가 선봉이 되어 대군에 앞서 바다를 건너 옵니다. 제가 청정이의 오는 날을 아는 대로 즉시 기별해 드릴 테니 통제사더러 수군을 거느리고 마주 나가서 치라고 하십쇼그려. 조선 수군의 위엄으로 그를 잡아 죽이는 것쯤 어려운 일이 아니니 그러면 조선에서는 임진년 원수를 갚고 행장은 또 자기의 원한을 풀게 되는 것이 아니겠습니까?"
하고 말하는 것이다.

왜적은 '화평' 교섭의 뒤에 숨어서 그간 삼 년을 두고 은근히 국력을 기르고 전비를 튼튼히 해놓았다. 그러나 다시 한 번 우리 나라를 침노하려 하면서 종시 마음에 꺼리는 것은 통제사 이순신이 거느리고 있는 우리 나라 수군이었다.

어떻게 하면 조선 수군을 쳐 깨뜨릴 수가 있을까? … 조선 수군을 쳐 깨뜨리려면 먼저 통제사 이순신부터 없애버려야 한다….

이처럼 생각한 왜적은 마침내 계책을 세우고 그렇듯 간첩 요시라를 시켜서 반간反間을 놀게 한 것이다.

그러나 경상 좌병사 김응서는 왜적의 간특한 술책에 빠져들어 가는 줄은 꿈에도 모르고 요시라의 하는 수작을 곧이곧대로 믿어 즉시 도원수 권율에게 이 일을 보하였다.

도원수 권율도 또한 의심하지 않고 곧 조정에다 이 뜻으로 장계를 올렸다.

조정에서는 이 말을 듣자 청정이의 머리는 이미 수중에 넣은 것이나 진배 없다고 왕과 신하들이 다 좋아하며 이순신에게 명령하여 요시라의 계책대로 행하라 하였다.

왕의 교서를 읽고 나자 이순신은 고요히 눈을 감고 한동안 말이 없었다. 그의 턱 아래 수염이 보일까 말까 하게 떨린다. 이윽고 그가 다시 눈을 떴을 때 그의 입가에서는 저도 모를 결에 한숨이 새어 나왔다….

한산섬 달 밝은 밤에

정유년1597년 정월 스무하룻날 밤이다.

때는 거의 자정이나 되었을까 한데 이순신은 운주당 안에 등촉을 밝혀 놓고 앉아서 그대로 깊은 생각에 잠겨 있었다.

그와 모를 꺾어 앉은 전라 우수사 이억기도 수심이 얼굴에 가득하였고 곁에 모시고 섰는 군관 송희립도 미간에 주름살이 굵었다.

이윽고 이억기가 입을 열어

"대감."

하고 한마디 불러 보았다. 그러나 이순신은 그대로 눈을 감은 채 대답이 없다.

또 한동안 넓은 운주당 안에 무거운 침묵이 흘렀다. 밤은 더욱 깊어만 간다.

"대감."

하고 이억기는 다시 한 번 부르고 이순신이 비로소 눈을 떠서 그를 바라보자 곧

"나가시기는 나가셔야 안 하시겠습니까?"
하고 그의 얼굴을 빤히 쳐다보며 대답을 기다렸다.

바로 이날 저녁 때 도원수 권율이 몸소 통제영으로 내려와서, 왜장 청정이가 내일 해질 무렵에 바다를 건너온다고 요시라에게서 기별이 있었으니 행여나 이 기회를 놓치지 말라고 지시를 하고 갔던 것이다.

이순신은 잠깐 물끄러미 이억기를 바라보다가 그 무거운 입을 열어 한마디 되물었다.

"영감도 나더러 나가라고 권하시오?"

이억기는 조용히, 그러나 말 마디에 힘을 주어

"요시라에게서 기별이 있는 대로 반드시 나가라고 어명이 있으셨고 오늘 다시 도원수 대감이 오셔서 내일 유시酉時를 잊지 말라고 거듭 당부가 계셨으니, 아니 나가시고 어이 하시렵니까?"

이순신은 두어 번 고개를 내저으며

"병서에도 '장수가 밖에 있으면 임금의 명령도 받지 않을 경우가 있다'고 하였소. 몇 번씩 말씀이지만, 첫째로 요시라는 왜장의 수하 심복이니 적의 간첩이 분명한데 그 말을 어떻게 믿소? 고금 동서를 막론하고 적을 잡을 계책이 적에게서 나왔다는 말을 나는 못 들었으며, 둘째로 경상도 연해, 울산, 부산, 김해, 거제 등지가 모조리 왜적의 소굴로 되어 있는데 만약에 우리가 경망되이 나갔다가는 앞 뒤로 적을 받아 열에 아홉은 패를 볼 우려가 있기 때문이니 우리 수군이 한번 무너지는 날에는 나라가 어찌 되오? 영감도 이만한 도리를 모르실 리가 없으련만 도원수 대감의 분부만 중히 여겨서 굳이 나가라고 권하시니 나로서는 참으로 뜻밖이외다."

이억기는 난처한 기색으로 잠깐 말이 없다가 다시 입을 열어

"어찌 하관인들 그만한 도리를 모르겠습니까? 그러나 다만 이제 대

감께서 분부 거행을 안 하시고 보면 간사한 무리들이 또 이것을 기화 삼아서 갖은 모함을 다하고 말겠으니 이를 장차 어찌하겠습니까?"

그는 말을 끊었가가 곧

"대감, 다시 한 번 생각해 보시지요."

하고 간곡히 권하여 보았다.

그러나 이순신은 고요히 눈을 감고 그 말에 아무 대꾸가 없었는데, 이제까지 곁에가 잠자코 모시고 섰던 송희립이 입을 열어

"소인이 나서는 것은 참으로 외람된 일이오나 우수사 사또께서 하시는 말씀이 지당하온 줄로 아옵니다. 이번에 수군을 거느리고 나가셨다가 설사 패를 보신다 하더라도 그것은 어명과 도원수 사또의 분부 대로 하신 일이니 무슨 죄책이 있겠습니까? 이대로 그냥 앉아 계시다가 누명을 쓰시느니 차라리 한 번 나가 보시는 것이…"

그러나 그의 말이 미처 끝나기 전에 이순신은 눈을 번쩍 뜨며 언성을 높여

"그게 대체 무슨 말인가? 그게 그래 될 뻔이나 한 말인가? 수군은 곧 우리 나라의 보장保障이니 한 번 무너지는 날에는 나라가 위태한데 왜적의 간교한 계책임을 빤히 알면서 그대로 수군을 몰고 나갈 법이 어디 있단 말인가?"

하고 준절히 꾸짖고 나서 다시 부드러운 말씨로

"이번에 수군이 나가지 않았다고 해서 설사 나라에서 죄를 내리신대도 그것은 내 한 몸이 당하면 그뿐일세. 내가 나라를 위해서 어찌 이 한 몸을 돌아보겠나? 내 이미 뜻을 결했으매 자네는 다시 두 번 말을 말게."

송희립은 묵묵히 듣고 있다가 슬며시 고개를 외로 돌렸다. 이순신의 비장한 심사가 엿보이자 그는 순간에 그만 가슴이 뭉클해지며 눈

시울이 뜨거워졌던 것이다. 이억기도 머리를 숙이고 말이 없었다.

이순신은 다음에 혼잣말로

"인사人事를 다해서 천명天命을 기다릴밖에—"

한마디 하다가 생각난 듯이 이억기에게

"영감, 그만 돌아가서 쉬시지요."

하자 곧 송희립을 돌아보며

"자네, 뫼셔다 드리게."

하고 분부하였다.

어디서 첫닭 우는 소리가 들려 오고 바다에는 어느 틈에 달이 올랐는지 동창에 달빛이 우려서 훤하다.

두 사람을 내보내고 이순신은 잠깐 자리에 더 앉아 있다가 마침내 몸을 일어 뜰로 나왔다.

아무리 남쪽 지방이라 하여도 정월 하순의 밤 추위는 만만치 않았다. 그러나 이순신은 그것도 모르는 듯 달빛이 가득한 운주당 뜰을 혼자서 뒷짐지고 이리저리 거닐었다.

밤은 깊을 대로 깊어서 사면이 괴괴한데 이때 문득 어디선가 피리 소리가 들려 왔다.

"시름에 잠 못 이루는 사람이 또 있었던가? …"

그는 입안 말로 한마디 하고 뜰 한가운데 걸음을 멈추고 서서 달을 쳐다보았다. 피리 소리는 끊일듯 끊이지 않고 그대로 들려온다.

이순신은 지난해 가을 어느 달 밝은 밤에 망루 위에 올라갔다가 지은 시조가 불현듯이 가슴에 떠올라 나직이 읊었다.

한산섬 달 밝은 밤에

수루戍樓에 홀로 앉아

큰 칼 옆에 차고
깊은 시름 하는 차에

어디서 일성 호가는
남의 애를 끊는고

사또는 어디로 가십니까

이순신은 마침내 나가지 않았다. 그로서 이틀이 못 되어 웅천熊川에서 정보가 들어왔는데 왜장 청정이는 벌써 지난 정월 대보름날 장문포長門浦에 상륙했다는 것이다. 그런 것을 요시라라는 놈은 가장 은근히 일러주는 체 스무이튿날 건너온다고 말하였고 그것을 또 고지식하게 믿어 도원수 권율은 스무하룻날 몸소 통제영까지 내려와서 내일 꼭 나가서 잡으라고 지시를 내리고 갔던 것이다.

적은 매복을 하고 우리를 기다리고 있었다. 모르고 섯불리 나갔다면 그만 적의 술책에 빠져서 우리 수군은 어찌 되었을지 모른다.

사실은 이러하건만 조정의 공론은 이순신에게 불리하게만 되어 갔다.

요시라가 반간을 노느라 다시 경상 좌병사 김응서를 찾아 보고

"제가 일껀 청정이가 건너오는 날짜까지 일러 드렸건만 왜 나가서 잡으시지 않으셨습니까? 참으로 다시 얻기 어려운 기회를 놓치고 말았으니 이런 통탄할 일이 어디 있습니까?"

하고 말해서 이 말이 도원수 권율을 통하여 조정에 들어갔을뿐더러,

이순신을 기어이 잡아 먹고야 말겠다고 벼르는 원균이가 또 나서서

"청정이가 건너오는 날짜까지 알면서도 순신이 짐짓 나가지 않아 그예 놓쳐 버렸으니 이런 해괴한 일이 어디 또 있사오리까? 이것이 바로 적에게 나라를 파는 것과 무엇이 다르오리까?…"

하고 그를 극력 모함하였던 것이다.

별의별 소문이 다 떠돌았다. 지금 조정에서는 전부터 원균과 부동해서 이순신을 비방만 하여 오던 서인의 무리들이 모두 들고일어났으니 일이 장차 어찌 될지를 모르겠다는 둥, 아니 벌써 통제사를 잡아 올리라는 왕의 분부가 떨어졌다는 둥, 새 통제사로는 원균이가 대개 내정이 된 모양이라는 둥….

이러한 소문들은 한산도에도 떠들어와서 이곳 장병들과 백성들의 마음을 극도로 불안하게 하여 놓았다.

그러나 이순신은 무슨 말이 떠 돌거나 개의하지 않았다. 실로 우러러 하늘에도 부끄럽지 않고 굽어 땅에도 부끄럽지 않은 자기 몸이었다.

다시 무엇을 근심하며 또 무엇을 두려워하랴?…

우리의 불구대천의 원수는 왜적이다. 가증한 왜적이 다시 우리 나라를 침노해 왔으니 우리의 할 일은 오직 이 원수들을 쳐 무찌르는 것뿐이 아니겠느냐?…

이렇게 생각하는 이순신은 수하 장수들에게 영을 내려 전선과 군사를 수습하게 하며 출진을 앞두고 척후병들을 웅천 등지로 보내서 적정을 자세히 알아 오게 하였던 것이다….

이월 스무엿샛날 아침이다.

이순신이 수하 장수들과 함께 동헌에 앉아서 장차 적을 치러 나갈

일을 의논하며 척후병들이 돌아오기를 기다리고 있는데 문득 사령이 들어와서,

"고음천古音川에 보내셨던 문안 나장問安 羅將이가 돌아왔소이다."

하고 보한다.

이순신은,

"오 벌써 돌아왔다느냐?"

하고 반색을 하며

"곧 불러 들여라."

하고 분부하였다.

전라 좌수영에서 멀지 않은 고음천에는 그의 어머님이 계셨다. 임진년에 난리가 나서 충청도에도 왜적들이 들어오자 이순신은 아산 본댁에서 어머님을 모셔다가 이곳에 계시게 한 것이다.

그러나 그는 늘 군무에 바빠서 전라 좌수사로 있을 때에도 바로 지척에 계신 어머님을 자주는 찾아 뵙지 못하였었고 계사년에 이곳 한산도로 본영을 옮겨 온 뒤로는 더구나 좀처럼 가 뵈올 겨를이 없어서 때때로 나장이를 보내 문안을 드리는 것이 고작이었다.

이순신은 동헌 앞창 미닫이를 열고 내다보다가 문안 나장이가 섬돌 아래 와서 양수거지하고 서자

"그래 어떠하시더냐?"

하고 먼저 물었다.

나장이는 흘낏 이순신을 쳐다보고 허리를 굽신하며 아뢰였다.

"대부인 마님께서는 기체후 일향— (하고 여기서 잠깐 말이 끊였다가) —안강하옵시며, 저 전갈 말씀이 '고음천에는 아무 일이 없으니 이쪽 일은 걱정 마시고 그저 하루바삐 왜적을 물리치시어 나라 원수를 갚도록 하십시사고…."

이순신은 말없이 그를 내려다보았다. 나장이가 다시 한 번 눈을 들어 당상을 쳐다보다가 그와 눈이 마주치자 질겁을 해서 고개를 숙인다.

이순신은 엄숙하게 그러나 부드러운 음성으로 타이르듯 한마디 하였다.

"네 눈으로 뵈온 대로 바로 아뢰어라."

나장이는 또 흘낏 쳐다보고 못내 송구해서 몸 둘 바를 몰라 하며

"네…, 대부인 마님께서 수일째 감환感患으로 미령하시온데 더욱이 구미를 잃으시어 조석이 달갑지 않으신 줄로 뵈웠소이다."

이순신은 다시 타이르는 말씨로

"그런데 네 어찌하여 처음에는 나를 기이려 하였느냐? 어디 그래서야 내가 모처럼 너를 보낸 보람이 없지 않으냐?"

한 마디 하니 나장이는 더욱 송구해 하며

"황공하외다. 소인이 언감 사또를 기망하오리까마는 다만 대부인 마님께서 돌아가건 부디 사또 전에 그렇게 말씀을 올리라고 재삼 당부가 계셨기 때문이외다."

하고 아뢴다.

나장이가 물러나간 뒤에 이순신은 눈을 들어 멀리 바다 너머로 서쪽 하늘을 바라보았다. 그가 어머님을 가 뵌 지도 벌써 여러 해 된다. 병환이 위중하시단 말씀을 듣고 간신히 하루 틈을 내서 고음천으로 어머님을 뵈러 갔던 것이 갑오년 정월 달이니 벌써 햇수로 사년 전의 일이다.

그때 가서 하룻밤을 묵고 이튿날 조반 후에 다시 총총히 하직을 고하고 돌아오는데 어머님은 기식이 엄엄하신 중에도

"부디 잘 가거라. 어서 가서 국욕國辱을 크게 덜어라."

하고 타이르시며 아들이 떠나간다고 해서 조금도 설워하시는 빛이 없으셨다.

당시 병상에 계시던 어머님의 모양을 눈앞에 그려 보며,

"그때부터 삼 년… 어머님 춘추가 올에 여든넷이시니 기력이 당시보다도 더 못 하실 텐데 병환으로 잡숫지도 못하시다니…."

그는 가슴이 아팠다.

"나같이 불초한 자식이 어디 또 있으랴?… 나는 갈 수 없고, 이 애더러나 가 뵈우라고 할밖에…."

하고 통인더러 책방冊房에 가서 맏아들 회를 불러 오라고 이르는데 적정을 탐지하러 갔던 척후병들이 마침 돌아왔다.

곧 불러 들여서 물어보니

"지난 열아흐렛날 웅천 등지로 가서 적정을 알아 오라고 하시는 분부를 받자옵고 바로 떠나서 스무날은 웅천 고읍古邑 신당神堂에서 밤을 지내고 이튿날 산으로 올라가서 웅천성을 굽어보니 서문 밖과, 북문 밖과, 또 동문 밖 향교동鄕校洞에 왜적들이 도처에 초막을 지어 무수히 둔쳐 있사옵고, 선척은 대선, 중선, 소선을 합해서 도합 이백여 척이 웅포 선창 안에 닻을 내리고 있사오며, 다음에 차례로 제포薺浦와 안골포와 영등포를 돌아보았사온데 이곳에도 왜선들이 무수히 출몰하고 있사옵고, 스무사흗날에는 김해 경내로 들어서서 그날 밤은 불모산佛母山에서 지내고 이튿날 두루 살펴보오매 칠리 밖 죽도竹島 속에 왜적들이 초막을 지어 놓고, 포구 안에는 대선, 중선을 합해서 칠십여 척이 들어와 있는데, 가다리 백성들에게 적정을 물어보았더니 근자에 김해 강과 가덕도 앞바다에 왜선들이 연락부절로 왕래가 날로 빈번해서 민심이 자못 흉흉하다고 하옵니다."

척후병들이 보하는 말이 대개 이러하였다.

이순신은 다 듣고 나자 고개를 두어 번 끄덕이며 그들을 물러가게 한 다음에 곁에 선 송희립을 돌아보고 말하였다.

"왜적들이 이처럼 창궐하니 시각을 지체해서는 안 되겠네. 만약에 우도 수군이 들어오기를 기다려서 함께 떠나려다가는 왜적의 기세가 더욱 돋쳐서 제어하기가 어려울 것이야. 아무래도 불시에 나가서 보는 족족 잡아 없애느니만 못 할까 보이."

송희립은 허리를 한 번 굽신하며

"지당하신 말씀이외다."

하고 말하였다.

이순신이 우후虞候와 병방 비장兵房 裨將을 불러들여 몇 마디 말을 물어보는데 이때 홀지에 삼문 밖에 사람들이 술렁거리는 기척이 있었다.

이순신은 하던 말을 끊고 열어제친 앞창 미닫이 너머로 그편을 바라보았다. 방 안의 다른 사람들도 모두 고개를 그쪽으로 돌리고 밖에서 나는 소리에 귀를 기울였다.

이때 밖에서 군관 하나가 급한 걸음으로 들어왔다. 그의 안색이 몹시 창백하다. 송희립은 순간에 까닭 모를 불길한 예감으로 해서 가슴이 설레는 것을 스스로 어찌하지 못하며 대청으로 마주 나갔다.

황황히 마당으로 걸어 들어온 젊은 군관은 앞창 미닫이로 내다 보고 있는 이순신과 눈이 마주치자 어찌해야 좋을지를 모르는 것처럼 허리를 한번 굽신한 다음에 곧 외면하고 대청에 나와 섰는 송희립 앞으로 다가갔다.

이순신은 한마디 물었다.

"밖에 무슨 일인가?"

젊은 군관은 댓돌 아래 걸음을 멈추고 서서 잠시 머뭇머뭇 하다가

"저어 서울서…"

하고 겨우 한마디 하고는 뒷말을 잇지 못한다.

"서울서?"

"네…"

젊은 군관은 흘낏 한 번 이순신을 쳐다보고 다시 얼른 고개를 숙이며 기어들어가는 목소리로 말을 이었다.

"저어 금부 도사가 내려왔소이다."

그 말에 송희립과 우후, 병방이 다같이 얼굴이 해쓱해지는데 이순신은 물끄러미 그를 바라보며 다시 한마디 물었다.

"그래 무슨 일로 내려왔다던가?"

젊은 군관은 두 손을 비비며 다시 주저주저하다가

"사또께 나명拿命*이…"

하고 말 끝을 맺지 못한다.

"내게 나명이?…"

하고 이순신은 한 번 뇌어 보고 고요히 눈을 감았다.

그러자 뒤미처 이방이 들어왔다.

"금부 도사가 객사客舍에 들어앉아 사또께 전교傳教를 받으러 나오시랍니다."

그의 음성도 떨렸다.

"알았다…."

하고 이순신이 고개를 끄덕이자 이방은 다시 한마디 덧붙였다.

"저어 충청 병사또께서도 함께 내려오셨소이다."

이순신은 그 말에 잠깐 눈을 크게 떴으나 즉시 속으로

"그러려니…."

---

* 나명: 체포령.

하고 생각하고 말없이 다시 고개를 끄덕이었다.

이순신은 그 길로 사모 각대하고 객사로 나가서 왕의 전교를 받았다. 삼도 수군 통제사 이순신을 삭탈관직하고 '구격나래具格拿來'*하라는 왕의 분부다.

이순신이 전교를 받고 동헌으로 돌아오자 뒤미처 충청 병사 원균이 들어왔다. 그는 이번에 이순신의 뒤를 이어 저의 소원대로 통제사가 되어 내려온 것이다.

몸은 전에 경상 우수사로 있을 때보다도 더 피둥피둥하였고 그 개기름이 지르르 흐르는 얼굴에는 축 처진 눈초리와 탐욕스러운 입가에 남의 불행을 보고 좋아하는 잔인한 웃음이 쉴 새 없이 떠올랐다.

이순신은 회계 비장을 불러 신임 통제사 앞에서 진중 소유陣中 所有를 고하게 하였다.

한 손에 장부를 펴 들고 나서서 고하는 회계 비장의 음성도 떨렸다.

"삼도 수군의 병선이 도합 오백삼 척이온데 통제영 소속으로 판옥선이 사십육 척, 협선이 오십삼 척, 거북선이 삼십 척이요, 재고 군량미는 구천구백십사 석, 화약은 사천 근, 총통은 천, 지, 현, 각양 총통이 각 전선에 나누어 실은 것말고 도합 삼백 자루요, 궁시弓矢는…."

이러는 사이에 삼문 밖에는 군중의 술렁대는 소리가 점점 더 높아갔다. 그러나 동헌 마루와 뜰 아래 서 있는 비장들과 관속들은 넋을 잃은 사람처럼 멍하니 서서 아무도 말이 없었다.

회계 비장이 다 보하고 나자 이순신은 통인을 시켜 인궤印櫃를 들어다가 원균 앞에 놓게 하고 허리에 차고 있던 대장패大將牌와 병부를

* 구격나래: 수갑, 착고, 칼들을 갖추어 죄인을 잡아 오던 것.

끌러서 손수 탁자 위에 놓았다.

이제 할 일은 다하였다. 그는 동헌 마루로 나왔다. 그리고 눈을 들어 당상에 늘어선 장수들을 둘러보고 다음에 당하에 모여 선 관속들을 바라보았다.

그들은 모두가 자기의 수족이 되어서 몸을 아끼지 않고 일을 해준 사람들이다. 그들은 모두가 자기와 사생을 한가지해서 원수들과 싸워온 사람들이다.

그들을 버리고 이대로 떠나야만 하는 그의 심사를 어이 다 말하랴? 그러나 나라의 죄인이 된 이제 그들을 대하여 작별을 아끼고 뒷일을 부탁하고 하는 것은 온당치 못하고 또 외람된 일일 것이었다.

이순신은 마침내 한마디 말도 없이 섬돌을 내려 섰다. 당상의 장수들도 다 초연히 그의 뒤를 따라 뜰로 내려왔다. 이순신은 문을 향해서 나갔다. 뜰에 섰던 관속들도 다 소리 없이 그의 뒤를 따랐다.

삼문 밖에는 섬 안의 백성들이 모두 몰려 나와서 백차일 치듯 하고 있었다. 그들은 한결같이 흥분 속에 들끓고 있었다. 치솟는 분노와 그지없는 비탄 속에서 대체 어떻게 해야 좋을지를 스스로 모르며 그들은 그대로 웅성대고들 있었던 것이다.

그러다가 안으로부터 이순신이 천천히 걸어 나오는 것을 보자 그들은 저마다 숨들을 죽이고 애타는 얼굴로 그를 지켜 보았다. 모든 눈이 한결같이 그를 향해서 무엇인지를 호소하고 무엇인지를 갈망하는 것 같았다.

이순신은 그 사이를 말없이 앞만 보고 걸었다. 그가 걷는 대로 군중은 마치 물결 갈라지듯 좌우로 갈라져서 그의 나갈 길을 틔여 놓았다. 그러나 그가 지나가면 곧 다시 합쳐져서 그들도 소리 없이 뒤를 따라 앞으로 앞으로 움직였다.

이순신은 마침내 객사 앞에 이르렀다. 그곳에는 금부 도사와 나장 나졸들이 그를 기다리고 있었다.

그가 객사 뜰로 들어서자 금부 도사는 방에서 마루로 나오며, 어명을 받들고 온 사람을 오래 기다리게 하였다고 볼멘 소리로 그를 꾸짖고 곧 나장이를 향하여 분부하였다.

"어서 죄인에게 줄을 지워라."

나장이는 즉시 나졸들을 지휘해서 격식대로 이순신의 의관을 벗기고 오라로 그를 결박하였다.

그 사이에 금부 도사는 뜰로 내려 와서 마부에게 말을 밖으로 끌어내라 이르고,

"어서 가자."

나장이에게 다시 한마디 한 다음에 한걸음 앞서서 밖으로 나왔다.

객사 문 밖에 몰려 서 있던 군중은 문 안에서 맨상투 등저고릿바람에 오라를 지고 나오는 자기들의 '사또'를 보자 순간에 눈앞이 캄캄해지는 것을 느꼈다.

"아이고, 하느님 맙소사…."

웬 여인이 이처럼 부르짖고 울음을 내자 모든 사람들의 설움과 분노가 일시에 터졌다. 그들은 와 앞으로 몰려들었다.

이때 말을 탄 금부 도사가 앞을 막아 선 군중들을 향하여

"이놈들 비켜라."

호령을 하며 빽빽이 몰켜 선 군중 사이로 말을 그대로 내몰려 들었다.

바로 이때 어디로선가 몽둥이가 하나 날아와서 금부 도사의 갓을 부시어 놓았다. 뒤미처 군중 속에서

"저놈 잡아 죽여라—"

외치는 소리가 들렸다. 예서제서 와 하고 이에 호응한다.

금부 도사는 얼굴이 파랗게 질려서 굴러떨어지듯 말에서 뛰어내렸다.

"이놈들, 죄 없는 우리 사또를 왜 잡아 가니."

"못 잡아 간다, 못 잡아 가."

형세는 험하였다. 나장이과 나졸들도 얼굴이 다 마전한 것같이 되어 가지고 벌벌 떨었다.

"일월 같으신 우리 사또를 잡아 가다니 조정에는 허수아비들만 있단 말이냐?"

"이놈들, 사또께 지운 오라를 냉큼 풀어 놓지 못하느냐?"

하고 모두들 이에 호응한다.

"대감…"

하고 금부 도사는 이순신의 결박당한 팔을 덥석 잡으며 떨리는 목소리로 애원하듯 말하였다.

"대감, 날 좀 살려주."

이순신은 마침내 소리를 가다듬어 외쳤다.

"왜들 이러는가?"

다시 한 번 고성을 쳤다.

"분별 없이 왜들 이러는가?…"

그리고 그는 조용해지기를 기다려서 한마디 하였다.

"나, 순신으로 하여금 죄를 더 짓게 하지 말라."

모두들 쥐 죽은 듯 소리가 없었다. 이순신은 앞을 서서 서서히 걸어 나갔다. 금부 도사는 다시 말에 오르지 않고 나졸들 틈에 끼여 그의 뒤를 따랐다.

모두들 망연자실해서 그 자리에 잠시 서 있는 중에 문득 여기저기서 오열하는 소리가 들려오자 그들은 약속이나 한듯이 일시에 울음을 터뜨렸다.

"사또는 어디로 가십니까?"

"우리들을 버려 두시고 어디로 가십니까?"

낭자한 곡성과 함께 애타게 자기를 부르는 백성들의 소리에, 오라를 지고 묵묵히 포구를 향하여 걸어 나가는 이순신의 두 눈에도 이슬이 맺혀 있었다….

옥 중 에 서

금부 도사는 이순신을 압령하여 육지에 오르자 진주에서 짚 보교步橋를 얻어 그를 태우고 길을 재촉하였다.

그는 죄인에게 인정을 쓰느라고 보교에 태운 것이 아니다. 한산도에서 혼이 난 그는 서울까지 가는 동안에 또 길에서 백성들에게 단련을 받을 것이 두려웠기 때문이다.

그러나 백성들은 용하게 알고 모두 달려나와서 '사또'를 부르며 울었다. 서울 천릿길에 곡성은 진동하고, 자기들이 부모처럼 우러르는 이순신을 기어이 죽을 고로 몰려는 간신들과 조정의 암매하고 부당한 처사에 백성들의 분격은 끓었다.

이보다 앞서 도체찰사 이원익李元翼은 남도에 있다가 조정에서 장차 이순신을 서울로 잡아 올리고 원균을 새로 통제사로 내려 보내려 한다는 소문을 듣고는 그만 소스라쳐 놀라서 즉시 왕에게 장계를 올렸었다.

"…왜적이 가장 꺼리는 바는 우리 수군이니 결단코 이순신을 갈아서는 아니되옵고 또한 원균을 통제사로 보내서는 아니되옵니다…."

이렇게 그는 주장하였던 것이다. 그러나 조정에서는 듣지 않았다. 이원익은,

"이제 다시 나라 일을 어떻게 해볼 도리가 없구나…."
하고 길이 탄식하였다.

삼월 초나흗날 저녁때 이순신은 서울에 들어서는 길로 바로 전옥에 갇히는 바 되었다.

뒤미처 서울로 좇아 올라온 이회는 바로 옥중으로 부친을 찾아 뵈었다.

대사 죄인大事 罪人을 잡아 가두는 간間 속은 심히 어두웠다. 북쪽 토벽 위에 고조만 창이 하나 뚫려 있어서 그리로 낮이면 희미한 빛이 새어 들어올 뿐, 이 안에서는 일년 열두달 삼백육십일을 통히 해 구경을 못 한다.

이회가 간 앞으로 다가갔을 때 부친은 그 침침하고 습한 속에가 머리에 큰 칼 쓰로 수갑 차고 발에 착고 차고 한 잎 거적 위에 눈을 감고 앉아서 고요히 생각에 잠겨 있었다.

이회는 너무나 망극하여 문안 말씀도 옳게 여쭙지 못한 채 간 앞에 오래 동안 그대로 엎드려 있었다.

이순신은 물끄러미 아들을 내다 보다가

"너 올 때 조모님을 뵈었더냐?"
하고 모친의 안부를 물었다. 그리고는 다시 아무 말이 없었다.

이회는 밖으로 물러나오자 몇몇 아는 사람을 찾아보고 조정의 공론이 어떻게 돌고 있는가를 물었다. 그러나 그가 들은 소문은 오직 그

를 더욱 절망의 구덩이로 끌어넣는 것뿐이었다. 왕은 참소하는 말을 곧이들어 이순신에 대한 노여움이 컸고 조정의 공론이 또한 중한데 누구라 나서서 이순신을 위하여 말을 해주는 이가 없어서 아무래도 그가 죄를 면하기는 어려우리라고 보는 사람들이 많았던 것이다.

이회는 그래도 일루의 희망을 가지고 유성룡을 찾아가 보았다. 이 어른이 극력 나서서 주선하여 준다면 혹시나 아버님이 일을 면하실 수도 있을지 모르겠다고 그는 생각하였기 때문이다.

그러나 이 늙은 정승은 이순신에게 아무 죄가 없는 것을 잘 알고 있으면서도 서인들의 기세에 눌려서 감히 나서려 못하는 것이다.

그는 모처럼 믿고 온 친구의 아들을 대해서 오직 눈물을 머금고 한숨만 쉬다가, 이회가 하직을 고하고 일어설 무렵에야 겨우 입을 열어

"어떻게 길을 얻어 요로에다 청이라도 넣어 보나?… 이것은 나로서 권할 일도 못 되고 또 자네 어르신네께서 허락 안 하실지 모르네마는…."

하고 그러한 말을 한마디 뚱기어 주었을 뿐이다.

이회는 그 이튿날로 다시 부친을 옥중으로 찾아 뵙고 간절히 청하여 보았다.

"왜적들은 밖에서 반간을 놀고, 간신들은 안에서 참소를 해서 아버님이 속절없이 누명을 쓰시게 되었으니 이대로 계시다가는 아무래도 일을 당하실 것만 같습니다. 달리는 도리가 없사옵고 요로에 뇌물이나 써 보면 어떠하올지…."

그러나 이순신은 그처럼 권하는 아들을 대하여 정색을 하고

"이 애, 말 듣거라. 네 아비가 오십 평생을 나라 위해 바쳐 왔다. 스스로 돌아보아 천지간에 털끝만치도 부끄러울 배 없는 이 몸이다. 무릇 장부의 처신하는 법이 일월처럼 밝아야 하는 게니 어찌 요로에 뇌

물을 쓰고 권문에 아부해서 구차스러이 살기를 도모하겠느냐?…"
하고 조용히 타이르는 것이다.

이회는 다시 두 번 말을 내지 못하였다.

삼월 열이틀날 이순신은 국청으로 끌려 나가서 준엄한 문초를 받았다.

왕이 정전에 나와 앉기를 기다려서 국문이 시작되었다.

늘어 앉은 추국관들 가운데 열에 아홉이 이순신의 죄는 죽어 마땅하다는 결론을 이미 지어 가지고 나온 사람들이다.

윤두수의 아우, 판의금부사 윤근수尹根壽가 나서서 죄를 물었다. 그는 이순신에게 왜장 가등청정이를 고의로 놓아 버린 죄를 어서 자백하라고 추상같이 을르는 것이었다.

그러나 땅을 굽어보나 하늘을 우러르나 털끝만치도 부끄러운 데가 없는 이순신이다. 그는 이번 일의 경위를 이야기하여 자기의 입장을 밝혔다.

그래도 추국관들은 기어이 그를 죄로 몰려 들었다. 그들은 마침내 이순신에게 혹독한 주뢰형周牢刑까지 가해 보았던 것이다.

두 다리를 잔뜩 묶어 놓고 그 틈에다가 주릿대 두 개를 넣고서 사정없이 비틀 때 이순신의 낯빛은 창백해지고 그의 이마에는 진땀이 송알송알 솟았다. 그러나 그의 굳게 다물려진 입에서 종내 신음 소리는 새어 나오지 않았다.

신음 소리는 도리어 당상에 앉아 있는 추국관들의 입에서 나왔다. 윤근수는 그 잔인한 고문에도 끝끝내 굴하지 않는 이순신을 빤히 내려다 보다가

"참말 독하구나…."

하고 저도 모르게 한마디 웅얼거렸다. 그러나 그는 다만 이순신이 '독'한 줄만 알았지 정작 정의라는 것이 얼마나 굳센 것임을 깨닫지 못하였다. 정의란 무엇을 가지고서도 굴복시킬 수 없는 것임을 그는 종시 알지 못하였던 것이다.

이러나저러나 이 이상 이순신에게 악형을 더 가해 본댔자 아무 소용이 없을 것은 뻔한 일이다. 윤근수는 다른 추국관들과 상의한 뒤에 그만 국문을 중지하지 않으면 안 되었다.

이순신은 다시 전옥으로 돌아와서 그 침침하고 습한 간 속에가 머리에 큰 칼 쓰고 수갑과 착고 차고 앉아서 조용히 왕명을 기다렸다.

그는 사실 자기 일신의 생사에 대하여서는 그다지 많이 생각하지 않았다. 그는 죽게 되면 오직 죽을 따름이라고 오히려 마음에 태연해하였다.

그러나 생각이 한번 나라 일에 미치면 그는 곧 가슴이 미어지는 듯하였다. 불현듯이 백성들이—, 자기가 금부 도사에게 압령되여 서울로 올라올 때 울며 자기를 부르던 백성들의 모양이 눈앞에 떠오르면 그의 창자는 곧 끊어지는 것만 같았다.

왜적들은 어디까지 들어왔느냐? 수군은 잘 싸우고 있느냐? 이러다가 임진년의 참혹한 화를 또 당하게 되는 것이나 아니냐?…

그의 마음은 그지없이 안타까웠다. 그러나 어찌하랴? 이 좁은 간 속에서조차 손과 발을 마음대로 놀려 보지 못하는 자기의 신세였다.

그러나 이순신은 억지로 자기 마음을 가라앉히고 조만간 왕에게서 좋든 그르든 무슨 분부가 있기를 기다렸다. 그러면서도 그의 마음 한 구석에는

'나라의 존망이 조석에 걸려 있는 이 판국에, 가증한 왜적들을 지경 안에 그대로 두어두고 내가 죽어서 어찌하랴? 나는 결단코 죽지

않는다….'
하는 굳은 신념이 있었다….

백의 종군

판의금부사 윤근수는 그래도 이순신의 유죄를 고집하고 그를 마땅히 극형에 처해야만 한다고 주장해 마지않았다. 이것이 또한 대다수 서인들의 의사를 대표하는 것이었다.

그러나 왕의 생각은 좀 달랐다. 처음에 왕은 그들의 말을 믿고 크게 진노해서 곧 이순신을 잡아 올리게 한 것이었지만 그 뒤 그는 이 옥사에 대하여 차차 의혹을 품게 되었다. 특히 그를 국문하고 나서 그 의혹이 더욱 농후하여졌다.

왕이 국청에서 본 이순신의 인상은, 한마디로 말해서 그가 조금도 죄를 지은 사람 같지 않다는 그것이다. 그의 공초供招*도 조리가 정연하였거니와 우선 추국관들을 대하는 그 태도가 당당하였다.

왕은 또한 임진년 이래 이순신이 세운 허다한 공훈을 생각해 보았다. 사실 자기는 이제까지 마음 속으로 얼마나 그를 아끼고 사랑해

* 공초: 죄인이 범죄 사실을 진술하는 말.

온 것이었던가?…

"결코 모호하게 죄를 주어서는 안 된다…."

이렇게 생각한 왕은 곧 사람을 한산도로 내려보내서 전후 사실을 자세히 염탐해 오게 하였다. 이리하여 사성 남이신司成 南以信이 어사가 되어 남도로 내려갔다. 그러나 그도 서인이었다.

이때 판중추부사 정탁鄭琢이 이순신을 구하려 결연히 일어섰다. 그는 간신의 무리들이 당파의 이익을 위해서 나라를 그르치고 있는 것을 도저히 그냥 보고만 있을 수 없었던 것이다.

그는 왕에게 상소하였다.

"…군기軍機의 이해利害는 천리 밖에 앉아서 함부로 논할 것이 아닙니다. 순신이 나가지 않은 것에는 반드시 그럴 만한 까닭이 있었을 것입니다. 왜적이 가장 꺼리는 것이 우리 수군이요 순신은 명장이니 죽여서는 안 되겠습니다. 너그러이 그를 용서하시여 저로 하여금 공을 세워서 죄를 속하게 하시옵소서…."

왕이 마음에 그러이 여기고 있을 때 남도에 내려갔던 남이신이 돌아왔다. 기어이 이순신을 죄로 몰려는 그는 왕에게 다음과 같이 복명하였다.

"…청정이가 이번에 바다를 건너오다가 암초에 걸려서 이레동안이나 꼼짝 못하고 있었건만 이순신은 종시 나가서 잡으려고 아니하였다 하옵니다…."

이날 김명원이 마침 입시하였다가 이 이야기를 듣고 왕에게 아뢰었다.

"원래 왜적들이 배 부리는 데 익숙한 터에 이레씩이나 암초에 걸려서 꼼짝 못하였다는 말이 얼른 믿어지지가 않습니다."

그 말에 왕도 고개를 끄덕이며

"내 생각에도 그런 것 같소."
하고 말하였다. 왕은 내심에 이미 이순신을 살리려고 작정하고 있었던 것이다.

사월 초하룻날 마침내 사명赦命이 내려서 이순신은 전옥 문을 나섰다. 그러나 아주 자유 석방이 된 것은 아니다. 도원수 권율의 막하로 가서 백의 종군하라는 왕의 분부였다.

그가 금부 도사에게 압령당해서 고향 아산을 지날 때 또 한 가지 불행이 그의 몸에 내려졌다. 그가 자나깨나 잊은 적이 없는 그의 모친이 세상을 떠나고 만 것이다.

팔십 노인이 병중에 있다가 아드님이 나라에 붙들렸다는 기막힌 소식에 너무나 놀라고 슬퍼하던 나머지 끝내 천리 이향 고음천에서 그는 한을 품고 세상을 떠난 것이다.

뜻밖에 어머님의 부음을 받고 이순신은 그만 천지가 아득하였다. 그는 주먹으로 가슴을 치며 목을 놓아 통곡하였다.

"나라에 충성을 다하였건만 몸은 죄인이 되고 어버이에게 효도하려 하건만 어머님도 가셨고나…."

이것은 당시 이순신의 창자가 끊어질 듯한 술회다. 그는 고향 집에 들려서 겨우 성복만 마치고는 다시 총총히 초계를 바라고 길을 떠나지 않으면 안 되었다.

수군이 전몰했다

한편 한산도에서는 원균이 이순신을 죽을 죄로 몰아넣고 제가 대신 통제영에 들어앉아 이순신이 정하여 놓은 모든 규율과 약속을 모조리 고쳐 버렸다. 그리고 편장, 비장들로부터 일개 군졸에 이르기까지 조금이라도 이순신의 신임이 두터웠다고 생각되는 사람들은 다 쫓아내었다. 이것을 보고 장병들의 분격은 컸다.

원균은 또 이순신이 전일에 수하 장수들과 매양 함께 앉아서 전략 전술을 연구하던 운주당 밖에 울타리를 둘러 쳐서 아무나 함부로 출입을 못 하게 하고 안에다가는 자기의 애첩과 기생들을 들여앉혀 놓고는 밤낮이 없이 질탕하게 놀았다. 그는 술을 심히 즐겼고 취하면 으레 군사들을 잡아들여다가 볼기를 쳤다.

이리하여 군심은 영영 그에게서 떠나고 말았다. 이순신 통제사 시절에 그처럼 잘 싸우던 군사들이 다 그를 배반할 마음을 품고, 또 장수들은 지난날을 돌이켜보며 한숨들만 쉬었다.

전라 우수사 이억기까지도 이순신에게 보낸 글월 속에서,

"…이 모양으로 가다가는 이제 머지않아서 수군은 반드시 왜적에게 패하고 말 것이니 우리도 언제 어디서 어떻게 죽을지를 모르겠습니다…."
하고 말하였다.

이순신이 그간 여러 해를 두고 자기의 신명을 그대로 바쳐서 그만큼이나 키워 놓은 우리 수군이언만 이제는 아주 보잘것이 없이 되어버렸다. 원균이에게 미움을 받아 내쫓기지 않은 사람도 많이들 자기편에서 스스로 물러가 버렸고 남아 있는 사람들은 거의 모두가 원균에게 아첨을 해서 저의 구복이나 채우자는 천하고 보잘것 없는 무리들이었다.

왜적들이 노린 것은 바로 이것이었다. 놈들은 우리 수군은 있어도 없는 것처럼 바다에서 함부로 날뛰었다.

도원수 권율은 몇 번이나 그에게 곧 나가서 적의 수군을 치라고 명령하였건만 그는 이 핑계 저 핑계 해가면서 좀처럼 나가려 들지 않았다.

어느 날 이순신이 도원수에게로 갔더니 권율은,

"이걸 좀 보오."
하고 원균에게서 보내 온 글월을 그에게 내어 주는 것이다.

이순신이 받아서 보니,

"…부산 등지로 가서 일본 수군의 근거를 엎어 놓으라고 하신 말씀은 잘 알았습니다. 그러나 그 전에 수군과 육군이 함께 나가서 안골포에 있는 왜적부터 쳐무찌른 다음에 다시 부산 등지로 들어가야 하겠으니 안골포에 있는 적을 먼저 칠 수는 없습니까?…"

대개 그러한 사연이였다.

"자 이걸 보오. 통제사가 나가서 싸울 마음이 없으니까 이처럼 당치 않은 수작을 꺼내서 핑계만 삼는구려."
하고 권율은 다시 말을 이어,
"내가 들으매 수군의 여러 장수들이 많이 그에게 반심을 먹건마는 통제사는 안에 들어앉아서 나오려 안 하고 여러 사람들과 의논하는 일도 도무지 없다고 하니 이러다가는 반드시 일을 낭패시키고 말 것이 아니겠소?"
하고 그의 동의를 청하듯이 말하였다.
그러나 이 자리에서 이순신이 원균에 대하여 무슨 말을 하랴? 그는 오직 울고만 싶었다.

그리자 일찍이 포로가 되어 일본에까지 끌려갔던 주언룡朱彦龍이란 명나라 사람이 요행 살아 돌아와서 도원수를 찾아보고,
"적군 십만 명이 또 조선으로 들어오려고 벌써 사자마沙自麻와 대마도에 와 있는데, 또 탐지한 바에 의하면 소서행장은 의령으로 해서 바로 전라도로 뛰어들려 하고 가등청정은 군사들을 경주와 대구 등지로 옮겨서 안동으로 향하려 하고 있다는 말이 있습니다."
하고 말하는 것이다.
권율은 몸소 사천으로 가서 통제사 원균을 그곳으로 불러다가
"적의 형세가 날로 커 가는 데다 머지 않아서 적의 대병이 또 바다를 건너올 모양이니 이제는 시각을 지체 못 하겠소. 곧 수군을 거느리고 부산을 치러 가오."
하고 엄명을 내렸다.
원균도 이제는 안 나가겠다고 말할 수 없었다. 원래 그는 이순신이 적을 보고도 치러 나가지 않았다고 모함하였던 것이 아닌가? 이번은 자기 차례였다. 그는 적을 치러 나가라는 도원수의 거듭되는 영을 그

이상 거역할 수는 없게 된 것이다.

칠월 열여샛날, 원균은 마침내 아무 좋은 계책도 없이 전선들을 모조리 거느리고 부산포를 향하여 한산도를 떠났다.

이 날 바다에 바람이 있어서 파도가 높았다. 우리 전선들은 해안을 따라서 동으로 동으로 나아갔다.

그러나 진해, 칠원漆原, 웅천, 김해로 해안을 따라서 죽 연이어 적의 영채들이 서 있는 것이다. 적들은 산 위에서 우리 수군이 부산포를 향하여 나아가고 있는 것을 보자 곧 다음에서 다음으로 소식을 전하였다.

이리하여 우리 수군이 아직 길을 반도 채 가기 전에 부산의 적들은 우리가 올 것을 미리 다 알고 앉아 이를 맞아서 쳐 무찌를 모든 계책을 빈틈없이 세워 놓았던 것이다.

원균이 수군을 거느리고 절영도 근방에 이르렀을 때 이미 저물어 가고 풍랑은 더욱 심하였다. 배 부리는 격군格軍들은 한산도서부터 진종일 노를 저어 오느라 팔이 끊어질 것 같았고 군사들도 다 기갈이 심하였다. 그러나 어디다 잠시 배를 댈 곳도 없다.

그리자 대마도 쪽으로부터 왜선 수백 척이 우리 편을 바라고 들어왔다. 원균이 바야흐로 영을 내려 쫓아나가서 싸우려 하는데 이때 몰운대沒雲臺 쪽에서 또 수백 척 왜선이 북 치고 고함 지르며 나왔다.

원균은 황망히 전선을 나누어 앞뒤로서 쳐들어오는 적을 맞아 싸우려 하였다. 그러나 우리가 나가자 적들은 곧 사면으로 좍 흩어져서 도망쳤다.

원균은 전선들을 거두려 들었다. 그러나 적들은 우리가 물러나려는 것을 보자 다시 어지러이 북 치고 고함 지르며 사면에서 몰려들어오는 것이다.

우리가 물러나면 저희는 나오고 우리가 나가면 저희는 물러가고…. 이러기를 여러 차례 되풀이 하는 사이에 어느덧 바다 위에 밤이 내리고 바람은 더욱 세차게 불어서 흉용한 파도에 우리 전선들은 나뭇잎처럼 들까불려서 산지사방으로 흩어져 버렸다.

원균은 간신히 남은 배들을 수습해 가지고 가덕도로 돌아왔다.

군사들은 풍랑에 시달리고 왜적에 시달려서 몸들이 지칠 대로 지쳤다. 제일에 종일을 물 한 모금 얻어 먹지 못해서 갈증이 심하였다. 그들은 가덕도에 배를 대자 곧 물을 찾아서 섬으로들 뛰어 올라갔다.

그러나 이때 어둠 속에서 함성이 일어나며 성 안에 매복하고 있던 왜병들이 칼을 휘두르며 일시에 내달았다. 불의의 엄습을 받아 우리 편 군사가 사백여 명이나 또 죽고 상하였다.

원균은 황황히 전선들을 이끌고 다시 칠천도漆川島로 물러갔다. 밤은 이미 깊었다. 그는 술을 가져 오래서 취도록 마시고 그 자리에 쓰러져 잠이 들어 버렸다.

이때 적의 수군이 대거하여 쳐들어 왔다. 원균은 세상 모르고 자다가 이 변을 당하자 배도 버리고 군사도 버리고 혼자서 섬으로 뛰어 올라갔으나 마침내는 이름도 없는 왜병의 손에 죽고 말았다.

전라 우수사 이억기는 충청 수사 최호崔湖와 더불어 수하 장병들을 지휘하여 죽기로 싸웠다. 날은 어느덧 훤히 밝아오는데 군사는 태반이 죽고 상하였고 자기도 몸에 서너 군데나 깊은 상처를 입었다. 충청 수사는 이미 전사를 한 모양이다.

이억기는 그래도 굴하지 않고 남은 군사들을 지휘하여 적과 싸웠다. 그리자 왜장 하나가 군사 십여 명을 데리고 작은 배 한 척을 급히 몰아 들어오더니 벽력같이 호통을 치며 몸을 한 번 솟구쳐 그의 배로 뛰어올랐다.

이억기는 눈을 부릅뜨고 마주 호통치며 그에게로 와락 달려들자 번개같이 손을 노려 왜장의 왼편 어깻죽지에다 한 칼을 먹였다. 왜장은 외마디 소리를 지르고 뒤로 벌떡 나가 자빠졌다.

그러나 이억기도 몸에 입은 상처는 깊었고 이제는 그도 기진맥진하였다. 이때 어디로선가 날아든 화살이 그의 바른팔에가 들어맞아 손에 들었던 칼이 떨어졌다. 이제는 그만이라 깨달은 그는 한 소리 크게 외치고 바다 속에 몸을 던져 스스로 목숨을 끊어 버렸다.

이리하여 우리 수군은 전몰하고 말았다. 다만 이 싸움에 경상 우수사 배설裵楔이 포구 밖에 있다가 적의 수군이 들어오는 것을 보자 재빨리 도망쳐 버려서 그가 거느리는 전선 열두 척이 겨우 남았을 뿐이다.

제해권이 우리 수중에 있는 동안, 바다에서는 물론이요 육지에서도 함부로 날뛰지 못하던 왜적들은 우리 수군이 한 번 무너져 버리자 바로 저희 세상이나 만난듯이 곧 행동들을 개시하였다.

왜장 가등청정이는 모리수원毛利秀元이와 더불어 오만 팔천여 명의 대군을 거느리고 서생포西生浦를 떠나서 경주, 밀양, 대구를 차례로 무찌른 다음에 전라도로 뛰어들어 바로 전주를 바라고 나아갔다.

한편 소서행장이는 부전수가와 함께 군사 오만여 명을 영솔하고 사천, 남해 방면으로부터 침공을 개시해서 초계, 함안, 곤양, 노량을 차례로 거쳐 역시 전라도로 들어서자, 구례를 함몰하고 남원을 들이쳤다.

이리하여 남원과 전주를 강점하고 난 왜적들은 기세가 부쩍 돋쳐서 그 길로 충청도 지경으로 들어와, 은진, 공주, 천안을 차례로 무찌르며 서울을 바라고 북으로 북으로 올라오게 되는 것이다.

어려운 시절이 또 닥쳐 왔다.

다시 통제사로

우리 수군이 칠천도에서 왜적의 손에 전몰당하였다는 소식을 이순신이 들은 것은 칠월 열여드렛날 아침, 초계에서다. 그는 너무나 기가 막히고 서러워서 일장 통곡하였다.

패보에 놀란 도원수 권율이 그의 사처로 달려왔다.

"소식을 들으셨소? 대체 이 노릇을 어찌하면 좋단 말이요?…"
하고 그는 이순신의 입만 쳐다보는 것이다.

그러나 이순신에게도 당장 좋은 생각이 없었다. 전선도 군사도 다 없어지고 우리 수군의 모든 기지가 다 없어져 버린 이제, 아무러한 그로서도 어떻게 용수할 여지가 있을 것 같지 않았던 것이다.

그는 한동안 침울하다가

"소인이 몸소 연해 지방을 돌아, 실지 정형을 한번 살핀 다음에 어떻게 계책을 정해 보도록 하오리다."
하고 말하였다.

권 도원수는 그의 입에서 그러한 말을 들은 것으로만도 저으기 마

음에 위안이 되는지 덥썩 이순신의 손을 잡으며

"그래 주시겠소? 부디 그래 주시오."

하고 저모르게 안도의 한숨을 쉬는 것이었다.

이순신은 즉시 말에 올라 길을 떠났다. 그를 따르는 사람은 군관 아홉 명에 군졸이 여섯 명뿐이다.

이때 삼도 수군이 전몰하였다는 소식이 한번 돌자 나라 안은 그대로 들끓었다. 수군은 곧 우리 나라의 보장인데 그 수군이 전몰하고 말았으니 나라의 운수가 장차 어찌 될 것이냐? 지금 이 난국을 수습할 사람이 이순신을 내놓고는 없으리라. 이순신에게 다시 통제사를 제수하라는 인민의 소리가 점차 높아갔다.

왕은 비변사의 모든 신하들을 불러 놓고 물었다.

"이 일을 장차 어찌하였으면 좋을꼬? 각자 소견을 말하라."

신하들은 마음에 너무나 황공하여 왕의 물음에 대답할 바를 몰랐다. 그들의 대다수가 원균과 부동해서 이순신을 모함하였고, 이순신 대신 원균을 통제사로 천거한 사람들이다. 개가죽을 쓰더라도 왕의 물음에 대답할 염치는 없었다.

이때 김명원과 병조판서 이항복李恒福이 나서서

"오늘 우리 수군이 이 지경에까지 이른 것은 전혀 원균의 죄로소이다. 이제 난리는 수습할 도리가 없사옵고 오직 이순신으로 다시 통제사를 제수하심이 가하올가 하옵는데 어떠하올지…."

하고 조용히 아뢰었다.

왕이 그 말을 좇아서 곧 이순신에게 교서를 내리니 교서의 뜻은 대강 다음과 같다.

"…슬프다 나라의 보장이 다만 수군인데 칠천도 한 번 싸움에 삼도 수군이 전몰했으니 앞으로 연해 각읍을 누가 보호하며 한산도가 무너졌으니 적을 어이 막아 보랴? 한심하다 이 일이 어디로부터 일어났노? 한 말로 말해서 모두 내가 밝지 못한 탓이라. 앞서 그대의 벼슬을 갈고 애매한 죄를 주어 오늘날 수군으로 하여금 이런 욕을 보게 하니 내가 다시 그대를 대하여 무슨 말을 할 것이며 무슨 말을 할 것이랴?…

내 이제 경에게 다시 충청, 전라, 경상 삼도 수군 통제사를 제수하노니 이 교서를 받는 날에 즉시 헤어진 군사들을 불러 모으고 흩어진 병선들을 다시 수습하여 요해처에다 통제영을 설치하라. 이리하면 첫째로는 민심이 안정되고 둘째로는 왜적들도 다시 창궐하지 못할 것이라….

나라의 흥망이 오로지 그대 한 몸에 걸려 있으니 충의의 마음을 한층 더 굳게 하여 나라를 구하고 백성을 건지려는 나의 소망에 맞게 하라. 국가 비상한 이때를 당하여서 내 이제 이렇듯 그대에게 당부하니 그대는 부디 알아서 할지어다….”

이순신은 이 교서를 팔월 초사흗날 진주 정개산성鼎盖山城에서 받았다. 그가 다시 통제사가 되었다는 소문을 전하여 듣고 흩어졌던 군사들이 차차로 모여들었다.

그는 곧 전라도 지경으로 들어가자 구례, 곡성, 옥과, 순천, 보성, 장흥을 차례로 돌아 본 다음에 열여드렛날 회령포會寧浦로 나갔다. 그가 이곳으로 온 것은 경상 우수사 배설이 거느리는 전선 열두 척이 이곳에 정박하고 있었기 때문이다.

배는 열두 척.

군사는 팔백여 명.

장수는 경상 우수사 배설, 전라 우수사 김억추, 순천 부사 우치적禹致績, 메주목 첨사 김응함, 녹도 만호 송여종, 영등포 만호 조계종趙繼宗, 거제 현령 안위巨濟縣令安謂 등 십여 명….

이들을 거느리고 바다를 지켜서 강성한 적의 수군과 싸우려는 이순신의 마음은 비장하였다.

이순신은 장수들을 모아 놓고 말하였다.

"다들 보다시피 우리 수군은 지금 아주 형편이 없이 되어 있다. 전선이라고는 단지 열두 척뿐이요 군사는 팔백여 명에 불과하다. 그러나 우리는 이 고단한 형세로도 역시 바다를 지켜야 한다. 바다를 지켜 왜적을 쳐 무찔러야 한다. 우리는 다 함께 왕명을 받았고 또 백성들은 오직 우리 수군을 믿고 우리 수군이 잘 싸워 주기만 바라고 있다. 사세가 이미 이에 이른 바에 어찌 우리가 한 번 죽기를 사양하랴? 다들 나라와 백성들을 위해서 목숨을 내놓고 적과 싸우자."

자리에 모인 장수들은 모두 그의 말에 깊은 감동을 받았다. 그들은 한결같이 나라를 위해서 죽기를 맹세하였다. 그러나 경상 우수사의 마음은 알 길이 없다. 배설이라는 자는 이 날 병을 칭탁하고 회의에 나오지도 않았던 것이다.

팔월 이십사일, 이순신은 수군을 거느리고 어란포於蘭浦 앞으로 나가서 진을 쳤다.

이십팔일에 왜선 여덟 척이 불시에 들어와서 우리 배를 엄습하려고 하였다. 그러나 우리 편에서 곧 나발 불고 기를 휘둘러 마주 나갈 형세를 보이자 적들은 감히 덤벼들지 못하고 그대로 도망쳐 버렸다.

이튿날 이순신은 진도 벽파진碧波津으로 자리를 옮겨 진을 쳤다.

구월 초이튿날이다. 경상 우수사 배설이 군사를 버려 두고 혼자서 어디론지 도망하여 버렸다. 이순신은 각 전선에 영을 전해서 군사 단속을 더욱 엄하게 하였다.

구월 초이렛날 적선 열세 척이 또 벽파진으로 쳐들어 왔다. 이순신은 곧 전선들을 지휘하여 나가서 적을 맞아 싸웠다. 왜적은 끝끝내 당해 내지 못하고 패해서 물러 갔는데 그 날 밤중에 어둠을 타서 다시 들어와 우리에게다 대고 연방 화포를 놓았다. 이순신은 이에 대해서 역시 어지러이 총통을 놓아서 응답하였다. 적은 다시 물러가 버리고 말았다.

이틀 지나 구일은 곧 중양절重陽節이다. 이순신이 군사들을 위해서 술자리를 베풀려고 하는 판에 마침 부찰사가 보내 준 보급 물자가 들어 왔다. 보니 그 중에 제주에서 온 소 다섯 필이 있다. 곧 잡아서 군사들에게 풀어 먹였다.

그러나 왜적들은 명절 하루도 편히 쉬게 하여 주지 않았다. 술자리가 한창 어울어질 무렵에 문득 망 보는 군사가 뛰어들어 왔다. 적선 두 척이 감보도甘甫島를 바라고 들어오고 있다는 것이다.

"적선이 단지 두 척뿐이라니 정녕 우리 수군의 허실을 알러 온 것이 분명하군."

하고 이순신은 영등포 만호 조계종에게 명하여 곧 나가서 잡아 오게 하였다.

그러나 우리가 쫓아 나갔을 때 적선들은 이미 도망해 버리고 없었다.

때에 조정에서는 우리 수군이 전선도 몇 척 되지 않고 군사도 또한 많지 못해서 그것으로는 도저히 강성한 적의 수군을 대적할 수 없으리라 하여, 바다를 버리고 육지로 올라와 육군과 합세하여 싸울 것을 이순신에게 명령하였다.

그러나 그는 듣지 않았다. 바다를 그대로 적에게 내주고 나라를 어떻게 온전히 보존하랴?

이순신은 곧 붓을 들어 왕에게 올리는 장계를 초하였다.

"…임진년으로부터 오륙 년간, 왜적이 감히 전라도와 충청도를 바로 치지 못하기는 우리 수군이 그 길목을 막고 있었기 때문이오이다. 지금 신에게 아직도 전선 열두 척이 있어서 죽을 힘을 내어 막아서 싸운다면 오히려 도리가 있으려니와 만약 이제 수군을 전폐하고 볼 말이면 이는 왜적이 다행이 여기는 바로서 적은 충청도로 하여 바로 한강에 다달을 것이니 이는 실로 신이 두려워하는 바로소이다. 우리 전선이 비록 수효는 얼마 되지 않사오나 신이 죽지 않는 한, 적은 감히 우리를 업신여기지 못하리로소이다…."

그러나 정세는 나날이 험해 갔다. 이순신은 적들이 반드시 대거하여 들어올 것을 짐작하고 군관들을 육지로 올려 보내서 적정을 탐지해 오게 하였다.

그러자 십사일 낮에 그 중 한 사람이 먼저 돌아와서

"그저께 회령포로 들어온 적의 전선이 대선, 중선 합해서 삼백여 척이온데, 그 중 오십 척이 어제 저녁에 배나루梨津로 들어왔사옵고, 그 중에서 다시 스물일곱 척이 오는 새벽 동틀 무렵에 일시에 닻을 들고 어란포 앞바다로 자리를 옮겼소이다."

하고 보하고 다시 저녁때 또 한 사람이 어란포로부터 돌아와서

"오늘 아침에 배나루서 왜선 스물일곱 척이 들어오고, 뒤미처 열네 척이 들어오고 늦은 아침때 쉬흔다섯 척이 들어오고, 한낮이 기울어서 마흔 척이 또 들어와서 도합 일백삼십육 척이 지금 어란포에 모여 있는데 형세가 장히 험하옵고 살기가 자못 등등하오이다."

하고 보하는 것이다.

이순신은 눈을 들어 먼곳을 바라보며

"도합 일백삼십육 척이 지금 어란포에…."

하고 반은 혼잣말을 하다가 다시 군관을 향해서,

"잘 알았네. 수고스럽지만 이 길로 다시 나가서 계속 감시하되 만일에 적이 다시 동해서 이리로 오려는 기미만 보이거든 '신기보변神機報變'*을 잊지 말게."

하고 영을 내렸다.

이날 밤, 통제사가 거처하는 대장선 선실에는 밤이 이슥하도록 불이 켜 있었다. 군관 송희립이 밤중에 잠이 깨어 가만히 방 안을 엿보니 이순신은 눈을 감고 단정히 앉아서 혼자 깊은 생각에 잠겨 있었다.

* 신기보변: 활이나 총을 쏘아 비상 신호를 하는 것.

명량 해전

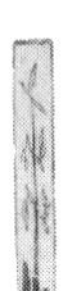

이튿날 아침에 이순신은 영을 내려 우리 수군을 믿고 우수영 앞바다에 모여 있는 피난민들을 모조리 육지로 올라가게 하였다. 그는 적과 결전할 때가 마침내 이른 것을 알고 있었기 때문이다.

그리자 이날 한 낮이 지나서 정보가 들어왔다. 어제 오늘 이틀 사이에 회령포로부터 배나루로 들어온 왜선 삼백삼십여 척이 오늘 낮에 다시 배나루에서 어란포로 자리를 옮겼다는 것이다.

이순신은 곧 수하 장수들을 대장선으로 모이게 하고,

"그 사이 왜적들이 여러 차례나 척후를 놓아서 우리의 허실을 살펴왔는데 이제 대선, 중선 수백 척이 모두 어란포에 들어와 있다고 하니 적은 이 거대한 병력으로 우리를 단번에 무찌르고 바로 서해로 나가려는 생각을 하고 있는 것이 분명하다. 그러나 우리에게는 필승불패의 계책이 이미 있다."

하고 그는 모든 사람들에게 작전 계획을 자세히 일러 준 다음에 다시 말을 이어

"병법에 이르기를 '필사즉생必死則生하고 필생즉사必生則死라' 하였다. 즉 죽기로써 싸우면 살고 살아 보려고 앙탈하면 죽는다는 말이다. 또 '일부당경一夫當徑에 족구천부足懼千夫라'고도 하였다. 이는 한 용사가 길을 딱 막고서매 족히 천 명의 적을 두려워 떨게 한다는 뜻이니 바로 오늘날 우리를 가리켜서 하는 말이 아니겠는가? 더구나 우리에게 적을 깨칠 좋은 계책이 있으니 그대들은 조금이라도 살아 보려 생각을 말고 오직 죽기로써 싸우라. 만약에 영을 어기는 자가 있으면 군율로써 다스리리라."

이순신의 영이 떨어지자 메주목 첨사 김응함이 중군장中軍將으로서 모든 장수를 대표하여,

"적을 보면 서로 앞을 다투고 한배를 탄 자는 사생을 같이하겠소이다."

하고 엄숙히 맹세를 하였다.

그 이튿날—곧 정유년1597년 구월 십육일 아침이다. 적의 수군이 마침내 진도 앞바다 마로해馬路海로 들어오니 전선이 삼백삼십여 척에 군사가 이만여 명이다.

이순신은 즉시 벽파진에서 열두 척 전선을 거느리고 나와 명량鳴梁 해협 안으로 들어갔다. 이것을 보고 적의 대함대가 그대로 뒤를 좇아 들어온다.

명량은 진도와 우수영 반도 사이에 있는 좁은 해협이다. 동쪽 마로해로 나오는 어귀에 벽파진이 있고, 서쪽 정등해로 나가는 어귀에 전라 우수영이 있으니 조류가 급하고 험하기로 이름난 곳이다. 민물이 들어올 때면 동쪽 마로해의 바닷물이 일시에 해협을 서쪽으로 향하여 밀려 나가고 썰물에는 반대로 서쪽 정등해와 바닷물이 마치 달리는

말처럼 해협을 동쪽으로 빠져 나간다. 조류가 이렇듯 동서로 방향을 바꾸기를 주야로 네 차례 하는데 여울은 급하고 조수는 빨라서 그 높고 격한 물 소리가 항시 와—와—하고 소리쳐 우니 관연 울돌鳴梁이란 이름이 헛되지 않은 곳이다.

적의 함대가 우리편의 '적을 유인하는 계책'에 속아서 이 울돌에 들어선 것은 바로 해협의 조류가 벽파진 쪽에서 우수영 편을 향하여 흐르고 있던 만조시다.

우리 수군은 먼저 들어와서 이때 우수영 앞에 진을 치고 있었다.

적들이 저희의 우세한 것을 믿고 바로 의기양양해서 밀물을 타고 기세 좋게 들어온다.

이순신은 적의 함대가 전부 해협 안으로 들어오기를 기다려서 북치고 기를 두르며 한복판으로 나가 그곳에 닻을 내리자 곧 군사들을 지휘하여 적을 향해서 어지러이 총통을 놓고 활들을 쏘게 하였다. 송희립 이하 군관들과 이순신의 맏아들 회, 둘째아들 열悅, 조카 완莞도 모두 뱃전에 나서서 적선을 향하여 연달아 활을 쏘았다.

총탄과 화살이 비 퍼붓듯 하는 통에 왜적의 무리가 감히 앞으로 가까이 대들지 못하고 그 대신에 멀리서부터 좌우익을 펼쳐서 차츰차츰 나오며 우리를 에우러 든다.

외로운 형세로 적 함대의 포위 속에 들었다가는 그만이다. 대장선의 장수나 군사나 다 같이 낯빛이 변해서 황황해 할 때, 이순신이 고개를 돌려보니 우리의 열한 척 전선이 모두 멀리 떨어져서 감히 앞으로들 못 나오고 있다.

이순신은 즉시 대장선 위에 높다랗게 초요기招搖旗를 달았다. 대장선 위에 초요기가 나부끼는 것을 보자 중군장 김응함이 급히 배를 몰아 나오고 거제 현령 안위의 탄 배도 노질을 빨리 해서 대장선 앞으로 접근하여 들어온다.

이순신은 선뜻 뱃머리로 나서며 호령하였다.

“안위야— 네가 ‘필사즉생’을 잊었느냐? 네가 뒤로 물러나서 나오려 아니하니 그러면 살듯 싶으냐?”

안위가 황공해서

“소인이 어찌 감히 죽지 않소오리까?”

하고 한소리 크게 외치며 그대로 배를 몰아서 적의 함대 한가운데를 바라고 들어간다.

이순신은 가까이 들어오는 중군장의 배를 향하여 또 호령하였다.

“응함아— 네가 중군의 몸으로서 멀리 몸을 피하고 나와서 싸우려 아니하는구나?”

“사또 황공하오. 소인도 죽사오리다.”

김응함이 또한 큰소리로 외치며 안위의 뒤를 쫓아서 적진으로 배를 몰아 들어간다. 이 광경을 보고 뒤에 남아 있던 아홉 척 전선이 모두 앞을 다투어 나왔다.

이순신은 몸소 북채를 잡아 북을 쳤다. 천 자, 지 자, 현 자, 승 자 각종 총통들이 불을 뿜고 긴 편전들이 적선 위에 빗발치듯 한다.

왜적은 전선이 삼백삼십여 척에 군사가 이만 명.

이를 맞아서 싸우는 우리 수군은 단지 열두 척 배에 팔백 명 군사.

더구나 적은 밀물을 타고 기세 좋게 나오는데 우리는 밀물에 밀려서 형세가 불리하다.

그러나 이미 나라와 백성을 위하여 목숨을 바치기로 작정한 터에 다시 무엇을 두려워하고 무엇을 겁내랴? 오직 저희의 우세한 것을 믿고 단번에 덮쳐 들려는 왜적을 꿋꿋하게 마주 받아서 한 걸음도 뒤로 물러나지 않고 죽기로써 싸우는 우리 장병들의 장한 의기는 하늘을 찔렀다.

싸움은 한낮이 기울 때까지 그대로 계속되었다. 이순신은 쉬지 않고 북을 쳐서 싸움을 재촉하며 오직 '때'가 이르기를 기다렸다. 그가 기다리는 '때'란 곧 명량 해협의 조류가 방향을 바꾸는 그 순간이다.

마침내 진도 산 위에 지는 해가 걸리며 그와 함께 만조는 낙조로 변하였다. 이제까지 서쪽으로 흐르던 물이 한번 방향을 바꾸어 동쪽으로 역류하기 시작하자 삽시간에 분마처럼 물은 달리고 여울은 울었다.

순간에 우세와 열세가 서로 자리를 바꾸었다. 이제까지 밀물을 타고 기세 좋게 앞으로 나오며 싸우던 왜선들이 문득 살같이 몰려드는 썰물에 그대도 뒤로 밀려 나간다. 이것은 왜적들이 전혀 예기하지 못하였던 일이다.

우리 대장선 위에 북 소리는 더욱 빨라졌다. 모든 배가 서로 앞을 다투어 밀려 나가는 왜선들을 급히 쫓는다.

천하에 이름 높은 울돌의 썰물이다. 삼백여 척 왜선이 그대로 뒤로 밀려 좁은 목을 빠져 나가느라 배끼리 서로 치고 서로 부딪치며 와글와글 끓는데, 그 뒤를 우리 수군이 또 풍우처럼 몰아친다.

이 싸움에 왜장 마다시馬多時를 위시해서 적의 죽은 자가 오천여 명이요 불에 타고 깨어진 왜선이 삼십여 척이다.

싸움이 끝나자 이순신은 전선들을 거느리고 포구로 돌아왔다. 수천 명 피난민들이 일시에 바닷가로 몰려 나와 열광하여 우리 수군을 맞는다.

그들은 싸움이 시작될 때부터 우수영 뒷산에 올라가서 가슴들을 조리며 바다 위에 벌어진 장렬한 싸움을 지켜보고 있었던 것이다. 그러다가 마침내 우리 수군이 이기고 열두 척 전선이 대형을 바로 하여 승전고를 높이 울리며 포구로 들어오는 것을 보았을 때 그들의 기쁨과 감격은 비할 데 없이 컸다.

그들이 울리는 환성으로 하여 한동안 산이 통으로 흔들리고 바닷물이 그대로 끓는 듯싶었다….

수군 재건

원균이 한번 패하자 우리 수군은 전몰을 당하고 말았다. 그 뒤를 받아서 이순신이 다시 통제사가 된 이래, 남은 전선을 수리하고 흩어진 군사들을 수습하여 적의 함대를 울돌목에서 맞아 이를 격파해 버렸다고는 하지만, 형세는 역시 외로웠고 군량이나 무기나 모두가 마련이 없었다.

더욱이 때는 늦은 가을—, 바다 바람이 조석으로 찬데 군사들 가운데 옷을 변변히 입은 자조차 몇 명이 못 되는 형편이다.

한번 싸움에 크게 이겼으나 이는 오히려 천행이라고 하겠다. 앞으로 수군을 재건해서 적을 깡그리 쳐 무찌를 일이 태산만 같다.

이순신은 그 날 전선들을 거느리고 해질 무렵에 당사도로 가서 진을 치고 밤을 지내면서도 좀처럼 잠을 이루지 못하였다.

새벽녘에 그는 자기의 회포를 한편 오언 절구五言 絕句에 붙여서 읊었다.

수국추광모　水國秋光暮
경한안진고　驚寒雁陣高
우심전전야　憂心輾轉夜
잔월조궁도　殘月照弓刀

바다에
가을 빛은
저물고
추위에 놀라서
높이 뜬 기러기 떼

시름에
이리 뒤척 저리 뒤척
잠 못 이루는 밤
활과 칼에
지는 달이 비꼈구나.

이튿날 이순신은 전선을 거느리고 다시 떠나 어외도於外島에 이르렀는데 이곳에 피난선 삼백여 척이 먼저 와 있다가 우리 수군이 오는 것을 보자 서로 앞을 다투어 나와서 빛나는 승전을 치하하며 양식과 옷가지들을 모아다가 바친다.

삼백여 척 피난선에서 걷어 낸 양식과 의복들이 수월치 않게 많았다. 그것만으로도 우리 수군은 먹을 걱정 입을 걱정을 당장은 하지 않아도 좋게 되었다.

그 이듬해 무술년1598년 이월에 이순신은 고금도古今島로 진을 옮겼다. 고금도는 강진에서 남쪽으로 삼십여 리—, 산들이 첩첩이 둘러싸서 형세가 기이한데 한 옆으로는 또 넓은 농장이 있어서 지내기가 좋은 섬이다.

이순신은 이곳에다가 통제영을 설치하였다. 그리고 한산동에서 한 것처럼 피난민들을 이 섬안으로 불러들여서 농사를 짓게 하였다.

이로써 지향없이 떠돌아다니던 백성들이 마음놓고 각기 살림을 차릴 수 있게 되었을 뿐 아니라 또한 우리 수군도 양식 걱정을 아니하여도 좋게 되었다.

이순신은 또한 흩어진 군사들을 불러모으고 또 새로이 장정들을 뽑아 들이며 전선과 군기를 만들기에 힘썼다.

군기도 군기지만 제일에 전선이 문제였다. 명량 해전 이후로 수군을 급속히 강화해 보느라고 백방으로 노력하였으나 전선을 새로 만든다는 것이 여간 큰 일이 아니어서, 그간 판옥선 두 척과 협선 일곱 척을 겨우 새로 장만해 놓았을 뿐이다. 본래 있던 열두 척과 합하여도 겨우 스물한 척이니 실로 한심한 상태다.

이순신은 백성들에게 호소하기 전에 우선 자기가 먼저 전선을 만드는 데 드는 부비로서 고향 아산에 있는 자기집 전장을 모조리 다 내어 놓았다. 그리고 널리 백성들에게 호소하였다.

백성들은 그의 호소에 즐거이 응하였다. 그들은 각기 형편 닿는 대로 쌀과 피륙을 우리 수군에다 바치고 또 힘 자라는 대로 품들을 내서 이 거창한 사업을 도왔다. 안면도의 적송赤松은 예부터 이름난 것이다. 이순신은 이 섬으로 목수들을 보내서 부지런히 전선들을 만들게 하였는데 보통 판옥선들 외에 거북선도 여러 척을 만들게 하였다.

대체 거북선이란 어떠한 배인가?

거북선이란 이름을 가진 배는 예부터 우리 나라에 있던 배다. 그러나 그것을 버려 둔 채 아무도 활용해 보려 하지 않았었다. 그런 것을 임진년 바로 전 해, 곧 신묘년1591년에 이순신이 수군 절도사가 되어 전라 좌수영에 부임하자 왜적이 반드시 멀지 않아 우리 나라를 침노할 것을 알고 이 거북선을 창조적으로 개조해서 더욱 완비하게 만들어 놓은 철갑선이다.

이 배의 크기는 보통 판옥선만 하다. 그러나 우선 외양부터 달라서 배 위를 포판鋪板으로 죽 덮었고 포판 위에는 시퍼런 칼과 뾰죽한 송곳들을 모두 끌을 위로 하여 촘촘히 꽂아 놓아서 적들이 함부로 뛰어오르지 못하게 하였으며 이물에는 통의 머리, 고물에는 거북의 꼬리를 달아서 그 생긴 모양이 거북과 흡사하다. 그래서 거북선이라 부르는 것이다.

거북선의 안은 또 어떻게 되어 있나?

좌우 표판 아래로 방이 도합 스물 네 칸이 있으니 두 칸은 철물을 두는 곳, 세 칸은 총통, 궁시, 창검 등의 병장기를 두는 곳, 나머지 열아홉 칸은 군사들의 휴식하는 처소다. 방은 포판 위에도 또 들어 있어서 왼편은 선장이 있는 곳, 바른편은 장교가 거처하는 곳이다.

적과 싸울 때면 안에서 유황과 염초焰硝를 태워 뱃머리에 말린 통의 입으로 불꽃을 뿜고 연기를 토하며, 좌우에 있는 스무 개의 노를 일시에 바삐 저어 바다 위를 가로 세로 살같이 달리면서 전후 좌위에 뚫려 있는 도합 일흔두 개의 총통 구멍으로 총탄과 화살을 비 퍼붓듯 쏘아대니 천하에 그런 장관이 다시 없다.

당포, 당황포 해전 이후로 수십 차례 크고 작은 싸움에 우리 수군이 번번이 적을 쳐 깨뜨린 데는 실로 이 거북선의 힘이 컸었는데, 앞서 칠천도 싸움에 우리 수군이 전몰하여 거북선도 한 척 남지 않고 다 없어졌던 것을 이번에 이순신이 다시 만들게 한 것이다.

남도 백성들이 이순신을 믿는 미음은 컸다. 사람들은 뒤를 이어 고금도를 찾아 왔다. 그가 이곳에 통제영을 설치한 이래 불과 반 년에 들어와서 사는 사람만 하여도 수만 호에 이르렀고, 군사의 위세는 크게 떨쳐서 그 장한 품이 전날 한산도 시절에 비하여 십 배나 더 하였다.

궁지에 빠진 왜적

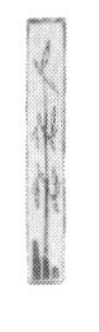

울돌 한번 싸움에서 참패를 당하자 적의 수군은 일시 장악하였던 제해권을 다시 상실하고 말았다.

이와 전후하여 육지에서도 왜적들은 심대한 타격을 받았다. 전라도로 뛰어들어 남원과 전주를 연달아 무찌르고 충청도로 올라와서 은진, 공주, 천안을 거쳐 계속 북으로 올라가던 적의 주력 부대는 직산 금오평稷山 金烏坪에 이르러 마침내 전진을 저지당하고 만 것이다. 이것은 명량 해전이 있기에 열하루 전인 정유년1597년 구월 초닷샛날 일이다.

직산에는 마침 서울서부터 남하해온 조명 연합 부대가 철벽의 진을 치고 있었다. 적들은 여섯 차례에 걸쳐 우리 진지에 돌격을 해왔으나 그때마다 무수한 사상자를 내고 격퇴당하고 말았다.

이튿날 놈들은 다시 한번 발악적으로 공격해 왔다. 그러나 우리 연합 부대는 또 다시 심대한 타격을 주어 이를 물리치고 말았다.

이 싸움에서 적들이 받은 상처는 컸다. 서울을 또 한번 강점해 보려던 놈들의 야망은 수포로 돌아가고 말았다. 마침내 왜적은 패하고 남은 군사를 수습해 가지고 다시 남으로 몰려 내려갔다.

왜적은 우리들의 불구대천의 원수다. 어느 놈은 밉지 않으랴마는, 특히 가등청정이는 수많은 왜장들 가운데서도 완악하고 흉포하기로 이름난 놈이다. 임진년 이래 얼마나 많은 우리 나라 백성들이 이놈 손에 무참히 죽고 온갖 곤욕을 당해왔던가?

그런데 이놈이 지금 여지없이 패해서 황황히 밀려내려간다. 그 꼴이 한편 가증하면서도 또 한편

"그놈의 꼴 보기 좋고나!"

하고 통쾌한 마음을 금할 길이 없다. 백성들은 춤을 추며 노래를 불렀다.

청 좋은 사람이 나서서,

청천 하늘엔 별도 많고…

하고 메기면 여럿이 일시에,

쾌재라 청정이 나가네

하고 받고 다시,

백사장에는 모래도 많고…

하고 메기면 또 일시에들,

쾌재라 청정이 나가네

하고 받으면서 밤이 깊어가는 줄도 모르고 웃고 즐겼다.

'쾌재快哉라'란 '통쾌하고나'라는 말이다. 청정이가 쫓겨 나가니 통쾌하다는 말이다.

이 노래는 그대로 수백 년을 전해 내려와서 오늘에도 남도 백성들은 즐겨 '쾌지나 칭칭 나네'를 부르는 것이다.

밀리고 또 밀려 우리 나라 남쪽 끝까지 밀려내려간 적들은 경상도 울산에서 전라도 순천에 이르는 해안선 일대에 저희들의 소굴을 만들고 그 속에가 들어박혔다.

소서행장의 무리는 순천 예교芮橋.
도진의홍島津義弘의 무리는 사천.
부전수가의 무리는 한산도.
가등청정의 무리는 울산 도산성島山城….

적의 뒤를 쫓아서 남으로 내려온 조명 연합 부대가 가등청정의 무리들이 죽치고 들어앉은 울산 도산성을 들이친 것은 이해 십이월의 일이다.

원체 성이 견고하고 또한 적들이 죽기로써 막아 싸워 끝내 성이 함락하는 데까지는 이르지 않았으나 한 달에 걸친 우리의 맹렬한 공격에 적은 아주 치명적인 타격을 받았다.

울산 도산성뿐이 아니라 적의 진영은 어디고 모두 심각한 식량난에 빠지고 말았다.

노략질을 나가려도 도처에 우리 나라 군대요 의병들이요 명나라 응원 부대다.

사기는 떨어질 대로 떨어지고 군졸들 사이에 원망하는 소리만 날로 높아가는데, 무술년1598년 팔월에 이르러 엎친 데 덮치기로 놈들은 저희 본국으로부터 저희들의 두목 '풍신수길'이가 죽었다는 부음을 받았다. 풍신수길이는 국력을 기울여서 두 차례나 바다를 건너 보낸 저희 원정군이 번번이 패를 본 것에 울홧병이 나서 자리에 쓰러지자 마침내 다시 일어나지 못한 것이다.

적들은 군사고 장수고 한시바삐 저희 본국으로 돌아갈 생각만 불같았다.

그러나 바다에는 통제사 이순신의 거느리는 우리 수군이 범처럼 도사리고 있어서 좀처럼 도망질도 못 치겠다.

나아가려도 나아갈 수 없고 물러가려도 물러갈 수 없고…. 적들은 드디어 진퇴양난의 궁지 속에가 빠지고 말았다.

왜적은 길을 빌리란다

왜적이 두 번째 우리 나라를 침노해 들어오자 명나라도 다시 우리와 합세해서 공동의 적을 무찌르려 그간 수차에 걸쳐서 십만 명의 병력을 우리 나라로 보내 왔는데, 이 해1598년 칠월에는 또 수군 도독 진린陳璘으로 수로 대장水路 大將을 삼아 우리 수군을 돕게 하였다. 이리하여 진린은 전선 백여 척을 거느리고 우리 통제영이 있는 고금도로 내려왔다.

진린은 저희 본국에 있을 때에 이미 이순신의 이름을 들어서 잘 알고 있었는데 이번에 고금도로 내려와서 함께 지내면서 실지로 그가 수하 장병들을 통솔하는 품이며 전투 지휘하는 솜씨를 보니 과연 명장이다.

진린이 깊이 탄복하여 그 뒤로 두 나라 수군이 함께 적과 싸울 때면 으레 연합 함대의 지휘권을 이순신에게 맡겼고 또 그를 부를 때에도 반드시 '이 통제李統制', 혹은 '이야李爺'라 하여 극진히 공경하는 뜻을 표하였다….

구월 중순에 육지로 적정을 탐지하러 갔던 군관이 돌아와서

"지난 팔월에 일본 판백 수길이가 죽었다고 합니다. 그래서 지금 적진은 발끈 뒤집히고 남해, 사천, 고성 등지에 있는 적들과 사이에 왕래가 자못 빈번한데 그 서두는 품이 아무래도 머지않아 군사를 모조리 거두어 가지고 저희 본국으로 도망해 돌아갈 모양 같습니다."

하고 보한다.

이순신은 곧 진린과 상의한 다음에 순천에 둔치고 있는 명나라의 육군 제독 유정劉綎과 수륙 합공하기로 약속하고 십오일에 수군을 거느리고 왜장 소서행장의 무리가 둥우리를 틀고 있는 예교 앞바다로 가서 진을 쳤다.

육지와 바다에서 동시에 적진을 향하여 공격이 시작된 것은 이십일부터다.

우리 수군은 포구로 번갈아 드나들며 어지러이 활을 쏘고 화포를 놓았다. 연일 싸움에 적지 않은 적들을 살상하였으나 이곳은 밀물이 아주 얕아서 해변까지 바짝 다가들어가 싸울 수 없는 것이 큰 병통이다.

이순신은 이곳에서 전투를 지휘하는 한편, 전선 수십 척을 떼내어 장도獐島를 가서 들이치게 하였다. 장도에다가 적들은 군량을 쌓아 놓고 군사를 보내서 지키게 하고 있었던 것이다.

우리 수군은 적들을 잡아 죽이고 군량을 실어 낼 만큼 실어 낸 다음에 나머지는 모조리 불살라 버리고 돌아왔다.

이로 말미암아 적들은 사기가 더욱 저상하고 극도의 공포와 불안에 사로잡히게 되었었다.

구월도 지나고 시월도 지나고 동짓달도 이미 열흘이 지났는데 왜적들은 저희 진터에서 한 걸음도 더 나오지 못하였다.

본국으로 돌아갈 마음은 한시가 급했으나 돌아가려면 먼저 바다를 건너야 한다. 그러나 바다에는 범같이 무서운 조선 수군이 딱 버티고 있어서 길을 열어 주지 않는 것이다.

아무리 생각을 해보아도 다른 도리가 없었던 모양이다. 소서행장이는 마침내 우리 통제영으로 사자를 보내 왔다.

"예교 행장의 진에서 사자가 글월과 예물을 가지고 왔소이다."

군사가 들어와서 보하는 말에 이순신은

"예물?…"

하고 한마디 뇌어 보았다.

"예, 두대박이 한 척에 조총과 일본도를 그뜩 싣고 왔소이다."

"미친 놈이로구나. 어쨌든 불러 들여라."

행장의 사자는 원문轅門 밖에서부터 썰썰 기어 들어왔다. 계하에 와서도 땅에 엎드린 채 그는 고개를 못 들었다.

이순신이 그가 가지고 온 행장의 친서를 받아 올리라고 해서 뜯어보니 사연은 예측한 대로, 이제 저희들은 싸움을 원치 않고 군사를 모조리 거두어 본국으로 돌아가려 하는 터이니 조선 수군은 부디 길을 열어 저희들을 곱게 보내 달라는 것이다.

그리고 편지에는, 만일에 조선 수군이 굳이 길을 막는 때에는 저희들도 부득이 죽기로써 싸울 것이니 그렇게 되면 승부는 어찌 될는지 아지 못하리라는 위협 비슷한 구절도 있었다.

이순신은 편지와 물목을 도로 사자에게 내주게 하고 준절히 꾸짖었다.

"너희들은 우리와 한 하늘을 이지 못할 원수인데 어떻게 우리가 너희놈들을 한 놈이라도 그대로 놓아 보낼 수 있단 말이냐? 너희 놈들은 도망할 길을 빌려고 총검을 가지고 왔다마는 임진년 이래로 우리 수군이 왜적을 무수히 잡아서 얻은 바 조총과 일본도가 실로 산과 같다. 우리가 귀하게 아는 것은 오직 너희 놈들의 머리뿐이니 그리 알고 돌아가서 네 주인에게 고해라."

사자는 얼굴이 파랗게 질려 가지고 도망치듯 돌아가 버렸다.

행장의 사자가 돌아간 뒤에 이순신은 곧 도독부都督府로 진린을 찾아갔다. 이제 왜적에게는 죽기로써 우리와 싸워 혈로血路를 뚫고 도망할밖에 다른 길이 없는 것이다. 결전을 앞두고 이순신은 명나라 도독과 이야기할 일이 많았다.

노량 해전

십칠일 밤에 정보가 들어왔다. 이날 저녁에 예교 적진에서 횃불을 들어 남해에 있는 왜적과 서로 응하였다는 것이다.

뒤이어 또 급한 기별이 들어왔다. 소서행장의 무리가 곤양, 사천 등지에 있는 저희 수군의 응원을 노량 바다로 빠져서 어떻게든 저희 나라로 돌아가려는 기미가 보인다는 것이다.

이순신은 진린에게 이것을 알리는 한편, 수하 장수들에게 영을 전해서 최후의 결전을 앞두고 모든 준비를 빈틈없이 하게 하였다.

그 이튿날—곧 무술년1598년 십일월 십팔일 밤이다.

왜선이 꼬리를 이어 남해로부터 무수히 나와서 그 일부는 엄목포嚴木浦로도 갔으나 나머지는 모조리 노량으로 모여드는데 바다를 까맣게 덮어서 그 수효를 알 길이 없다는 정보가 들어왔다.

급보를 받자 이순신은 진린 도독과 함께 연합 함대를 거느리고 바로 노량을 바라고 나아갔다.

전선마다 북들은 엎어 놓아 울지 않고 군사들은 입을 봉해서 말이 없는데 바다에 서북풍이 일어 오직 뱃전을 때리는 물결 소리만이 높다.

밤은 어느덧 깊어 삼경이다. 벌써 한쪽이 기울기 시작한 달이 하늘 한복판에 들어설 무렵에 이순신은 홀로 대장선 장대將臺 위로 올라갔다.

목덜미에 스며드는 바다의 동짓달 밤 추위가 만만치 않건마는 이순신은 교교한 달빛 아래 그림같이 아름다운 조국의 산과 물을 한동안이나 둘러 보다가 문득 허리에 찬 장검을 쑥 뽑아서 손에 들었다. 시퍼런 칼날이 달빛에 번쩍 빛난다.

그는 칼을 머리 위에 번쩍 추켜들고 하늘을 우러러 보며,

"가증한 원수들을 모조리 무찌를 수 있다면 내 한 몸이야 죽는다고 무슨 한이 또 있으랴?…"

하고 다시금 마음에 맹세를 새롭게 하였다….

우리 연합 함대가 노량에 이른 것은 지금 시간으로 새벽 두시경이다.

그 넓은 바다가 오히려 비좁게 보일 만치 그뜩 모여들어 웅성대는 적의 함선이 오륙백 척이 실한데 그 중에는 높이가 삼사십 척은 되어 보이는 이층, 삼층의 누각선들도 수십 척이었다.

누각들은 모두 벽을 희게 바르고 곱게 단청을 한 꼴이 법당과 흡사하며 누각 위에는 왜장들이 있고 누각 아래에는 검은 장막들을 둘러쳤다.

이순신은 손에 잡은 휘麾를 한 번 둘렀다.

통제사가 타고 있는 '천자선 일호天字船 一號' 위에 북소리가 둥둥둥 크게 울리자 이에 호응하여 연합 함대 수백 전선에서 일시에 북 소

리, 나발 소리가 일어났다.

연합 함대가 학익진鶴翼陣을 벌리고 노량 해구海口를 향해서 들어가는데 이때 돌격장突擊將이 탄 거북선들이 저마다 입으로 시뻘건 화염을 뿜고 몽몽한 연기를 토하면서 적장들이 타고 있는 누각선들을 바라고 살같이 쫓아들어갔다.

거북선들의 뒤를 따라 모든 전선이 북을 치며 적의 함대를 바라고 일시에 나아간다.

천자선 일호 장대 위에는 남단藍緞 바탕에다 '독전督戰' 두 자를 홍단紅緞으로 보한 독전기가 바람에 펄펄 날려 싸움을 재촉한다.

그러지 않아도 지나간 칠년 동안에 맺히고 쌓인 원한을 오늘 이 자리에서 풀어 보려는 우리 용사들이다. 의기는 하늘을 찔렀다. 저마다 적선을 향해서 노를 바삐 저어 들어간다.

적선들에서도 북 소리, 나발 소리가 어지러이 일어나며 배마다 벌의 집을 쑤셔 놓은 것처럼 술렁댄다.

이때 벌써 적중에 뛰어든 거북선들이 왜장들이 타고 있는 누각선들을 향해서 공격을 개시하였다. 적들은 거북선의 위력을 잘 알고 있으므로 감히 가까이 대어 들지는 못하고 멀리서 어지러이 불질을 하는 것이나 그런 것쯤으로는 철갑을 둘러친 배 안에 들어 있는 우리 군사들의 털끝 하나를 상해 놓지 못한다.

누각 위에서 전투를 지휘하던 왜장 하나가 총탄을 맞고 아래로 거꾸러 박혔다. 연달아 왜병들이 나가 자빠진다. 저편 누각선에서는 우리 현자 포탄에 삼층 누각 지붕이 날아가 버렸다.

거북선들의 뒤를 쫓아서 앞을 다투어 들어온 우리 함선들도 적을 향해서 화살과 총탄을 퍼붓는다.

도망할 길을 끊긴 적들이 또한 죽기로써 항거하여 우리 편을 향해서 화살과 총탄을 비 퍼붓듯 하는데 총탄과 화살에 섞여서 크기가 모과덩이만한 대철환大鐵丸과 바릿대만한 수마석水磨石이 날아들었다.

우리는 더욱 분격하여 풍우처럼 적들을 몰아쳤다.

전선에서마다 꽝꽝 울리는 화포 소리, 천, 지, 현, 황 그 밖의 각종 총통들….

긴 편전, 피령전, 기둥 같은 대장군전….

무수한 화전들이 윙윙 날아들어 가서 적의 전선에 불이 확 붙는다. 왜선 위에 둘러친 장막이 활활 타오른다. 휘우뚱 기울어지는 돛대들이 그대로 시뻘건 불기둥이다.

두 척, 세 척, 다섯 척, 열 척….

시꺼먼 연기는 바다 위에 서리고 시뻘건 불길은 하늘을 찌른다.

하늘을 찌르는 불길이 바람을 불러일으키고, 불어온 바람이 다시 불의 위세를 돋우어 준다. 불은 자꾸 번지기만 하였다.

스무 척, 서른 척, 쉬흔 척, 백 척…

백 척 전선이 일시에 불에 타느라 바닷물은 그대로 부글부글 끓고 하늘 높이 치솟는 불꽃에 달조차 그슬려서 빛이없다.

넓으나 넓은 노량 바다가 문자 그대로 불바단데 화광 속에 이미 전의를 상실한 왜적들이 그래도 살아 보려고 빠져 나갈 길을 찾기에 눈들이 벌겋다.

우리 수군과 명나라 수군은 서로 용맹을 떨쳐 앞으로, 뒤로, 좌로, 우로, 배들을 급히 몰아서 적의 물러갈 길을 끊고 닥치는 대로 들이쳤다.

총 소리, 시위 소리에 연달아서 터지는 화포 소리가 한데 어울려 귀가 다 먹먹한데, 바다를 덮어 일어나는 우리 군사들의 고함 소리, 그 고함 소리보다도 더 높고 날카로운 왜병들의 외마디 소리, 울부짖는 소리….

이순신은 악마구리 끓듯하는 적선들 사이를 서쪽으로 동쪽으로 배를 달리며 손수 북채를 들고 싸움을 재촉하였다. 좌우에는 활을 든 맏아들 회와 칼을 짚은 조카 완이 자리를 떠나지 않고 뫼시고 섰다.

싸우고 또 싸워 어느덧 먼동이 훤히 틀 무렵인데 문득 화광 속에 한 곳을 바라보니 진린이 타고 있는 명나라 대장선이 왜선들의 포위 속에 들어가 형세가 자못 위급하다.

이순신은 곧 영을 내려 그 편으로 배를 몰아 나가게 하였다. 그러나 바로 이때 어디로선가 날아든 총탄 하나가 그의 왼편 가슴을 꿰뚫었다.

"앗!"

짧고 날카로운 부르짖음과 함께 이순신은 북채를 손에 잡은 채 그대로 그 자리에가 쓰러지고 말았다.

"앗, 아버님!"

"작은 아버님!"

회와 완은 소스라쳐 놀라 일시에 외치며 좌우에서 달려들어 그의 몸을 안아 일으키려 하였다.

그러나 이순신은 손을 저어 이를 멈추고

"방패… 방패로 나를 가려 다오…."

괴로운 숨길 아래서 내리는 분부였다. 아들 회가 그 뜻을 얼른 알아차리고 즉시 곁에 놓인 방패를 가져다가 쓰러져 있는 부친의 몸을 왜적들의 눈으로부터, 또 우리 장병들의 눈으로부터 가리어 놓았다.

다시 일어나지 못할 것을 아는 이순신은 다시 한마디,

"싸움이… 지금 한창 고비니… 나, 나 죽었단 말… 말아라…."

마지막 당부를 남기고 그대로 숨이 다하였다. 무술년1598년 십일월 십구일 새벽—, 향년이 오십사 세다.

전투중에 뜻밖에도 임종을 모신 회와 완은 천지가 아득했다. 너무나 뜻밖이요 너무나 망극해서 울음도 안 나왔다.

"이 일을 어쩌면 좋으냐?…"

"형님, 망극하오…."

그들은 '나 죽었다는 말을 말라'던 부친의 유언을 생각하고 즉시 그의 시체를 곱게 들어다가 선실 안에 모셨다. 이때 이 일은 단지 그들 두 사람이 알고 있을 따름이요, 이순신의 신임이 두터운 송희립 같은 사람까지도 마침 자리에 없어서 모르고 있었다.

회와 완은 다시 장대로 뛰어올라갔다. 완이 북채를 잡아 북을 쳤다.

왜적들은 한창 명나라 대장선을 사면으로 에워싸고 치는 중에 우리 통제사가 탄 천자선 일호가 기를 두르고 북을 울리며 다가드는 것을 보고는 모두 겁이 나서 에웠던 것을 풀고 그대로 뿔뿔이 헤어져 도망하여 버렸다.

날은 아주 활짝 밝았다.

바다 위에는 불 붙은 왜선들이 여기저기서 그저 타고 있었고 깨어진 뱃조각들이 무수한 왜병들의 시체와 함께 물에 떠서 어질더분하다.

한창 싸움이 벌어졌을 때, 소서행장의 무리는 묘도描島로 해서 배를 타고 몰래 빵소니를 쳐버렸고 이보다 앞서 도산성에 있던 가등청정이와 사천 등지에 있던 왜장들도 대부분 도망을 해버렸으나 이 노량 해전에서 적의 입은 손실은 비할 데 없이 컸다. 실로 적의 전선 이백수십 척이 깨어지고 불에 탔으며, 일만여 명의 장병들이 노량 바다 속의 외로운 물귀신이 되고 만 것이다.

이리하여 칠 년 동안을 끌어오던 임진 조국 전쟁은 우리의 빛나는 승리로 맺었다.

싸움이 끝나자 진린은 흥분과 감격을 스스로 억제하지 못하였다. 그는 곧 배를 몰아 천자선 일호로 다가오며

"이 통제, 이 통제…"

하고 손짓을 해 불렀다.

"어서 좀 나오시오, 이 통제."

그러나 그 부름에 응하여 대장선 뱃머리에 나선 것은 통제사 이순신이 아니라 통제사의 조카 완이었다.

진린을 보자 완은 이제까지 참고 있던 울음부터 터뜨리면서 겨우 말하였다.

"작은, 작은아버님은… 돌아가셨세요."

진린은 너무나 뜻밖의 말에

"무엇이?…"

헌청난 소리를 버럭 지르고 배 위에 그대로 털버덕 주저앉았다.

"돌아가시다니… 이야가 돌아가시다니…."

그는 저도 그만 울음을 터뜨리며

"아니 그럼… 이야는 돌아가시면서도 나를 구해 주셨나?…"

그는 주먹으로 자기 가슴을 치면서 한동안 목을 놓아 울었다.

이순신의 전사가 알려지자 곡성은 바다를 덮었다. 하룻밤 격전에 목숨을 걸어서 빛나는 공훈들을 세운 연합 함대의 모든 장병들을 위로하려고 전선마다 술과 고기가 나왔으나 아무도 돌아보는 사람이 없었다. 명나라 군사들도 '리야'를 부르면서 뱃전을 두드리고 통곡하였다.

— 끝 —

❖ 해설

박태원의 『임진조국전쟁』론

방 민 호(서울대 국문과 조교수)

1. 『임진조국전쟁』의 현대적 매력

박태원의 장편소설 『임진조국전쟁』은 아주 흥미롭고 멋진 장편소설이다. 그는 1592년 4월 초에 시작되어 1598년 10월 이순신의 노량해전과 함께 막을 내린 임진왜란을 모두 서른아홉 개의 장으로 나누어 한 권 분량의 이야기로 만들어 내는 훌륭한 솜씨를 발휘했다.

본래 이 작품은 박태원이 북한의 평양 도서 인쇄 공장에서 1960년 6월 21일에 찍어서 동년 10월 15일에 국립 문학예술 서적 출판사에서 발행했던 것을 이번에 깊은샘 출판사에서 새로 발행하는 것이다. 그런데 그 현대적인 맛은 도저히 지금으로부터 약 45년 전에 북한에서 발행한 작품이라고 믿기 어려울 정도다.

최근에 북한 작가인 홍석중의 장편소설 『황진이』가 이쪽 출판사에서 간행되어 창작과비평사에서 수여하는 만해 문학상도 받고 일반 독자들의 폭넓은 관심을 불러일으켰던 것은 많은 사람들이 알고 있는 사실일 것이다. 이 『황진이』는 문체 면이나 내용, 주제 면에서 매우 훌륭한 작품이지만 아마도 그것은 박태원의 『임진조국전쟁』과 같은 빼어난 역사소설이 선행해 있었기에 가능했다고 본다.

무엇보다 『임진조국전쟁』이 가진 이야기로서의 맛과 향취가 바로 그것을 입증한다. 또 작은 예가 되겠지만 작중 이야기들 사이에 황진이가 쓴 시가를 적절히 삽입하는 『황진이』의 창작 방법은 『임진조국전쟁』에 이미 그 선례가 보이는 것임을 상기해 두고 싶다.

오늘날 북한 쪽 소설은 협착한 정치적 여건상 현실로부터 거리 확보가 가능한 역사소설만이 오로지 살아남을 수 있고 또 그만큼 깊은 문학적 전통을 갖고 있다고 할 것이다. 바로 그 전통의 시원에 박태원이 우뚝 서 있는 것이다. 그렇다면 『임진조국전쟁』의 소설적 매력은 어디에서 어떻게 포착할 수 있는 것일까?

우선 간결하고도 명쾌한 문장과 민첩한 장면 전환에서 오는 쾌미를 꼽아야 할 것이다. 박태원은 본래 "장문주의의 미학"(조남현)이라고 지칭할 만한 장거리 문장의 치렁치렁한 맛이 일품인 작가다. 그러나 1940년경을 전후로 하여 본격적으로 집필하기 시작한 역사소설 양식은 박태원으로 하여금 그것에 걸맞는 새로운 문체의 필요성을 일깨웠을 것이다. 그리고 『임진조국전쟁』은 새로운 역사소설 문체의 결정판이라고 할 만한 시원스러운 속도감을 보여준다.

또한 『임진조국전쟁』은 사건의 시말을 연대기적으로 풀어나가는 단순하고 지루한 서술방식을 버리고 상주 싸움에서 조선군이 패배한 후 백성들 사이에 위기감이 팽배한 시점에서 이야기를 시작하여 사건을 역전적으로 구성하는 묘미를 보여주고 있으며, 나아가 사건의 경중과 이야기의 성격을 고려하여 상세한 장면 묘사와 요약적인 서술을 자유자재로 교차시킴으로써 장장 7년간에 걸친 대 전쟁 서사를 한달음에 읽어내려 갈 수 있도록 설계되어 있다.

이렇듯 문장과 구성상의 신축자재함으로 말미암아 『임진조국전쟁』은 독자들로 하여금 오래 전에 벌어진 전쟁에 관한 이야기라는 진부한 선입견에서 벗어나 현장에 서 있는 듯한 기분으로 역사적 대사건에 능동적으로 참여할 수 있도록 해준다고 할 것이다.

다음으로 『임진조국전쟁』은 읽는 이들에게 역사적 대사건에 관계된 온갖 인물들의 성격과 음영과 가치 여하를 아주 효과적으로 제시하는 압축미를 가진 작품이다.

임진왜란은 조선으로서는 충분히 예견하거나 대비하지 못한 전쟁이었다. 또 그 때문에 갑자기 쯔나미처럼 밀어닥친 전쟁에 임해야 했던 사람들의 성품을 비롯한 여러 면면은 백일하에 너무나 적나라하게, 극적으로 드러나지 않을 수 없었다. 박태원은 이들 절박한 상황에 처한 사람들의 각이한 사람됨을 아주 인상적으로 선명하게 조각해나가는 솜씨를 보여준다.

죽음을 두려워하지 않는 이들과 살 길을 찾아 도주하되 결국은 제 죽음을 자초하고 마는 사람들, 불리한 상황에서도 싸움을 승리로 이끌 줄 아는 지혜로운 사람들과 우둔하면서도 만용을 부리다 결국은 패배를 자초하고 마는 사람들, 비루한 태도로 벼슬을 이어가는 사람들과 신각처럼 전투를 승리로 이끌고도 억울하게 죽어가는 사람들의 풍경 등이 각양각색으로 펼쳐진다.

어떤 전쟁이든 전쟁은 인간성의 시험장이고 숭고와 비장, 비속과 비겁이 교차하는 시공간이다. 임진왜란은 더욱더 그러했을 것이다. 박태원은 그러한 극적인 운명들을 놓치지 않고 제시하는 수완을 발휘한다. 특히 정발과 송상현의 죽음, 이순신의 투쟁과 죽음, 계월향의 죽음, 진주성 함락과 이종인, 김천일, 황진, 논개의 죽음, 전쟁을 겪어가는 백성들의 참상이라든가 박홍, 원균, 배설, 이각, 이언함 같은 비겁자들의 사람됨을 그려나가는 박태원의 솜씨는 일품이다. 그는 유극량 같은 하급 무관이나 임욱경 같은 일개 군사의 죽음도 외면하지 않으며 김명원이나 한응인이나 신립이나 이일처럼 신분은 높되 지혜롭지 못했던 사람들 역시 예사롭게 지나치지 않는다. 이러한 면면들을 통해서 박태원은 이야기의 재미를 넘어서 독자들로 하여금 인간의 삶이라는 것, 그리고 역사라는 것이 무엇인가를 생각하게 한다.

즉 여기서 일단 간략히 요약해 보건대 『임진조국전쟁』은 민첩하고도 응축적인 문장력과 구성력으로 임진왜란이라는 전대미문의 재난에 처한 인간들의 모습을 모자이크화처럼 펼쳐 보이면서 작가 자신의 예리한 비평 의식을 드러내고 있는 독특한 유형의 역사소설이다.

최근에 우리는 김훈의 『칼의 노래』, 조두진의 『도모유키』, 김탁환의 『불멸의 이순신』 같은 임진왜란 및 이순신 서사물들을 목도하고 있다. 박태원의 『임진조국전쟁』은 그 속도감과 구성미 면에서, 그 이면에 깃들어 있는 작가의 세계관과 인간관 면에서 이들 우리 동시대의 서사물들에 견주어 보아도 별다른 손색이 없다. 읽는 이들은 오히려 긴 역사를 한 손에 휘어잡는 수완가의 능력에 감탄을 금치 못할 것이다.

2. 『임진조국전쟁』에 이르는 과정

『임진조국전쟁』의 의미와 가치를 좀더 깊이 파악하기 위해서는 박태원이 남긴 임진왜란 관련 서사물들을 전체적으로 살펴볼 필요가 있을 것이다. 『임진조국전쟁』은 임진왜란에 관련된 이들 일련의 작품들의 결정판에 해당하기 때문이다.

필자가 직접 확인할 수 있었던 자료와 연보를 종합해 보면 박태원은 『이충무공 행록』, 『이순신 장군』, 『임진왜란』, 『리순신 장군 이야기』(및 북한판 『이순신 장군』), 『임진조국전쟁』 등 모두 다섯 종 정도의 임진왜란 및 이순신 관련 대서사물을 남긴 것으로 보인다. 이것들은 모두 해방 이후에 발표되었으며 이 가운데 앞 세 종은 남한에서, 뒤 두 종은 북한에서 출간되었다. 또한 『이충무공 행록』은 일종의 번역물로서 다른 창작 작품들과 대비된다. 이 다섯 종의 임진왜란 및 이순신 관련 서사물들은 해방 공간이라는 역사적 상황에 대한 작가적 반응의 소산이자 동시에 월북 이후의 변화된 시각을 보여준다는 점에서 매우 흥미롭고도 중요한 자료들이다. 이 장에서는 임진왜란 및 이순신 관련 결정판 서사물인 『임진조국전쟁』에 이르는 과정을 살펴보는 뜻에서 전작들의 특징과 의미를 검토해 보고자 한다.

먼저 거론해야 할 것이 1948년 5월에 을유문화사에서 출간된 『이충무공 행록』이다. 박태원 자신이 「서언」에서 밝히고 있듯이 이것은 "『이충무공 전서李忠武公全書』의 권지구卷之九의 「부록 일 행록附錄 一 行錄」을 전역하여 이에 주해를 가한 것"이다. 같은 「서언」에 따르면 본래 이 『행록』은 이순신의 형인 희신羲臣의 둘째 아들 분芬이 저술한 것으로 되어 있으며 따라서 이순신에 관한 당대의 가장 자세하고도 포괄적이며 정확한 기록이다.

박태원이 이처럼 이순신 관련 문헌을 번역한 것은 두 가지 특기할 만한 사실을 말해준다. 하나는 흔히 모더니스트로 알려진 그가 사실은 한문에 능통한, 고전주의적 소양을 가진 사람이었다는 점이다. 물론 이것은 그가 해방 이전부터 『신역 삼국지』(『신시대』, 1941. 4~8) 『수호전』(『조광』, 1942. 8~1944. 12) 『서유기』(『신시대』, 1944. 12) 등을 꾸준히 발표해 온 데서도 능히 짐작 가능하다. 그러나 이러한 박태원의 면모는 충분히 규명되지 못하였으며 신진 연구자 최유학의 「박태원 번역 소설 연구」(서울대 석사, 2006. 2)에서 볼 수 있듯이 비교적 최근에 이르러서야 그 전모가 서서히 드러나고 있는 실정이다. 『이충무공 행록』은 박태원의 동양주의적, 고전주의적 성향을 재삼 상기하게 해주는 실증적 자료다.

다른 하나는 박태원이 임진왜란이나 이순신 이야기를 창작적인 서사물로 창조하기 위해서 꽤 탄탄한 기초 작업을 축적해 나갔다는 점이다. 박태원은 이처럼 『행록』을 번역하면서 얻은 구체적인 사실 자료를 중심으로 여러 관련 문헌들을 종합함으로써 선행했던 이광수의 『이순신』(『동아일보』, 1931. 6. 26~1932. 4. 3) 같은 작품과는 대비되는 그 자신만의 새로운 임진왜란 및 이순신 이야기를 준비할 수 있었을 것이다. 이후의 임진왜란 및 이순신 관련 창작물에서 이 『행록』 번역물이 상당히 중요한 이야기 뼈대 구실을 하고 있음을 손쉽게 파악할 수 있다.

두 번째 서사물은 아협 출판사에서 펴내고 을유문화사에서 판매를 맡아서 1948년 6월 10일에 출간된 역사소설 「이순신 장군」이다. 이것은 김기창 화백이 삽화를 그리고 책 뒤에 어려운 낱말풀이가 붙어 있는 등 아동이나 소년을 대상으로 한 역사 전기 소설에 가깝다. 이야기 또한 제1장인 「임진왜란」과 제2장인 「경상도 수군」을 제외한 전부가 임진왜란 발발에 직면한 이순신의 결의, 연속된 전투와 승리, 백의종군의 수난, 새로운 승리와 죽음 등을 연대기적으로, 그리고 사건 중심적으로 기술하고 있어서 아동물이라는 인상을 짙게 선사한다. 이 작품은 『행록』 등을 위시한 역사 자료들을 시간 순으로, 사실 중심적으로 재편성하여 이순신의 영웅적 면모를 부각시키는 것이어서 해방 공간을 거치면서 남북한에 각기 단독정부가 세워지게 된 정세 속에서 새로운 국민국가의 영웅을 필요로 했던 상황에 부응하는 측면이 강했다고 평가할 수 있다.

세 번째는 『서울신문』에 1949년 1월 4일부터 12월 14일까지 모두 273회에 걸쳐 연재한 장편소설 『임진왜란』이다. 이 작품의 특징은 무엇보다 다채로운 역사기록의 참조 및 인용에서 그 특징을 찾아볼 수 있을 것이다. 소설 첫 회 연재부터 작가는 "내 소설은 이 징비록의 인용으로부터 시작된다."라고 하여 이 작품이 허구성 강한 역사소설이라기보다는 사실적 기록을 재구성하는 쪽에 가까운 역사소설이 될 것임을 강하게 암시하고 있다.

또한 이 작품의 서장은 1회부터 39회까지로서 「1. 통신사」「2. 전비戰備」「3. 이순신 소전」「4. 거북선」「5. 대수조大水操」 등 모두 다섯 개의 절로 이루어져 있는데, 이 절들은 각기 『징비록』(1절, 1-4회), 『연려실기술』(2절, 7회), 『조선왕조실록』(2절, 14-15회), 「행록」(3절, 19-26회), 『행록』 및 『징비록』(4절, 27-31), 『난중일기』(5절, 32-39회) 등에 걸쳐 다양한 역사 문헌들을 참조하거나 인용하는 양상을 보여주고 있다.

이러한 역사 기록에 대한 참조 및 인용은 임진왜란 당시의 일본 종군승으로 기록을 남겼던 덴케이[天荊]의 『서정일기西征日記』를 인용하는 데까지 이르고 있어 박태원이 참조한 문헌들의 질과 양을 가늠케 한다.(『임진왜란』, 88회, 206회, 208회 등) 결국 박태원은 『임진왜란』에서 아방과 타방을 가리지 않고 여러 역사 문헌을 종합적으로 고찰함으로써 임진왜란의 진상을 폭넓게 드러내고자 했다고 할 수 있다. 그리고 이것은 새로운 국민국가의 영웅상을 안출해냈던 『이순신 장군』의 의도와는 다른 측면을 보여주는 것이라는 점에서 주목된다.

그런데 바로 그 때문에 『임진왜란』은 장장 273회에 걸친 장기간 연재에도 불구하고 연대기적인 서술과 인용으로 시종한 끝에 선조가 의주까지 몽진하게 되는 전쟁 초반부에서 이야기를 멈추어야 하는 구성상 파탄에 직면하게 된다. 그 결과 박태원은 "임진왜란은 아직도 깁니다. 이것을 완성하려면 앞으로도 이년이 걸릴지 삼년이 걸릴지 아직은 작자로서도 딱 잘라 말씀할 수가 없읍니다. 우선, 여기서 잠깐 끊고 자료를 정리하고 생각을 가다듬어 기회 있는 대로 다시 속편을 쓰려 합니다."라는 해명성 발언과 함께 연재를 끝마치게 된다.『임진왜란』은 진상 규명이라는 의욕에도 불구하고 구성상 문제를 해결하지 못함으로써 작가 자신에게 이 역사적 대사건을 안정되고 세련된 서사물로 갈무리해내야 한다는 일종의 숙제를 안겨주었다고 할 수 있다. 그리고『임진조국전쟁』이 바로 그러한 과제의 해결에 해당하는 작품이었다.

네 번째는 1952년에 북한의『로동신문』에 1952년 6월 3일부터 14일까지 연재한『이순신 장군』과 1955년에 국립 출판사에서 간행한『리순신 장군 이야기』다. 필자는 1952년에 펴낸『이순신 장군』에 대해서는 직접 확인할 기회가 없었음을 아쉽게 생각한다. 다만 신문에 연재한 것을 단행본으로 펴내는 관행과 제목이 크게 다르지 않은 것에 비추어 볼 때 내용상의 커다란 변화는 없었을 것으로 추측한다. 이 점에 대해서는 향후의 해명 과제로 남겨두고자 한다. 한편으로 1955년에 나온『리순신 장군 이야기』는 일찍이 남쪽에서 그가 번역해서 펴냈던『이충무공 행록』의 내용을 기본으로 하고 그밖에『난중일기』나『징비록』 등의 내용을 참조하여 이순신 일대기를 영웅적으로 묘사해 나간 것이다.

이 작품의 집필 동기는 작품 말미에 나타난 화자의 주석적인 해설을 통해서 한 눈에 알아볼 수 있다. "리순신 장군이야말로 임진조국전쟁 시기에 조선이 낳은 최대의 애국자이며, 또한 영명한 전략 전술

가로서, 그의 전 생애와 활동은 그 당시의 우리나라 인민들을 고무 추동해서 왜적을 물리치고 조국을 보위하기 위한 투쟁에 궐기시켰을 뿐만 아니라, 오늘에 있어서도 또한 장군과 같은 위대한 조상들의 그 찬란한 업적과 애국적 전통은 우리 조선 인민이 외래 침략자들을 물리치는 투쟁에 있어서 항시 큰 고무적 힘을 가지고 있는 것이다."라는 긴 문장은 6 · 25 전쟁 이후 북한에서 이순신 서사가 기능했던 방식을 요약해 준다.

『리순신 장군 이야기』는 남쪽에서 발표했던 『이순신 장군』이나 『임진왜란』 등의 내용을 인민과 함께 하는 구국 영웅이라는 이미지를 구출하기 쉬운 삽화들을 중심으로 재편성하여 그를 "임진조국전쟁"의 "애국자"로 새롭게 묘사하는 방향을 취한 것이다. 이 점에서 『리순신 장군 이야기』는 이 글의 논의 대상인 『임진조국전쟁』과 궤를 같이한다고 할 수 있다. 두 작품은 모두 길고 복잡한 사연들을 압축, 요약하면서 전쟁과 영웅의 이미지를 선명하게 부각시키는 방향을 취하고 있다.

『임진조국전쟁』은 이러한 모든 임진왜란 및 이순신 서사의 결정판으로서 다양한 자료 수집과 거듭된 창작적 실험의 소산이다. 이 작품은 『이충무공 행록』과 『징비록』의 내용을 뼈대로 삼으면서 남쪽에서 연재했던 『임진왜란』의 다소 지리한 문장과 난삽한 인용에서 벗어나 7년에 걸친 전쟁의 전체상을 흥미진진하게 공간적으로 펼쳐내 보인다. 작품 전반에 걸쳐서 소설적 긴장을 변함없이 유지하고 다기한 면모를 가진 수많은 인간 군상들을 요령껏 처리하면서 전쟁의 성격을 이순신과 인민의 전쟁으로 이끌어가는 작가의 솜씨는 이 작품이 처음에 출간되었던, 1960년 북한이라는 시공간적 제약을 쉽게 의식하지 못하게 하는 완성미를 보여준다고 할 것이다.

3. 『임진조국전쟁』의 역사 인식

한편 『임진조국전쟁』은 북한의 정치적 상황과 다소 거리를 확보할 수 있는 역사소설에 속하지만 그렇다고 해서 정치적 의미로부터 완전히 자유로울 수는 없었다고 보아야 할 것이다. 그러면서도 작품이 그것대로 문학적으로 완성된 하나의 조형물처럼 나타나는 것이 박태원이 쓴 소설로서의 매력일 것이다. 그렇다면 이 작품에 함축된 정치적 의미는 무엇일까. 이것은 이 작품에 나타난 작중 화자의 비평적 주석을 통해서 간접적으로 확인된다. 이 가운데 특히 이 작품의 14장 「인민들은 일어섰다」는 이 소설의 제명이 '임진왜란'이 아니라 '임진조국전쟁'이 되어야 하는 필연성을 제시하고 있는 장이다.

> 왕과 그의 신하들이 나라를 통째로 왜적에게 내맡기고 강을 건너 명나라로 들어가 버리려고까지 생각하고 있을 때, 원수 놈들에게서 내 고장을 도로 찾고 멸망 속에서 내 나라를 구해 내려 떨쳐 일어난 것은 이 나라 인민들이다. 망건 뒤에 금관자 옥관자를 붙인 자들이, 허리에 대장패와 병부를 찬 무리들이 적을 멀리 피해 다니느라 골몰일 때, 바로 적의 발 밑에서 들고 일어나 그 목에다 칼을 겨눈 것은 이 땅의 백성들이다. …… 왕이 부르지 않았어도 그들은 일어났고 관가의 분부가 없어도 그들은 나가서 싸웠다. 어머니 조국에 대한 뜨거운 사랑이 그들을 불러일으킨 것이다. 원수에게 대한 끓어오르는 적개심이 그들을 싸움터로 내몬 것이다.(122쪽)

위의 인용 부분은 임진왜란 당시의 조선 상황을 지배계급과 인민의 대립적인 관계로 파악하고자 하는 박태원의 시각을 시사해 준다. 왕과 신하들이 나라를 버리려 할 때 인민들은 나라를 구하려고 일어났다는 대비를 통해서 작가는 이 전쟁이 인민들에 의한 주체적인 조국 방위 전쟁이었음을 강조하고자 한 것이다.

그리고 이러한 맥락에서 『임진조국전쟁』은 내용상 크게 세 개의 부분으로 나누어 볼 수 있을 것이다 그 첫 번째 부분은 1장 「난리가 났다」에서부터 13장 「평양서 다시 의주까지」고 두 번째 부분은 14장 「인민들은 일어섰다」에서부터 25장 「이 참상!」까지며 마지막 세 번째 부분은 26장 「한산도 통제영」에서부터 39장 「노량해전」까지다. 이 중에 첫 번째 부분은 내용상으로 보면 박태원이 『임진왜란』에서 이미 연재했던 부분이다. 또세 번째 부분 역시 박태원이 남쪽에서 단행본으로 간행했던 『이순신 장군』에서 다루었던 내용이다. 그러므로 『임진조국전쟁』에서 완전히 새로 쓴 부분이라면 역시 이 작품의 허리에 해당하는 14장부터 25장에 이르는 부분, 즉 의병들과 인민들의 활약상을 그린 대목일 것이다. 그리고 여기서 작가는 당시 의병들과 백성들의 관계를 마치 근대 이후 파르티잔과 인민들의 이상적인 관계처럼 설명하고 묘사하고 있음을 알 수 있다.

> 원수놈들이 소문만 듣고도 벌벌 떠는 의병들을 우리 인민은 그지없이 사랑하고 공경하였다. 그들이 이르는 곳마다 남녀노소가 없이 사람들은 모두 나와서 반겨 맞았고 또한 그들을 위한 일이라면 무슨 일이고 사양하지 않았다.

이처럼 의병들과 백성들을 일체화하고 그럼으로써 조정에 대립시키고자 하는 작가의 의도는 이순신의 시조를 배치하는 문제를 통해서도 확인된다. 남쪽에서 펴냈던 『이순신 장군』에서 시조 「한산 섬 달 밝은 밤에」가 놓이는 자리는 제9장 「통제사 이순신」의 마지막 부분이다. 여기서 이순신은 멀리 계신 어머니를 생각하면서 언제나 고향에 돌아가 어머니를 모실 것인가 하는 시름 속에서 시조 한 수를 읊조리게 되는 것으로 처리되어 있다. 그랬던 것이 1955년에 북한에서 간행되어 나온 『리순신 장군 이야기』에서는 뉘앙스가 조금 달라져서 이 시조는 "언제나 백성들과 나라만을 생각"한 나머지 "잠 못 이루는 밤이 많았"던 이순신의 고뇌의 소산인 것처럼 그려지게 된다.

『임진조국전쟁』에 이르면 「한산 섬 달 밝은 밤에」는 명백히 요시라의 반간계에 넘어가 자신을 사지로 내모는 조정과 심각한 갈등 관계에 빠져버린 이순신의 고뇌의 소산인 것으로 나타난다. 조정의 뜻을 좇아 가토 키요마사를 잡으러 바다로 나가면 수군 전체가 위험에 빠질 것이 뻔하고 그것을 우려하여 나가지 않으면 그 자신의 목숨이 위태로워질 수밖에 없는 절체절명의 위기 앞에서 이순신은 잠 못 이루고 운주당 뜰을 거닐며 시조 한 수를 읊조리게 된다. 이러한 위치 조정은 은연중에 이순신을 조정과 갈등을 빚는 인민의 영웅으로 부각시키는 기능을 하게 된다. 다음에 인용하는 이순신과 휘하 장수들의 출전 결의 장면은 이순신의 인민영웅적 성격을 극적으로 부각시키고 있는 장면에 해당한다.

> 화살과 군령판이 들어오자, 이순신은 조국과 인민을 위하여 목숨을 바쳐 원수들과 싸울 것을 맹세해서 자기부터 화살 한 개를 집어서 꺾고 군령판 첫머리에다 이름을 적은 다음에 이것을 차례로 모든 장수들에게 돌렸다. 모두들 한결같이 강개한 마음으로 화살들을 꺾고 또 엄숙하게 자기 이름들을 군령판에다 적었다….(83쪽)

나아가 『임진조국전쟁』의 시대적인 함의는 명나라 문제를 처리해 나가는 박태원의 태도를 통해서도 확인된다. 남쪽에서 단행본으로 냈던 『이순신 장군』과, 『임진조국전쟁』 및 『리순신 장군 이야기』를 대비해 볼 때 가장 두드러진 차이 중의 하나가 바로 이순신과 명나라 제독 진린의 관계를 다루는 대목이다. 『이순신 장군』의 제14장에 해당하는 「명 수군 도독 진린」은 남의 나라를 원조하러 왔다는 미명 아래 힘없는 조선 군사와 백성을 괴롭히는 명나라 군사들과 이를 두둔하는 진린에 맞서는 이순신의 영웅적인 면모를 부각시킨다. 이러한 영웅화는 고니시 유키나가의 철병을 눈감아 주려는 진린과 이를 용납하지 않으려는 이순신의 대결을 극적으로 묘사하는 것으로 이어지게 된다. 이에 앞서 박태원은 9장 「통제사 이순신」 부분에서도 왜군을 자극하여 강화를 방해하지 말라는 명나라 사신 담 도사譚都事의 강압에 굴하지 않는 이순신의 늠름한 의기를 강조했었다.

반면에 『리순신 장군 이야기』에 나타나는 진린과 이순신의 관계는 지극히 평화로운 것으로 묘사되며 진린이 고니시 유키나가의 뇌물을 받고 그들의 철병을 눈감아 주려 한 사건도 그려지지 않는다. 다만 이순신이 고니시 유키나가의 뇌물을 물리쳤다는 것이 강조될 뿐이고 더 나아가 문제적인 것은 노량해전에서 이순신이 적선에 포위된 진린의 배를 구하려다가 뜻하지 않는 적탄을 맞고 죽음을 맞게 되는 것으로 처리된다는 점이다. 이것은 『이순신 장군』에서 이순신이 적탄을 맞고 숨을 거둔 후 맏아들 회薈와 조카 완浣에 의해 진린이 구원을 받는 것으로 설정되어 있던 것과는 상당한 뉘앙스 차이를 보이는 것이다. 『임진조국전쟁』에 다다르면 이러한 양상은 일층 심화되어 나타난다고 할 수 있다. 여기서도 진린과 이순신의 갈등은 어디에서도 묘사되지 않으며 이순신의 죽음 역시 진린이 타고 있는 명나라 대장선을 구하려고 배를 몰아나가던 중에 적탄을 맞게 되면서 맞이하게 되는 것으로 처리되어 있다.

이러한 상이점들은 박태원이 6 · 25 전쟁 과정에서 개전 초기의 승승장구에도 불구하고 결국은 중국 쪽의 원조를 얻어서야 간신히 체제를 방어할 수 있었던 북한 쪽의 역사적 상황을 십분 의식하고 있었음을 보여주는 것으로 해석되어야 할 것이다. 전쟁 이후의 북한 체제는 임진왜란을 인민들 및 의병들과 이순신이 주도하는 조국 방위전쟁으로 서사화할 필요성을 내재하고 있었지만 동시에 그러한 서사의 역사적 암시성 탓에 중국을 상기시키는 명나라 사신들 및 진린의 강압을 묘사한다든가 그들과 이순신의 갈등이 부각될 만한 장면을 그린다든가 하는 데는 상당한 제약이 따랐음을 미루어 짐작해 볼 수 있다.

이 점은 『임진조국전쟁』 전체를 통해서 일관되게 나타나는 현상이어서 이 작품은 유성룡이 『징비록』에서 처절하게 묘사했던 명나라 장수들과 군사들의 허세와 횡포를 전혀 보여주지 않는다. 『징비록』에 흘러넘치는 유성룡의 기록들은 임진왜란 과정에서 이 문제가 얼마나 심각한 문제였으며 명나라와 왜군의 강화 교섭이 조선 조정 및 이순신 등과 얼마나 깊은 갈등을 빚었는가를 보여주고도 남음이 있다. 그러나 『징비록』의 존재를 너무나 잘 알고 있었던 박태원임에도 그의 서사는 시대적 제약을 감안하여 역사적 사실을 은연중에 건너뛰는 삭제의 기술을 발휘했다.

뿐만 아니라 그는 19장 「흔들리는 적의 진영」에서 함경도를 잠시 휩쓸었던 국경인鞠景仁 무리의 반란을 새롭게 기입하고 있는데 이것은 필자의 섣부른 판단인지는 몰라도 암암리에 1950년대 내내 북한 체제의 가장 큰 정치적 이슈였던 이른바 반종파 투쟁의 함의를 담고 있는 것으로 해석된다. 즉 "적이 이렇듯 광대한 지역을 그처럼 짧은 시일에 강점할 수 있었던 것은 …(중략)… 국경인과 같은 반역자의 무리들이 조국의 이 어려운 시기에 반란을 일으켜서 가증한 원수 놈들에게 호응해 나섰기 때문이다"라는 대목은 임진왜란과 6·25 전쟁, 임란 당시의 조선과 북한, 의병들(및 이순신)과 갑산파(및 김일성), 명나라와 중국, 미제 간첩(및 종파분자들)과 국경인 무리와 같은 비유적 상상력이 작동하고 있음을 추측케 한다.

그러나 동시에 이것은 작가인 박태원의 균형 감각을 말해주는 것이기도 하다. 월북 이후, 그리고 특히 6·25 전쟁 이후 박태원이 역사소설 집필로 시종하다시피 한 것은 역사소설이라는 장르의 애매성과 함축성 속에 그 자신을 드러내는 듯 감추고 또 감추는 듯 드러냄으로써 정치적 희생양의 길에도 영웅적인 정치주의자의 길에도 함몰되지 않으려 한 긴장된 의식의 소산이라고 하지 않을 수 없다. 필자가 보기에는 『임진조국전쟁』 역시 그러한 소산에 다름 아니다. 그는 필자가 바로 위에서 언급한 것과 같은 비유적 상상력의 작동을 어느 정도 허용하는 일종의 문학적 타협을 통해서만 그 자신과 그 자신의 문학이 지닌 가치를 보존할 수 있는 힘겨운 상황에 직면해 있었다고 보아야 할 것이다.

4. 『임진조국전쟁』의 현재성

이 장에서는 박태원의 『임진조국전쟁』의 위상을 최근 한국 문학에 나타난 임진왜란 및 이순신 관련 역사소설들의 맥락에서 새롭게 살펴보고자 한다. 이 글의 첫 장에서 잠시 언급했지만 요즈음 한국 문단은 김훈의 『칼의 노래』, 조두진의 『도모유키』, 김탁환의 『불멸의 이순신』 등 많은 임진왜란 및 이순신 관련 서사물들을 보여주고 있다.

또한 이 가운데 『칼의 노래』와 『불멸의 이순신』 등은 KBS 드라마 『불멸의 이순신』을 낳을 정도로 대중적인 인기를 누렸고 대통령이 『칼의 노래』를 읽고 감동을 받았다고까지 해서 세간의 화제가 되기도 했다.

필자는 『임진조국전쟁』에 관한 글을 준비하는 과정에서 비교적 짧은 시간에 이들 작품들을 모두 섭렵하지 않을 수 없었고 아울러 이광수가 쓴 『이순신』까지 함께 비교 검토해 보았다. 본래 문학에는 발전이라는 개념이 성립할 여지가 없다고 한다. 그럼에도 최근의 임진왜란 및 이순신 관련 서사는 이야기 구조가 확충되거나 세분화, 전문화되면서 작가들의 기술적인 솜씨 또한 대단한 수준에 이르렀음을 지적하지 않을 수 없다. 이들 가운데 필자가 주목해 보았던 쪽은 임진왜란 및 이순신 이야기를 세분화, 전문화시키는 방향을 취하고 있는 『칼의 노래』와 『도모유키』다. 이 두 작품은 역사소설이지만 최근 한국 소설의 진화 방향을 가리키고 있다는 점에서 음미해 볼만한 가치가 있다.

먼저 『칼의 노래』는 이순신을 주인공으로 내세운 일종의 내성소설이지만 임진왜란 이전의 이순신이라든가 전쟁 개전 초기의 해전 상황 등은 거두절미하여 떼어버리다시피 하고 그가 의금부에 끌려가 취조를 받고 백의종군 끝에 다시 삼도수군통제사로 복귀한 이후의 이야기를 주로 그리고 있다. 이 작품은 내성소설답게 역사소설이 흔히 취하는 3인칭 전지적 화자의 시점이 아니라 이순신 자신이 화자로서 모든 이야기를 기술해 나가는 1인칭 주인공 화자의 시점을 보여준다. 그 주제 또한 매우 독특하다고 할 수 있는 것이 이 작품에서 이순신은 충의로 무장한 구국영웅이라기보다는 인간의 개체적 생의 의미와 목적을 묻고 또 이것을 깊이 사색해 나가는 존재로 나타난다. "나는 적의 적의敵意의 근거를 알 수 없고 적 또한 내 적의의 떨림과 깊이를 알 수 없을 것이었다. 서로 알지 못하는 적의가 바다 가득히 팽팽했으나 지금 나에게는 적의만이 있고 함대는 없다."라는 식의 문장 서술은 『칼의 노래』가 그리고자 한 이순신이 만고 충신이나 구국 영웅의 형상과는 거리가 멀다는 사실을 알려준다. 여기서 이순신은 인간의 개체적 삶을 선악의 윤리적 판단이 지배할 수 없는 생존을 위한 무목적적인 투쟁의 과정으로 파악하고 역설적으로 바로 이것을 자기 삶의 실천적 윤리로 창출해 나가는 존재가 된다.

『칼의 노래』는 워낙 많은 대중적인 인기를 누리고 세간의 화제가 되었지만 한겨레문학상을 수상했음에도 독자들의 별다른 관심을 사지 못하고 있는 작품이 바로 『도모유키』다. 이 작품은 명나라와 일본의 강화 교섭이 결렬되면서 도요토미 히데요시가 조선의 재침략을 꾀한 정유재란 이후의 상황을 그리고 있으며 이야기 역시 이순신 이야기나 임진왜란에 대한 연대기적 서술과는 완전히 거리를 두고 "일본 육군이 순천과 울산을 잇는 남해 연안에 성을 쌓고 1598년 11월 18일 철수 때까지 주둔"했던 시기에 순천 인근에 신성산성을 쌓고 주둔했던 고니시 유키나가 휘하 군대의 이야기를 그리고 있다는 점에서 매우 특이하다. 또 주인공 역시 조선인이 아니라 신성산성 주둔 일본군 제17군막장인 도모유키라는 사내라는 점, 이 도모유키와 포로로 끌려간 조선 여인 명외의 사랑 이야기가 이 작품을 지탱하고 있는 주된 줄거리라는 점 등에서도 이 작품은 선행했던 모든 임진왜란 및 이순신 서사와 선명하게 구별된다. 마지막으로 이 작품의 주제 또한 통상적으로 예측하기 쉬운 범위에서 현저히 벗어나 있다. 작가는 「후기」에서 "역사만큼 민족과 국가의 테두리에 갇힌영역도 드뭅니다. 민족과 국가의 경계를 넘는 작품을 쓰고 싶었습니다. 한국이나 일본의 역사가 아니라 사람의 역사 말입니다. …(중략)… 등장인물들은 거센 파도에 가족을 잃고, 미래를 잃고, 일상을 잃었습니다. 모두를 잃었다는 점에서 그들은 동일인입니다. 조선의 전쟁 영웅 이순신 역시 예외일 수 없습니다."라고 쓰고 있다. 이것은 『도모유키』가 민족적 서사의 중압 아래서 존재 의미를 상실당할 수밖에 없는 인간 개체들의 운명에 대한 애착을 표현한 것이며, 이러한 인간 개체의 측면에서 보면 민족과 국가를 경계 짓고 각기 배타적인 역사를 서사화해 나가는 행위란 일종의 기억 정치로서 인간의 참다운 삶을 억압하는 기제로 작용할 수밖에 없음을 의미한다. 『도모유키』의 중요한 가치는 이 점에 있다. 일본에서는 조선정벌이니 정한이니 등으로 불리고 한국에서는 임진왜란으로 불리는 7년간에 걸친 대 전쟁을 민족 서사화하려는 충동은 두 사회 모두에 공통적인 욕망이었다. 두 나라의 수많은 관련 서사물들이 이것을 입증해 준다. 일문학을 전공한 최관 교수 등의 논문들에서 볼 수 있듯이 일본문학에 임진왜란이 수용되는 양상은 한국에서와 별반 다르지 않다. 『도모유키』는 이러한 민족 서사 구축 경향에 정면으로 대립하는 새로운 타입의 이야기라는 점에서 주목해 볼 만한 시도라고 하지 않을 수 없다.

『칼의 노래』와 『도모유키』의 시대적 성격은 이렇듯 기존의 임진왜란 및 이순신 서사물들에 내장된 민족 서사적 측면을 해체하려는 시도를 보여준다는 점에서 새롭게 발견된다. 그리고 이것은 세계가 미국 중심의 제국적 질서로 재편되어 있는 2000년대 한국에서 소설이라는 양식이 감당하고 있는 압력의 성격에 관해 생각해 보게 한다. 십여 년 전만 해도 특정한 한국 소설이 민족 서사의 한계에 머물러 있다는 것은 별로 이상하게 취급될 일이 못 되었다. 지금은 상황이 다르다는 것, 이것이 요점이다. 오늘의 한국 소설은 인간 개체가 민족이나 국가를 매개로 삼지 않고 직접 세계 및 우주와 대화하는 새로운 양식으로 거듭 나야 하는 상황에 처해 있다. 그러한 압력이 작동하고 있다. 그렇다면 이러한 시대에 일견 민족 서사를 강화하는 것으로밖에는 해석될 수 없는 박태원의 『임진조국전쟁』을 새로 읽을 수 있는 근거는 어디에서 찾을 수 있는 것일까?

『임진조국전쟁』은 물론 임진왜란을 외세에 대한 인민항쟁으로 묘사해야 할 요구에 직면해 있던 작가적 상황의 산물이다. 박태원이 남쪽에서 연재한 『임진왜란』과 북쪽에서 쓴 『임진조국전쟁』을 비교해 보면 역사를 지배계급과 인민이 대립, 갈등하는 구도로 파악하는 시각의 연속성이 확인되기도 한다. 물론 북쪽에서 쓴 소설이니만큼 『임진조국전쟁』은 그러한 메시지를 압축적인 만큼 개념적으로 전달하려는 요소가 더 엿보인다. 그럼에도 불구하고 『임진조국전쟁』은 역사라는 것을 인간 개체들의 서로 다른 운명이 펼쳐지는 무상한 공간으로 파악했던 초기 박태원의 면모가 은연중에 드러나는 작품이다.

두 편의 꽁트를 제외하면 박태원의 실질적인 소설 창작은 泊太苑(박태원)이라는 필명으로 『동아일보』에 1929년 12월 17일부터 12월 24일에 걸쳐 연재한 역사소설 「해하의 일야」로부터 시작된 것이라고 할 수 있다. 그런데 이 「해하의 일야」는 몰락해 가는 영웅 항우의 마지막 하루를 그리면서도 이것을 사실적 기록이나 인물전의 차원이 아니라 절체절명의 위기에 처한 영웅의 내면세계를 그려내는 방향을 취하고 있다.

이 작품에서 박태원이 주력해서 보여준 것은 항우의 허무주의적인 인생관이었다. 작중에서 항우는 그를 따르던 우 미인이 스스로 목숨을 끊어버린 후 유방의 한나라 군사에 쫓겨 도주하면서 "오! 이것이 운명이라는 것이냐? 과연 이것이 운명이라는 것이냐?"라고 절규한다. 그리고 진나라를 무너뜨리던 영화의 시대를 회억하면서 "마-치 옛날 영화를 누리든 함양성이 이제 한줌의 재로 화하야 버린 것과 가티…… 모도가 허무다."라고 탄식한다. 이러한 장면들을 통해서 항우는 비극적인 역사의 단순한 주인공의 차원을 넘어서서 특별한 내면성을 가진 존재로 격상되며 동시에 광활한 대지의 어둠 속에서 일회성과 우연성을 특징으로 하는 인간 삶의 운명적 힘을 깨닫게 되는 존재로 그려지게 된다.

이처럼 박태원의 초기 소설에서 역사 일반이나 역사적 사건은 민족서사의 차원과는 거리가 먼 무상한 공간으로 나타난다. 그것은 심연과 같은 무로부터 흘러나와 다시 그 무로 돌아가는 존재의 일시적이고 한시적인 순간에 불과하며 그처럼 허무한 인간의 삶이 펼쳐지는 가설 무대 같은 것이다.

『임진조국전쟁』은 비록 민족 서사를 향한 작가적 충동과 외부적 압력의 산물이기는 하지만 작중에 나타난 인물들의 삶과 죽음이나 임진왜란을 구성하는 사건들을 향한 작가의 시선은 매우 조망적이면서도 냉철하다. 작중화자의 주석적인 서술들은 여러 인간 군상들을 선악의 차원에서, 숭고와 비속의 차원에서 평가하는 측면이 강하다. 그러나 이러한 서술들은 작품 전면에 흘러넘치는 작가의 조망적이면서도 냉철한 문장들의 기운을 다 막지 못한다.

작가는 임진왜란을 가득 채우고 있는 역사적 사건들에 내재된 아이러니와 비극성과 우울함을 하나하나 작중에 기입해 나간다. 그리하여 나타난 역사적 풍경은 파노라마의 장관을 이루면서도 비속하거나 비루하다. 영웅적이고 장엄하면서도 허무하다. 왜 살고 왜 죽어야 하는가에 정답이 없다.

외면상으로 보면 분명 인물들은 조국 방위라는 준거틀에 입각해 그려지는 것 같은데 실제로 펼쳐지는 숱한 사건들은 민족 서사의 좁은 경계를 넘어서 있는 것 같은 광경을 연출한다. 삶의 허무가 흘러넘쳐 순결해야 할 정치적 메시지에 얼룩을 남기는 형국이다. 바로 이러한 점에서 필자는 『임진조국전쟁』의 동시대성을 발견한다. 『임진조국전쟁』을 둘러싼 시공간적 압박은 역사를 허무의 공간으로 표현했던 「해하의 일야」의 작가 泊太苑 존재를 완전히 삭제하지 못한 것으로 보인다. 이순신의 죽음에 아무런 주석도 붙이지 않고 작품을 마무리 지으면서 박태원은 필경 거기서 항우의 최후와 같은 깊은 허무를 맛보았을 것이다. 그리고 그것은 바로 『칼의 노래』의 작가 김훈과 『도모유키』의 작가 조두진의 무상과 허무에 이어지는 성질의 것이리라.

임진조국전쟁

2006년 4월 5일 인쇄
2006년 4월 10일 발행

저 자 박 태 원
펴낸이 박 현 숙
찍은곳 신화인쇄공사

110-320 서울시 종로구 낙원동 58-1 종로오피스텔 606호
TEL. 02-764-3018, 764-3019 FAX. 02-764-3011
E-mail : kpsm80@hanmail.net

펴낸곳 도서출판 깊 은 샘

등록번호/제2-69. 등록연월일/1980년 2월 6일

ISBN 89-7416-159-1

※ 잘못된 책은 교환해 드립니다.

값 12,000원